KATRINE ENGBERG

GLUTSPUR

Die Wurzeln des Schmerzes

Der erste Fall für Liv Jensen

Aus dem Dänischen
von Hanne Hammer

PIPER

Zitate stammen aus:
Søren Ulrik Thomsen, »Anheimgefallen«.
Aus dem Dänischen von Ursula Schmalbruch.
Kleinheinrich, Münster 1993

Unser Versprechen für mehr Nachhaltigkeit
Klimaneutrales Produkt
FSC®-zertifiziertes Papier
Hergestellt in Europa

FSC
www.fsc.org
MIX
Papier | Fördert gute Waldnutzung
FSC® C083411

ISBN 978-3-492-06511-5
4. Auflage 2023

Titel der dänischen Originalausgabe: »Det brændende Blad«,
Alpha Forlag, Kopenhagen 2022

Redaktion: Regine Weisbrod
Satz: Satz für Satz, Wangen im Allgäu
Gesetzt aus der Sabon Next LT Pro
Druck und Bindung: CPI Books GmbH, Leck
Printed in the EU

Für Jakob, der mir zeigt,
dass der Tropfen der Liebe im Meer der Einsamkeit
nicht verloren geht.

DANIEL LEON, 11. FEBRUAR

Daniel sieht auf die trockenen Blätter hinunter, die unter seinen Schuhen knistern. Dem einzigen guten Paar, das er besitzt. Er hat immer gewusst, dass er vor seiner Zeit sterben wird, nur nicht wie. Der morgendliche Regen fällt leicht durch die nackten Baumkronen und trifft in kleinen, vorsichtigen Tropfen auf den Boden. Der Klang ist beruhigend, wie ein Stück klassischer Musik, das man kennt, ohne sagen zu können, was es ist. Die Dunkelheit lockert nur langsam ihren Griff, und beim Gehen stoßen seine Füße gegen Baumstümpfe und heruntergefallene Äste. Aber das hat nichts zu bedeuten. Er geht dem Licht entgegen.

Es ist kalt. Er hat gegen einen umgefallenen Baumstamm gelehnt geschlafen, in seinem alten Anzug, den Wintermantel bis zum Kinn hochgezogen, die Kapuze über dem Gesicht. Die Decke aus Ästen und verwelkten Blättern spendete nur notdürftig Schutz vor dem Nachtfrost. Aber die Kälte, der Durst und die Müdigkeit sind ihm gleichgültig. Nichts hat mehr eine Bedeutung.

Er kommt zu einem kleinen See und bleibt einen Augenblick stehen, zieht die Packung mit den Zigaretten und das Feuerzeug aus der Tasche und zündet sich mit kalten Fingern eine an. *Man könnte fast meinen, ich hätte das Ganze geplant.* Er lächelt vor sich hin, inhaliert und stößt warmen Rauch aus. Legt den Kopf in den Nacken und blickt in den Himmel und zu den Baumkronen hoch. Die Äste hängen vom Winter schlaff herunter und haben ihre Geschmeidigkeit noch nicht wiedergewonnen. Am Ende eines Astes schimmert ein Regentropfen, der überlegt, ob er seinen Griff lockern soll.

Er wartet und beobachtet, wie der Tropfen von hoch oben herunterfällt, wie ein Gruß von einem Gott, an den er nicht glaubt. Eine perfekte kleine Einheit im freien Fall. Fast zu schön, um zufällig zu sein. Vielleicht sitzt doch jemand da oben und weint um ihn?

Daniel zieht die Kapuze herunter und spürt, wie ihm die Kälte in die Ohren beißt und die Zigarette die Lippen wärmt. Wie ein Hundekuss. Er denkt an Homer, den er als Kind hatte, die Promenadenmischung. Sein Fell war struppig und seine Hüften waren steif, doch er hat sein sanftes Wesen und seine klugen Augen geliebt. Als Homer starb, trauerte er monatelang. Sein Körper konnte das Gefühl nicht verarbeiten, und er ist abgehauen und hat sich in einem Gebüsch auf dem Spielplatz versteckt. Seine Eltern haben ihn erst spätabends gefunden.

Heute finden sie ihn nicht.

Er spürt dem Gedanken nach, doch keine der üblichen Angstreaktionen taucht auf. Keine Unruhe. Der Waldsee liegt spiegelblank im Morgennebel vor ihm.

Er dreht sich um und betrachtet den Wald, fühlt sich unerwartet sicher zwischen den hohen Stämmen, die ihn umarmen wie die Mauern, die er gerade verlassen hat. Er geht weiter und zählt seine Schritte. Als er bei einhundertzweiundfünfzig ist, hat er die Lichtung erreicht.

Er braucht Zeit, den Reißverschluss mit den gefühllosen Fingern aufzuziehen. Er zieht den Mantel aus, faltet ihn über dem Arm und legt ihn behutsam auf die Erde. Löst die Krawatte, die er sich geliehen hat. Sie ist schwarz und aus Synthetik und rutscht unangenehm durch die Finger, in jeder Beziehung ein lächerliches Kleidungsstück. Er steckt sie in die Tasche des Jacketts. Der Stoff ist an den Ärmeln abgewetzt, aber er liebt diesen Anzug noch immer, den er sich damals zur Hochzeit gekauft hat. Das Hemd ist neu und steif, und er muss die letzten beiden Knöpfe mit ungeschickten Fingern abreißen. Die Schuhe, die Socken und die Unterhose faltet er sorgfältig zusammen und legt alles auf einen Stapel.

Sie sollen nichts an ihm auszusetzen haben.

Er bückt sich nach einem welken Blatt, das rot im Moos leuchtet, und hält es gegen das Licht. Die Adern sind deutlich wie Venen, ausgetrocknete Lebensbahnen im trockenen Laub. Die Seele auf einem brennenden Blatt zur Ruhe legen, denkt er und lässt es fallen.

Nackt tritt er vom Waldrand auf die Lichtung. Lauscht dem Geräusch der bloßen Fußsohlen auf Moos und Gras und Steinen und spürt die Gänsehaut auf dem Rücken.

Da ist keine Wut mehr, nicht mehr. Nur Seligkeit und Leere. Die Schuld hat er losgelassen.

Er geht, bis die großen Zehen auf die kalten Schienen treffen, die am Waldrand entlangführen, atmet tief ein und spürt nach. Das Metall vibriert. Er schließt die Augen und lauscht dem rhythmischen Donnern. Es kommt näher.

Die Erde unter ihm zittert, aber der Waldsee ist noch immer glatt. Nicht einmal der Lärm des Zugs kann die Oberfläche zum Beben bringen.

Er lächelt zum Himmel hoch und tritt auf die Schienen.

DIE ERSTE VISION

Im gleichen Augenblick gingen hervor
Finger wie von einer Menschenhand,
die schrieben gegenüber dem Leuchter
auf die getünchte Wand im Königspalast.
Und der König erblickte die Hand, die da schrieb.
Da entfärbte sich der König,
und seine Gedanken erschreckten ihn.
Die Hand schrieb davon, was war,
und davon, was kommt.
Ich schreibe das, obwohl niemand mir glauben wird.

MONTAG, 19. SEPTEMBER

KAPITEL 1

Die Dächer von Kopenhagen lagen wie Silhouetten in der frühen Morgenstunde, das Tageslicht hatte sie noch nicht geküsst. Ein schöner Anblick, und trotzdem gab er Liv Jensen das Gefühl, fremd in der Welt zu sein. Nirgendwo mehr hinzugehören. Nicht nach Rødovre, nicht nach Nordjütland und schon gar nicht hier in die Hauptstadt mit ihrem Asphalt und ihrer Geschäftigkeit und ihrer selbstverliebten Arroganz. Die Glaswand vor ihr präsentierte die Postkartenversion der Stadt. War man nur auf der Durchreise, konnte das idyllische Bild durchaus noch intakt sein, wenn man Kopenhagen wieder verließ. Aber Liv war nicht verzückt, sie war nicht einmal neugierig.

Sie sah ihr eigenes Gesicht im Glas und zog den Hotelbademantel fester um sich. Hinter ihr lagen geschlossene Türen und vor ihr Ungewissheit und halbherzige Pläne. Wenn man seine Träume verliert, verblasst das Leben zu nichts.

»Kommst du nicht zurück ins Bett?«

Thereses Stimme war sanft und ohne jeden Vorwurf. Liv drehte sich um und versuchte, die Konturen ihres nackten Körpers unter der Bettdecke auszumachen. Die glatte Haut und die runden Formen würde sie vermissen. Therese verkörperte all die Schönheit, der sie selbst nicht einmal nahekam. Aber es war mehr als das. Sie kannten sich erst fünf Monate, doch Liv wusste genau, was sie so anziehend an ihr fand. Therese war gut im Leben. Gesund. Ihre Lebensentscheidung frei und ohne Scham. Die Fehler, die andere Menschen eifrig zu verbergen suchten, teilte sie freudig mit anderen. Lachend erzählte sie, wie ihre Mutter sie einmal erwischt hatte, als sie ihr Geld aus der Geldbörse stehlen wollte, und wie sie zur Strafe die Gartenhecke hatte schneiden müssen.

Liv hatte nie etwas gestohlen, aber es gab so viel anderes, für das sie sich schämte. Das sie für sich behielt. Trotz Thereses Toleranz war sie ziemlich sicher, dass sie die Lasten nicht verstehen würde, die sie mit sich herumtrug. Vielleicht war es nur gut, sie jetzt zu enttäuschen, dann blieb sie auf lange Sicht verschont. Liv zog den Bademantel aus und kroch unter die kühle Bettwäsche zu Thereses Wärme.

»Kannst du nicht schlafen?«

»Nein.«

Sie lagen im Dunkeln, ohne etwas zu sagen. So lange kannten sie sich auch noch nicht, erinnerte sich Liv, sie schuldete niemandem eine Erklärung.

Therese beugte sich vor und küsste sie mit weichen Lippen, öffnete den Mund und ließ die Zungenspitze den Kuss vertiefen.

Liv wich ein wenig zurück, nur einen Millimeter.

»Es ist okay, wir können uns auch nur küssen, wenn du noch nicht so weit bist.« Therese strich ihr über die Haare.

»Das ist es nicht. Ich muss dir etwas sagen.«

»Okay …?«

Therese zog sich zurück und stützte sich auf den Ellenbogen. Wie sie in ihrem Körper ruhte, war beneidenswert. Die Seele so ganz im Einklang mit dem Körper. Selbst wenn sie wütend war, wirkte sie harmonisch. Keine toten Winkel, war das wirklich so? Liv deckte sich zu und schaute in die Dunkelheit. Der rote Lichtfleck des Flachbildschirms leuchtete einige Meter entfernt, und sie fokussierte den Blick darauf. »Ich komme nicht nach Aalborg zurück.«

»Wie meinst du das?«

»Das hier ist kein Urlaub. Ich habe vor drei Monaten gekündigt und meine Wohnung ausgeräumt. Ich hätte es dir schon früher gesagt, aber …«

Aber was eigentlich? Es war so schnell gegangen, war das ihre Entschuldigung? Sie hatte es zu eilig gehabt wegzukommen, um Rücksicht zu nehmen?

»Ich dachte, du liebst deinen Job?«

Liv lächelte im Dunkeln, doch das Lächeln fühlte sich steif an. »Ich brauchte etwas Neues. Aalborg ist zu klein, ich brauche neue Herausforderungen!«

Die Worte klangen so hohl, wie sie waren. Sie fühlte sich durchschaut wie ein dilettantischer Schauspieler, der sich an Hamlets Monolog versucht.

»Ich habe eine Wohnung in Vesterbro gefunden und hole morgen die Schlüssel ab.«

»Und was ist mit uns?«

Therese klang traurig.

»Wir können uns doch besuchen. Wie jetzt.«

Therese schloss die Augen, als täten Livs Worte ihr weh. Dann schüttelte sie den Kopf. »So funktioniert das nicht, Liv.«

»Was?«

»Die Liebe, verdammt!«

Therese schlug die Decke zur Seite und stand auf. Sammelte ihre Sachen zusammen, ging ins Bad und schloss die Tür hinter sich.

Liv blieb liegen. Sie sollte Therese nachgehen, sie in den Arm nehmen und ihr die Wahrheit sagen, aber das konnte sie nicht. Sie konnte sich kaum selbst in die Augen sehen, wie sollte ein anderer Mensch sie je wieder respektieren, sie sogar lieben? Sie musste sich hier hindurcharbeiten und auf der anderen Seite herauskommen, gestärkt hoffentlich. Sich ein neues Leben in der Hauptstadt aufbauen. Eine neue Liv. Eine andere Möglichkeit gab es nicht.

Sie konzentrierte sich wieder auf den roten Lichtfleck. Er verlieh ihr einen Hauch von Sicherheit, das Gefühl eines Ankers mitten im Chaos.

*

An ihrem einundvierzigsten Geburtstag erwachte Hannah Leon früh am Morgen und sah zur Decke ihres alten Kinderzimmers hoch. Ihr erster Gedanke galt ihrem Bruder, wie er das seit dem 11. Februar jeden Morgen tat. Aber vor allem heute, dem ersten Geburtstag ohne ihn. Sie streckte sich und setzte die Füße auf den rauen Holzboden, von dem man Splitter in die Zehen bekam, wenn man nicht daran dachte, über die Flickenteppiche zu gehen. Einen blauen, einen grünen und einen violetten. Sie hatte sie zu ihrem zwölften Geburtstag bekommen und bei derselben Gelegenheit die Teddybären rausgeworfen, um die letzten Spuren von Kinderzimmer zu beseitigen. Mit der Zeit hatte die Sonne die Teppiche so ausgebleicht, dass man die Farben kaum noch unterscheiden konnte, aber sie bildeten weiter einen Weg vom Bett zu Kleiderschrank und Tür.

Das Handy auf dem Nachttisch piepte, und sie beugte sich vor, um einen Blick aufs Display zu werfen. Schloss das Candy-Crush-Spiel, über dem sie am Abend zuvor eingeschlafen war. Keine Nachricht von Rune, vielleicht hatte er es vergessen. Sie legte das Telefon zurück. Der heutige Tag musste einfach überstanden werden.

Als sie am Schlafzimmer ihres Vaters vorbeikam, blieb sie

einen Moment stehen und lauschte. Es war still. Kein Grund, ihn jetzt schon zu wecken.

Die Kupferrohre im Badezimmer dröhnten, während Hannah unter den wechselnden Temperaturen der Dusche herumtrippelte. Ihre Eltern hatten davon gesprochen, die Rohre auszuwechseln, es aber nie umgesetzt. Der Spiegel über dem Waschbecken offenbarte die Lachfältchen um ihre dunklen Augen und ein paar graue Haare, die wieder am Scheitel aufgetaucht waren. Hannah zupfte sie mit einer Pinzette aus, nahm die Haare schnell zu einem Knoten zusammen und zog Jeans und einen Pullover an, bevor sie die geschwungene Treppe in die Diele hinunterging.

Sie tastete an der Wand nach dem Lichtschalter und sammelte ihren ganzen Mut, um die Kellertreppe hinunterzusteigen. Daniel war vor fünf Jahren eingezogen, damals, als er von Penelope geschieden worden war und einen sicheren Ort gebraucht hatte, während es ihm am schlechtesten ging. Sie mochte nicht an diese Zeit erinnert werden und vermied es, in den Keller zu gehen. Sie vermied überhaupt vieles seit Daniels Selbstmord im Februar. Sich mit Leuten zu treffen zum Beispiel und zur Arbeit und zu ihren Tangostunden zu gehen, ja, generell das Haus zu verlassen.

Sie ertrug die Neugier der Menschen nicht. Sie ertrug auch ihr Mitleid nicht.

Ihre Finger ertasteten den Schalter, er hatte sich leicht vom Putz gelöst und hing an den Kabeln. Die Liste, was alles in dem alten Haus repariert werden musste, erinnerte an die Köpfe des Seeungeheuers Hydra. Jedes Mal, wenn man einen abschlug, wuchsen zwei neue nach.

Sie zog das Handy aus der Hosentasche. Der Lichtschein ihrer Handytaschenlampe fegte über die alten Möbel ihres Bruders – das schmale Bett, den Schreibtisch und das volle

Bücherregal –, bevor er bei zwei Umzugskartons haltmachte. Sie enthielten die Fallakten von Daniels Prozess und Tod und die wenigen Besitztümer, die er mit im Gefängnis gehabt hatte.

Hannah legte eine Hand auf den obersten Karton. Er war eingestaubt, und die Ecken waren nach innen eingebeult. Der Name der Spedition stand schwarz auf der Seite. Sie öffnete ihn und leuchtete hinein. Plastikmappen in Grün und Rot, Eckspannmappen, ein Stapel LPs und eine Tasse, an die sie sich nicht erinnerte. Ein Schuhkarton mit den Disketten und den Notizbüchern, die er periodenweise mit Texten gefüllt hatte, die wie Kauderwelsch anmuteten. Tausende Seiten unzusammenhängender Gedanken, wie sich die Klimakatastrophe abwenden ließe, das war sein Ding, wenn er manisch war. Seine Mission.

Die Texte waren ihm oft in Träumen von einem Adler oder einem Wal übermittelt worden, deren Botschaft die Welt retten könne. Das war so verrückt, dass Hannah den Gedanken daran fast nicht ertrug. Sie strich über einen dunkelblauen Pullover mit einem kleinen roten Herzen auf der Brust, den sie ihm zu einem ihrer früheren gemeinsamen Geburtstage geschenkt hatte.

Verliert man jemanden, den man liebt, verliert man etwas von sich selbst, heißt es. Die Trauer über einen Todesfall ist ein statischer Zustand, ein Lebensumstand ohne ein Versprechen auf Veränderung. Doch bei Selbstmord beschwert ein dröhnendes *Warum?* die Trauer und blockiert den Heilungsprozess. Es war ein Schock für sie zu erleben, wie wenig ihr Fachwissen ihr nutzte, sich selbst zu helfen. Daniels Psychiater im Maßregelvollzug, Mikkel Felding, den sie aus Studientagen kannte, hatte ihr ein Gespräch über Daniels letzte Lebenszeit angeboten. Vielleicht war es nun an der Zeit, das

Angebot anzunehmen und zu sehen, ob ihr das etwas Erleichterung verschaffte.

Mit einer Energie, die sie nicht spürte, nahm sie den obersten Karton, trug ihn zur Kellertreppe und brachte ihn hoch in die Diele, immer zwei Stufen auf einmal nehmend. Lief wieder hinunter, holte den anderen und stellte ihn auf dem schwarz-weiß karierten Boden ab. Eine Wolke aus Staubpartikeln tanzte im Sonnenlicht. Hier, im Tageslicht der Diele, sahen die Kartons unschuldig aus und hätten ebenso gut Winterstiefel enthalten können wie die letzten Besitztümer eines Menschen.

Hannahs Handy meldete sich. Sie zog es heraus und sah auf das Display. Eine unterdrückte Nummer. Sie nahm den Anruf zögernd an. »Hallo?«

»Guten Tag, hier spricht Sanne Jørgensen vom Sekretariat des Gefängnisses in Nykøbing. Ich rufe wegen eines früheren Insassen an. Spreche ich mit einer Angehörigen von Daniel Leon?«

»Ja, ich bin seine Schwester, Hannah Leon.«

»Mein Beileid.«

»Danke.« Hannah räusperte sich unsicher. »Um was geht es denn?«

»Ich rufe an, weil wir – in Verbindung mit der Ausquartierung des Maßregelvollzugs nach Slagelse – die alte Abteilung renovieren und teilweise abreißen. Als wir die Möbel aus der Zelle ihres Bruders geschafft haben, haben wir etwas gefunden …« Es rauschte in der Leitung, als läge das Gefängnissekretariat in Alaska und nicht knapp hundert Kilometer entfernt. »Hinter einem Schrank. Er hat die Rückwand abgenommen und an die Wand geschrieben, mit Permanentmarker und einem Kugelschreiber aus der Kreativwerkstatt.«

»Was hat er geschrieben?«

»Er hat nicht mit richtigen Buchstaben geschrieben, sodass niemand von uns es lesen kann. Vielleicht ist es nur Gekritzel. Aber falls Sie es sehen wollen, bevor die Wand eingerissen wird, können wir das gerne arrangieren.«

»Äh, ich weiß nicht.« Hannahs Magen schlug einen langsamen Purzelbaum bei der Vorstellung, das Gefängnis noch einmal zu betreten. Bei dem Gedanken an die lange Zugfahrt auf denselben Schienen, auf denen Daniel sich das Leben genommen hatte. »Können Sie uns ein Foto schicken?«

Ein Prusten war im Hörer zu hören, als lachte und schnaubte die Sekretärin gleichzeitig. »Ich kann natürlich mit dem Handy ein Foto von der Wand machen und es Ihnen schicken, wenn Sie meinen, Sie können das lesen?«

Hannah zögerte, offenbar lange genug, dass die Gefängnissekretärin die Geduld verlor. »Wir unterrichten Sie nur der Ordnung halber. Sie können anrufen und einen Termin vereinbaren, wenn Sie das wollen.«

»Okay, danke.«

Hannah legte auf.

Vielleicht hatte Rune recht, vielleicht war sie gefühlsarm. In einer Familie von sensiblen, introvertierten Gemütern war sie sich oft wie eine Fremde vorgekommen. Als Kind hatte man ihr immer wieder gesagt, dass sie sich mäßigen, herunterkommen und um Gottes willen versuchen solle, ein bisschen zu entspannen. Daniel konnte stundenlang dasitzen und zeichnen oder lesen, während sie die erste Etage in eine Reitbahn verwandelte und mit ihrem Steckenpferd Springturniere ritt. Meine kleine Pippi Langstrumpf hatte ihre Mutter sie genannt, und obwohl sie es lieb gemeint hatte, war Hannah der Hauch von Missbilligung nicht entgangen, der sich hinter den Worten verbarg.

Mit der Stimme ihrer Mutter im Ohr stieg sie die Kellertreppe hinunter. Die Zeit nach der Verurteilung war verschwommen, nach dem Gerichtsverfahren, in dem Daniel für den Mord an seiner Ex-Frau verurteilt worden war, hatte Rose Leon sich in ihr Bett gelegt und war nicht wieder aufgestanden. Die Blutkrebsdiagnose war ein Schock gewesen, doch laut der Ärzte handelte es sich um eine Krankheit, mit der und nicht an der sie sterben würde. Sie irrten sich. In der Nacht zum 7. Februar dieses Jahres tat Rose Leon ihren letzten Atemzug und verließ im Alter von vierundsiebzig Jahren diese Welt, als könne sie es nicht erwarten wegzukommen.

*

»Entschuldigung … hallo!«

In dem Versuch, mit ihren hundertzweiundsechzig Zentimetern etwas größer auszusehen, stellte sich Liv unauffällig auf die Zehenspitzen. Die Beine taten weh, aber sie streckte sich trotzdem und hob das Kinn. Leider schien das den Mann hinter der Bar nicht zu interessieren, der selbstsicher zwischen Kaffeemaschine und Kasse hin und her lief und über ihren Kopf hinwegsah. Kopenhagener Cafés, murmelte sie vor sich hin und dachte sehnsüchtig an ihre Kaffeebar in Aalborg. Dort ließ man die Kunden nicht warten und bekam noch ein Lächeln dazu, wenn man sein Geld auf die Theke legte.

»Ich hätte gerne eine Cola und ein Milchbrötchen mit Butter.« Diesmal sprach sie etwas lauter.

Der Barkeeper lächelte, ohne die Kanne mit der Milch abzustellen, die er gerade aufschäumte, und rief demonstrativ zurück. »Setzen Sie sich schon mal hin, wir kommen an den Tisch!« Er wandte sich wieder der Kaffeemaschine zu.

Liv kannte das. Wenn man klein und dünn ist, wird man

übersehen, besonders von überheblichen Männern hinter Schaltern. Das war einer der Gründe, aus denen sie ihre Polizeiuniform so geliebt hatte. Deren Embleme und der Gürtel mit Knüppel und Dienstwaffe forderten Respekt, selbst von Arschlöchern wie ihm. Sie vermisste sie, die Uniform. Vermisste den Job, die Identität.

Aber jetzt bist du hier, rief sie sich in Erinnerung und suchte sich einen freien Tisch zwischen den Zeitung lesenden Morgengästen des Cafés. Sie stellte die Sporttasche auf den Boden und setzte sich, schaltete ihren Laptop an und loggte sich ins Internet ein. Thereses Duft haftete noch auf ihrer Haut, was ziemlich ablenkend war. Sie hatte ihr keine Nachricht zukommen lassen, nachdem Liv ohne Abschied das Hotelzimmer verlassen hatte. Wahrscheinlich war sie mit dem Schnellzug auf dem Heimweg. Vielleicht würde sie sich beruhigen und später schreiben.

Liv öffnete die Website der Polizei und überflog die Stellenangebote, ohne etwas Interessantes zu entdecken. Sie schloss die Seite wieder, rief ihre Statistik bei Google Ads auf – nicht imponierend – und überflog anschließend den Wortlaut eines unaufgefordert gesandten Angebots zum Abschluss von Renten- und anderen Versicherungen. Sie biss sich in die Lippe, während sie Buchstabendreher berichtigte und Kommata setzte. Vor drei Monaten hatte sie noch einen festen Job als Ermittlerin und eine Wohnung mit Blick auf den Himmel über dem Limfjord. Jetzt saß sie hier und bot ihre Dienste unter dem Namen *LJ Privatdetektive* an. Im Plural, so fühlten die Kunden sich besser aufgehoben, obwohl es niemanden außer ihr gab.

Sie öffnete ihre neu eingerichtete Firmenmail und antwortete einem Klienten, einer Versicherungsgesellschaft, die Ergebnisse anmahnte. Ein bei ihnen versicherter Patient mit

Rückenschmerzen war angeblich gesünder, als er die Versicherungsgesellschaft glauben ließ. Liv versprach, so schnell wie möglich zu liefern. Es gab zwei neue Anfragen, beide von anderen Versicherungsgesellschaften, die ähnliche Aufgaben zu vergeben hatten. Liv schickte ihnen ein Angebot und mailte die Referenz mit, die Petter Bohm, Ermittler der Mordkommission Kopenhagen, ihr vor drei Jahren für ihre Bewerbung bei der nordjütländischen Polizei geschrieben hatte.

Während Livs Ausbildung auf der Polizeischule hatte dieser einen Kurs in Verhörtechniken geleitet, der in ihrer Erinnerung zum Besten gehörte, was sie in dieser Zeit gelernt hatte. Als sie später bei der Bereitschaftspolizei arbeitete, hatte sie ihn bei einem Fall von häuslicher Gewalt wiedergetroffen, der in einem Mord geendet hatte. Ein betrunkener Mann hatte behauptet, der Treppensturz seiner übel zugerichteten Frau wäre ein Unfall gewesen, die Würgemale an ihrem Hals hätten nichts mit ihm zu tun.

Trotz ihres jungen Alters hatte Petter sich entschlossen, sie in die Ermittlungen einzubeziehen. Sie war bei Verhören dabei gewesen, hatte Zeugen aufgesucht und genug Beweise gesammelt, dass es für eine Anklage reichte. Sie war sogar dabei gewesen, als der Täter schließlich einknickte und ein tränenreiches Geständnis ablegte.

Petter fand, dass sie tüchtig war. Speziell. Bei dem Gedanken wuchs sie um einige Zentimeter. Seine Töchter, die in Livs Alter waren, hatten sich für andere Berufswege entschieden – *Gott sei Dank*, sagte er oft, ohne es zu meinen. Einige Kollegen runzelten die Brauen ob ihrer Vertrautheit und verbreiteten hinter ihren Rücken boshafte Gerüchte. Das hatte Liv zu spüren bekommen, als sie mit erst fünfundzwanzig Jahren die Stelle in Aalborg bekam und anderen Bewerbern mit einem höheren Dienstalter und mehreren Skalps im Rucksack vorgezogen wurde. Die Ermittler vor Ort hatten sie Kaffee holen lassen, als wäre sie ihre Sekretärin. Sie hatte sie ignoriert und nach einigen Monaten erste Verbündete unter den Kollegen gefunden. Johan. Michala. Per Anders. Sie machten den Alltag auf der Wache erträglich, aber die Frotzeleien hatten nie ganz aufgehört, und die Stimmung war angespannt geblieben.

Liv warf einen Blick über ihre Schulter, schaltete den Laptop aus und steckte ihn in die Sporttasche. Der Barkeeper hatte ihre Bestellung offenbar vergessen, und das war okay für sie. Kopenhagen war teuer, und der Verdienst als Privatdetektivin warf bisher nicht viel ab. Die kleinen Beträge, die sie mit Fällen von Versicherungsbetrug und dem Bruch von Konkurrenzklauseln verdiente, waren ein Tropfen auf den heißen Stein. Es ist nur vorübergehend, sagte sie sich, sie würde schon noch einen Job als Ermittlerin bekommen.

Gerade als sie aufstehen wollte, kam der Barkeeper mit ihrer Cola und dem Milchbrötchen und legte die Rechnung daneben. Der Betrag entsprach dem, was sie für einen Sonntagsbrunch in Aalborg bezahlt hätte.

*

Nima Ansari nahm die Zigarette aus dem Mund und ging um den Holley 670-Vergaser herum, der auf zwei Europaletten vor der Werkstatt aufgebockt war. Eine Corvette C3 von 1974, älter als er selbst. Der Besitzer hatte das Auto nach diversen, allerdings vergeblichen Besuchen in autorisierten Werkstätten gestern hier abgeliefert, weil es weiter im Leerlauf absoff.

Nima hatte bereits die Düse im Schwimmergehäuse überprüft, die Zündkerzen und den Benzinfilter vor dem Vergaser, ohne die Ursache für das Problem zu finden. Jetzt wartete eine Detektivarbeit auf ihn. Ventile und Schläuche mussten überprüft, gereinigt und ausgewechselt werden, der Fehler konnte in den beweglichen Teilen liegen oder vielleicht in einer Undichte im Vakuumsystem. Das war eine Herausforderung, doch er liebte Herausforderungen, zumindest die der konkreten, analogen Art. Die sich mit Zeit und Sorgfalt lösen ließen.

Er wischte sich die Finger an seinem Blaumann ab und sah zu dem hinteren Haus hinüber. Eine alte, herrschaftliche Villa, vergessen in einem Hinterhof zwischen Vesterbro und Fredriksberg. Sie war ganz offensichtlich einmal stattlich gewesen, doch jetzt bedurfte sie dringend der Renovierung. Hin und wieder trank Nima mit dem alten Mann, Jan, der in dem Haus wohnte, einen Kaffee und tauschte Bücher aus. Seit dem Tod seiner Frau war er allein.

Es juckte Nima in den Fingern, den losen Putz der Villa abzuschlagen, die Böden aufzuarbeiten und die morschen Fensterrahmen abzuschleifen. Doch er hatte mit den Autos reichlich zu tun und brauchte keine zusätzliche Arbeit. Und jetzt, da Jans Tochter eingezogen war, hielt Nima respektvoll Abstand. Er hatte sie nach Ostern Kartons hereintragen sehen. Wahrscheinlich eine Scheidung, sie war im richtigen Alter dafür, dachte er und griff nach einem Rollgabelschlüssel.

Er löste den Bolzen, mit dem der Schlauch an dem Auspuffkrümmer befestigt war, und untersuchte ihn minutiös auf undichte Stellen. Löste den Stutzen. Vielleicht sollte er bald einmal bei seiner Mutter vorbeischauen. Ihre Gürtelrose war wieder ausgebrochen, und ihr ging es zu schlecht, als dass sie das Haus verlassen konnte, woran sie ihn täglich erinnerte.

Nima war klar, dass es primär um etwas anderes ging. Er wusste auch, dass seine Schwester Daria gestern mit zwei vollen Einkaufstüten bei ihr vorbeigeschaut hatte, doch das erleichterte nicht sein schlechtes Gewissen. Es spannte wie eine Nabelschnur. Ein Flüchtling kann sich zeitweilig frei fühlen, aber ganz frei wird er nie sein.

Er trocknete den Stutzen mit einem Lappen ab, beschloss, einen Zentimeter des Schlauchs abzuschneiden und ihn mit einer neuen Schlauchklemme zu versehen. Auf der Suche nach der richtigen Kiste ging er in die Werkstatt. Das Handy in seiner Tasche brummte. Er holte es heraus, sah auf das Display und lächelte. Marianne.

In der alten Autowerkstatt hing der Geruch nach Öl und Rauch unter der Decke. Sie war nicht größer als fünf mal sechs Meter, und die Wände waren mit Masonit-Platten verkleidet, auf denen Werkzeuge abgebildet waren. Rundherum waren Regale angebracht. Hier hatten die Dinge ihren festen Platz. Kisten mit Bolzen und Schrauben, Notizen und Gummis, Seite an Seite, klar gekennzeichnet. Das ordentliche, wenn auch altmodische Lager war Teil des Handels gewesen.

Nima liebte die Stofflichkeit des Systems. Es erinnerte ihn an den Kaufmannsladen, den er damals, als die Familie noch in Qaem-Schahr im nördlichen Iran wohnte, zum Spielen bekommen hatte. Bestimmt ein Erbstück von einer seiner Tanten väterlicherseits und ursprünglich für Daria gedacht, die jedoch nicht damit hatte spielen wollen. Der Laden bestand aus drei Vitrinenschränken in Kindergröße und einer niedrigen Theke mit einer Kasse aus glänzendem Messing, die *ding* sagen konnte. Es gab Holzschubladen für Mehl und Reis, die knirschten, wenn man sie herauszog. Eine kleine Welt aus Ordnung und Qualität.

Die Werkstatt hatte er seinerzeit von Metall-Robert übernommen, einem eingefleischten Vesterbro-Mechaniker, der in Rente gegangen war. Sie hatten weder einen Vertrag aufgesetzt noch die Bank in ihren Handel involviert, sondern einfach alles mit Handschlag besiegelt und die Umschläge ausgetauscht. Die Werkstatt war klein und hatte ihre Grenzen. Wenn er eine Grube oder einen Hebelzug brauchte, musste er sich an die nächste autorisierte Werkstatt wenden, aber das war selten der Fall. Oldtimer ließen sich meist mit einem Amateurwerkzeugkasten und einer guten Portion Geduld hier im Hof reparieren.

Es hätte so anders werden können. Er hatte den größten Teil eines Ingenieurstudiums abgeschlossen und wusste, dass seine Eltern sich einmal mehr erwartet hatten. Ihre Ambitionen hatten ihm viele Jahre Spannungskopfschmerzen verursacht. Mit der Werkstatt waren sie verschwunden.

In der Ecke, die der Tür am nächsten war, stand ein Sessel neben einer Kaffeemaschine und einem Spülbecken, einer Musikanlage und einem Geheimfach für Bargeld und die Joints, die er ab und zu rauchte. An der Wand hinter der Anlage hing ein Ausdruck des Lieblingsgedichts seines Vaters von Forugh Farrochzad, der viel geliebten iranischen Dichterin. Das, in dem sie sich weigert zu bereuen.

Ich bereue nicht,
wenn ich an diese Resignation denke,
diese schmerzliche Kapitulation.
Ich habe das Kreuz meines Lebens geküsst
auf den Hügeln meiner Hinrichtung.

In den kalten Straßen der Nacht
trennen die Paare sich immer zögernd.

In den kalten Straßen der Nacht
gibt es keine Laute, nur Stimmen,
die auf Wiedersehn, auf Wiedersehn rufen.

Auf der Flucht über die türkischen Berge, wo sie im Schneetreiben durch die Nacht gelaufen waren, hatte er dieses Gedicht jeden Abend für seine Mutter und seine Schwester aufgesagt. Anfangs, um sich zu erinnern, woher sie kamen, später, um zu vergessen, was er getan hatte, um anzukommen.

KAPITEL 2

Liv schaltete das Gebläse des Fiat an und hielt den Kopf vor das Gitter in dem Versuch, nicht einzuschlafen. Auf dem Sitz neben ihr stand eine Papiertüte mit einer fettigen Verpackung eines Egg McMuffins. Sie bedauerte es nicht, noch einen gekauft zu haben. Die vormittägliche Überwachung zog sich in die Länge, und ihr Magen fing langsam wieder an zu knurren. Der Parkplatz um sie herum füllte sich still und ruhig mit Autos, die warm wie Treibhäuser in der Sonne standen. Mitunter strömten Kinder und Erwachsene heraus, und sie sah sie mit großen Sporttaschen an sich vorbeikommen und im Grøndalscenter verschwinden.

Ihr Auftraggeber wollte Beweise, dass sein Klient jeden Montagvormittag mit seinen Kumpeln Tennis spielte und deshalb nicht so von einer Spinalstenose und einem Bandscheibenvorfall geplagt sein konnte, wie er behauptete. Liv hatte den Mann fotografiert, als er mit einer Schlägertasche über der Schulter in die Sporthalle gegangen war, und jetzt wartete sie noch, um auch zu dokumentieren, wie er verschwitzt wieder herauskam. Ein Kindergartenkind könnte meine Arbeit machen, dachte sie grimmig und schaltete erneut an dem Gebläse, das die Luft im Auto zirkulieren ließ. Sie gähnte und lehnte die Stirn gegen den Lenker. Nur einen Moment.

Liv liebte es, Rätsel zu lösen, das war schon immer so gewesen. In den unteren Klassen hatte sie mit zwei Klassenkameradinnen ein Detektivbüro gegründet und die langen Nachmittage damit verbracht, verdächtige Dinge in Rødovre zu untersuchen: ein verlassenes Fahrzeug mit einer zerbrochenen Scheibe, ein merkwürdiges Haus, das dunkel mit schmutzigen Fensterscheiben dalag, eine verlorene Geldbörse mit nur einem Passfoto darin. In der fünften Klasse waren die Klassenkameradinnen des Spiels müde gewesen, und das Büro hatte sich aufgelöst. Liv hatte so getan, als würde sie auch lieber Musik hören und Rollschuh fahren.

Jetzt hatte sie längst ihre Liebe zur Detektivarbeit zu ihrem Beruf gemacht. Das prickelnde Gefühl im Bauch, wenn ein Steinchen an seinen Platz fiel und das Rätsel plötzlich aufging. Der Sherlock-Holmes-Effekt. Andere Ermittler würden unter Umständen die Befriedigung anführen, einen Schuldigen zu stellen und den Hinterbliebenen Frieden zu geben, würde man sie nach ihrer Motivation fragen. Die Wächter der Gerechtigkeit. Für Liv war die Ermittlung als solche der Reiz. Der Prozess an sich. Vielleicht machte sie das zu einer weniger moralischen und menschenfreundlichen Ermittlerin, vielleicht machte es sie aber auch effektiver.

Sie hob den Kopf und blickte durch die Frontscheibe. Die Tür der Sporthalle ging auf, und eine Gruppe mittelalter Männer mit nassen Haaren und in kurzen Hosen kam heraus. Sie erkannte ihre Zielperson und griff nach der Kamera, die mit Teleobjektiv auf dem Beifahrersitz neben der McDonald's-Tüte lag.

Sie fotografierte. Es sprach schon einiges dafür, dass der Rückenpatient in besserer Form war, als er behauptete. Ärgerlich, dass er wie eine kleine Mücke erschlagen werden sollte, dachte sie, während die Fotos sich auf der Speicherkarte mehrten. Vielleicht hatte er wirklich Rückenschmerzen und wollte lediglich seinen Körper und sein Netzwerk intakt halten. Vielleicht war er ein gemeiner Schwindler, der versuchte, das System zu betrügen.

Was auch immer zutraf, sein Untergang bezahlte ihre Rechnungen.

*

Das Röhren der Badezimmerrohre sagte Hannah, dass ihr Vater wach war. Sie ging aus dem Keller nach oben, mahlte Bohnen und setzte Kaffee auf. Die Küche war klein, aber gemütlich und hatte noch immer die originalen Schubladen aus Massivholz, die nie eine Schraube gesehen hatten. Sie schob Brötchen in den Ofen und deckte den Tisch mit dem Goldrandgeschirr ihrer Mutter. Es wäre seltsam, den Tag nicht festlich zu begehen.

»Guten Morgen.«

Ihr Vater tauchte in einem karierten Blazer, mit rasierten Wangen und zurückgekämmten Haaren in der Tür auf. Jan Leon stützte sich mit beiden Händen auf einen Stock. Wenn man nicht genau hinsah, fiel einem nicht auf, wie dünn er unter den Schulterpolstern geworden war.

»Hallo, Vater, hast du gut geschlafen?«

Er zog minimal eine Schulter hoch, was, wie sie wusste, nein bedeutete. In den letzten Jahren hatte die Krankheit langsam seinen ehemals so guten Schlaf ruiniert. Jetzt brachte sie ihn in der Regel dazu, bis spät in den Vormittag hinein liegen zu bleiben, um sich zumindest auszuruhen.

»Ich habe kein Geschenk für dich, das hat Mutter immer …«

Hannah unterbrach ihn mit einer Handbewegung. Das Letzte, was sie wollte, war, daran erinnert zu werden, wie es immer gewesen war.

»Mach dir darüber keine Gedanken, Vater. Das Frühstück ist fast fertig. Ich habe gewartet, bis du auf bist.«

Er lehnte den Stock gegen die Wand und setzte sich auf die Klappbank an den rustikalen Esstisch in der Küche. Aprikosen- und Erdbeermarmelade, beides musste auf dem Tisch stehen. So ist das mit Zwillingen, Sonne und Wind müssen zu gleichen Teilen aufgeteilt werden.

Normalerweise hatte ihre Mutter Marmelade aus den Aprikosen im Garten gekocht, doch der Baum hatte in den letzten Jahren keine Früchte getragen. Und Mutter war tot. Also kaufte Hannah die Marmelade jetzt einfach im Supermarkt.

Sie beschloss, noch etwas zu warten, bevor sie ihrem Vater von dem Anruf aus dem Gefängnis erzählte. Daniel jetzt zu erwähnen, würde garantiert die Stimmung verderben.

Jan griff nach der feinen Silberkanne, die nur bei festlichen Gelegenheiten auf den Tisch kam. Er war immer derjenige, der eingoss, selbst jetzt, wo ihm die Finger nicht mehr richtig gehorchten. Hannah widerstand dem Drang, ihm zu helfen – er würde es hassen –, und setzte sich. »Erinnerst du dich an den Aushang bezüglich der Kellerwohnung? Den ich vor ein paar Wochen auf Facebook gestellt habe?«

Sie hatte ihm nichts von der Mahnung erzählt, die Ende August in ihrem Posteingang aufgetaucht war. Sie war zu erwarten gewesen, natürlich konnte das Krankenhaus keine Krankmeldung tolerieren, die sich bis ins Unendliche hinzog. Sie musste bald wieder zur Arbeit gehen, wenn sie keine Kündigung riskieren wollte. Und sie konnte auch nicht ewig hier wohnen bleiben und sich um ihren Vater kümmern, sie musste an die Zukunft denken, um ihrer beider willen. Von seiner Rente allein konnte er nicht leben.

»Rate mal, wer sich darauf gemeldet hat!«

Jan sah sie mit leeren Augen an.

»Carls Enkelin, Liv Jensen. Sie hat mir geschrieben, vielmehr ihre Mutter, Merete. Sie musst du doch kennen?«

Jan nickte besonnen. »Ich glaube, ich habe Carls Tochter nicht mehr gesehen, seit sie geheiratet hat. Das muss dreißig Jahre her sein, wenn nicht länger.«

»Bist du Liv mal begegnet?«

Er lächelte. »Ja, sicher! Sie war Carls Augenstern. Hat er sie nicht einmal auf ein Fest mit hierher gebracht? Zu Mutters Sechzigstem vielleicht. Wie alt kann sie jetzt sein? Vierzehn, fünfzehn?«

»Sie ist neunundzwanzig, Vater! Die Zeit vergeht.« Hannah konnte ein Lachen nicht unterdrücken. »Und sie ist gerade von Nordjütland nach Kopenhagen gezogen und braucht eine Wohnung. Merete hat gesagt, dass sie nett und ordentlich ist, nicht raucht und pünktlich ihre Miete zahlt. Sie kommt morgen mit ihren Sachen.«

»Morgen?« Jan sah sie bekümmert an. »Ist die Kellerwohnung denn überhaupt bezugsfertig?«

»Ich bin dabei, und so viel ist da nicht zu tun.« Sie tätschelte ihm die Hand und spürte die Knochen unter der dünnen Haut. »Du weißt doch, dass ich gerne aufräume und Ordnung mache. Ich mag das.«

Er rührte mit einem klirrenden Kaffeelöffel den Kaffee um und saß eine Weile in seine eigenen Gedanken versunken da.

»Entspann dich, Vater, wir sitzen einander ja nicht auf der Pelle.«

»Das weiß ich wohl.«

Er klang gereizt, das hatte sie auch erwartet. Jan Leon hatte das Heim der Familie all die Jahre verteidigt wie ein Ritter sein Schloss. Der Gedanke an eine Mieterin gefiel ihm nicht. Nicht einmal, wenn es sich um die Enkelin eines alten Freundes handelte.

»Vater, wir haben das doch besprochen.«

Einen Moment blieb er mit auf die Tasse gerichtetem Blick sitzen, dann hob er den Kopf und nickte ihr zu. »Das weiß ich doch, Schatz.«

Sie erwiderte sein Lächeln und schnitt ihnen beiden ein Brötchen auf. Schmierte Butter darauf und griff nach der Marmelade. Aprikose für sie.

»Wie wäre es, wenn wir Rune heute Abend zu uns einladen?« Er fragte beiläufig, doch sie wusste, dass er seinen selbst erklärten Schwiegersohn vermisste.

»Ich hatte eigentlich überlegt, zum Tangotanzen zu gehen, aber wir beide können auch einfach zusammen essen?« Hannah brachte es nicht übers Herz, ihrem Vater zu sagen, dass Rune sich vermutlich lieber einen ganzen Tag bei IKEA aufhalten würde, als den Abend mit ihr zu verbringen. »Dann mache ich uns Ravioli, die mit einem ganzen Eigelb und vielleicht ein paar Trüffeln, wenn ich welche bekomme.«

Er zuckte mit den Schultern und hob die Kaffeetasse zu einem resignierten Prost. »Ja gut, dann herzlichen Glückwunsch.«

*

Liv parkte das Auto am Rigshospital und ging an den Seen entlang bis zum Ende des Sortedamssøen. Die kleinen Kaffeehaustische standen dicht vor dem *Franske Café*, und Wärmelampen bemühten sich, die Sommersaison für die Rosétrinker zu verlängern, die gerne zum Wein eine Zigarette rauchten und nichts dagegen hatten, mit dem Nachbartisch Ellenbogen an Ellenbogen zu sitzen. Liv trat unter die großen Kastanienbäume und ließ den Blick über die Gäste unter der Tricolore-Markise schweifen.

Petter hatte einen Tisch in der Ecke ergattert und saß hinter einer aufgeschlagenen Zeitung. Er hatte einen halben Liter Fassbier vor sich, wie er ihn hin und wieder zum Feierabend trank. Nie mehr. Eine angezündete Zigarette qualmte vor ihm im Aschenbecher vor sich hin, auch die rationierte er.

Sie blieb einen Augenblick stehen und musterte ihn; den grauen Haarkranz um die Glatze und die kräftigen Schultern unter dem Blazer, der an der einen Seite durch die Brieftasche in der Innentasche tiefer hing. Ein wohlbekanntes Gefühl der Sicherheit breitete sich in ihr aus. Petter hatte eine große Familie und war vor Kurzem zum vierten Mal Großvater geworden, aber ein bisschen war er das auch für sie. Mittlerweile bezeichneten sie ihn als ihren Mentor.

»Ist hier noch Platz für eine Person?« Er schlug die Zeitung zu und sah mit einem schroffen Blick auf, der milder wurde, als er sah, wer vor ihm stand.

»Nur wenn die Person interessanter ist als die heutigen Nachrichten. Schaffst du das?«

»Ich tue mein Bestes.« Liv setzte sich, und er faltete die Zeitung zusammen. Eine Cola stand schon für sie auf dem Tisch. Sie lächelte ihn an.

»Ich gehe nicht davon aus, dass dein Geschmack sich seit unserem letzten Treffen geändert hat?«

»Danke, hat er nicht. Wie geht es Susanne? Und den Kindern?«

»Denen geht es gut. Die Schar wächst und mein Bauch auch. Alles ist so, wie es soll. Ich soll übrigens grüßen und dich in der Großstadt willkommen heißen. Ich habe versprochen, dafür zu sorgen, dass du an einem Tag in der Woche zum Essen zu uns herauskommst.« Er zog an der Zigarette und drückte sie aus. »Hat es mit der Wohnung geklappt?«

»Ich ziehe morgen ein.«

»In Vesterbro, nicht?«

Liv nickte. »Es ist eine Kellerwohnung, aber in einer schönen, alten Villa. Und es ist gut, etwas Eigenes zu haben.«

»Bist du deiner Eltern müde?«

Sie verdrehte zur Antwort die Augen, und Petter gluckste.

»Womit verbringst du deine Zeit, Liv?«

Sie schwankte einen Moment zwischen dem Drang, ihm zu imponieren oder ehrlich zu antworten, entschloss sich dann zu Letzterem.

»Ich versuche, meine Detektei zu etablieren, aber das braucht Zeit. Die Konkurrenz ist groß. Ich hoffe ja, dass sich bald bei euch etwas ergibt …« Sie ließ den Satz einen Moment in der Luft hängen.

Er ging nicht darauf ein.

»Außerdem halte ich mich in Form und lerne die Stadt kennen.«

»Davon kann man nicht leben.«

»Dann ist es ja gut, dass ich dich habe und du mich mit Getränken versorgst.« Sie hob ihr Glas zu einem stummen Prost.

Petter schaute über den See. »Ich hab was für dich. Eine Aufgabe.«

Liv zog die Brauen hoch.

»Vielleicht sollte ich es lieber eine Gefälligkeit nennen, denn ich kann dich nicht bezahlen, ich kann nur für deine Ausgaben aufkommen.«

Sie stellte das Glas ab. Petter war eigentlich nicht der Typ, der um Hilfe bat. Genau genommen konnte sie sich nicht erinnern, das überhaupt schon einmal erlebt zu haben.

»Lass hören.«

»Erinnerst du dich an den Mordfall, in dem ich vor drei

Jahren die Ermittlungen geleitet habe? Der in den Medien so viel Aufmerksamkeit bekommen hat?«

»Der Journalist?«

Er nickte. »Erwürgt in seiner eigenen Wohnung in Østerbro. Du kannst das Gebäude von hier aus sehen. Das Haus neben dem Friedhof.« Er zeigte in die Richtung. »Seine Frau ist nach Hause gekommen und hat ihn mit Schaum vor dem Mund in seinem Arbeitszimmer auf dem Boden gefunden.«

»Keine Zeugen?«

»Nur eine ältere Dame, die nichts gesehen hat. Außer ihr waren zum Tatzeitpunkt – der bei der Obduktion auf vormittags festgesetzt wurde – keine Nachbarn zu Hause. Niemand hat etwas beobachtet.« Er trank einen Schluck von seinem Bier und faltete die Arme vor der Brust, sodass sie auf seinem Bauch ruhten. »Es war, als wäre es nie geschehen.«

Petter fischte eine Packung Zigaretten aus der Tasche, sah sie jedoch nur an und steckte sie wieder ein.

»Wir haben den Fall gerade geschlossen, und das macht mir zu schaffen. Du weißt, dass ich nicht dazu neige, große Worte zu machen, aber das hält mich ehrlich gesagt nachts wach. Ich habe das unangenehme Gefühl, dass wir etwas übersehen haben, das für den Fall wichtig gewesen wäre. Vielleicht ist es auch nur mein Gewissen, das mir einen Streich spielt.«

Er sah sie ernst an, und ihr fiel auf, wie müde er wirkte. Erschöpft. In seinem Blick lag eine Verletzlichkeit, die ihr unbekannt an ihm war und die sie verlegen und gleichzeitig fest entschlossen machte, ihm zu helfen.

Er lächelte, auch ihn schien die Situation verlegen zu machen.

»Also, du kannst dir den Fall ja mal ansehen, wenn dir etwas richtige Polizeiarbeit fehlt?«

Liv nickte. »Sehr gerne. Aber wie?«

Petter biss sich in die Lippe. Dann beugte er sich diskret hinunter und öffnete mit einer Hand seine Tasche. »Ich hab eine Kopie der Akte mitgebracht.« Er fischte einen blauen Aktendeckel heraus und legte ihn auf den Tisch. »Wirf einen Blick hinein, und lass mich wissen, was du davon hältst.«

KAPITEL 3

Die Klingel der Werkstatt schellte schrill. Nima legte den Steckschlüssel weg und ging durch den Hof zum Tor, hob den Sperrhaken an und öffnete beide Flügel weit. Draußen auf der Straße lud ein Abschleppwagen ein Auto ab. Einen gut erhaltenen Morris 1000 von 1970, der hellblau lackiert war und nicht einen Kratzer aufwies.

Er nickte dem Abschleppwagenfahrer zu. »Der muss hier in den Hof, schieben Sie mal mit?«

»Dann mal los. Aber der Taxameter läuft weiter.«

Sie bekamen das Auto vor die Werkstatt geschoben, und Nima quittierte den Erhalt. Als der Abschleppwagen sich in Bewegung setzte und um die Ecke verschwand, kam eine Frau auf ihn zu.

Sein Herz setzte einen Schlag aus.

»Hei, Nima.« Marianne lächelte, sie hatte sich fast nicht verändert. Schön und schlank, blaue Augen unter schweren Lidern, das braune Haar im Nacken zusammengebunden, lange Beine, die sich unter einer losen Herrenhose versteckten. Sie hatte nur abgenommen, was ihr nicht stand. »Entschuldige, wenn ich zu spät bin. Es war unmöglich, einen Parkplatz zu finden.«

»Wo stehst du?«

»Um die Ecke.«

Sie blieb vor ihm stehen, und er küsste sie auf die Wange,

war sich jedoch nicht sicher, ob das angebracht war. Das letzte Mal hatte er sie vor knapp fünf Jahren gesehen, und da hatte sie ihn mit einem unterdrückten Weinen in der Stimme gebeten, sich nicht mehr bei ihr zu melden. Irgendwo hatte er immer noch eine Sonnenbrille von ihr. Er hatte ihren Wunsch respektiert, und auch sie hatte ihn nicht kontaktiert. Bis jetzt. Angeblich, weil er sich den Oldtimer der Familie ansehen sollte.

»Wie geht es dir?«

Sie erwiderte den Wangenkuss.

»Danke, gut. Das Leben geht gnadenlos weiter, du kennst das.« Sie sah zur Seite, als fiele es ihr schwer, ihm in die Augen zu sehen. »Und dir?«

»Alles gut.« Er wollte sich im Nacken kratzen, ließ es aber. Irgendwann ist man zu erwachsen, um den Schüchternen zu spielen. »Sollen wir ihn uns mal ansehen?«

Er machte eine ausladende Handbewegung zu dem offenen Tor hin und ließ ihr den Vortritt. Sie ging mit einem unergründlichen Blick an ihm vorbei, und er schloss mit klopfendem Herzen das Tor hinter ihnen.

»Danke, dass du mich so kurzfristig dazwischengeschoben hast. Es ist nicht so, dass es eilt, aber wir würden ihn gerne fahren können.« Sie legte eine Hand auf das Auto und lächelte ihn vorsichtig an.

»Das ist okay.« Er ging um den alten Morris herum und nickte anerkennend. »Ein schönes Stück, wo ist er her?«

Sie zögerte. »Adam hat ihn bei einem Händler in Hamburg entdeckt.«

Er sah sie an und versuchte, ihr zu signalisieren, dass es okay war, ihren Mann zu erwähnen, dass er ihr nichts nachtrug. Nicht mehr. Man konnte ja ohnehin kaum eine Zeitung aufschlagen oder den Fernseher einschalten, ohne dass er auftauchte. Doch sie sah weg und spielte nervös an ihrem Pferdeschwanz herum.

Nima öffnete die Kühlerhaube, sodass er einen Blick in den Motorraum werfen konnte. »Wo liegt das Problem?«

»Er bleibt stehen, wenn wir längere Strecken fahren. Es passiert gewöhnlich erst, wenn er warm ist oder wir auf der Autobahn sind.«

»Ist euch aufgefallen, wo die Temperaturanzeige steht, wenn das passiert?«

»Ganz oben bei H.« Sie stellte sich neben ihn. Die physische Nähe ließ eine gewisse Verlegenheit aufkommen.

Nima versuchte sich an einem kleinen Lächeln. »Nur die wenigsten Oldtimerbesitzer sind qualifiziert, das Auto zu besitzen, das sie gekauft haben.«

Sie lächelte nicht zurück, sondern hielt seinen Blick fest. Ihre Augen waren groß und ernst, und es versetzte ihm einen Stich. Er räusperte sich und sah wieder in den Motorraum.

»Das kann alles sein, von einem Leck im Kühlsystem bis hin zu mechanischen Problemen des Motors. Hm, der sitzt fest, vielleicht ist da etwas Rost. Versuch mal gegenzuhalten.« Er zeigte ihr, wo, und wartete, bis sie die richtige Stelle gefunden hatte, bevor er den Deckel des Wasserkühlers abschraubte und ihn ins Licht hielt.

»Da ist Rost im Gewinde. In der Werkstatt habe ich etwas, womit ich das reinigen kann, komm mit rein.« Nima schloss die Motorhaube mit einem kleinen Knall und ging voran.

Drinnen war es dunkel und stickig, und er stellte zu seinem Ärger fest, dass es nach Öl und altem Hasch roch. Der kleine transportable Lautsprecher spielte nur leise, aber sie hörte es.

»Chopin?«

Er wandte sich ab. Sie hatte ihn mit klassischer Musik bekannt gemacht. Das war ihr Ding.

Sie sah sich um. »Das ist sehr … authentisch hier. Eine echte Kopenhagener Werkstatt.«

Nima ging zum Waschbecken. Damals war sie nie mit in der Werkstatt gewesen, hatte alle Einladungen ausgeschlagen, und er hatte gewusst, dass sie es nicht wagte, zusammen mit ihm gesehen zu werden.

»Es ist vielleicht nicht so komfortabel hier, aber der Kaffee ist frisch aufgebrüht. Möchtest du einen?« Er schenkte Kaffee in zwei Becher und gab Marianne einen. Sie setzte sich in den Sessel, den einzigen richtigen Sitzplatz in der Werkstatt. Er selbst drehte einen Bierkasten um und setzte sich darauf.

»Du liest noch immer, wie ich sehe.« Sie lächelte über sein mitgenommenes Exemplar von *Paris – Ein Fest fürs Leben*, das in einem Regal lag.

Er nickte und versuchte, die Schmetterlinge in seinem Bauch zu ignorieren. Sieben Monate hatte ihre Beziehung gedauert, sich jedoch wie eine Ewigkeit angefühlt. Epochal, jedenfalls für ihn. Vielleicht einfach Liebe. Sie hatte versprochen, ihren Mann zu verlassen. Das war nie passiert. Jetzt stand sie hier, fünf Jahre später. Es konnte doch wohl nicht nur um das Auto gehen? Er zermarterte sich das Gehirn nach etwas Neutralem, das er sagen konnte.

»Arbeitest du noch mit Lisa zusammen?«

Er fragte nach seiner ehemaligen Nachbarin, die sie damals auf einer Party in ihrer Wohnung in Nørrebro miteinander bekannt gemacht hatte.

»Ja, wir arbeiten immer noch beide im Museum.«

»Geht es ihr gut?«

Marianne nickte. »Sie hat geheiratet und wohnt jetzt in Christianshavn.«

»Schön.« Nima trank einen Schluck Kaffee und erhaschte einen Blick auf seine Finger. Die Nägel waren schwarz von Öl.

»Nima …?«

Er begegnete ihrem Blick und war betroffen, wie traurig er war. »Ja?«

Sie blinzelte zweimal und schlug den Blick nieder. »Bis wann kannst du das Auto fertig haben?«

Er wartete, um zu sehen, ob sie wirklich danach hatte fragen wollen, aber es kam nichts mehr.

»Ich werde ihn mir morgen gründlich ansehen. Wenn ich weiß, was das Problem ist, schicke ich dir eine SMS.«

Sie stellte die Tasse auf den Boden und stand auf. Er erinnerte sich, wie sie aus dem Bett aufgestanden war, nackt und verletzlich und mit dem gleichen Blick. Er erinnerte sich an die langen, einsamen Tage und Nächte, nachdem sie aus seinem Leben gegangen war.

Eine Locke fiel ihr ins Gesicht, und sie strich sie hinter das Ohr. »Ich will dich nicht länger aufhalten.«

Sie warf sich ihre Tasche über die Schulter, stumm und zögerlich. Holte Luft und biss sich nervös auf die Lippe. Dann drehte sie sich um und ging zur Tür. Mit drei schnellen Schritten war Nima bei ihr und hielt sie mit einem starken Arm fest. Er kannte diese Stummheit, spürte die Messer in ihren unausgesprochenen Worten. Fünf Jahre, nachdem sie verschwunden war, tauchte sie wie aus dem Nichts auf, und jetzt wollte sie wieder verschwinden, ohne jede Erklärung.

Er griff nach ihren Schultern und drehte sie zu sich herum. Ein bisschen zu hart, das sah er an ihrer Reaktion, aber er konnte nicht anders.

»Marianne, warum bist du wirklich hier?«

*

»Den Abendkaffee trinken wir im Wintergarten. Kommst du und setzt dich ein bisschen zu uns?«

Merete Jensen warf einen Blick auf Livs Schuhe, sagte aber nichts, sodass Liv sie anbehielt und ihrer Mutter durch das Reihenhaus in den neuen Wintergarten folgte. Viele Jahre war er ein häufiges Gesprächsthema gewesen, und jetzt war der Traum mit einem Darlehen auf den unbelasteten Teil des Hauses endlich realisiert worden. Sie hatten zum Garten hin ein Loch in die Wand schlagen und einen Wintergarten mit einem Laminatboden und Thermofenstern bauen lassen. Ähnlich dem des Nachbarn.

Im Wintergarten saß Livs Vater auf einem weichen Stuhl, die Krücken gegen den Sofatisch gelehnt, der mit Kaffeetassen, einer Thermoskanne und Keksen gedeckt war.

»Hattest du einen guten Tag, Vater?«

»Ja, geht so.« Erik Jensen lächelte seiner Tochter flüchtig zu und griff nach der Thermoskanne. »Ich habe angefangen, dieses neue Nebennierenhormon zu nehmen, von dem ich dir erzählt habe. Jetzt müssen wir sehen.«

»Ich möchte nur Wasser, Vater.«

»Ach?« Merete setzte sich und fuhr sich mit den Händen durch die Haare.

Liv goss sich ein Glas Leitungswasser ein, klopfte ihrem Vater auf die Schulter und ließ sich auf das Børge-Mogensen-Sofa fallen.

»Vater ist bald zwei Wochen krankgeschrieben. Er kann absolut nichts tun, der Schwächling.« Merete lachte und kniff ihren Mann in die Wange, als wäre er ein unartiges Kind.

Seit vor nunmehr fast zehn Jahren eine viszerale Gicht bei ihm diagnostiziert worden war, pflegte sie ihn jedes Mal, wenn er einen Anfall hatte, während sie gleichzeitig mit ihm schimpfte.

»Ich habe gesagt, dass er aufhören soll, Limonade zu trinken, Zucker ist das Schlimmste, haben sie gesagt.«

»Ich trinke keine Limonade«, protestierte Erik.

»Wenn du das sagst.« Merete setzte sich, schlug die Beine übereinander und sah Liv auffordernd an. »Wie läuft die Jobsuche, Schatz? Hier, nimm einen Keks.«

Liv nahm sich einen Keks aus der blauen Royal-Danish-Dose. Ihre Eltern kauften jedes Neujahr eine, dann wurde den Rest des Jahres daraus angeboten. So war es, seit sie zurückdenken konnte.

»Gut«, log Liv. Ihre Eltern betrachteten die Detektei als nichts anderes als ein vorübergehendes Übel, bis sie eine richtige Arbeit gefunden hatte.

»Das ist schön zu hören.« Merete goss sich Kaffeesahne in den Kaffee und rührte um, dass es klirrte. »Jetzt, wo es mit der Polizei nicht geklappt hat, wäre es vielleicht einen Gedanken wert, Neues in Erwägung zu ziehen. Etwas nicht so Gefährliches. Denk daran, wie es Großvater ergangen ist.«

Liv spülte einen Bissen von dem trockenen Keks mit Leitungswasser hinunter.

Großvater war Polizist gewesen. Er war auch der Einzige in der Familie gewesen, der sie hinten auf sein Fahrrad gesetzt und den ganzen Weg zum Strand mit den Beinen hatte baumeln lassen. Der sie gelehrt hatte, Krabben mit einer alten Wäscheklammer zu fangen, und der ihr Bilder von damals gezeigt hatte, wo er mit einem Containerschiff gen Osten gefahren war.

An einem Julitag war er von einem geistesgestörten Mann auf einem Parkplatz angeschossen worden. Die Kugel traf das Schlüsselbein, wenige Zentimeter von der Halsschlagader entfernt, und hätte ihn beinahe getötet. Er lag zehn Tage auf der Intensivstation und schwebte zwischen Leben und Tod, bevor man sicher war, dass er es schaffte. Auf einem Auge hatte er das Sehvermögen eingebüßt. Liv hatte mit einer Schale Erdbeereis in der Küche gesessen, als ihre Eltern es ihr erzählt hatten, und selbst heute noch erinnerte sie der Geschmack von Erdbeeren an das Gefühl von Weltuntergang.

Noch lange, nachdem er sich erholt hatte und wieder arbeitete, hing die Katastrophenstimmung unter den Decken in Rødovre.

Vor allem Merete war es schwergefallen, das Geschehene loszulassen. Mit den Jahren war aus der Angst eine Erzählung von den Fallgruben des Lebens geworden, die Livs Zukunftsträume untermalt hatte, und als sie verkündete, dass sie auf die Polizeischule gehen wollte, hatte Merete zwei Wochen mit Migräne und heruntergelassenen Rollos im Bett gelegen.

»Habt ihr immer noch so viel zu tun in der Schule, Mutter?«

Merete verdrehte die Augen. »Der erste Monat nach dem Schulanfang ist immer heftig. Ich habe kaum Zeit zu frühstücken oder auf die Toilette zu gehen, so oft klingelt das Telefon. Und jetzt haben sie noch eine neue Bereichsleiterin für die unteren Klassen eingestellt, und die ist ein hoffnungsloser Fall.«

Liv nickte und ließ die Stimme ihrer Mutter ein oder zwei Stufen auf der Bewusstseinsleiter hinuntergleiten. Merete arbeitete seit siebenundzwanzig Jahren als Schulsekretärin in der Schule in Rødovre, und Liv hatte sie schon oft über die Verhältnisse schimpfen hören.

Stattdessen ging sie ihre Merkliste für den Umzug durch – Kisten, Schlüssel, Kaution. Alles klar.

»Er könnte allerdings etwas für dich sein. Vielleicht solltest du zum nächsten Schulfest mitkommen?«

An dem gespannten Gesicht ihrer Mutter konnte Liv sehen, dass sie etwas verpasst hatte, auf das eine Antwort von ihr erwartet wurde.

»Von wem redest du? Von der Bereichsleiterin?«

»Nein, nicht von ihr. Sag mal, hörst du mir überhaupt zu? Ich spreche von dem neuen Englischlehrer. Er ist wirklich fesch.«

»Mutter!«

Merete lächelte schalkhaft. »Du wirst bald dreißig, Schatz, ticktack, ticktack.«

Liv sah, wie das Gesicht ihrer Mutter sich in der Glasplatte des Sofatischs spiegelte.

Sie stellte das Wasserglas auf die Stirn der Mutter. »Ihr braucht für mich keine Dates zu arrangieren.«

Ihr Vater blinzelte nervös. »Mutter versucht doch nur zu helfen.«

»Ich will eure Hilfe nicht.«

Merete gab einen kleinen, tief aus der Kehle kommenden Laut von sich wie ein Hund, dem man auf die Pfote getreten hat. Erik legte ihr eine Hand auf den Arm.

»Ich gehe in mein Zimmer packen.« Liv stand auf.

»Schatz, das war doch nur Spaß. Machen wir es uns noch ein wenig gemütlich. Morgen ziehst du aus, und dann sehen wir dich vor Weihnachten bestimmt nicht wieder.« Merete griff nach der Kaffeekanne, goss eine Tasse ein und stellte sie vor ihr ab.

Liv setzte sich wieder und nahm sich noch einen Keks aus der blauen Dose. Er schmeckte ranzig.

*

»Bist du immer noch mit dem Keller zugange?« Jan Leon stützte sich auf seinen Stock und sah zu den Müllsäcken in der Diele hin.

»Ich bin fast fertig. Es war wirklich nicht der Rede wert.« Sie band einen Sack zu und trug ihn zur Haustür. »Heute kam ein Anruf aus dem Gefängnis. Daniel hat etwas an die Wand in seiner Zelle geschrieben.«

»Wie meinst du das?«

»Hinter dem Schrank. Sie haben es entdeckt, als sie die Möbel aus der Zelle geräumt haben.« Sie sammelte einen Armvoll alte Laken und Handtücher zusammen und warf sie in einen weiteren durchsichtigen Müllsack.

»Und was stand da?«

»Das weiß ich nicht. Er hat natürlich nicht auf Dänisch geschrieben, keiner kann es lesen.« Hannah band den Sack zu und trug ihn zu den anderen. Sie merkte, dass ihr Vater sie anstarrte. »Was willst du, das ich tun soll?«

»Kannst du nicht hinfahren und es dir ansehen?«

Hannah seufzte. Mit den Öffentlichen war die Tour nach Nykøbing Sjælland ein Tagesprojekt.

»Für mich?« Ihr Vater verlagerte das Gewicht auf den Stock, er sah gebrechlich aus.

»Findest du nicht, dass ich im Moment genug zu tun habe?«

Jan nickte zum Hof hin. »Nima wird dich gegen Bezahlung bestimmt gerne fahren, wenn es das ist. Er hat mich im letzten Winter mehrmals zum Arzt und zum Supermarkt gebracht.«

»Nima?«

»Der mit der Autowerkstatt. Er ist ein guter Junge, kommt hin und wieder auf eine Tasse Kaffee vorbei. Wir tauschen sogar Bücher aus, er mag Literatur. Vor allem die Klassiker.«

»Okay, vielleicht frage ich ihn.«

Er legte den Kopf schief. »Fahr hin und sieh es dir an. Es kann wichtig sein, Schatz.«

Sie biss sich auf die Zunge. In der Regel beharrte er auf seinem Willen, das Alter hatte ihn nicht milder gemacht. Über die Jahre war das der Quell vieler Konfrontationen gewesen, seine und ihre Unnachgiebigkeit. Mutter und Daniel hatten ihrer beider Temperament in Schach gehalten, doch jetzt, wo sie nicht mehr da waren, musste sie eine neue Art des Zusammenseins mit ihm finden. Eine mildere Art. Bevor es zu spät war.

»Ich kläre das, Vater.«

Er lächelte und ging zurück zu dem Rosshaarsofa im Wohnzimmer und dem Stapel halb gelesener Bücher. Hannah griff nach zwei Müllsäcken und öffnete mit dem Ellenbogen die Tür. Sie hätte es ihm nicht sagen sollen.

Der Hof war dunkel und kühl, und sie sog die frische Luft bis tief in die Lungen, bevor sie die Säcke zu den halb überdachten Mülleimern schleppte, den Deckel von einem öffnete und Daniels alte Besitztümer hineinwarf. Einen kurzen, schmerzhaften Augenblick streifte sie der Gedanke, dass sie seine Existenz auslöschte, indem sie seine Sachen wegwarf. Aber was sollte sie damit?

Im Licht über den Mülleimern zeichnete sich der Schatten einer Gestalt vor dem Schutzdach ab.

»Oha, haben Sie mich erschreckt.«

Es kam keine Antwort.

»Wer ist da?« Hannah öffnete den Deckel des nächsten Mülleimers und hob die Säcke hinein.

Noch immer kam keine Antwort. Schnell ging sie ins Haus zurück und warf die Tür hinter sich zu. Vermutlich ein Drogenabhängiger, der dort stand und fixte. Kein Grund, Angst zu haben. Sie warf einen Blick auf die restlichen Müllsäcke und beschloss, mit dem Wegwerfen bis zum Morgen zu warten. Stattdessen schloss sie die Haustür ab und legte den Riegel vor. Einen Moment später hörte sie das Tor knallen.

*

Liv stellte Großvaters Urne vorsichtig in den Umzugskarton und überlegte, wo sie in der neuen Wohnung gut stehen könnte. Sie hatte die Wohnung bisher nur auf Bildern gesehen und Schwierigkeiten, sich vorzustellen, wie es dort aussah. Vielleicht auf der Fensterbank, selbst wenn das Kellerfenster sehr hoch saß und die Urne etwas von dem Licht nehmen würde. Ihre Mutter fand es morbide, sie in der Wohnung stehen zu haben, und hier in Rødovre hatte sie nie Gnade gefunden, doch das sollte sich jetzt ändern. Liv hatte darauf bestanden, sie zu behalten – nur, bis sie zu einer Urnenbeisetzung bereit war, aber dieser Tag war noch nicht gekommen.

Sie schloss den letzten Umzugskarton und stellte ihn in den Flur zu den anderen. Das Gästezimmer ihrer Eltern war klein und ein wenig dunkel, aber es lag am Ende des Gangs, und wenn sie die Tür schloss, hatte sie ihre Ruhe. Sie holte sich eine kalte Cola, füllte selbst zusammengestellte Süßigkeiten in eine Schale und setzte sich mit Petters Polizeibericht auf dem Schoß auf das Schlafsofa. Die Fettflecken unten auf dem blauen Umschlag zeugten davon, dass er ihn mehr als einmal mit nach Hause an seinen Küchentisch genommen hatte.

Liv trank einen Schluck aus der Dose und öffnete die Mappe.

Zuoberst lag eine Beschreibung der Fundstätte, datiert auf den 4. März vor drei Jahren und unterschrieben von dem Ermittlungsleiter Petter Bohm. Das Opfer, Gert Linde, sechsundfünfzig Jahre alt, Journalist beim *Københavneren*, war von seiner Ehefrau, Patricia Linde, in ihrer gemeinsamen Wohnung in der Dag Hammarskjölds Allé gegen achtzehn Uhr gefunden worden, als sie aus ihrer Boutique auf der gegenüberliegenden Straßenseite nach Hause kam. Das Opfer lag auf dem Rücken und hatte Würgemale am Hals und eine graue Gesichtsfarbe. Patricia hatte versucht, ihn wach zu rütteln, dann die 112 angerufen und kurz darauf den Notarzt hereingelassen, der Gert um 18.24 Uhr für tot erklärte.

Mehrere Gegenstände lagen auf dem Perserteppich im Büro, und eine Glaslampe war zerbrochen. Auf Schreibtisch und Boden waren Papiere verstreut, als hätte jemand das Büro durchsucht. Es hätte wie ein Raubmord aussehen können, doch das Schloss an der Wohnungstür war intakt, und Patricia Linde hatte ausgesagt, dass nichts in der Wohnung fehlte.

Liv blätterte durch die beigefügten Fotos. Gert war ein großer und kräftiger Mann gewesen, den zu übermannen Kraft gekostet haben musste. Sein langes, grau gesprenkeltes Haar war zu einem Pferdeschwanz zusammengebunden, und er trug ein weißes Hemd und eine Weste. Die Kleidung lag recht weit oben auf der Skala eines Homeoffice-Outfits, aber natürlich gab es Menschen, die in jeder Situation auf Form achteten. Die Wohnung machte einen gemütlichen Eindruck und war gut zugestellt mit Büchern, Kleinmöbeln und Nippes. Auf einem der Fotos saß eine Katze mit langem Fell an einer Ecke des Teppichs und starrte steif zu dem Opfer hin.

Auf der nächsten Seite kam der rechtsmedizinische Bericht, angefertigt von dem Gerichtsmediziner Professor Nyboe am 6. März. Sie arbeitete sich langsam durch die formelle

Sprache des Arztes. Der Bericht konstatierte, dass es sich um Mord handelte, die Todesursache wurde mit Strangulatio manualis angegeben, das hieß, er war erwürgt worden. Es gab ausgeprägte Stauungsphänomene, blutunterlaufene, durch Finger und Nägel verursachte Male auf der Haut sowie Läsionen an den Organen des Halses, unter anderem einen Bruch des Zungenbeins, des Schildknorpels und des Ringknorpels. Das Opfer war von vorne mit beiden Händen erwürgt worden. Die Leiche wies dunkle, kräftig entwickelte Leichenflecke auf, als sie gefunden wurde, und die Totenstarre hatte bereits eingesetzt. Als Todeszeitpunkt gab Nyboe zwischen zehn und dreizehn Uhr vormittags am Montag, den 4. März an. Ansonsten war das Opfer gesund und fit, abgesehen von einem moderaten Übergewicht.

Liv fischte ein paar labbrige Lakritzlarven aus der Schale und blätterte zur nächsten Seite des Berichts. Petters Verhör von Patricia Linde am Abend des 4. März in der Wohnung des Paars, der am folgenden Tag bei POLSAS, dem Berichtsystem der Polizei, eingegeben worden war, wie sie sah. Seine komprimierten Sätze und Abkürzungen waren ihr vertraut.

Ehefrau des Opfers (seit 26 Jahren) Patricia Linde, 58 Jahre, Inhaberin einer Boutique auf Lille Triangel. Verließ die Wohnung am 4. März um 9:30. Kam kurz nach 18:00 nach Hause und fand das Opfer. Überprüfte es auf Lebenszeichen und rief den Notarzt. Versuchte keine Wiederbelebung.

Der Verhörten zufolge hatte das Opfer geplant, am 4. März zu Hause zu arbeiten. Die Ehefrau wusste von der Verabredung des Opfers mit dem Journalistenpraktikanten Niclas Tange am selben Vormittag (s. separates Verhör), aber nicht von weiteren Terminen.

Sie beschreibt ihren Mann als beliebt und respektiert.

Anzeichen eines Handgemenges, aber keines Einbruchs, Türschloss und -rahmen sind intakt, in der Wohnung fehlt nichts.

Das Paar hat keine Kinder.

Das nächste Verhör in dem Bericht war mit Gert Lindes Nachbarin, der älteren Dame, die als Einzige zum Tatzeitpunkt zu Hause gewesen war, weil sie immer zu Hause sei, wie sie erklärte. Zur Frühstückszeit hatte sie Tumult aus der Wohnung oben gehört. De facto hörte sie oft Rufen und Schreien von dort, und wenn die Nachbarn oben keinen Lärm machten, konnte man sicher sein, dass von der Schule im Nebengebäude welcher kam. Es verging keine Pause, in der die alte Dame nicht Lust hatte, eine Schrotflinte herauszuholen, hatte sie Petter anvertraut, was er in dem Bericht festgehalten hatte. Liv konnte ihn nahezu vor sich sehen, wie er es mit einem schiefen Lächeln notierte.

Demnach hatten der verstorbene Gert Linde und seine Frau sich also oft gestritten. Das war an sich nichts Ungewöhnliches. Und da die Ehefrau zum Zeitpunkt des Mordes zusammen mit einer Angestellten in ihrem Geschäft gestanden hatte, war der von der älteren Dame gehörte Streit nicht mit ihr gewesen. Die Frage war die, mit wem er sich dann gestritten hatte, unmittelbar bevor er ermordet wurde.

EBBA LEON, JUNI 1943

Die Sonne scheint von einem hellblauen Junihimmel, es ist einer der ersten richtigen Sommertage des Jahres, und Ebba spürt den Schweiß unter den Armlöchern ihres Kleids. Sie ist ohne Hut und ohne eine Erklärung Mendel gegenüber aus dem Haus gegangen, was sie jetzt beides bereut. Wie konnte sie nur so unvorsichtig sein?

Gethers Anlæg brummt vor Leben, obwohl es mitten am Tag ist und die Menschen auf der Arbeit oder in der Schule sein sollten. Eine Gruppe junger Leute spielt Schlagball und albert herum, und sie beneidet sie um ihre Unbekümmertheit. Vor nicht allzu langer Zeit ist sie eine von ihnen gewesen, aber jetzt ist sie erwachsen. Sehr viel erwachsener als ihre vierundzwanzig Jahre. Das ist der Krieg, der das macht. Der Krieg und die Umstände.

Sie hätten besser aufpassen sollen, Frau Leon!

Die Worte des Arztes klingen in ihren Ohren. Er hat ja recht, aber ihr gefällt der belehrende Ton nicht. Hätte er den auch gegenüber einer christlichen Dänin angeschlagen, oder bleibt der unvorsichtigen Jüdinnen vorbehalten?

Sie setzt sich auf eine Bank in der Sonne und legt sich eine Hand auf den Bauch. Er ist bereits etwas gewachsen, und ihre Brüste sind empfindlich und spannen, obwohl sie noch nicht weit sein kann. Aber der Körper bereitet sich vor. Auf ein Kriegskind.

Ebba wischt sich eine Träne ab und versucht, sich selbst zur Vernunft zu rufen. Das Kind kommt erst im Winter zur Welt, und da ist der Krieg hoffentlich vorbei. Sie holt ein selbst gebackenes Milchbrötchen von gestern aus der Tasche und packt es aus dem Butterbrotpapier. Der Hunger kommt und geht, gesteuert von der Übelkeit, und sie muss einfach essen, wenn es geht. Das Brötchen ist trocken und wird im Mund zu Sägemehl, aber sie zwingt es trotzdem hinunter.

»Ist hier noch frei?«

Es ist eine feine Dame, die fragt. Ebba nickt und ärgert sich, dass sie den Mund voll hat, das wirkt so unkultiviert. Die Dame setzt sich und richtet ihren Plisseerock, dass er fällt, wie er soll. Ebba kann es nicht lassen, einen verstohlenen Blick auf den grünen Stoff zu werfen, zurzeit kann sich kaum jemand solche Röcke leisten. Ebbas Kleid ist aus zwei Laken genäht und mit etwas von Mendels Lederfarbe eingefärbt.

»Was für ein herrlicher Tag.«

»Ja, jetzt ist der Sommer endlich da.« Ebba lächelt die Dame an und versteckt den Rest des trockenen Brötchens in der Hand. Sie sucht nach etwas Klugem und Interessantem, das sie sagen kann, aber ihr fällt nichts ein. Glücklicherweise ist die Dame gewandter als sie.

»Sind Sie hier aus der Stadt?«

»Ja, ich wurde direkt dort drüben in der Nørrestræde geboren. Mein Mann und ich betreiben eine Lederschneiderei in der Adelsgade.«

Die Dame lächelt freundlich. Ihre Zähne sind schön und weiß, und das Haar wellt sich, als käme sie direkt vom Friseur.

»Ich kenne mich in Randers nicht aus, ich besuche nur eine Freundin. Aber hier ist es bestimmt schön.«

Ebba lächelt zurück. Es ist schön, eine Weile an etwas anderes zu denken. Die Schlagballspieler schießen den Ball aus der Bahn, und eine junge Frau läuft an ihnen vorbei. Ihre Wangen glühen rot, und das Haar scheint golden in der Sonne.

Die Dame lächelt Ebba an. »Die Blüte der dänischen Jugend. So optimistisch und froh.«

»Ja, es ist schön, ihnen zuzusehen.«

Die Dame lehnt sich näher zu ihr hin und senkt die Stimme ein wenig. »Die Deutschen sollen ruhig mit dem ganzen Pack aufräumen, dann wird das wieder ein herrlicher Ort.«

Ebba weiß nicht, was sie antworten soll. Die Dame duftet nach Parfüm, und die Übelkeit steigt wieder in der Speiseröhre hoch. Sie steht auf und nickt, bevor sie davoneilt.

In ihrem Bauch wächst ein neues Leben heran. Ein Glück und ein Fluch zugleich.

DIE ZWEITE VISION

Ich sah ein Gesicht in der Nacht,
und siehe, die vier Winde unter dem Himmel
wühlten das große Meer auf.
Und vier große Tiere stiegen herauf aus dem Meer,
ein jedes anders als das andere.
Throne wurden aufgestellt,
und einer, der uralt war, setzte sich.
Sein Kleid war weiß wie Schnee
und das Haar auf seinem Haupt wie reine Wolle;
Feuerflammen waren sein Thron
und dessen Räder loderndes Feuer.
Alle wussten, dass die Tiere mich fressen würden,
das Meer mich ertränken würde
und die Flammen mich verzehren würden,
obwohl ich unschuldig war.

DIENSTAG, 20. SEPTEMBER

KAPITEL 4

Am Dienstagmorgen fuhr Liv zeitig in Rødovre los, um den schlimmsten Verkehr zu umgehen. Auf dem Finsenvej geriet sie trotzdem in einen Stau und stand mehrere Minuten. Sie beobachtete die Passanten auf den Bürgersteigen, schlaftrunken und mit Arbeitstaschen über den Schultern, und hatte das Gefühl, der einzige wache Mensch auf der Welt zu sein. Wach und auf dem Weg.

Sie fuhr zu weit, näherte sich bereits dem Gamle Kongevej, rollte an dem gelb gestreiften Planetarium bei den Seen vorbei und suchte nach einer Wendemöglichkeit. Auf dem Weg zurück nach Vesterbro lehnte sie sich konzentriert über das Lenkrad, damit sie sich nicht wieder verfuhr. Sie sah das Neue Theater mit seiner goldenen Kuppel, das sich zwischen die anderen Gebäude klemmte, das Codan-Haus mit seinem himmelwärts strebenden Beton und die Bäume an den Seen. Ihr neues Viertel. Jetzt gab es keinen Weg mehr zurück.

Am Værnedamsvej bog sie ab und fuhr die Straße entlang, die wohl oft als kleines Stück Paris mitten in Kopenhagen bezeichnet wird. Sie war noch nie in Paris gewesen und konnte die Ähnlichkeit nicht beurteilen, aber es gab hier viele Cafés und kleine Läden, die Bücher, Blumen und Luxusseifen verkauften. Sie verlangsamte das Tempo und öffnete das Autofenster. Eine Verkäuferin in einem Blumengeschäft trug Töpfe und Eimer mit Lilien und Herbstanemonen nach draußen, ihr Duft wehte über den Bürgersteig wie der Wangenkuss einer schönen Frau.

Sobald Liv sich der Vesterbrogade näherte, änderte sich die Atmosphäre um sie herum von einem Zebrastreifen zum nächsten, vom Postkartenidyll zur Geschäftsstraße mit chaotischem Verkehr und multiethnischen Geschäften. Sie wich einem Radfahrer aus, der ihr etwas Freches hinterherrief, als sie unsicher versuchte, den Radweg zu kreuzen.

Die Kaalundsgade lag schräg gegenüber dem Værnedamsvej wie ein verschlungener Appendix mit hohen Mietshäusern und schmalen Bürgersteigen. Nummer sechs war direkt an der Ecke, wo die Straße einen Bogen machte. Sie fand einen Parkplatz ein Stück weiter die Straße hinunter und ging zum Eingang zurück. Ein schicker Mustang parkte direkt davor, und Liv dachte an ihren Großvater, der immer von einem solchen Auto geträumt hatte. An der Türsprechanlage suchte sie einige Minuten lang nach dem Namen Leon, bis ihr klar wurde, dass sie durch das Tor neben dem Eingang gehen musste. Das hintere Haus, natürlich, sie drückte auf die Klingel und wurde hereingelassen.

Als sie noch ein Kind war, hatte ihre sechs Jahre ältere Cousine Laura manchmal auf sie aufgepasst, das schönste und tougheste Mädchen der Welt. Sie ritt Dressur, hatte schwarz gefärbte Haare und trug roten Lippenstift, sagte Sachen wie *whatever* mit Ausrufungszeichen und duftete nach Pfirsich. Wenn Herr und Frau Jensen (wie Laura Livs Eltern mit schlecht verborgener Verachtung nannte) auswärts essen oder sich ein Musical in Kopenhagen ansehen wollten, riefen sie Laura an. Dann kam sie mit einem um die Taille gebundenen Holzfällerhemd und Grundgerock in den Ohren angeradelt und nahm die Anweisungen von Livs Eltern mit einem kleinen, unengagierten Nicken zur Kenntnis. Sobald der Familien-Toyota aus der Einfahrt fuhr, schob sie die CD in die Anlage und drehte Soundgarden oder Pearl Jam auf volle Lautstärke, und der Klang von Zukunft und Freiheit erfüllte das Reihenhaus in Rødovre.

Die Abende mit Laura malten Bilder in Livs Kopf, die an den Hinterhof erinnerten, in den sie jetzt trat. Eine Welt aus Asphalt, Pflastersteinen und überfüllten Mülltonnen, so weit entfernt von dem Villenweg ihrer Kindheit mit seinen Einfamilienhäusern und Jägerzäunen, wie etwas nur sein konnte.

Liv fühlte sich am wohlsten, wenn sie Wald und Strand um sich hatte, und brauchte weder Hosen mit Löchern noch rebellischen Rock. Doch das Hinterhofbild drückte noch immer einen Knopf bei ihr und löste die Sehnsucht nach etwas anderem aus als dem, was sie kannte. Es würde schon funktionieren, entschied sie und ließ das Tor hinter sich zufallen.

Der Hof lag im Schatten der hohen, zur Straße hin liegenden Häuser. Links befand sich eine Werkstatt, vor der ein Oldtimer parkte, und ganz hinten im Hof stand eine zweistöckige, weiß verputzte Villa mit großen Fenstern, die an Schaufenster erinnerten. Sah man genauer hin, waren die Fenster nicht das Einzige, das nach einer liebevollen Hand verlangte.

Als Liv noch zwei Schritte von der Steintreppe entfernt war, ging die schwere Haustür aus dunklem Holz auf, und Hannah Leon trat heraus. Sie war eine Frau in den Vierzigern mit einem schmalen Gesicht, einem schlanken Körper an der Grenze zum Knochigen und einem dunklen Blick, einfach gekleidet in Jeans und Pullover, das lange Haar zu einem Knoten hochgesteckt. Wäre sie nicht so dünn gewesen, hätte Liv sie, ohne zu zögern, als schön bezeichnet, doch sie bevorzugte Frauen mit üppigeren Formen und Grübchen.

»Bin ich zu früh?«

»Nein, das passt perfekt.«

Das Entree hatte eine hohe Decke und war hell und ungefähr zehnmal so groß wie die Diele im Haus ihrer Eltern in Rødovre. Eine geschwungene Treppe mit schweren Stufen aus dunklem Holz und einem Geländer mit Knäufen führte in die erste Etage. Auf dem Boden lagen Schuhe und Stiefel herum, und die Ecken waren so staubig, dass sich Livs Mutter mit Sicherheit unwohl gefühlt hätte. Trotzdem verspürte Liv einen Anflug von Minderwertigkeit angesichts dessen, was so deutlich von Kultur und altem Geld zeugte.

»Mein Vater und ich wohnen hier unten und im ersten Stock. Du bist ihm einmal zusammen mit deinem Großvater begegnet, als du noch klein warst, aber daran kannst du dich bestimmt nicht mehr erinnern.«

»Leider nein.«

»Komm herein und sag ihm Guten Tag. Er wird sich freuen, dich zu sehen.«

Hannah öffnete eine Tür zu einem Wohnzimmer, in dem ein älterer, dünner Mann in einem abgenutzten Sessel saß und las. Er sah gebrechlich aus und hatte wenig gemein mit den Erinnerungen, die Liv an ihren starken Großvater hatte.

»Vater, das ist Liv, von der wir gesprochen haben. Sie ist hier, um die Schlüssel zu holen.«

»Ja, ist das nicht Carls Enkelin? Dann sehen wir uns endlich einmal wieder!« Jan machte Anstalten aufzustehen, musste jedoch aufgeben.

Sie eilte zu ihm und reichte ihm die Hand.

Er schüttelte sie begeistert. »Und das nach all den Jahren. Das letzte Mal, dass ich dich gesehen habe, warst du so groß.« Er zeigte mit einer Hand, wie klein sie gewesen war.

»Hei, Jan, schön dich zu sehen.« Sie hätte gerne gesagt, dass ihr Großvater immer voller Wärme von der Freundschaft mit Jan erzählt habe, aber sie konnte sich ehrlich gesagt nicht erinnern, dass er ihn überhaupt mal erwähnt hatte. »Ich freue mich sehr, dass ich hier wohnen darf.«

»Selbstverständlich, selbstverständlich, willkommen!«

»Wir wollten dir nur Guten Tag sagen. Liv soll sich erst einmal ihr neues Zuhause ansehen dürfen. Komm!« Hannah ging zurück in die Diele und öffnete die Tür zum Keller, schaltete das Licht an und ging auf der steilen Treppe vor. »Mein Vater ist ein alter Herr geworden und hat mit ein paar Gebrechen zu kämpfen, aber ansonsten sind wir ganz umgänglich.«

Das Kellergeschoss hatte eine normale Höhe und schien in einem besseren Zustand als der Rest des Hauses. Eine starke nackte Birne hing von der Decke und leuchtete gnadenlos die Flächen aus. Der Boden war gefliest, Wände und Decken weiß gestrichen. Es sah auf eine spartanische Weise neu aus, die Liv sofort gefiel. Die Wohnung bestand aus einer Diele mit einer Waschmaschine, einem kleinen Badezimmer und zwei Zimmern, von denen eins eine Teeküche hatte. Eine Glastür neben dem Kühlschrank ging auf eine Steintreppe hinaus, die hoch in einen zugewachsenen Garten führte.

»Gehört der Garten mit zu der Wohnung?«

Hannah sah sie an, als hätte sie dieser Frage bisher noch keinen Gedanken geschenkt. »Mein Vater sitzt gerne da draußen. Können wir ihn nicht teilen?« Sie fuhr mit der Hand über den Küchentisch und sah auf ihre Handfläche, bevor sie entwaffnend lächelte. »Ja, Entschuldigung, wir haben noch nie vermietet, und es ging ein bisschen schnell. Aber unsere Einstellung ist die, dass sich das bestimmt alles einspielt, wenn du verstehst. Wir nehmen das alles nicht so genau.«

Liv lächelte schief. Der Weg zu jedem Konflikt war gepflastert mit halben Absprachen und unausgesprochenen Erwartungen.

»Das Bücherregal räume ich noch aus.« Hannah zeigte zu dem wackligen Regal hin, in dem Bücher standen und gestapelt lagen.

»Das ist kein Problem. Was ist mit der Kaution?«

»Die ist eingegangen, danke.« Hannah lächelte und sah sie neugierig an, als würde sie sie studieren. »Was machst du beruflich, wenn ich fragen darf?«

»Eigentlich bin ich Ermittlerin bei der Polizei, aber im Moment arbeite ich selbstständig.«

»Selbstständig als was?« Hannah runzelte die Stirn.

»Als Privatdetektivin.«

»Privatdetektivin? Ich bin noch nie einer Privatdetektivin begegnet.« Hannah musterte sie von oben bis unten und nickte. »Du siehst nicht wie eine aus.«

Liv zuckte mit den Schultern. Wenn sie für jedes Mal eine Krone bekommen hätte, das man ihr gesagt hatte, sie sähe nicht wie eine Polizistin, eine gute Schützin oder eine fähige Läuferin aus, hätte sie überhaupt nicht als Privatdetektivin arbeiten müssen.

»Warum bist du in die Stadt gezogen?«

Die Frage war unschuldig, und trotzdem bildete sich für eine kurze Sekunde Schweiß in Livs Nacken. Ärgerlich wischte sie ihn weg. Es war erst drei Monate her, die Kündigung, der Umzug von Aalborg und die Gründung ihres kleinen Unternehmens. Selbst wenn sie mit dem, was passiert war, ihren Frieden gemacht hatte, reagierte ihr Körper noch immer.

»Meine Eltern wohnen in Rødovre, ich möchte ihnen gerne näher sein«, log sie und entschied, dass das auch in Zukunft eine gute Erklärung war. Bis auf Petter gegenüber, für ihn würde sie sich etwas Besseres einfallen lassen müssen.

»Die Schlüssel liegen oben. Hast du noch Fragen?« Hannah ging zur Treppe, Liv folgte ihr.

»Im Moment nicht, aber die kommen bestimmt noch.«

»Möchtest du einen Kaffee?«

»Ich trinke keinen Kaffee. Eigentlich überhaupt nichts Warmes.«

»Eine Ermittlerin, die keinen Kaffee trinkt!« Hannah lachte. »Kann ich dir etwas anderes anbieten?«

»Danke, nein, ich würde gern die erste Ladung Kartons reinholen.«

»Dann komme ich ein Stück mit, ich will bei der Werkstatt im Hof vorbeischauen.« Hannah nahm einen Ring mit drei Schlüsseln von einem Brett in der Diele und reichte ihn ihr. »Die sind für das Tor, die Haustür und die Hintertür hier. Willkommen in Kopenhagen!«

*

Nima sah hinunter auf seine Hände und die Kaffeetassen in dem kleinen Spülbecken der Werkstatt. Das Geräusch des fließenden Wassers, die Stimme des Vaters, wenn er über den Wassertrog gebeugt im Garten stand, die Obstbäume, die gegossen werden mussten, der Widerschein in seinen Augen, so lebendig.

Vielleicht ist das Leben der begrenzte Zeitraum,
in dem mein Blick sich in deinen Pupillen verzehrt.

Nima hatte die Zeilen einmal spätabends für Marianne rezitiert, als sie eng aneinandergeschmiegt in seinem Bett in Nørrebro lagen und sie ihm das Versprechen hatte abnehmen wollen, sie nie zu verlassen. Und er hatte es versprochen, obwohl die Lüge ebenso durchschaubar wie wechselseitig war. Wie verließ man eine Frau, die mit einem anderen Mann verheiratet war?

Es war nicht leicht, Adam Dybdahl als Rivalen zu haben. Er tauchte in Fernseh- und Radiosendungen auf, und Nima musste seine Antworten auf Fragen zu Existenz und Moral, zu Liebe und Glauben ausschalten. Als wäre er ein modernes Orakel. Marianne sprach glücklicherweise nie von ihm. Nima hatte es jedes Mal einen Stich versetzt, wenn sie schnell nach Hause geeilt war, um das Abendessen zuzubereiten, aber er hatte nie etwas gesagt. Dazu war er trotz allem zu stolz.

Er stellte die Tassen zum Trocknen auf ein Handtuch und schaltete das Transistorradio neben der Spüle an, zog die Zigarettenpackung aus der Brusttasche und schüttelte eine heraus.

Die Polizei von Kopenhagen informiert auf einer Pressekonferenz, dass die Frau, die heute Morgen von einer Reitschule bei ihrem Ausritt im Rude Skov gefunden wurde, einem Verbrechen zum Opfer gefallen ist. Die Familie erklärt, dass die Frau ihren Arbeitsplatz gestern Nachmittag verlassen hat und danach nicht mehr gesehen wurde.

Nima zündete mit zitternden Fingern die Zigarette an.

»Hallo, ist hier jemand?«

Ein Schatten glitt vor die offene Tür der Werkstatt. Er drehte sich zu der Stimme um und sah die Frau aus dem Hinterhaus in der Türöffnung stehen. Das Licht verwandelte sie in eine Silhouette aus hochgesteckten Haaren und langen Gliedern.

»Guten Tag, störe ich?« Die Frau trat ganz in die Werkstatt und blinzelte in dem spärlichen Licht. »Wir haben uns ja schon begrüßt, doch ich dachte, es sei an der Zeit, mich einmal richtig vorzustellen. Hannah, ich bin Jans Tochter.«

Nima schaltete das Radio aus und lächelte sie an. »Ihr Vater hat mir von Ihnen erzählt. Er ist sehr stolz auf seine Kinder.«

Es folgte ein kurzes Schweigen.

»Störe ich?«

»Überhaupt nicht.«

Ein Duft breitete sich in der Werkstatt aus, und er versuchte, ihn einzuordnen. Maiglöckchen? Jasmin? Er kam aus Hannahs Haaren und mischte sich mit dem Geruch nach Motoröl.

»Mein Vater sagt, dass Sie ihn im letzten Winter gefahren und ihm mit den Einkäufen geholfen haben.«

Nima machte eine wegwerfende Handbewegung. »Nicht der Rede wert.«

»Doch. Danke.« Sie lächelte ihn verhalten an. »Es hat ihn sehr getroffen, als meine Mutter krank geworden und gestorben ist ... und wie Sie vielleicht wissen, haben wir kurz darauf auch meinen Zwillingsbruder verloren. Ich bin Ihnen sehr dankbar für Ihre Hilfe.«

Nima schlug den Blick nieder. »Das tut mir leid. Niemand verdient es, erst seine Mutter und so kurz darauf seinen Bruder zu verlieren.«

Er lehnte sich gegen den kleinen Tisch mit dem Waschbecken und blies den Rauch zur Decke, weg von seinem Gast. Er schämte sich ein wenig, dass er von dem alten Leon Geld genommen hatte, aber anfänglich kannten sie einander ja nicht wirklich. Trotzdem war er in ihrer Gegenwart verlegen. Unsicher, wie sie das sah.

Sie ließ ihren Blick über die Regale schweifen. »Genau genommen wollte ich fragen – ich hoffe, dass das okay ist, aber Vater hat gemeint, dass ich Sie fragen könnte. Ich habe keinen Führerschein.«

»Sie brauchen einen Fahrer?«

Sie lachte verlegen. »Ich bezahle Sie selbstverständlich. Das Benzin auch.«

Hannah hatte große, tief liegende Augen und diesen Blick, der Messer und Tränen zu gleichen Teilen war. Er kannte diesen Blick. Von seiner Mutter und seiner Schwester. Von Marianne. Eine Frau mit einem eisernen Willen, dachte Nima, und einer gebrochenen Seele.

»Ich muss den Morris da draußen noch testfahren. Wo müssen Sie denn hin?«

»In den Maßregelvollzug in Nykøbing Sjælland.«

Er legte die Zigarette auf die Tischkante und sah auf die Uhr.

»Was wäre denn angemessen? Für die Fahrt?«

Er machte eine wegwerfende Handbewegung. »Das werden wir sehen. Wie wäre es morgen?«

Ihre Augen leuchteten auf. »Ich rufe dort an und versuche, einen Termin zu vereinbaren.«

Sie verschwand nach draußen in den Sonnenschein und ließ ihm ihren Duft zurück. Nima nahm die Zigarette von der Tischkante, wo sie bereits einen schwarzen Abdruck im Holz hinterlassen hatte, und inhalierte Rauch, Benzin und Parfüm. Es war Flieder, nicht Jasmin. Er war sich sicher. Flieder.

*

Liv legte ein blaues Sweatshirt glatt auf den Boden und faltete erst den einen und dann den anderen Ärmel über den Rücken, sodass sie das Teil zusammenlegen und zu den anderen in die Sporttasche packen konnte. Petters Polizeibericht lag auf dem Boden daneben und lockte sie mit seinem ungelösten Rätsel. Sobald sie alles erledigt hatte, konnte sie die Zeugenaussagen und den rechtsmedizinischen Bericht weiterlesen und nach Löchern in der Ermittlung suchen. Es kribbelte ihr in den Fingern bei dem Gedanken.

Ihre Mutter war auf der Arbeit, und ihr Vater ruhte sich auf dem Sofa im Wintergarten aus, sodass sie in Ruhe und Frieden die letzten Sachen packen konnte. Außer ihrer eigenen Ungeduld bestand kein Grund, sich zu beeilen. Die Umzugskartons und die Möbel aus der Garage waren bereits im Auto, die Kleidungsstücke aus der Kommode im Gästezimmer waren das Letzte, was noch zwischen ihr und ihrer neuen Identität als Kopenhagenerin stand. Ein etwas einfacherer Umzug als der vor drei Monaten aus Aalborg. Oder vielleicht auch nicht.

Es war eine Herausforderung gewesen, in ihrem Elternhaus zu wohnen, selbst vorübergehend, nicht nur, weil es anstrengend war, so eng mit den Eltern zusammenzuleben. In den Mauern wohnte eine Kraft, die von dem Moment an in sie hineingesickert war, in dem sie von der Gartenpforte zu der Haustür gegangen war, die ihr so vertraut war. Die abgenutzte Holzfläche, an der sich unten, wo die Tür auf den Rahmen traf, Holzfäule breitmachte, die kleine schwarze Schelle mit dem weißen Knopf in der Mitte und den Schlüssel, den man einen halben Millimeter herausziehen musste, damit er sich im Schloss drehen ließ. Es ruhte ein Friede im Bekannten, im stillen Halbdunkel der Diele und dem Haken, an den sie immer ihre Schultasche gehängt hatte, und doch entfachte es eine Unruhe in ihr.

Das Gästezimmer hatte sich nicht sehr verändert zu damals, als es noch ihr Zimmer gewesen war. Derselbe braune Teppich, dieselbe klein geblümte Tapete, die jetzt noch mehr verblasst war, vor allem dort, wo ihr altes Bücherregal einem niedrigeren Nachttisch Platz gemacht hatte. In den Wänden sah man immer noch die Löcher von den Reißzwecken, mit denen sie ihre Britney-Plakate aufgehängt hatte, und das schmale Bett war nicht gegen ein breiteres ausgetauscht worden, obwohl das bestimmt einmal der Plan gewesen war. Doch wieso sollte man Mühe auf ein Gästezimmer verschwenden, das immer leer stand?

Liv rollte eine Jeans zusammen und stopfte sie in die Sporttasche. Eine ihrer ersten Erinnerungen war die an eine Tour zum Schwimmbad Badesøen in Albertslund, da musste sie vier, fünf Jahre alt gewesen sein. Es war ein warmer Sommertag, und im Badeland drängten sich Kinder und Erwachsene in Badekleidung, die spielten, planschten und lachten. Sie saß am Beckenrand und schaute zu. Als sie sich umdrehte, saßen ihre Eltern auf einer Decke direkt hinter ihr und winkten ihr liebevoll. In der Erinnerung passierte nur das, sodass sie nichts hatte, woran sie das Gefühl festmachen konnte, aber sie erinnerte sich trotzdem daran. Dass sie bereits da gewusst hatte, dass sie nicht hierher gehörte. Nicht zu ihren Eltern, nicht nach Vestegnen, nicht zu den Menschen, die die Masse ausmachten.

Ein paar Jahre später bei einem Schulgespräch war es dann laut ausgesprochen worden. Von dem Dänischlehrer, dem etwas zu cleveren Morten, der so viel redete, sie erinnerte sich nicht mehr an seinen Nachnamen. Aber wie er sie angesehen hatte, stand ihr noch immer deutlich vor Augen. Er hatte ganz klar durchschaut, dass sie asozial war, auch wenn er versuchte, es nett zu verpacken. Danach hatten ihre Eltern sich solche Mühe gegeben, sie zu beruhigen, dass Liv begriffen hatte, dass das ein Problem war. Sie schickten sie zu den Pfadfindern und auf Freizeiten, damit sie ein paar nette Spielkameraden fand. Doch sie spielte lieber alleine. Nicht die ganze

Zeit, aber meistens. Sie las, baute mit Lego und spielte Computerspiele, schrieb Briefe, zeichnete und errichtete im Garten Hindernisparcours für ihre imaginären Freunde. Je häufiger sie sie aufforderten, Mädchen aus der Klasse zu einer Pyjamaparty und zum Geburtstag einzuladen, desto mehr zog sie sich in ihr Zimmer zurück. Mit einem Buch, mit ihrer Musik und mit ihren Träumen von der Zukunft.

Bis nach den Sommerferien Siska in die Fünfte kam. In dem Moment, in dem Morten mit ihr die Klasse betrat, wusste Liv zwei Dinge: dass sie Mädchen lieber mochte als Jungen und dass sie nicht asozial, sondern nur zurückhaltend war. Siska kam von einer Schule in Kopenhagen und hatte selbstverständlich blonde Haare und nagelneue Dr.-Martens-Stiefel. Sie bedachte Liv nicht mit einem Blick. Trotzdem schenkte sie ihr das Wissen, dass sie ihren Weg im Leben finden würde und dass es auch Menschen für sie gab, wenn auch weniger als für andere. Sie würde Freunde finden, wenn sie nur Geduld hatte.

Liv steckte Petters Polizeibericht in die Sporttasche und zog den Reißverschluss zu. Vielleicht hatte ihre Mutter recht, vielleicht war sie ein bisschen arrogant. Hochnäsig, undankbar geradezu. Andererseits erschien es ihr idiotisch, so eine Kritik von jemandem anzunehmen, der nie Gäste in seinem Gästezimmer hatte.

Sie brachte die Tasche in den Leihwagen und warf einen letzten Blick zurück auf ihr Elternhaus. Sie sollte hineingehen und sich bedanken und mit einer Umarmung verabschieden. Sie sollte ins Wohnzimmer gehen, ihrem Vater in die Augen sehen und ihm erzählen, dass sie ihn lieb hatte. Andererseits wäre es dumm, ihn zu wecken.

Liv setzte sich hinter das Steuer und fuhr los.

KAPITEL 5

Ein Ermittler hat Schweigepflicht. Nicht im gleichen Ausmaß wie ein Pfarrer oder ein Mitarbeiter des Nachrichtendiensts, denn Polizisten besprechen heikle Fälle manchmal mit ihren Nächsten. Allerdings ohne Namen und Details preiszugeben. Wenn Petter sich entschied, Liv Zugriff auf einen Polizeibericht zu geben, bewegte er sich auf dünnem Eis. Sie wusste, das war ein Zeichen seines Vertrauens. Sie wuchs innerlich einige Zentimeter, schlug den Bericht auf und überflog die Liste der verhörten Zeugen. Was konnte er übersehen haben?

Um sie herum standen die letzten Umzugskartons und warteten darauf, ausgepackt zu werden. Der Esstisch lag voll mit Kleidung, die sie falten und in den Flurschrank räumen musste. Die Urne ihres Großvaters hatte einen Ehrenplatz auf der Fensterbank gefunden, und auf dem Bett lag frisch gewaschene Bettwäsche. Ihr neues Zuhause. Ein Keller in Vesterbro, im Großen und Ganzen trocken und fast ihr eigener. Sie musste nur noch den Kühlschrank füllen und ein paar Kerzen kaufen, dann war es ganz gemütlich hier. Es brauchte gar nicht so schön und geschniegelt sein, beschloss sie. Das Unfertige, das im Prozess Begriffene, hatte eine gute Energie.

Liv schaltete den Laptop an, schrieb schnell eine E-Mail und hängte die Fotos von dem Tennis spielenden Rückenpatienten zusammen mit ihrem Bericht und der Rechnung an. *Vielen Dank für die gute Zusammenarbeit*, schrieb sie und schickte mit einem energischen Druck auf Senden alles an die Versicherungsgesellschaft. Ein Zuschuss zur Miete, das fühlte sich gut an. Sie räumte den Laptop weg und setzte sich mit dem Polizeibericht im Schoß und einem guten Gewissen aufs Bett.

Petter und Susanne hatten sie heute Abend zu braisierten Schweinebacken nach Valby eingeladen, und sie kannte Petter gut genug, um zu wissen, dass er hören wollte, was sie zu dem Fall dachte. Für ihn stand die Arbeit an erster Stelle. Nicht so anders als bei ihr, wenn sie ehrlich sein sollte.

Über den Mord an Gert Linde war in den Wochen nach seinem Tod exzessiv von der Presse berichtet worden, vermutlich sowohl aufgrund seines halb öffentlichen Status als auch, weil er selbst Journalist gewesen war. Liv hatte den Fall von Aalborg aus verfolgt und schon damals gedacht, dass er eine weit über das übliche Maß hinausgehende Beachtung in den Kopenhagener Medienkreisen fand, die die selbst geschaffene Blase nicht sahen, in der sie lebten. Es war tragisch, dass ein Mann in seiner eigenen Wohnung überfallen und ermordet worden war, doch sein Tod verdiente wohl kaum mehr Aufmerksamkeit als der anderer Opfer, nur weil er Journalist war.

Liv nahm ihr Handy und gab seinen Namen ein. Die ersten der vielen Links drehten sich natürlich um den Mord. Gefolgt von Bildern von Gert Linde auf Buchmessen und Eröffnungsdebatten des Folketings, auf denen er mit seinem ikonischen weichen Hut und dem grau melierten, zu einem herzlichen Lächeln geöffneten Bart zu sehen war. Soweit sie das beurteilen konnte, hatte er vor allem über kulturelle Themen geschrieben. Wie scharf Gerts Kommentare auch gewesen sein mochten, es war ein langer Weg von einer negativen Buchbesprechung bis zu einem Mord.

Doch der Täter lief immer noch frei herum, und da Liv Petters Kompetenz und Engagement kannte, wusste sie, dass das nichts mit Schlamperei oder Bequemlichkeit zu tun hatte.

Wäre der Fall klar gewesen – Eifersucht, Raubmord –, säße der Schuldige längst hinter Gittern. Die Frage war, welche Spur er übersehen haben könnte.

Sie stand auf und öffnete den Karton mit den Büchern und Unterlagen, der noch unausgepackt war.

Hannah hatte das Bücherregal noch nicht ganz leer geräumt, doch das störte Liv nicht. Auf dem Boden des Kartons fand sie einen neuen Notizblock. Er war am kurzen Ende gebunden wie ein Journalistenblock und einer von zehn, die Petter ihr am Ende ihrer Ausbildung überreicht hatte.

Sie setzte sich mit dem Notizblock zurück aufs Bett und begann zu schreiben. Zuerst notierte sie den Namen des Opfers, das Alter, den Beruf und den Todestag, die Berichtnummer und die Ermittler, die an dem Fall gearbeitet hatten. Auf der nächsten Seite begann sie mit einer Liste der Personen, die sie befragen wollte.

Patricia Linde, Ehefrau.

Mick Hvilsom, Kollege.

Sie blätterte in dem Bericht. Aus dem Verhör des Praktikanten vom *Københavneren* ging hervor, dass der junge Journalistenanwärter am selben Vormittag, an dem Gert Linde ermordet worden war, ein Arbeitsmeeting mit Gert in dessen Wohnung gehabt hatte. Bei dem Treffen ging es dem Praktikanten zufolge um ein Briefing und die Übertragung von Aufgaben, und er gab an, um halb elf aus der Tür gewesen zu sein. Doch das änderte nichts daran, dass er bis auf den

Täter der Letzte war, der Gert Linde lebend gesehen hatte. Sie schrieb.

Niclas Tange, Praktikant.

Die übrigen Zeugen, mit denen die Polizei unmittelbar nach dem Mord gesprochen hatte, waren nicht länger relevant: Patricia Lindes Mitarbeiter, die bestätigt hatten, dass Patricia den ganzen Tag im Geschäft gewesen war, die Nachbarin mit dem super Gehör, die anscheinend mehr daran interessiert war zu tratschen als bei den Ermittlungen zu helfen. Doch Gerts Familie konnte vielleicht neue Informationen liefern. Je mehr Zeit zwischen einem Mord und dessen Aufklärung verging, desto unsicherer wurde die Erinnerung zufälliger Zeugen. Dagegen fielen sogenannten Charakterzeugen mit der Zeit oft Gespräche oder Episoden wieder ein, die die Ermittlungen in eine neue Richtung lenken konnten.

Liv erfuhr, das Gert einen Bruder hatte, der in Nordwestjütland lebte. Petter hatte dessen Verhör an die lokale Polizei delegiert, ihre ehemaligen Kollegen in Aalborg hatten bereits am Tag nach dem Mord mit ihm geredet. Jens Linde hatte erklärt, bis spät am Sonntagabend in seinem Stammlokal in Thisted gewesen zu sein, dem *Glasset*. Die Bediensteten schrieben in ihrem Bericht, dass sowohl das Personal als auch die Gäste an der Bar bezeugt hatten, dass Jens zu betrunken gewesen sei, um nach Hause zu fahren, und in einer der gepolsterten Sitzecken übernachtet habe, wo er erst spät am Montagmorgen aufgewacht sei. Er konnte also unmöglich am Montagvormittag in Kopenhagen gewesen sein und hatte damit ein bombensicheres Alibi.

Sie fand die Namen der lokalen Ermittler unter dem Bericht. Der eine war ihr alter Kumpel Johan, ein tüchtiger und gründlicher Ermittler, der nie der Versuchung erlegen war, bei dem Mobbing der Kollegen mitzumachen. Der nächste

Name ließ Übelkeit in ihrem Hals hochsteigen. Martin Johnsson. Sie schluckte und trocknete sich die Handflächen an der Hose ab. Das Datum zeigte an, dass das Verhör kurz vor ihrer Einstellung vor drei Jahren stattgefunden hatte. Jens hatte gesagt, dass er und Gert nur selten Kontakt hatten und dass er so gut wie nichts über das Leben seines kleinen Bruders wisse, geschweige denn über seinen Tod. Das Verhör hatte damals definitiv nicht zu weiteren Ermittlungen Anlass gegeben, aber vielleicht konnte sie etwas Neues aus ihm herausbringen. Sie fügte ihrer Liste hinzu:

Jens Linde, Bruder.

Sie las den Bericht noch einmal. Abgesehen von der einen Nachbarin, den Befragungen beim Klinkenputzen in Østerbro und den kriminaltechnischen Berichten hatte es nicht viel gegeben, dem man hatte nachgehen können. Die Ermittlungen waren recht schnell zum Erliegen gekommen, und Liv begriff noch nicht so recht, warum. Petter hatte mit einigen von Gerts Freunden gesprochen, die zutiefst schockiert waren, aber nichts Brauchbares hinzuzufügen gehabt hatten. Vielleicht war es keine schlechte Idee, mit Gerts Chef beim *Københavneren* zu sprechen. Sie machte sich eine Notiz.

Bjørn Hedme, Chefredakteur.

Jetzt hatte sie ein paar Punkte, an denen sie ansetzen konnte, und musste sehen, ob die Gespräche etwas Neues ergaben oder ob sie Petter enttäuschen musste. Sie schrieb jeweils eine E-Mail an die Witwe, den Praktikanten, den Chef und den Kollegen, ob sie baldmöglichst Zeit für eine kurze Unterhaltung hätten. Kaum hatte sie auf Senden gedrückt, da klingelte ihr Handy.

»LJ Privatdetektive, Sie sprechen mit Liv.« Der Firmenname fühlte sich noch immer ungewohnt an.

»Niclas Tange, Sie haben mir gerade eine Mail geschickt.«

Der Praktikant! Er musste vor seinen E-Mails gesessen haben, als sie geschrieben hatte.

»Danke, dass Sie sich so schnell melden. Ich habe Ihnen geschrieben, weil …«

Er unterbrach sie ungeduldig. »Arbeiten Sie mit der Polizei zusammen?«

»Äh, nein. Nicht direkt.« Das tat sie im landläufigen Sinne wohl auch nicht. »Aber ich habe Kontakt zu dem Ermittler, der damals die Ermittlungen geleitet hat.«

»Gut. Wenn Sie etwas über Gert wissen wollen, müssen Sie vorbeikommen. Ich spreche nicht am Telefon über den Fall. Und ich äußere mich auch nicht schriftlich dazu.«

»Aber Sie wären bereit, sich mit mir zu treffen?«

»Anytime. Sie können jetzt kommen, wenn Sie wollen. Ich wohne gleich an der Valby Station und bin den Rest des Tages zu Hause.«

Er klang geistesabwesend und uninteressiert. Das Klicken der Tastatur verriet, dass ihr Gespräch nicht das Einzige war, womit er sich gerade beschäftigte. Trotzdem lud er sie vorbehaltlos ein vorbeizuschauen.

»Ich habe heute Abend eine Verabredung, doch ich glaube nicht, dass es spät wird.«

»Wie gesagt, kommen Sie einfach vorbei. Ich gehe selten vor zwei Uhr nachts ins Bett.«

Liv wollte antworten, stellte aber fest, dass er aufgelegt hatte. Ohne sich zu verabschieden? Ein merkwürdiges Verhalten, dachte sie und legte das Handy zur Seite. Vielleicht würde es sich lohnen, möglichst rasch mit dem Praktikanten von Gert Linde zu sprechen.

*

Hannah öffnete die Tür zu der früheren Werkstatt ihres Vaters. Vier Jahrzehnte hatte er die Familie damit ernährt, hier Kunst hinter Passepartouts zu setzen und zu rahmen, bis die Gicht seine Finger zu steif gemacht hatte. Jetzt waren die Maschinen verkauft und nur noch der große Arbeitstisch da, der mitten auf dem abgenutzten Linoleumboden stand. Im Lauf der Jahre hatten sich die Ecken mit Kleinmöbeln gefüllt, die zu verwohnt waren, um noch gebraucht, und zu gut, um weggeworfen zu werden. Auf einer Mahagonikommode, an deren Ecken der Lack abblätterte, stand ein Familienporträt ihrer Großeltern. Der Bauch ihrer Großmutter war flach, versteckte aber schon ihren ungeborenen Sohn, Jan.

Sie lächelte das Bild an. Es stand auf der Kommode, solange sie sich erinnern konnte. Der feine Goldrahmen und die Gesichter in Schwarz-Weiß waren Teil ihrer Kindheitserinnerungen und unlöslich mit dem Gefühl verbunden dazuzugehören. Und damit, es nicht zu tun.

Die beiden Umzugskartons von Daniel standen auf dem Arbeitstisch. Bevor sie sie hoch auf den Speicher trug, wollte sie den Inhalt sichten. Ungeachtet, was darin war, war es an der Zeit, es ans Licht zu bringen. Sie öffnete den ersten, legte Aktendeckel und Eckspannmappen auf den Tisch und sortierte sie in drei Stapel: wegwerfen, ansehen, behalten.

In dem Wegwerfstapel lag eine Mappe mit dreieinhalb Jahre alten Zeitungsausschnitten über den Mord und den Prozess, die Daniel selbst ausgeschnitten und gesammelt haben musste.

Hannah hatte sie nicht gelesen. Jetzt faltete sie einen der Artikel auseinander und überflog ihn. Es stand nichts darin, was sie nicht schon wusste.

Frau in Badewanne ermordet lautete die Überschrift.

Die Frau war Daniels Ex-Frau, Penelope. Es war mehrmals

mit einem Messer auf sie eingestochen worden. Als die Polizei Daniel verhört hatte, hatte er sofort zugegeben, sie besucht zu haben, wie er das zu der Zeit regelmäßig tat, aber behauptet, sich nicht an die Tat selbst zu erinnern. Auch als die Polizei seine Fingerabdrücke im Blut und auf dem Messer sicherstellte, hielt er daran fest, sich nicht erinnern zu können.

Die Polizei hatte den Mord ohne seine Hilfe rekonstruieren müssen. Die technischen Beweise machten es ihnen leicht. Daniel hatte geschellt, und Penelope hatte ihn hereingelassen. Die Theorie war die, dass er emotional geworden war und sie das nicht akzeptiert und ihn gebeten hatte zu gehen. Daraufhin hatte er das Messer aus der Küchentischschublade geholt. Dass sie erst im Badezimmer, in der Badewanne erstochen worden war, zeugte von überlegtem Handeln. Das taten die Fingerabdrücke und die DNA-Spuren nicht.

Hannah strich mit der Fingerspitze über das lächelnde Gesicht ihrer Schwägerin. Sie hatte das Foto, das den Artikel begleitete, selbst gemacht.

Daniel hatte Penelope auf einer Party im Studentenheim kennengelernt. Sie hatte sich in ihn verliebt, ohne sich von seinem schweren Gemüt abschrecken zu lassen. Er war nicht einfach, aber auch intelligent und lustig, und er hatte sie angesehen, als wäre sie die schaumgeborene Venus. Nach drei Monaten machte er ihr einen Antrag, und auf wundersame Weise sagte sie Ja. Sie heirateten an einem Sommertag im Rathaus von Lyngby.

Die Verliebtheit tat Daniel gut. Penelope überredete ihn, zweimal in der Woche mit ihr schwimmen zu gehen, und sie kauften sich Fahrräder und unternahmen lange Touren an den Wochenenden. Die Bewegung ließ Daniel ruhiger werden, vielleicht war es auch die Liebe, und über lange Zeit stabilisierten sich die manischen und die depressiven Phasen so weit, dass Hannah zu hoffen begann, die Krankheit wäre vollständig unter Kontrolle.

Sie faltete den Zeitungsausschnitt wieder zusammen und legte ihn zurück auf den Wegwerfstapel. Und holte einen weiteren Artikel heraus.

Ex-Mann im Badewannenmord verurteilt

Die Beziehung endete nach sechs Jahren. Hannah hatte nicht wütend auf Penelope sein können, obwohl Daniel am Boden zerstört gewesen war. Sie hatte getan, was sie konnte. Es war nicht ihre Schuld, doch der Bruch war für ihn der Anfang einer Abwärtsspirale.

Hannah legte den Artikel zur Seite, ging ins Badezimmer und setzte sich auf die Toilette, während ihr Blick sich in den Mustern des alten Terrazzobodens verlor. Hier hatte sie als Kind gesessen und während des Pinkelns Gesichter und Erzählungen heraufbeschworen. Es lag eine Sicherheit darin, dass der Boden sich nicht veränderte, dass es immer dieselben Muster waren, die sie sah.

Daniels Verbrechen änderte das Leben für die ganze Familie.

Er wurde angeklagt und verurteilt, und kurz darauf wurde bei ihrer Mutter eine chronische lymphatische Leukämie diagnostiziert. Während Roses Zustand sich verschlechterte, loderte Jans schlummernder Prostatakrebs auf. Hannah hatte geglaubt, dass der Tod der Mutter der Tiefpunkt für sie wäre. Doch dann entwischte Daniel dem Gefängnispersonal und warf sich auf den Schienen der Odsherredsbahn vor einen Zug.

Rune hatte großes Mitgefühl für ihren Schock und ihre Trauer gehabt, aber nur ein paar Wochen. Dann machte er Schluss und bat sie höflich, sich eine neue Wohnung zu suchen. Sie solle sich ruhig Zeit lassen. Da, erst da, ließ Hannah sich krankschreiben und zog bei ihrem Vater ein.

Anfangs hatte ihr Chef Verständnis gezeigt und Hannah angeboten, sich eine sogenannte *timeout* zu nehmen. Ein Krankheitsurlaub schien das einzig Richtige zu sein, nicht zuletzt, um sich um ihren Vater zu kümmern. Doch die Zeit verstrich, und Hannah fühlte sich nicht gerüsteter, an ihren Arbeitsplatz zurückzukehren – oder in die Welt, was das anging –, als sie es vor einem halben Jahr getan hatte.

Sie wusch sich die Hände und rieb sich das Gesicht, bis es warm wurde. Sah sich im Spiegel an, blass und müde. Sie hatte Daniel nie direkt gefragt, warum er Penelope umgebracht hatte. Sie sprachen nicht mehr über sie, erwähnten sie nicht mit einem einzigen Wort.

Hannah hatte keinen Bedarf, danach zu fragen, und die technischen Beweise waren eindeutig. Die Polizei hatte die Beweise benutzt, um ein Geständnis aus Daniel herauszupressen, jedoch ohne Erfolg. Sie wusste, dass er vermutlich die Wahrheit sagte, wenn er angab, sich nicht an den Mord erinnern zu können. Er war viel, aber verlogen war er nicht.

Daniel war ihr Bruder, daran konnte nichts etwas ändern. Die Frage war, ob sie einen Mörder lieben konnte?

*

»Gefällt dir deine neue Wohnung?« Susanne reichte die Schüssel mit dem Kartoffelpüree über den Tisch und nötigte Liv, noch eine Portion zu nehmen.

»Ja, alles prima. Die Eigentümer machen einen netten Eindruck. Sie haben meinen Großvater gekannt.« Liv häufte Püree auf ihren Teller, grub eine Vertiefung in der Mitte und gab braune Soße hinein.

Susanne beobachtete sie mit klugen dunkelbraunen Augen. Ihr üppiger Körper war in den letzten Jahren, seit sie weniger Stunden im Traumazentrum des Rigshospitals arbeitete, noch runder geworden. Neunzehn Jahre als Fachärztin in der Notaufnahme hatten sie bestimmt direkter gemacht, aber nicht die Fürsorge gemindert, mit der sie der Welt und ihrer Familie begegnete. Und Liv.

»Fühlst du dich sicher in dem Viertel?«

»Schatz, Vesterbro ist nicht mehr das, was es einmal war, als wir jung waren und in der Stadt gewohnt haben«, protestierte Petter und legte eine Schweinebacke auf Livs Teller. »Jetzt ist es genauso mondän wie Østerbro und Fredriksberg. Nur kurzweiliger.«

Liv schnitt das Fleisch klein und nahm die Gabel in die rechte Hand, sodass sie sich Happen mit gleichen Teilen Fleisch, Püree und Soße auftun konnte. Sie merkte, dass beide sie ansahen, und wischte sich schnell den Mund ab.

»Ich darf den Garten benutzen, das ist herrlich.« Sie goss Cola in ihr Glas und trank. »Aber einen Parkplatz zu finden, ist nahezu unmöglich, da ist viel, woran ich mich erst gewöhnen muss.«

»Willkommen in der Hauptstadt!« Susanne lachte und hob ihr Weinglas zu einem Skål. Liv prostete ihr mit ihrer Cola zu.

Das gemütliche Wohnzimmer des Einfamilienhauses in Valby hatte eine niedrige Decke und war mit Souvenirs geschmückt, die die Familie Bohm von ihren Reisen mitgebracht hatte. Holzmasken aus Costa Rica, Schneekugeln mit dem Eiffelturm und goldene Pyramidenreplikate. Als sie noch jung waren, hatten Petter und Susanne mindestens einmal im Jahr eine Reise unternommen, zunächst auch noch mit den Kindern, doch mit der Zeit hatte Petter das aufgegeben. Die Arbeit nahm einen zu großen Raum ein, als dass er sich hätte freinehmen können, deshalb war Susanne alleine gereist. Ihr Credo war, dass das Unbekannte und Unbequeme mehr bildete als irgendetwas anderes und dass der Mensch regelmäßig einen Schubs hinaus ins Fremde brauchte, um nicht mit der Zeit zu einem Arschloch zu werden. Ob Petter für sie auch in diese Kategorie gehörte, dessen war Liv sich nicht sicher.

Eine Gruppe mexikanischer Mariachifiguren mit Skelettgesichtern und Blumen an den Hüten spielte in ihrer Blickrichtung im Regal, daneben stand ein Bild der ganzen Familie, die oben auf einem Berg stand und über die Wolken blickte.

»Eine schöne Aussicht. Wo ist das?« Liv fragte vor allem aus Höflichkeit.

»Daran erinnere ich mich nicht.«

»Schatz!« Susanne sah ihn verärgert an. »Was ist los mit dir? Das ist von unserer großen Tour mit den Mädchen nach Neuseeland. Erinnerst du dich nicht?«

Petter brummte gereizt und drehte sich zu Liv um.

»Hast du einen Blick in den Bericht geworfen?« Er legte das Besteck neben den Teller und wartete, bis Susanne mit dem Abräumen begann. Nach achtundzwanzig Jahren war die Arbeitsverteilung zu Hause auch ohne Worte klar. Er kochte, sie machte den Abwasch.

Liv nickte und kratzte das letzte Püree mit der Gabel auf, bevor sie Susanne den Teller mit zur Spüle nehmen ließ.

Petter klopfte auf seine Brusttasche. »Ich habe meine Feierabendzigarette noch nicht geraucht. Kommst du mit raus?«

Er öffnete die Tür zu einer überdachten Steinterrasse und zündete sich eine Zigarette an. »Stört es dich?«

»Ist schon okay.« Liv widerstand dem Drang, den Rauch

von ihrem Gesicht wegzufächeln. »Ich habe ihn durchgeblättert und denke, dass ich mich mit den Angehörigen des Opfers unterhalten werde, um zu hören, ob ihnen noch etwas Neues eingefallen ist, seit du sie verhört hast.«

Petter sah sich in dem dämmrigen Garten um und nickte vor sich hin. Die Zigarette glühte wie eine Feuerfliege vor seinem Gesicht.

»Hast du auch mit der Ehefrau einen Termin gemacht?«

»Morgen früh, ja.«

»Ich bin gespannt, was du von ihr hältst.« Er nahm einen tiefen Zug und inhalierte begierig. »Sie ist eine bemerkenswerte Frau.«

Liv sah ihn fragend an, und er zog zur Antwort minimal die Mundwinkel hoch. Das Lächeln sagte alles, was es zu sagen gab. Sprach von unangebrachter gegenseitiger Anziehung trotz Ehen und Professionalität.

»Hast du mir ihretwegen den Fall übergeben?«

»Ich will ihn einfach gerne gelöst haben, das ist alles. Wir haben viele Ressourcen auf die Ermittlung verbraucht, und ich hasse lose Enden.«

»Okay, Petter.«

Er sah sie an, als durchschaute er, dass die Antwort nicht zufriedenstellend war.

»Du musst nicht notwendigerweise den Täter finden, ich bitte dich nur, einen frischen Blick darauf zu werfen. Vielleicht stolperst du über eine Spur, der ich nicht die nötige Priorität beigemessen habe.« Der Satz endete in einem Husten, das heftig war, aber schnell nachließ. »Ich komme natürlich für deine Ausgaben auf.«

»Aber warum gerade ich?«

»Bist du auf Komplimente aus?« Er lächelte sein bärtiges Teddybärlächeln, und Liv musste einfach lachen.

»Ja, danke.«

»Gut. Liv Jensen, du bist die vielversprechendste junge Ermittlerin, mit der ich je gearbeitet habe. Deshalb. Außerdem hat das Opfer Angehörige in Nordjütland, und du scheinst da oben noch eine Rechnung offen zu haben.«

Er lächelte noch immer, doch Liv wandte sich ab und steckte die Hände in die Taschen. Der Wind blies ihr kühl in den Nacken. Irgendwann würde sie reden müssen, aber nicht heute. Sie zog den Pferdeschwanz fest und räusperte sich.

»Hattet ihr überhaupt keine Verdächtigen?«

»Den Praktikanten. Niclas Tange kam einem Verdächtigen noch am nächsten. Er war am selben Vormittag in der Wohnung, an dem der Mord geschehen ist.«

»Und?«

»Er hat behauptet, dass er und Gert eine Besprechung hatten und dass er danach nach Hause gegangen sei, weil er sich nicht wohlgefühlt habe. Er hat sich auch bei der Zeitung krank gemeldet und sein Telefon ausgestellt, sich seltsam verhalten und ist bei den Verhören nahezu feindlich aufgetreten. Er hatte kein klares Motiv, aber er machte einen labilen Eindruck.«

»Aber …?«

»Aber wir haben nichts Verwertbares gefunden.« Petter hob das Kinn zu einem kleinen, wissenden Nicken. »Keine reellen Spuren, keine Geheimnisse, keine Zeugenaussagen, die ein Motiv untermauert hätten. Wir haben ihn lange als potenziellen Täter angesehen. Er war aufgebracht über unsere *faschistischen Methoden*, wie er es ausgedrückt hat, doch die Sache war die, dass er unser einziger reeller Verdächtiger war.«

Liv wusste, was das hieß. Wenn Ermittler eine Spur haben und nur eine, stürzen sie sich darauf.

»Ich habe übrigens vor, auf dem Heimweg bei ihm vorbeizuschauen, er wohnt gleich am Toftegårds Plads.«

»Glaub mir, ich war öfter dort, als ich mich erinnern mag. Es würde mich wundern, wenn du etwas aus ihm herausbekommst. Aber mach es! Ich würde mich so gerne irren.« Er seufzte und blies eine weitere Rauchwolke in die Dämmerung.

»Ich habe im Radio von der Frau im Wald gehört. Ermittelst du in dem Fall?«

Er nickte. »Sie wurde erwürgt. So.« Petter zeigte mit den Händen, wie der Täter ihren Hals gefasst und zugedrückt hatte. »Er hat ihr in die Augen gesehen, während er sie erwürgt hat, und sie dann am Waldrand liegen gelassen. Das ist brutal.«

»War etwas Sexuelles im Spiel?«

»Nein. Aber da ist etwas Merkwürdiges. Sie wurde mit einem weißen Tuch über dem Gesicht gefunden.«

»Mit dem sie erwürgt wurde oder was?«

»Nein, nein, sie wurde mit den Händen erwürgt. Das Tuch wurde ihr später übers Gesicht gelegt, ganz ordentlich.« Petter demonstrierte an sich selbst, wie das Tuch gelegen hatte. »Deshalb glaube ich nicht ganz an einen Raubmord, auch wenn ihre Geldbörse und ihr Ehering fehlen.«

»Was dann?«

»Eine schöne Frau, der Norden von Kopenhagen, Museumsdirektorin, seit zweiundzwanzig Jahren verheiratet und Mutter zweier Kinder, die eine Privatschule besuchen. Wir sehen uns natürlich ihre nächsten Angehörigen an, als Allererstes einmal ihren Mann. Er war auf einem Lehrgang in Nyborg, aber wir checken gerade mit seinen Kollegen ab, ob er das Hotel am Montagnachmittag und -abend verlassen hat. Überprüfen sein Handy, du kennst die Routine.«

Liv beobachtete ihn mit einem behaglichen Summen im Bauch beim Rauchen. So war es auch an den besten Tagen in Aalborg gewesen, rund um den Besprechungstisch und den Kaffeeautomaten, manchmal sogar nach Feierabend in der örtlichen Kneipe. Ermittler, die Informationen austauschten und Motive erörterten, ihr fiel nichts ein, was sie lieber mochte.

Petter drückte die Zigarette auf den Fliesen aus und nickte zu der Tür ins Wohnzimmer hin. »Okay, sollen wir? Ich habe meine berühmte Schokoladenmousse gemacht.«

*

Um fünf Uhr nachmittags breitete Nima eine Persenning über den Morris, schloss die Werkstatt ab und trat auf die Kaalundsgade hinaus, wo er sein Auto geparkt hatte, einen schwarzen Ford Mustang Coupé von 1967. Der Sicherheitsgurt lag um seine Taille wie auf einem Flugzeugsitz. Er klickte die mit einem Pferd geschmückte Schnalle fest und startete den Motor mit dem potenten Brummen aus einer Zeit, wo Motorenlärm noch ein Prädikatsmerkmal gewesen war. Das Auto war sein größter Luxus, eigentlich sein einziger. Es schaffte mit einem Liter Benzin nur wenige Kilometer, sodass er seine Fahrten rationierte, sie dafür aber voll auskostete.

Als er zum Fischereihafen von Sydhavnen kam, fuhr er bis zum Kai und drehte den Zündschlüssel um. Die Anwohner hatten sich allmählich an sein Auto gewöhnt und begnügten sich damit, ihn gutmütig mit seinem Protzauto aufzuziehen, das in starkem Kontrast zu seiner bescheidenen Wohnung stand. Das alte Schleppboot war ursprünglich als Interimslösung gedacht gewesen. Nima war seine Mietwohnung in

Nørrebro gekündigt worden, und ein Freund hatte ausgeholfen. Das war jetzt vier Jahre her, und er hatte sich entschieden zu bleiben. Es war billig und ließ ihm einen finanziellen Spielraum, den er zu schätzen wusste.

Aber es ging nicht nur um die Finanzen. Es hatte etwas fundamental Befreiendes, auf einem Boot zu wohnen, das ihm gefiel. Die Mobilität, natürlich, selbst wenn er nie mit dem Boot hinausfuhr, aber dass die Möglichkeit bestand. Und außerdem mochte er seine Nachbarn. Ole, den alten Stellnetzfischer in der vierten Generation, der sein ganzes Leben im Hafen gelebt hatte und immer noch jeden Morgen am Kai stand und die Netze in Ordnung brachte. John Anders, den Maler, der Porträts in Signalfarben in der alten Deutschenbaracke aus dem Krieg malte. Planken-Lone und Bo, die sich langsam gemeinsam zu Tode tranken, voller Liebe und beschwipstem Optimismus, es sei denn, es wurde gerade einmal zu viel und einer von ihnen schrie sich durch die Nacht.

Nima half den Leuten mit ihren Motoren, dafür bekam er Hilfe bei so vielem anderen. Hier hielt man Kontakt zueinander und achtete auf seine Nachbarn. Es erinnerte ihn an das Viertel in Qaem-Schahr, in dem er aufgewachsen war, wo die Menschen beieinander ein und aus gingen und die Kinder dort zu Abend aßen, wo sie zur Essenszeit gerade waren. Die Nachbarn kamen in der Dämmerung vorbei, um den Tag Revue passieren zu lassen. Sie tranken Tee und rauchten filterlose Zigaretten, er erinnerte sich noch immer an ihre Stimmen im Garten.

Im Hafen war man nie allein. Der Umstand, dass das Leben hier von außen bedroht war, bestärkte die Gemeinschaft nur noch. Es gab Pläne der Stadt Kopenhagen, fünfhundertfünfzig Wohnungen auf dem ansonsten unter Denkmalschutz stehenden grünen Trockenplatz zu bauen, wo Stellnetzfischer ihre Stangen und ihr Garn aufbewahrten. Diese Aktion würde den Fischereihafen einschließen und de facto das Milieu zerstören. Ole drückte es so aus: »Ich weiß nicht, was die machen. Die denken mit dem Arsch.«

Nima öffnete die schwere Autotür und ließ sie hinter sich zufallen. Vielleicht sollte er sich Oles Jolle leihen und zum Angeln nach Lynetten rausfahren. Ricard, der in einem alten Kutter ein Stück weiter den Kai hinauf wohnte, hatte gesagt, dass es da draußen fette Makrelen gab. Er atmete die milde Spätsommerluft ein und warf einen angesäuerten Blick zu dem 42-Fuß-Volvo-Penta-Segelboot hinüber, das direkt ihm gegenüber festgemacht hatte. Die luxuriösen Freizeitboote würden letztendlich die alten Bewohner aus dem Hafen vertreiben. Aber kein Glück war rein ohne einen Tropfen Wehmut, sagte er sich, kein Leben wertvoll ohne den Schatten des Todes. Das hatte sein Vater ihn gelehrt, und das vergaß er nicht.

Das Schleppboot lag am Kai wie ein zwanzig Meter langes schlechtes Gewissen in schwarz-weiß angemaltem Stahl. Der Rumpf hatte große Rostflecke, der Lack löste sich, und die meisten der Thermofenster im Steuerhaus waren nicht mehr dicht. Der Mustang lachte höhnisch, als er ihn vor dem kränkelnden Boot parkte. Marianne hätte es hier geliebt, jedenfalls stellte er sich das vor. Das Primitive, das Meer als Nachbar und das Gefühl von Freiheit. Aber sie hatte so viel gesagt, was sich als unwahr erwiesen hatte. Er musste bald etwas Geld und Mühe investieren, um das Boot wieder auf Vordermann zu bringen, sonst würde es unter ihm wegsinken.

Nima schloss das Steuerhaus auf und schaltete die Lampen in der kleinen Kombüse an. Irgendwo in der Nähe heulte eine Polizeisirene laut und beständig. Er sah sich kurz in dem

Spiegel über dem Spülbecken, vor dem er sich jeden Morgen rasierte. Er war so klein, dass er sich auf die Kieferpartie konzentrieren konnte, ohne sich in die Augen zu sehen. Er trat einen Schritt zurück und studierte sein Gesicht. Die regelmäßigen Züge, die schwarzen Augenbrauen und die Narbe, die unter dem Hemd hervorguckte und unter dem Adamsapfel in einem unschönen Vogelnest aus toter Haut endete. Eine ewige Erinnerung, dass dort, wo er herkam, die Wächter des Gesetzes nicht immer auf der Seite des Volkes standen.

*

Lyshøjgårdsvej 61, Erdgeschoss rechts, Liv überprüfte noch einmal die Adresse. Niclas Tange wohnte nur wenige Minuten Autofahrt von Petters Maurermeisterhaus entfernt an den Eisenbahnschienen, die Kopenhagen mit dem Rest des Landes verbanden. Sie parkte vor einem Wohnkomplex aus der Sorte Backstein, der wie Plastik aussah, und ließ ihren Blick über die Fenster schweifen. Es war Viertel nach neun am Abend, und hinter den Metalljalousien des Praktikanten flimmerte ein bläuliches Licht.

Sie stieg aus dem Auto und schellte. Im Fenster bewegte sich etwas, die Sprechanlage brummte, und sie wurde in den Hausflur eingelassen. Auf dem ersten Treppenabsatz stand ein junger Mann und musterte sie von oben. Er war groß und dünn, hatte dunkle Locken und einen Schnurrbart, der altmodisch wirkte. Die Samthose hatte Hochwasser und glänzte an den Knien, die Füße waren nackt, und die braunen Augen versteckten sich hinter einer reflektierenden, dicken Brille.

»Kommen Sie herein!«

»Danke. Es tut mir leid, dass es etwas später geworden ist.«

Er tat ihre Entschuldigung mit einer Handbewegung ab

und verschwand in der Wohnung. Sie stieg die Treppe hoch und sah ihm nach. Die Diele war leer. Nicht nur menschenleer, sondern ganz leer. Keine Möbel, keine Jacken oder Schuhe, nur eine grelle Deckenlampe und Fusseln an den Rändern des Kokosläufers.

Liv trat ein und schloss die Tür hinter sich. In der Wohnung roch es nach gekochtem Reis und der Mülltüte, die gestern hätte herausgetragen werden sollen.

»Hier herein.«

Er rief von irgendwo hinten im Flur. Sie ging dem blauen Licht entgegen. Es strömte aus einem Zimmer, das so voll wie der Flur leer war: Regale mit Büchern und Aktenmappen, auf dem Holzboden gestapelte Kisten und ein großer Schreibtisch mit zwei Computern älteren Datums. Niclas saß an einem Tisch auf einem geschnitzten Holzstuhl, der wie ein Stück aus einem Saloon aussah.

»Ich empfehle den Pilatesball«, sagte er und nickte zu einem großen grünen Ball in der Ecke hin.

Liv rollte ihn neben Niclas und setzte sich vorsichtig; er war so niedrig, dass sie am Tisch saß wie ein Kind auf einem Fest für Erwachsene.

Sie holte ihren Notizblock hervor und setzte zu einer Frage an, doch er kam ihr zuvor.

»Lesen Sie meinen Blog?« Er sprach mit zusammengebissenen Zähnen, die Kiefer bewegten sich kaum.

»Äh, nein.«

Niclas öffnete auf einem der Bildschirme eine Website. Justits.dk, las sie und sah ein Bild von Kampmanns Polizeipräsidium mit dem Text: *Die unabhängige Polizei-Beschwerdestelle schützt die Polizei – nicht die Bürger!*

»Wir sind ein paar Leute, die die Arbeit der Kriminalpolizei im Auge behalten. Ich bekomme Tipps, berate selbst, außerdem verwalte ich den Blog und schreibe ihn. Wir versuchen, Justizirrtümer zu verhindern und aufzudecken.« Er öffnete die Seite der Organisation. »Das Volk lebt in glücklicher Unwissenheit darüber, wie oft Rechtsinstanzen sich irren. Wir hingegen verhelfen unrechtmäßig Verurteilten zu ihrer Freiheit.«

Liv betrachtete den jungen Mann, wie er auf der Website herumklickte. Womöglich waren sie sogar gleichaltrig, und doch kam er ihr jünger vor. Jung und idealistisch. Die Haut spannte über seinen Schläfen, als hätte die ganze Energie, die in ihm pulsierte, die subkutanen Fettschichten weggeschmolzen.

»Ich möchte Ihnen, wie gesagt, ein paar Fragen zu Gert Linde stellen …«

»Nur zu.« Er redete, ohne den Blick vom Bildschirm zu nehmen.

»Sie haben zusammen beim *Københavneren* gearbeitet?«

»Wir haben uns einen Schreibtisch geteilt. Ich war Praktikant, er hat mich überallhin mitgenommen und mich angelernt. Über kulturelle Themen zu schreiben, war nicht meine erste Wahl, aber irgendwo muss man ja anfangen.«

»Hat es gut geklappt? Ihre Zusammenarbeit?«

Er öffnete einen neuen Artikel, in dem es um einen Journalisten ging, der in Norwegen einen Justizirrtum aufgedeckt hatte. Er schien zu erwarten, dass sie mitlas, während sie redeten.

»Gert war schon tüchtig, doch seine Herangehensweise an den Stoff ein bisschen altmodisch. Ich habe ihm mehr mit dem Digitalen geholfen als er mir mit dem Fachlichen. Aber er hat gut geschrieben, das muss ich ihm lassen.« Niclas streckte die Hand nach einer Schale aus, die sich hinter den Bildschirmen versteckte, und aß einen Löffel Cornflakes.

»Sie waren an dem Tag, an dem er gestorben ist, bei ihm zu Hause?«

Er aß einen weiteren Löffel und kaute, bevor er die Schale wieder zwischen die Bildschirme stellte. Ein Tropfen Milch blieb in seinem Schnurrbart hängen.

»Gert hat an einem Buch gearbeitet. Ich habe ihm bei der Recherche im Netz geholfen und ein paar Artikel für ihn gelesen. Außerhalb des Jobs, er hat mich dafür bezahlt. An dem Morgen bin ich nur kurz bei ihm vorbeigegangen, um ihm ein Interview zu bringen, das ich für ihn transkribiert hatte. Ich war weniger als zehn Minuten bei ihm.«

»Sind Sie seiner Frau begegnet?«

»Nein, sie war nicht da. Und Gert ging es bestens, sowohl, als ich kam, als auch, als ich gegangen bin. Ich habe ihn nicht auf dem Weg hinaus erwürgt. Dafür ist der Verdacht der Polizei mich teuer zu stehen gekommen.« Er sprach noch immer zu dem Bildschirm, fast wie ein träger Teenager vor einem Videospiel.

»Wie das?«

Er klickte einen weiteren Artikel an, es ging wohl um die Entführung und den Mord an einer jungen Frau. Sie las: *Die fehlerhafte Ermittlung der Polizei führte dazu, dass der Täter nie gefasst wurde.*

»Skandalöse Polizeiarbeit!« Er scrollte herunter, sodass sie weiterlesen konnte. »Ich weiß nicht, ob Sie sich vorstellen können, wie viele Jobangebote man als frischgebackener Journalist bekommt, wenn man der Hauptverdächtige in einem unaufgeklärten Mordfall ist. Aber lassen Sie sich gesagt sein, dass es nicht viele sind.«

»Okay.« Sie betrachtete ihn aus dem Augenwinkel. Ein zorniger junger Mann, bewaffnet mit einer Tastatur, ist eine gefährliche Größe. »Sie haben an dem Morgen bei Gert nichts gesehen oder gehört, das auffällig oder verdächtig war?«

»Gert war wie immer. Ich habe dem, was ich der Polizei schon Tausende von Malen gesagt habe, nichts hinzuzufügen.«

Er griff erneut nach der Schale mit den Cornflakes, überlegte es sich auf halbem Weg aber anders und drehte sich stattdessen zu ihr um. Das Licht des Bildschirms ließ den Milchtropfen in seinem Bart blau erscheinen.

»Dafür habe ich einen Tipp für Ihren Polizeifreund, Petter Bohm. Was die Frau angeht, die heute Morgen erwürgt im Wald gefunden wurde.«

Liv bekam eine Gänsehaut im Nacken, die zur Haargrenze hochkletterte. »Einen Tipp? Wo haben Sie den her?«

Niclas lächelte sie an. »Das brauchen Sie nicht zu wissen. Sagen Sie ihm einfach, dass er mich fragen soll, wenn er wissen will, warum der Täter ein Tuch über das Gesicht des Opfers gelegt hat.«

DIE DRITTE VISION

Haut den Baum um und schlagt ihm die Äste weg,
streift ihm das Laub ab
und zerstreut seine Frucht,
dass die Tiere, die unter ihm liegen, weglaufen
und die Vögel von seinen Zweigen fliehen.
Doch lasst den Stock mit seinen Wurzeln
in der Erde bleiben,
er soll in eisernen und ehernen Ketten
auf dem Felde im Grase liegen.
Ihr seht die Fäulnis nicht,
das ausgehöhlte Innere des Baums.
Aber ich tue das.

MITTWOCH, 21. SEPTEMBER

KAPITEL 6

Nimas Augen waren hinter einer Sonnenbrille verborgen, und seine Hände griffen lässig um das große Lenkrad des Morris. Hannah wandte den Blick von der E10 ab und sah ihn an.

»Danke, dass Sie mir helfen.«

»Warten Sie, bevor Sie sich bedanken, wir riskieren, unterwegs liegen zu bleiben. Oldtimer haben ein Eigenleben, sie bestimmen selbst.«

»Wieso finde ich das irgendwie schön?« Sie strich mit der Hand über das weiche Leder des Sitzes und spürte einen leichten Schauer den Rücken hinunterrieseln. »Ich mache mir sonst überhaupt nichts aus Autos und kann kaum einen Fiat von einem Mercedes unterscheiden.«

»Ein Oldtimer ist nicht nur ein Fahrzeug, er ist auch ein Gefühl. Sie können einen Morris 1000 nicht einfach als Auto bezeichnen, er ist die ästhetische Vollendung der Disziplin, sich von A nach B zu bewegen.«

Seine Worte brachten Hannah zum Lachen.

Nima lachte nicht mit.

»Sie meinen das ernst?«

»Es hat mit der Sorgfalt zu tun. Alles, was wir Menschen uns zu veredeln entschließen und dem wir unsere ungeteilte Aufmerksamkeit zuteilwerden lassen, bekommt diese Qualität. Autos, Wein, Poesie. Es wird ihnen Leben eingehaucht, und sie werden zu Leuchttürmen im Nebel des Daseins.«

»Sie klingen wie meine Mutter.« Hannah lachte erneut. Fühlte sich unbekümmert trotz des sich nähernden Ziels.

»Darf ich fragen, was Sie hier oben wollen?«

Sie zögerte. Im letzten halben Jahr hatte sie Fragen dieser Art gemieden, so gut es ging. Aber jetzt saßen sie hier.

»Ich weiß nicht, wie viel mein Vater Ihnen erzählt hat. Vor dreieinhalb Jahren hat mein Zwillingsbruder seine Ex-Frau umgebracht und ist in den Maßregelvollzug gekommen. Er litt an einer bipolaren Störung und war in einer sehr schlechten Phase.«

Nima verlagerte die Hand vom Lenkrad zum Schalthebel und ließ sie dort. »Ich kenne selbst Menschen mit bipolaren Störungen. Das ist Scheiße.«

»Ja, das kann man so sagen.« Sie blickte aus dem Fenster, das Meer war neben der Straße aufgetaucht. »Als unsere Mutter am 7. Februar gestorben ist, hat Daniel Ausgang bekommen, um an ihrem Begräbnis teilzunehmen, was damit geendet hat, dass er Selbstmord beging. Und jetzt ist das Personal auf etwas gestoßen, das er an die Wand seiner Zelle geschrieben hat.«

»Einen Abschiedsbrief?«

»Vielleicht.«

Nima streckte die Hand aus und berührte ihren Oberarm, seine Fingerspitzen fühlten sich leicht an wie Katzenschwänze. »Das klingt, als hätten Sie ein unerträglich hartes Jahr hinter sich, Hannah.« Er drückte ihren Arm und zog die Hand wieder zu sich. Schweigend fuhren sie weiter.

Nima verließ die Landstraße und folgte einer kleineren Straße zum Isefjord hinunter. Sie fuhren in nördlicher Richtung am Wasser entlang und kamen durch kleine Orte mit strohgedeckten Häusern und grünen Gärten.

Kurz vor Nykøbing Sjælland tauchte links die Annebergparkens Allé auf. Sie verlief wie eine dunkelgrüne Sicherheitsleine zwischen den gelben und roten Gebäuden. Nima reduzierte das Tempo, als er an einer Bank vorbeifuhr, auf der eine Zwangsjacke über der Rückenlehne drapiert war, als wäre einer der psychiatrischen Patienten verdampft und nur das Kleidungsstück übrig geblieben. Erst nachdem sie noch hundert Meter weiter in den Park hineingefahren waren, begriff Hannah, dass das Teil einer Ausstellung war.

Der, der ohne Wahnsinn lebt, ist nicht so klug, wie er glaubt, las sie auf einem Banner, das um eine alte Linde gespannt war. Der, der nach Wahnsinn strebt, hat ihn nicht hautnah zu fühlen bekommen, dachte Hannah, während sie das Schild zu Abschnitt P1–P4 am Autofenster vorbeiflimmern sah.

Sie parkten vor dem Maßregelvollzug. Hinter einem dichten Maschendrahtzaun lagen in Hufeisenform angeordnet niedrige zitronengelbe Häuser mitten im Grünen. Es erinnerte mehr an ein Altenheim als an ein ausbruchsicheres Gefängnis. Tatsache war jedoch, dass die Gebäude bis vor Kurzem die gefährlichsten Häftlinge des Landes beherbergt hatten.

Hannah legte die Hand auf den Türgriff, blieb aber sitzen. An einer Schnur, die drei Jahre zurückreichte, hingen die Besuche bei Daniel wie verfaulte Äpfel.

»Soll ich mitkommen?«

Hannah zögerte, doch nur einen Moment.

»Ja, bitte.«

Nima setzte die Sonnenbrille ab und legte sie auf das Armaturenbrett. Bevor er die Tür öffnete, sah er sie mit einem Blick an, den sie nicht zu deuten wusste.

»Wie oft bekommt man sonst die Möglichkeit, ein waschechtes Gefängnis zu sehen?«

An einer überwachten Schleuse im Zaun fragte sie eine

blecherne Stimme nach ihrem Anliegen und bat sie, ihre Ausweise vor die aufgehängten Kameras zu halten, bevor sie den asphaltierten Weg zum Eingang weitergehen durften.

Der Geruch traf sie wie eine rechte Gerade. Der Gestank nach Sinnlosigkeit und zerkochtem Gemüse, Hannah hasste diesen Geruch, der auf der Heimfahrt immer als Erinnerung an ihre eigene Unzulänglichkeit in ihren Haaren gesessen hatte. Sie war Psychologin. Ihr Job war es, Menschen zu helfen, denen das Leben wehtat, und sie war gut darin. Nur nicht bei Daniel. Er war im Gestank von verkochtem Blumenkohl vor die Hunde gegangen.

Ein Gefängniswärter in einem kurzärmligen hellblauen Hemd und mit einem schwer beladenen Gürtel kam ihnen entgegen.

»Hier entlang. Ich bringe Sie zu der Zelle.«

Sie traten ein und gaben den Augen Zeit, sich an das Zwielicht des Gangs zu gewöhnen. Die Wände waren nackt, und den Boden bedeckte graues Linoleum. An der Decke hingen ausgeschaltete Leuchtstoffröhren.

»Der Flügel wird abgerissen«, erklärte der Wärter. »Die Zellen sind leer, sodass Sie ohne den ganz großen Sicherheitscheck durchgehen können.« Er klang schroff, doch ein Lächeln milderte seine direkte Art.

Sie folgten ihm bis zu einer weißen Tür mit der Zahl 2811 auf einem Schild neben dem Türrahmen. Der Wärter holte rasselnd ein paar Schlüssel heraus und schloss drei massive Schlösser auf, öffnete die Tür und trat zur Seite.

Hannah legte eine Hand auf den Türrahmen. Normalerweise war den Angehörigen der Zutritt zu dem Zellenblock verwehrt, sie war noch nie hier gewesen, wo ihr Bruder die letzten Jahre seines Lebens verbracht hatte. Ein kleines vergittertes Fenster oben unter der Decke ließ nur eine Ahnung von Tageslicht herein, der Raum war grau in grau. Möbel und Trennwände waren entfernt worden, doch die verplombten Rohre in der Ecke verrieten, dass dieser Bereich einmal ein Badezimmer gewesen war. Sie trat über die Schwelle in die Zelle.

An der gegenüberliegenden Wand hoben sich ein paar Zeichen aus dem Grau hervor, verschnörkelte Striche und Punkte auf Linien und in Kolonnen, eingerahmt von dem Schatten eines Schranks, der nicht mehr da war. Sie hatten Ähnlichkeit mit einer mittelöstlichen Sprache. Sie sah Daniels konzentriertes Gesicht vor sich, den Mund fest zusammengepresst, als wollte er verhindern, dass Worte herausfielen. Was hatte er im Schutz der Nacht hier geschrieben?

»Soll ich leuchten, damit Sie Fotos machen können?« Nima schaltete die Taschenlampe in seinem Handy an und richtete sie auf die Wand, sodass die schwarze Schrift gut zu sehen war. Hannah stellte scharf und fotografierte die Wand, Abschnitt für Abschnitt. Nima folgte ihr mit dem Licht, die Bewegungen einfühlsam auf ihre abgestimmt.

»Es muss einen regelrechten Identitätsverlust bedeuten, im Gefängnis zu sitzen. Ich kann mir gut vorstellen, dass Ihr Bruder eine Möglichkeit gebraucht hat, sich auszudrücken.«

»Aber warum auf diese Weise? Hinter einem Schrank und in einer fremden Sprache?«

Hannah hörte Nima dicht neben ihrem Ohr Luft holen. Er streckte einen Finger aus und fuhr über die Wörter, als könnte er sie durch die Haut lesen.

»Vielleicht hatte er keine andere Wahl?«

*

Patricia Linde öffnete die Tür ihrer Wohnung in Østerbro in einem geblümten Teil, das Liv auf den ersten Blick wie ein Pyjama vorkam. Da die reife Frau jedoch ein paar spitze neongrüne Schuhe trug und voll geschminkt war, musste es sich wohl um ein sogenanntes Outfit handeln.

»Wir setzen uns in den Erker!«

Patricia ging zu einer blank gewetzten Holzsitzgruppe neben dem Fenster und zog einen Stuhl vor. Die Hände auf den Stuhlrücken gestützt, blieb sie stehen und wartete wie ein Ober in einem feinen Restaurant. Oder wie eine Kindergärtnerin, dachte Liv und setzte sich.

Der Erker war mit Schemeln, Topfblumen und einem Zeitschriftenständer möbliert, der Tisch mit einer rosa Thermoskanne und Tassen mit Muschelmuster gedeckt. Der Mix wirkte modern, farbenfroh und auf eine Weise schick, die Liv aus Wohnzeitschriften wiedererkannte. Das Licht fiel schräg durch die großen Fenster und blendete; sie rückte den Stuhl ein wenig nach hinten, aber es half nicht.

»Es geht nie vorbei, wissen Sie?«

Die Frau ihr gegenüber kniff in dem grellen Licht die Augen zusammen, sodass sie in Runzeln und Falten beinahe verschwanden. Das graue Haar war im Nacken kurz geschnitten und auf dem Kopf lang und stand gepflegt, aber anarchistisch nach oben ab. Um den Hals trug sie ein gewaltiges Schmuckstück aus Bein und Horn.

»Ich vermisse Gert jeden einzelnen Tag. Er ist jetzt seit über drei Jahren tot, aber es wird nicht besser. Ich bin zu alt, um neu anzufangen. Ich weiß sehr wohl, dass man das nicht sagen darf, weil man nie zu alt für die Liebe ist, blablabla. Aber Gert war mein Mann, ihn kann man nicht ersetzen.«

»Das tut mir sehr leid.« Liv zog ihren Notizblock und einen Stift aus der Tasche und hoffte, dass eine kleine Gesprächspause Platz für einen neuen Gesprächsanfang schuf. Doch Patricia fuhr fort. »Und dass die Polizei seinen Mörder nicht gefunden hat, macht alles nur noch schlimmer, verstehen Sie? Das hält mich in der Trauer fest, ich kann den Gedanken an Gerts letzte Minuten nicht loslassen.« Bei den letzten Worten schwankte die Stimme der Witwe ein wenig. Sie drehte sich zum Fenster hin.

»Und genau über Gerts Tod würde ich gerne mit Ihnen reden, falls das in Ordnung ist?«

»Ja, natürlich, sonst säßen wir ja nicht hier. Aber eins würde ich gerne noch verstehen: Wird der Fall wiederaufgenommen, gibt es neue Beweise, von denen ich nichts weiß?«

Liv lächelte sie kurz an. Sie war in ihren Formulierungen vage gewesen, um kein Nein zu riskieren, als sie den Termin mit Gerts Witwe vereinbart hatte. Jetzt konnte sie nicht mehr drum herumreden. »Zunächst einmal wird der Fall nicht wiedereröffnet. Petter Bohm, den Sie in Verbindung mit der Ermittlung ja kennengelernt haben, hat mich – als Privatdetektivin – gebeten, nach der berühmten Nadel im Heuhaufen zu suchen. Es wird nicht leicht werden, sie zu finden.«

Patricia sah ihr zum ersten Mal direkt in die Augen.

»Aber Sie sind fest entschlossen, es zu versuchen?«

»Ja.«

Sie nickte. Tränen schienen sich in ihren Augen zu sammeln, doch einen Moment später sprach sie mit klarer Stimme weiter. »Wir haben morgens immer hier gesessen, Kaffee getrunken und Zeitung gelesen, während unten die Stadt erwacht ist. Ich auf diesem Stuhl und Gert auf dem, auf dem Sie jetzt sitzen. Ich habe die Füße in seinen Schoß gelegt. Wir waren nicht gern weit voneinander weg.«

Patricia saß mit geradem Rücken am Tisch, würdig wie

eine Königin. Doch die Trauer zeigte sich in den Grübchen und den blinzelnden Lidern. Jahre nach Gerts Tod schlummerte sie offensichtlich noch immer direkt unter der Oberfläche, und die Liebe schien unvermindert. Liv versuchte sich zu erinnern, wann sie das letzte Mal Zeugin gewesen war, dass ihre Eltern einander andere Gefühle als Ärger gezeigt hatten, doch es fiel ihr nicht ein. Gerts Witwe machte den Eindruck, als wäre sie noch immer in ihn verliebt.

»Es muss schwer sein, diese Gefühle wieder hochkommen zu lassen …«

Patricia blinzelte. »Wie kann ich Ihnen helfen?«

»Ich habe Ihre Zeugenaussage gelesen, in der Sie von dem Tag erzählen, an dem Sie Gert gefunden haben. Aber vielleicht können Sie mir das noch einmal erzählen?«

»Ja, also.« Sie zog ihre Halskette gerade, sodass sie laut rasselte. »Wir hatten, wie gesagt, einen ganz normalen Morgen, haben zusammen geduscht, gefrühstückt und Zeitung …«

Zusammen geduscht! Liv sah die beiden älteren Menschen vor sich, eng zusammen in der Dusche stehen, und hätte nicht sagen können, ob sie neidisch war oder nicht.

»Haben Sie über etwas Besonderes geredet, erinnern Sie sich daran?«

Patricia schüttelte den Kopf. »Alles war wie immer. Um neun habe ich ihm einen Abschiedskuss gegeben und bin zur Arbeit gegangen. Er ist zu Hause geblieben, um zu schreiben. Kurz vor sechs bin ich dann heimgekommen, habe die Tür aufgeschlossen, und das Erste, was ich gedacht habe, war, dass es unnatürlich still in der Wohnung war. Gert hat oft Radio oder klassische Musik gehört.« Sie trank einen kleinen Schluck Kaffee und tupfte sich die Mundwinkel mit der Serviette ab. Sie schaffte es, das völlig natürlich und ungekünstelt aussehen zu lassen. »Ich habe ihn gerufen, aber er hat nicht geantwortet. Und Lenin ist auch nicht gekommen – da bin ich langsam wirklich unruhig geworden.«

»Lenin?«

Liv folgte ihrem Blick und sah die graue Katze mit dem langen Fell, die dasaß und zu ihnen hinschielte.

»Ich habe ihn auf dem Boden im Zimmer nebenan gefunden.« Sie zeigte in die Richtung. »Er lag mit offenem Mund auf dem Rücken, den Kopf im Nacken. Er hatte Abdrücke am Hals, und eins seiner Beine war in einer merkwürdigen Stellung unter ihm angewinkelt. Ja, und an seiner Weste waren ein paar Knöpfe abgerissen. Trotzdem sah er seltsam friedlich aus.«

Bei dem letzten Satz wurde ihre Stimme zu einem Flüstern und einem Seufzer. Sie zuckte mit den Schultern.

»Fällt Ihnen irgendetwas ein, das die Polizei übersehen haben könnte? Jetzt, nachdem ein paar Jahre vergangen sind …?«

»Und ich genug Zeit gehabt habe, mich schlaflos herumzuwälzen und darüber nachzudenken, ja, danke.« Sie seufzte. »Es ist nichts Neues aufgetaucht. Ganz im Gegenteil, möchte ich sagen.«

Liv blätterte in ihrem Block vor und klickte den Kugelschreiber schreibbereit. Sie sah, dass Patricia die Bewegung stresste. Oder vielleicht fand sie die Situation auch unangenehm.

»Darf ich dann ein paar Vermutungen anstellen? Wenn Sie auf irgendetwas nicht antworten mögen, sagen Sie das natürlich.«

Patricia nickte.

»Hatten Sie eine gute Beziehung?«

Sie lächelte. »Wir führten eine wunderbare Ehe. Nicht

ohne Konflikte, Gott bewahre, Gert war ein leidenschaftlicher Mensch, genau wie ich.«

»Haben Sie Kinder?«

»Nein, das war uns nicht vergönnt.« Patricias Augenlid zuckte. Sie legte einen Finger darauf. »Wir hatten Lenin. Wir waren beide Karrieremenschen und sind gerne ausgegangen. Das funktioniert schlecht mit einem Familienleben.«

Liv hatte selbst nicht vor, Kinder in die Welt zu setzen, doch das behielt sie in der Regel für sich. Die Leute reagierten meistens negativ, wenn eine Frau sich gegen die Mutterschaft entschied, aber Patricia schien voll und ganz zu ihrer Entscheidung zu stehen.

»Gert ist mit Leib und Seele in seiner Arbeit aufgegangen.« Sie unterstrich die Aussage, indem sie die Brauen hochzog. »Er hat jeden Tag geschrieben. Nicht wie so viele andere, die darauf warten, dass die Muse sie küsst. Unter den Kollegen war er der ungekrönte König des Kulturjournalismus.«

Liv sah von ihrem Block auf. »Könnte er in dem Zusammenhang jemandem auf die Füße getreten sein?«

Patricia trank von ihrem Kaffee und lächelte säuerlich.

»Gert war, wie gesagt, ein tüchtiger Kulturreporter und ein wirklich guter Autor, aber er war vor allem Journalist. Bis ins Mark. Kompromisslos und nicht käuflich, von nichts und niemandem, verstehen Sie?«

Liv nickte.

»Er hat einmal das Werk eines Debütanten besprochen, der den Buchpreis *De Gyldne Laurbær* gewonnen hatte, und ihm zwei Sterne gegeben. Der eine war für die imponierende Titelseite ...« Sie lachte in sich hinein. »Alle haben sich übertroffen, dem Autor zu huldigen, weil er im Gjelleruppark aufgewachsen war und sich seine Sprache selbst angeeignet hatte, ohne auf das Gymnasium oder eine Schreibakademie gegangen zu sein, aber nicht Gert. Er war der Einzige, der laut zu sagen gewagt hat, dass der Kaiser keine Kleider anhatte.«

Patricia beugte und streckte ein paarmal die Finger, bevor sie sie auf ihre Oberschenkel legte. »Er war mutig, deshalb gingen die Meinungen zu ihm auseinander, obwohl er primär über Kultur geschrieben hat.«

»Verstehe.« Liv machte sich Notizen. Kultur oder nicht, irgendjemand hatte ihn schließlich umgebracht. »Haben seine Besprechungen zu Konflikten geführt?«

»Nicht ernsthaft. Gert war beliebt und respektiert. Ein anständiger Mensch, der andere anständig behandelt hat.«

Patricia zeigte auf das angrenzende Zimmer. Das, in dem sie Gert tot aufgefunden hatte.

»Gert hatte dort einen Schreibtisch stehen, an dem er gearbeitet hat, wenn er nicht in der Redaktion war. Ich habe ihn weggegeben. Als die Polizei mit ihren Ermittlungen fertig war, habe ich ihn für eine Krone per Kleinanzeige angeboten. Ich habe es nicht ertragen, ihn vor Augen zu haben.«

Liv drehte sich um. Der Nebenraum war mit einem riesigen echten Teppich, Bücherregalen aus dunklem Holz und einem Leuchter aus lila Glas, der an Blütenblätter erinnerte, ebenso geschmackvoll eingerichtet wie der, in dem sie saßen.

»Ich habe nur seine Notizbücher aufgehoben. Darin ist seine Handschrift, von ihnen kann ich mich nicht trennen. Da drüben im Regal, sehen Sie die farbigen Buchrücken?« Sie zeigte darauf.

»Darf ich?« Liv stand auf und trat zu dem Regal, in dem zwei Regalmeter mit Notizbüchern standen. Ein schneller Überschlag sagte ihr, dass es über fünfzig sein mussten. »Stehen sie in einer bestimmten Reihenfolge?«

»Chronologisch. Die untersten rechts sind die letzten. Sie

können sehen, dass er Nummern auf die Rücken geschrieben hat.«

Livs Blick scannte die Notizbücher. Ganz rechts stand Buch Nummer 64 neben Nummer 66.

»Es sieht so aus, als würde eins fehlen?« Sie zeigte auf die Stelle.

Patricia kam näher und fuhr mit dem Finger über die Buchrücken. »Vielleicht liegt es noch in der Redaktion.«

Liv nahm das letzte Notizbuch heraus und schlug es auf. Der Umschlag war moosgrün und an den Ecken abgenutzt. *Dänemarks sturmumtostes Herz* stand ganz oben auf der ersten Seite, gefolgt von einem Datum, ein Jahr vor Gerts Tod. Sie sah Patricia fragend an.

»Neben der Arbeit für die Zeitung hat er an einem Buch gearbeitet. Das war ein Herzensanliegen. Den Titel hatte er aber wieder verworfen. Wir fanden ihn zu sentimental.«

Liv nahm das Notizbuch mit zurück an den Tisch und setzte sich. »Dürfte ich das eventuell ausleihen, sodass ich es mir etwas genauer ansehen kann? Ein Gefühl für Gert bekommen kann?«

»Solange Sie versprechen, es unbeschädigt zurückzugeben.«

Liv steckte Gerts Notizbuch Nummer 66 in ihre Tasche und begegnete Patricias durchdringendem Blick.

»Ich habe ihn nicht erwürgt, falls es das ist, was Sie nicht zu fragen wagen.«

Liv war nicht einmal der Gedanke gekommen, danach zu fragen. Aber irgendjemand hatte ihn schließlich ermordet. Jemand hatte sich Einlass verschafft oder war von Gert hereingelassen worden und hatte ihn mit bloßen Händen erwürgt. Mitten in Kopenhagen und mitten am Tag. Der Mord erforderte sowohl Stärke und Mut als auch einen schwerwiegenden Grund. Schwerwiegende Gründe versteckten sich gerne in den Beziehungen zu den Allernächsten.

Sie betrachtete Patricias schlanke Hände. Die Venen verliefen dicht unter der Haut und kämpften mit großen Ringen aus Gold und Plexiglas um den Platz. Es war ein absurder Gedanke, dass diese Hände einen Mann von fast zwei Metern erwürgt haben sollten. Aber man wusste nie.

*

Nima gelang es, den alten Morris den ganzen Weg nach Nykøbing Sjælland und wieder zurück nach Vesterbro zu fahren, ohne dass er stehen blieb. Er fuhr ausgezeichnet, der Motor schien für ein Auto von 1970 in einem beeindruckend guten Zustand zu sein, jetzt musste er nur noch zurück zu seinem Besitzer.

Er ging in die Werkstatt, setzte Kaffee auf und schaltete das Radio an. Während das Wasser durch den Filter lief, warf er einen Blick in seinen Kalender. Nima benutzte noch immer die altmodische Papierversion, in der er Termine mit Bleistift eintrug und mit einem Radiergummi ausradierte, sollte es nötig sein. Eine einfache Lösung und sehr viel diskreter als ihr digitales Pendant. Morgen würde er einen Cadillac Deville Cabriolet hereinbekommen, er freute sich auf die Arbeit daran. Nima überflog die kurze Auflistung der Probleme, die er sich notiert hatte, wobei er feststellte, dass der Besuch im Gefängnis heute ihn weniger tangiert hatte als befürchtet. Hannah war eine angenehme Gesellschaft, man konnte sich gut mit ihr unterhalten, und sie war schön.

Das Radio über der Spüle knisterte.

… handelt es sich um die sechsundvierzigjährige Marianne Dybdahl, die als Museumsdirektorin in der David Collection *in*

Kopenhagen gearbeitet hat. Die Polizei bittet eventuelle Zeugen, die Marianne Dybdahl am Montag nach sechzehn Uhr gesehen oder mit ihr gesprochen oder sich im Rude Skov aufgehalten und etwas Verdächtiges gesehen haben, die 114 anzurufen …

Nima hatte eines dieser Erlebnisse, bei denen das Bewusstsein aufsteigt und den Körper verlässt, um ihn von außen zu betrachten. Der Körper stand neben der Spüle, der Mund trank aus der Tasse. Währenddessen hing die Seele unter der Decke und schnappte nach Luft. Er zog sein Handy aus der Jackentasche und öffnete eine Online-Zeitung. Die Story stand ganz oben, Nima überflog den Text, während das Herz ihm bis in den Hals schlug.

Mariannes Gesicht war dem Artikel vorangestellt, die ernsten Augen sahen ihn an, als wollten sie etwas fragen, vielleicht blickten sie auch vorwurfsvoll. Nima schauderte. Es war dieser anklagende Blick, der ihn an all die Frauen erinnerte, die er irgendwann einmal gekannt hatte.

Der Polizei zufolge hatte sie ihren Arbeitsplatz in der Innenstadt von Kopenhagen am frühen Montagnachmittag verlassen. Von da ab war nicht bekannt, wo sie gewesen war, bis sie um neun Uhr am Dienstagmorgen unter einer Buche im Rude Skov gefunden wurde. Tot. Ohne spezifisch darauf hinzuweisen, ging aus dem Artikel hervor, dass die Polizei den Todesfall als verdächtig ansah und als Mord einstufte.

Nima schloss die Seite. Die Seele sank langsam zurück in den Körper und versetzte ihn in Alarmbereitschaft. Die Implikationen waren klar, seine Geliebte war ermordet worden, und er war ihr letzter Kontakt. Fragte sich nur, ob sie jemandem von ihrem Besuch in seiner Werkstatt erzählt hatte?

Offenbar schien niemand zu wissen, wo sie von Montagnachmittag an bis zu dem Zeitpunkt, da sie tot aufgefunden wurde, gewesen war.

Aber er tat es.

*

Liv trat aus Patricias Hausflur und schlenderte unter den Lindenbäumen der Dag Hammarskjölds Allé Richtung Zentrum. In diesem Teil der Stadt waren die Bürgersteige breit und offensichtlich zum Flanieren gedacht – und um große Gedanken zu denken. Wie es sich wohl anfühlte, jemanden so zu lieben? Respektvoll und leidenschaftlich, durch die Höhen und Tiefen des Lebens, noch über den Tod hinaus. Das musste dem Leben einen ganz besonderen Wert verleihen.

Vor dem Sankt-Joseph-Institut war eine Gruppe herumalbernder Schüler so in ihre eigene Welt vertieft, dass sie in Liv hineinliefen, und an einer Ecke des Parks zog eine Frau in einem gefütterten Einteiler und einer Schirmmütze ihren schlanken Labrador zur Seite und lächelte, als würden sie sich kennen. Liv hatte noch eine halbe Stunde, bis sie Gerts Chef beim *Københavneren* treffen sollte, und wenn sie die Abkürzung durch die Parks nahm, konnte sie zu Fuß gehen.

Am Bahnhof Østerport rief sie Petter an. »Guten Morgen, hast du zwei Minuten?«

Er lachte. »Ja, danke. Das war nett, dich zu Besuch zu haben.«

»Entschuldige, Herr Knigge, ich wollte dir nur von meinem Besuch bei dem Praktikanten erzählen.«

»Ist was dabei herausgekommen?«

»Er hat gesagt, dass er einen Tipp zu der Frau im Rude Skov hat. Dass er weiß, warum das Gesicht der Leiche mit einem Tuch zugedeckt war.«

Es wurde still in der Leitung. »Was hat er genau gesagt?«

»Nur das.«

»Aber …« Petter keuchte, sodass es in ihrem Ohr wehtat. »Woher weiß er das?«

»Keine Ahnung. Er wollte mir nichts sagen, er will nur mit dir sprechen.«

»Okay, ich kümmere mich darum. War sonst noch was?«

»Nur noch eins. Die Schokoladenmousse war wirklich Weltklasse.«

Petter lachte und legte auf.

Liv steckte das Handy in die Tasche und setzte ihren Weg durch Østre Anlæg fort, vorbei am Staatlichen Museum für Kunst, das der Welt zwei Gesichter zeigte. Zum Hafen hin eins aus Beton und Glas, zur Straße hin eins mit einem Kupferdach und stattlichen Säulen. Auf der anderen Seite der Nørrevold ging sie über die gepflegten Wege von Kongens Have weiter, vorbei an dem Disney-Traum, Schloss Rosenborg. Als Kind hatte ihr Großvater sie mit dorthin genommen, um die Kronjuwelen anzusehen, und Liv erinnerte sich an das Gefühl, wie sie mit ihrer Hand in seiner um die Glaskästen gelaufen war, während er sie auf Rubine und Saphire aufmerksam machte und dabei Wörter wie *unschätzbar* und *einzigartig* gebrauchte. Lange, bevor der Krebs Einzug hielt.

In der Pilestræde blieb sie vor der ikonischen Fassade des *Københavneren* stehen und blickte daran hoch. Das weiße Haus beherbergte seit mehr als hundert Jahren eine der ältesten Zeitungen Dänemarks, hier hatte Gert Linde als fest angestellter Kulturjournalist gearbeitet und seine Tage verbracht. Liv trat ins Foyer und ging zur Rezeption, an der eine gut gekleidete, effektiv aussehende Dame mit Headset saß.

»Hei, ich habe einen Termin mit Bjørn Hedme, dem Chefredakteur.«

»Wen darf ich melden?«

»Liv Jensen.«

Die Empfangsdame griff nach dem Telefon und lächelte sie so eisig an, dass die Zähne zu erstarren drohten. Sie sprach kurz mit jemandem, legte auf und sah Liv nachsichtig an. »Der Chefredakteur verspätet sich. Sie können gerne Platz nehmen, seine Sekretärin gibt Bescheid, sobald er fertig ist.«

Liv blickte über ihre Schulter. Ein paar lederbezogene Designersofas standen um einen Tisch mit Zeitungen und Zeitschriften.

»Gut, danke, ich warte.«

Ein paar Seiten von einer Modeserie, die das passende Brillengestell zu Outfits für Alltag und festliche Gelegenheiten zeigte, dann rief die Empfangsdame sie zu sich. Sie klang fast enttäuscht, dass es so schnell gegangen war. »Bjørn Hedme hat jetzt Zeit für Sie. Tragen Sie dieses Schild gut sichtbar, wenn Sie durch die Schleuse dort gehen. Der Fahrstuhl ist gleich rechts dahinter und sein Büro oben im fünften Stock. Ich drücke Sie jetzt durch die Schleuse.«

Liv wurde in die Zeitung eingelassen und fuhr mit einem schönen, alten, knarrenden Holzfahrstuhl hoch in den fünften Stock. Die Türen öffneten sich zu einer gewöhnlichen Bürolandschaft mit frei stehenden Schreibtischen, dunklen Bodenteppichen und einem Gewirr aus Leitungen. Ein Mann stand neben dem Aufzug, die Hände in den Hosentaschen. Er war in den Fünfzigern, glatt rasiert, Statur und Gesichtsfarbe zeugten von einer Vorliebe für Burgunder und die französische Landküche.

Er nickte ihr zu, ohne seine Position zu verändern. Die Hände blieben in den Taschen.

»Liv Jensen, sagten Sie?«

»Wie ich geschrieben habe, ermittele ich im Todesfall Gert Linde.«

Bjørn Hedme nahm eine Hand aus der Tasche und schob mit dem Zeigefinger die Brille mit dem Stahlgestell auf die Nase hoch. »Polizei?«

»Privatdetektivin.«

Er bedachte sie mit einem forschenden Blick und setzte sich in Bewegung. »Folgen Sie mir!«

Sie durchquerten die offene Bürolandschaft, die nur spärlich besetzt war. Wenn der Chefredakteur vorbeiging, entstand eine diskrete Aufmerksamkeit um ihn herum. Ein Blick eines Mitarbeiters, ein Nicken oder sogar eine Hand, die sich zum Gruß hob. Bjørn Hedme blieb in der Tür zu einem kleinen Privatbüro stehen. Er wartete, bis sie an ihm vorbei war, und schloss die Tür hinter ihnen.

»Nehmen Sie Platz.«

Liv setzte sich auf den Besucherstuhl vor dem Schreibtisch. Dänisches Design aus den Sechzigern, soweit sie das unter den ganzen Papieren und Büchern ausmachen konnte.

»Privatdetektivin, sagten Sie. Spannend.« Er setzte sich und nahm die Brille ab, rieb sich die Augen und verschränkte die Hände vor dem Bauch. Es hatte etwas von einem Ausfrageritual, und Liv schätzte, dass er es mehrmals täglich vornahm. »Wer hat Sie beauftragt?«

»Das kann ich Ihnen leider nicht sagen. Aber ich arbeite mit der Polizei zusammen.«

»Okay, Quellenschutz, fair enough. Wie wird man eigentlich Privatdetektivin?« Er saß unverändert da, die Hände vor dem Bauch, die Augen leicht zusammengekniffen. »Sie sind knapp dreißig, schätze ich, was haben Sie für einen Background?«

»Entschuldigung, ich dachte, ich stelle hier die Fragen.«

Er lächelte schief. »Eine Hand wäscht die andere.«

»Okay, ich war auf der Polizeischule. Ich bin Ermittlerin.«

»Warum arbeiten Sie dann nicht bei der Polizei?«

Liv rutschte auf dem Stuhl nach hinten und überlegte, wie sie das Gespräch zurück auf das Thema bringen konnte.

»Das habe ich bis vor drei Monaten auch getan. Aber jetzt bin ich Privatdetektivin.« Sie zog ihren Notizblock aus der Tasche. »Wie lange war Gert bei der Zeitung angestellt?«

»Sorry, das kann ich Ihnen nicht sagen, ohne nachzusehen. Er hat schon beim *Københavneren* gearbeitet, als ich vor zweiundzwanzig Jahren als Praktikant hier angefangen habe.« Er lächelte und reckte neugierig das Kinn vor. »Sind Sie gefeuert worden?«

»Nein!« Liv fasste sich schnell wieder. Ihr Anstellungsverhältnis ging ihn nichts an, aber es war möglicherweise der Schlüssel, ihn zum Reden zu bringen. »Der Job war in Nordjütland, das war mir zu weit weg von meiner Familie.«

Er zog die Brauen hoch. »Da wollten Sie lieber nach Hause und Privatdetektivin werden?«

»Vorübergehend, ja.«

»Aber mit Blick auf einen Job hier in Kopenhagen, nehme ich an.« Er griff nach der Brille und putzte die Gläser, bevor er sie aufsetzte. »Und jetzt ermitteln Sie in einem kürzlich geschlossenen Mordfall an einem meiner Angestellten. Sie haben nicht Lust, diese Geschichte zu erzählen?«

Liv blätterte in ihrem Notizblock vor. »Konzentrieren wir uns auf Gert. Wo hat er gesessen? Ich gehe mal davon aus, dass er einen festen Platz hatte?«

»Direkt dort, wo man aus dem Aufzug kommt.« Er nickte mit einem leichten Heben des Kopfes in die entsprechende Richtung. »Aber er war nicht jeden Tag hier. Ein Journalist seines Dienstalters legt seine Arbeitszeiten und -orte selber fest. Er hat oft von zu Hause oder unterwegs aus gearbeitet.«

»War er beliebt?«

Bjørn Hedme bremste sie mit einer Handbewegung. »Gert war alles Mögliche, das sich nicht in ein paar Sätzen oder einem Nekrolog zusammenfassen lässt. Ein tüchtiger Journalist, ein lustiger und gewitzter Mann des Wortes, ein Hitzkopf, ein Rockaficionado, ein unverbesserlicher Topfpflanzenmörder.«

»Aber ist er gut mit seinen Kollegen ausgekommen?«

»Seufz. Nächste Frage, danke!« Er holte tief Luft. »Tut mir leid. Wenn ich etwas über seine Person sagen könnte, das potenziell dazu beitragen könnte, den Mord an ihm aufzuklären, würde ich das selbstverständlich tun.«

Liv hielt den Augenkontakt. Nach ein paar Sekunden wandte er den Blick ab. Rieb sich das Kinn und atmete schwer aus, als kostete das Gespräch ihn langsam Kraft. »In seinen jungen Jahren hat Gert sowohl als Investigativjournalist gearbeitet als auch über Christiansborg-Themen berichtet, und da wollte er gerne wieder hin. Zu den Reportagen, dem politischen, kritischen Journalismus. Wir sind deshalb ein paarmal aneinandergeraten, weil ich wollte, dass er mit der Kultur weitermachte, zumindest, bis seine Ambitionen konkreter waren. Gert hat mir vorgeworfen, dass ich ihn nicht genug unterstützt habe, und das habe ich wohl auch nicht.«

»Es war wohl auch etwas spät umzusatteln?«

Er lächelte nachsichtig. »Das Leben hört nicht mit vierzig auf, selbst wenn man das in Ihrem Alter glaubt. Ich habe ihm so viel Spielraum verschafft, wie ich konnte. Gerade, damit er seinen Traum vom eigenen Buch realisieren konnte. Über seine Heimat, Thy. Er ist dort hochgefahren und hat recherchiert, hat Schreiburlaub genommen. Es war nicht gerade das, was ich mir für ihn vorgestellt hatte, doch es hat mich gefreut zu sehen, dass er wieder motiviert schien.«

»Ein Buch über Thy?«

Bjørn lächelte sie an. »Ich hatte ihn seit Jahren nicht so fröhlich erlebt.«

»Wegen des Buchs?«

»Das kann ich Ihnen nicht sagen. Gert und ich waren Kollegen, keine engen Freunde.«

Er sah auf seine Uhr.

Liv blätterte in ihrem Notizblock zurück. »Wie lief die Zusammenarbeit zwischen Gert und Niclas Tange, dem Praktikanten, hatten Sie davon einen Eindruck?«

»Niclas? Hm, die war wohl so gut, wie sie sein konnte. Sie kamen jeder von ihrem Planeten, aber sie haben einander respektiert.«

»Wie meinen Sie das?«

Bjørn Hedme kratzte sich unter dem Kinn und wirkte wie jemand, der das Interesse an dem Gespräch verloren hatte.

»Jede Generation hat ihre eigene journalistische Prägung. Niclas hat sich instinktiv auf Überschriften konzentriert, die viele Klicks einbrachten, und auf den ultrakritischen Winkel. Gert mehr auf die Sprache und eine gründliche Recherche. Aber beide waren auf ihre Weise tüchtig, deshalb hat es funktioniert.«

»Trotzdem ist Niclas Tange nach seinem Praktikum nicht übernommen worden?«

Er umkreiste mit dem Finger seine Schläfen. »Niclas ist ein Verschwörungstheoretiker. Ich konnte ihn nicht mehr ertragen.« Er sah erneut auf die Uhr und erhob sich. »Ich habe jetzt gleich eine Besprechung.«

Liv stand auf. »Haben Sie noch Notizen von Gert oder die Artikel, an denen er geschrieben hat?«

»Leider nur die, die gedruckt wurden. Gerts Computer ist gelöscht und an einen neuen Mitarbeiter übergeben worden, als die Polizei ihre Ermittlungen abgeschlossen hatte. Alles andere wurde weggeworfen. Das klingt vielleicht brutal, aber so ist das nun mal.«

Er begleitete sie hinaus in das Großraumbüro und zeigte zu den Fahrstühlen hin. »Melden Sie sich, wenn Sie irgendwann einmal Lust haben, Ihre eigene Geschichte zu erzählen. Es klingt, als würde sich etwas Spannendes dahinter verbergen.«

KAPITEL 7

Liv lief an den jahrhundertealten Fassaden der Innenstadt entlang, als sie vom *Københavneren* zur Byens Kro ging. Gerts Freund und Kollege Mick Hvilsom hatte sich einverstanden erklärt, sie um halb eins in seiner Stammkneipe zu treffen, die nur fünf Minuten von der Zeitung entfernt lag. Die schmalen Bürgersteige führten sie an Antiquariaten, Sandwichbars und Schaufenstern mit Unmengen von Gummistiefeln vorbei. Hier war Gert sicher von und zur Arbeit gegangen und zu Mittagessensverabredungen, hatte große und kleine Gedanken gedacht, wie sie selbst, Pläne, Träume und Enttäuschungen gehabt. Dabei hatte sich ein feinmaschiges Netz aus Informationen gesponnen, das zu entwirren jetzt ihre Aufgabe war, Faden für Faden, bis sie seinen Mörder gefunden hatte.

Als sie die verrauchte Kneipe betrat, wurden ihr auf einen Schlag eine Menge Vorurteile bestätigt. Von dem Snobismus des Kopenhageners, nicht so sehr, was oben oder unten angeht, sondern in puncto einer antiquierten Auffassung von der wahren Identität der Großstadt, von der Trunksucht des Journalistenstands und von Gert Lindes Selbstbild als ebenso kulturelitär wie beat-provokativ. Jedenfalls seinen Kollegen zufolge.

In der Kneipe waren keine anderen Gäste, sodass Mick leicht auszumachen war.

Er saß auf einem Barhocker an der langen Theke und trank von einem Liter Fassbier, das fast leer war.

Vor ihm lag ein geschlossener Laptop neben einem Aschenbecher mit einer brennenden filterlosen Zigarette. Seine glatt rasierten Wangen hingen schlaff über den Kiefer, und die Nase glänzte aufgequollen in dem faltigen Gesicht. Auf dem Kopf saß eine fadenscheinige Schirmmütze, in die der Name einer amerikanischen Basketballmannschaft gestickt war.

Liv stellte sich neben ihn und wartete, bis er sie ansah. Es dauerte einen Moment.

»Mick? Liv Jensen, ich habe Ihnen wegen Gert geschrieben.«

Er kicherte. Irgendetwas an ihr oder dem, was sie gesagt hatte, war offenbar lustig. Oder das Bier vor ihm war nicht das erste des Tages.

»Ja, setzen Sie sich doch. Sie nehmen bestimmt ein Mineralwasser?«

Seine Konsonanten waren am Rand weich, ansonsten machte er einen ziemlich klaren Eindruck. Liv setzte sich und bestellte eine Cola. Die Bestellung löste ein weiteres Kichern aus.

»Sind Sie beim *Københavneren* fest angestellt?«

Er schnaubte. »Was glauben Sie, warum ich hier sitze und arbeite? Ich bin ein einfacher Tagelöhner. Niemand will mehr für guten Journalismus bezahlen.«

»Okay, aha.« Liv zog den Notizblock aus dem Rucksack und schlug ihn auf. Die Arbeitsbedingungen für Journalisten drohten ein Thema zu sein, über das Mick sich lange auslassen konnte, wenn man ihn ließ. »Woher kannten Sie Gert?«

»Wir haben uns 1987 auf der Journalistenschule in Aarhus kennengelernt. Wir waren beide Dylan-Fans. Von da an haben wir uns nicht mehr aus den Augen verloren.« Er legte den Kopf in den Nacken und leerte sein Glas in einem langen Zug. Stellte es auf die Theke und hielt Ausschau nach der Bedienung. »Auch wenn das Madam Skrald nicht gepasst hat.«

»Madam Skrald?«

»Patricia. Sie meinte, ich hätte einen schlechten Einfluss auf Gert.« Er blinzelte ihr zu, entdeckte den Barkeeper und zeigte auf sein Glas.

»Hat sich das auf Ihre Freundschaft ausgewirkt?«

»Pah! Da hätte mehr dazugehört. Und so schlimm war es auch nicht. Patricia ist im Grunde genommen in Ordnung, nur ein bisschen dröge.« Er lachte vor sich hin und griff nach dem frischen Bier. »Wollten Sie auch noch was?«

Liv warf einen Blick auf ihre unberührte Cola. »Äh, nein danke. Gert hat Ihnen nicht eins seiner Notizbücher anvertraut?«

»Nee.«

»War er in den Monaten vor dem Mord irgendwie anders?«

»Nee. Er hat gearbeitet, mit mir Bier getrunken und an seinem Buch geschrieben.«

»Dem Buch über Thy?«

Mick nickte. »Er hat auf dem Hof seiner Vorfahren gewohnt, wenn er da oben war und recherchiert hat. Hyrup oder Hurup hieß der, glaube ich. Er ist nach und nach verfallen, darüber war er stinkwütend. Ich kann mich erinnern, dass ich gedacht habe …« Er unterbrach sich und trank, als würde er den Satz bereuen. Doch als Liv nicht reagierte, beugte er sich zu ihr hin. Der Bierdunst war überwältigend. »Sie wissen, dass er dort oben andere Interessen verfolgt hat?«

»Wie meinen Sie das?«

Er zuckte mit den Schultern.

»Wollen Sie andeuten, dass Gert sich mit einer anderen Frau getroffen hat?«

»Ich sage nur, dass er viel von Thy gesprochen hat, als ich ihn das letzte Mal gesehen habe.«

Sie sah Mick an, der erneut einen Schluck trank. Vielleicht war er nicht der glaubwürdigste Zeuge, was Gerts Liebesleben anging. Es war nicht ausgeschlossen, dass er ein bisschen neidisch auf die Ehe der Lindes gewesen war.

»Wann war das?« Sie zog sich leicht zurück, weg von dem Bierdunst, und hoffte, dass er es nicht merkte.

»Einen Monat vor seinem Tod. Wir haben im Femmeren in der Classensgade ein Feierabendbier zusammen getrunken. Er war gerade von einer Woche in Nordjütland zurück.«

Liv sah ihn an. Seine Augen schwammen leicht.

»Er hatte das Frøstruplejren-Festival besucht und mit den Hippies da oben geredet, das hatte ihn sehr beeindruckt, daran erinnere ich mich. Und er hatte die Archive von einem Gefängnismuseum durchstöbert, glaube ich, und Fotos von einer Kirche gemacht.« Er trank und wischte sich mit dem Handrücken über den Mund. »Um ganz ehrlich zu sein, ist es mir schwergefallen, so etwas wie Interesse vorzutäuschen. Ich steckte gerade mitten in einem außenpolitischen Enthüllungsprojekt, und die Sehenswürdigkeiten von Thy hätten mich nicht weniger interessieren können. Natürlich habe ich ihn das nicht spüren lassen. Gert war mein Buddy.«

Liv schrieb sich Stichworte auf. Sie schienen nicht viel herzugeben.

»Haben Sie das Buch gelesen?«

»Nee.« Mick schob die Schirmmütze hoch, sodass er Ähnlichkeit mit einem alten Pfadfinderjungen hatte.

»Aber er hatte einen Vertrag mit einem Verlag unterschrieben, ich erinnere mich nicht mehr, mit welchem.«

Liv machte sich eine Notiz. Den Verlag würde sie ausfindig machen.

»Das war natürlich super für Gert. Nicht, dass ich glaube, dass es sich verkauft hätte. Doch wenn man älter wird, möchte man doch die Gewissheit haben, dass man einen Abdruck auf der Welt hinterlässt. Ein paar Kinder, ein Werk, einen Stern auf dem Hollywood Boulevard.« Er lachte. »Gert und Patricia hatten keine Kinder, deshalb hat er sich auf die Lorbeeren konzentriert. The work, Sie verstehen. Ich habe 2018 selbst den Cavling-Preis für meine Berichterstattung über den Næstved-Fall bekommen. Ich gehe mal davon aus, dass Sie davon gehört haben?«

Liv nickte, obwohl sie sich nicht sicher war. Er leerte das Glas mit einem zufriedenen Schmatzen und lächelte sie schief an. »Gert hat nie etwas bekommen.«

*

Hannah schielte zu den nackten Armen ihres Vaters hin und zog den Cardigan enger um sich. »Frierst du nicht? Ich kann dir eine Decke holen?«

Sie saßen auf der obersten Stufe der Steintreppe, die vom Wohnzimmer hinunter in den zugewachsenen Garten führte. Die Spätsommerwärme, die mitten am Tag über der Stadt gelegen hatte, war verdampft und hatte einen feuchten Dunst hinterlassen, der durch die Kleidung drang und Kälteschauer den Rücken hinuntersandte.

»Mir geht es gut.« Jan saß aufrecht auf der Treppenstufe, die dünnen Arme in einem kurzärmligen Hemd, das Kinn ins Dunkel des Gartens gestreckt. So hatten sie oft gesessen, als sie noch ein Kind war. Alle vier.

»Hast du noch mal mit Liv gesprochen?«

»Nein, ich bin heute meist drinnen geblieben.«

Sie wusste, das hieß, dass er Schmerzen hatte. Es bedurfte viel, Jan Leon davon abzuhalten, neue Menschen kennenzulernen.

»Sie macht einen netten Eindruck. Ein bisschen still vielleicht, etwas ernst, aber sehr ordentlich.«

Er lächelte. »Carls Enkelin ist Privatdetektivin geworden! Das klingt exotisch.«

»Ja, man stellt sich irgendwie etwas anderes darunter vor, nicht? Jemanden mit einem Trenchcoat und einem Hut.«

»Und Whisky und leichtlebigen Damen.« Er hustete, sodass es seinen schwachen Körper schier zerriss. Hannah klopfte ihm vergebens auf den Rücken, bis es vorbei war. Eine Fledermaus flog über ihre Köpfe hinweg und verschwand. »Wir hätten Liv damals gut gebrauchen können, als Penelope und ich die Geschichte meiner Eltern recherchiert haben.«

»Das muss vor der Scheidung gewesen sein?«

»Nein, das war danach. Ich kann mich erinnern, dass ihr neuer Freund ein wenig verärgert war, dass sie so viel Zeit mit ihrem Ex-Schwiegervater verbracht hat.«

Hannah verdrehte die Augen. Sie hatte nie verstanden, was Penelope mit Oscar gewollt hatte, diesem aalglatten Typen, mit dem sie sich nach der Scheidung zusammengetan hatte.

»Ich habe ausgemacht, am Freitagnachmittag mit Michael Felding eine Tasse Kaffee zu trinken.«

Er sah sie geistesabwesend an.

»Daniels Psychiater, an ihn kannst du dich bestimmt erinnern. Er war auf der Beerdigung. Hat uns ein Gespräch angeboten, falls wir das brauchen.«

»Aha, und jetzt brauchst du ein Gespräch mit ihm?«

»Wenn ich weiterkommen will, muss ich verstehen, warum

Daniel sich das Leben genommen hat.« Sie atmete tief in ihren angespannten Solarplexus und versuchte, etwas von der Anspannung auszuatmen. »Ich weiß sehr wohl, dass er periodenweise von Selbstmord gesprochen hat, aber ich habe ihn nie ernsthaft für selbstmordgefährdet gehalten. Und obwohl ich schon einen Grund sehen kann, möchte ich gerne wissen, was er in der letzten Zeit gedacht hat. Bescheid wissen.«

»Aha, ja.« Er räusperte sich, als wollte er einen erneuten Hustenanfall verhindern.

»Im Übrigen habe ich getan, worum du mich gebeten hast. Nima hat mich heute Morgen hoch in den Maßregelvollzug gefahren, sodass ich Bilder von Daniels Zelle machen konnte.«

Jan drehte den Kopf zu ihr hin. »Was hat er geschrieben?«

»Er hat in einer mir unbekannten Sprache geschrieben, aber ich habe die Fotos ausgedruckt.«

Hannah zeigte ihm den kleinen Stapel, den sie mit hinaus in den Garten genommen hatte, und verteilte die Blätter auf dem Treppenabsatz. Jan sah zu, wie sie die Blätter hin und her schob, bis sie in drei Sektionen lagen.

»Jetzt liegen sie in der Reihenfolge, in der der Text hinter dem Schrank an der Wand stand, von links nach rechts und von oben nach unten. Das Blitzlicht hat reflektiert, und an manchen Stellen ist der Putz abgefallen, aber ansonsten dürfte der Text zu entschlüsseln sein. Wenn man denn die Sprache kann.«

Jan sah sie streng an. »Hannah Leon, habe ich dich gar nichts gelehrt? Erkennst du nicht das Alphabet deines eigenen Volks? Das ist Hebräisch.«

Hannah war plötzlich wieder zehn Jahre alt und stand über die Haggadah gebeugt, während sich ihre Zunge verknotete und Daniel die Gebete längst auswendig konnte.

»Kannst du das lesen?«

Jan nahm die Brille ab, putzte sie mit dem Ärmel und setzte sie wieder auf die Nase. Hielt sich ein Blatt unter die Nase und studierte es. »Ich verstehe das nicht … das *ist* das hebräische Alphabet, aber die Wörter sind ganz anders. Einen Augenblick!«

Jan kam verblüffend schnell auf die Beine, griff nach dem Stock und verschwand im Haus. Die Schmerzen gingen offenbar zurück. Triumphierend kam er zurück, ein dickes Buch über dem Kopf schwenkend und den Stock am Handgelenk baumelnd, als bräuchte er ihn nicht.

»Heureka!«

Jan ließ sich vorsichtig wieder auf der Treppe nieder und reichte ihr einen Kugelschreiber aus seiner Brusttasche. Er schlug das dicke Buch auf und blätterte, warf einen Blick auf das ausgedruckte Foto und wieder in das Buch.

»Ha, ich bin genial, wenn ich das selbst sagen darf. Komm, guck mal!«

Hannah beugte sich über seine Schulter. Er zeigte auf die Seite. »Das ist Aramäisch.«

»Aramäisch? Was ist das?«

»Eine fast ausgestorbene alte Sprache, der Vorläufer der semitischen Sprachen, zu denen auch Arabisch und Hebräisch gehören. Und die heute mit hebräischen Zeichen geschrieben wird. Das wird nicht leicht, das zu entziffern. Aber ich habe ein Wörterbuch!« Er schlug auf den Umschlag, dann zeigte er auf das Blatt. »Man liest das von rechts nach links, genau wie Hebräisch, sodass wir die Blätter umdrehen müssen. Hier in der obersten Zeile steht *Der Erste* oder *Das Erste*, kannst du das sehen?«

»Typisch Daniel, in einer ausgestorbenen Sprache zu schreiben.« Sie verdrehte die Augen.

Jan schüttelte den Kopf und zeigte erneut darauf. »Hier steht *Vision* oder *Weissagung*. Sag mal, schreibst du das jetzt vielleicht mal auf oder was?«

Hannah drehte eins der Blätter um und schrieb auf die Rückseite. Es kribbelte in ihren Wangen, doch ob aus Ärger oder über die Begeisterung ihres Vaters, die ansteckend wirkte, hätte sie nicht sagen können.

»Das Zeichen hier bedeutet Finger, so viel kann ich deuten. *Finger einer Menschenhand*. Und das daneben muss *schreiben* in der Vergangenheit sein, also *schrieb*.« Er blätterte vor und zurück. »Ja, *schrieb an die Wand*, steht da, *des Königs* und dann etwas mit einem *Schloss* oder einem *Palast*.«

»Moment, was war das Erste? Etwas mit einer Vision?«

»Die erste Vision.«

Hannah schrieb den dänischen Satz ganz oben auf das Blatt.

»Das Ganze hier handelt von der Hand, die schreibt. Bedeutet das Wort nicht Licht? Leuchter?« Er zeigte mit vor Eifer leuchtenden Augen darauf. »Im nächsten Satz steht *Gesicht* und dann etwas mit *Gedanken* …«

»Vater, das geht zu schnell. Noch einmal, etwas langsamer.«

Hannah notierte die dänische Übersetzung, während ihr Vater nachschlug. Als sie durch den ganzen Abschnitt waren, las sie laut.

Die erste Vision. Plötzlich zeigten sich die Finger einer Hand: Sie schrieben auf die gekalkte Wand des Königspalastes gegenüber dem Leuchter, und der König sah die Hand, während sie schrieb. Sein Gesicht wurde bleich, und seine Gedanken erschreckten ihn. Die Hand schrieb davon, was war, und davon, was kommt. Ich schreibe das, obwohl niemand mir glauben wird.

Der letzte Satz hing wie ein Echo zwischen ihnen. Wenn man an einer bipolaren Störung mit manischen Phasen, schlaflosen Perioden und Zwangsgedanken leidet, glauben einem nicht mehr viele. Nicht wirklich. Daniel hatte ihr erzählt, wie einsam er sich dadurch fühlte.

»Das sagt mir etwas. Das mit der Hand, die an die Wand des Königspalastes schreibt, das ist ein Zitat. Ich kann mich nur nicht erinnern, woraus.« Jan blätterte planlos in dem Buch. »Wie viele Abschnitte sind es insgesamt?«

Hannah warf einen Blick auf die Blätter auf dem Tisch.

»Wie es aussieht, zwölf, von ungefähr gleicher Länge, aber das ist schwer zu sagen, wenn man sie nicht lesen kann.«

Jan legte das Wörterbuch zur Seite und sah sie über die Brille hinweg an. Er schluckte beschwerlich. Sein Hals war in der letzten Zeit so trocken geworden, irgendetwas mit den Lymphknoten. Doch sein Blick war klar.

»Dann muss ich die Ärmel hochkrempeln und sie übersetzen. Mein Sohn will uns etwas sagen, und ich will wissen, was es ist.«

*

Liv kam von dem Treffen mit Mick Hvilsom in einem Dunst aus Zigarettenrauch nach Hause, durch den sie sich bis ins Mark ungesund fühlte. Sie schälte sich aus der Kleidung und warf alles direkt in die Waschmaschine und zog ihre Laufsachen an. Die Hintertür konnte wohl so lange offen bleiben.

Im Schatten des gestreiften Planetariums fand sie eine breite Treppe, die zum See hinunterführte, an der sie sich aufwärmen konnte. Ein entspanntes fünfminütiges Laufen die Treppe hoch und runter, dann Lunges und Squats, gefolgt von einem kurzen Dehnen. Die Wolken ballten sich schwer über den Dächern, der See lag glänzend wie Quecksilber und ließ niemanden in die Tiefe blicken. Wozu auch, dachte Liv und lief entgegen dem Uhrzeigersinn am Ufer entlang um die sogenannten fünf Seen, die in Wirklichkeit nur drei waren.

Sie fand schnell ihren Rhythmus und spürte das Herz kräftig gegen die Innenseite ihrer Rippen schlagen. Die Bäume dufteten bereits nach Herbst, Pilzen und Feuchtigkeit.

Sie lief über die große Ampelkreuzung bei dem Seepavillon und stieß mit einem Radfahrer zusammen, der auf dem Bürgersteig fuhr. Er rief ihr ein Schimpfwort hinterher und fuhr mit hochgerecktem Mittelfinger als Abschiedsgruß weiter, während Liv ihren Lauf mit klopfendem Herzen fortsetzte. Natürlich von dem Schock, doch ebenso sehr von der Aussicht, was sich am Horizont zusammenbraute: die einzige Spur, die anscheinend noch nicht gründlich verfolgt worden war, führte nach Nordjütland. Wenn sie eine Chance haben wollte, im Mordfall Gert Linde etwas Neues auszugraben, musste sie nach Thy hochfahren.

Petters Ermittlung hatte sich auf Niclas Tange konzentriert, weil er sich zum Tatzeitpunkt in der Wohnung des Opfers aufgehalten und anschließend merkwürdig verhalten hatte, doch weder die Verhöre noch die technischen Spuren oder die Zeugenaussagen hatten den kleinsten Beweis erbracht. Sie ahnte, dass Petter den Praktikanten noch immer als den wahrscheinlichsten Täter ansah, doch sie hatte ihn ein wenig im Verdacht, dass ihm sein Stolz im Weg stand. Mehr als drei Jahre Ermittlungen durften schon gerne zu einem Ergebnis führen, das seine grundlegende These untermauerte, aber sie glaubte nicht daran. Selbst wenn Niclas ein mögliches Motiv für den Mord verschwieg, überzeugte sie das nicht. Wäre er schuldig, würde er nicht so zornig auftreten und in den Dingen herumstochern, nachdem der Fall längst abgeschlossen war. Das wäre unlogisch.

Liv spürte den Ehrgeiz im Magen brennen. Ein eingestellter Fall würde ihre Karriere als solche nicht fördern, doch sie wusste, dass das ein erster Schritt sein konnte. Petter war hartnäckig und stolz, aber er war nicht rechthaberisch. Wenn sie eine solide Spur fand, die in eine neue Richtung wies, könnte sie etwas bewegen. Es erforderte lediglich eine Tour zurück ins Minenfeld.

Der Gedanke, zurück nach Nordjütland zu fahren, von wo sie gerade geflohen war, fühlte sich ausgesprochen unangenehm an. Die letzte Zeit dort oben war klaustrophobisch gewesen, und sie hatte Schwierigkeiten, die Tage voneinander zu unterscheiden. Sie war so schnell aufgebrochen, dass sie die Endreinigung ihrer Wohnung vergessen und ihren Spind auf der Wache nicht geleert hatte. Vielleicht war es ja heilsam zurückzukehren? Sie versuchte, den Rhythmus beim Laufen wiederzufinden, womöglich war es genau das, was sie brauchte.

Liv blendete die Gedanken aus und lief die sechs Kilometer rund um die Seen mit leerem Kopf und schwer atmend, ließ den Körper arbeiten und die Muskeln übernehmen, bis sie wieder in der Kaalundsgade 6 stand. Sie löste den Schlüssel aus dem Schuhsenkel, verschaffte sich Einlass in den Hinterhof und trat durch die grün gestrichene Pforte in den Garten. Kleine rotwangige Äpfel verfaulten im hoch stehenden Gras unter einem großen, knorrigen Baum; sie ging vorsichtig um sie herum und die Treppe zu ihrer Wohnung hinunter.

Sie duschte kurz brühheiß und zum Abschluss eine Minute eiskalt, bevor sie nach einem ihrer verwaschenen blauen Handtücher griff. Sie hatte bereits gelernt, wie sie verrenkt in dem kleinen Badezimmer stehen konnte, ohne ihren Körper im Spiegel ansehen zu müssen. Niemand musste ihr erzählen, dass sie keinen Grund hatte, sich zu schämen, dass sie nur den Rücken durchdrücken und die Schuld dorthin schieben musste, wo sie hingehörte. Das wusste sie nur zu gut. Doch eine Sache ist, was das Gehirn weiß, etwas völlig anderes, was der Körper begreift. Und der Körper ekelte sich vor sich selbst.

Sie rieb die Haut mit dem Handtuch trocken, bis sie rot wurde und schmerzte. Als sie warm und trocken war, schlüpfte sie in eine lockere Jeans und ein großes Sweatshirt mit dem Logo der Polizei auf dem Rücken und rief eine Nummer an, zu der sie seit drei Monaten keinen Kontakt mehr gehabt hatte. Er antwortete sofort.

»Ich glaub es nicht. Hei, Kleine.«

Johan klang aufrichtig erfreut, sie zu hören. Liv hatte ihren ehemaligen Kollegen von der nordjütischen Polizei als selten netten und anständigen Menschen kennengelernt. Sie waren sogar ein paarmal ausgegangen und hatten Poolbillard gespielt, was Liv sonst zu vermeiden suchte. Sich mit ihren Kollegen privat zu treffen. Petter war natürlich die Ausnahme.

»Hei, Johan, wie geht's?«

»Danke, danke. Wie ist das Leben in der Großstadt?«

Sie lächelte. »Schnell und schick.«

»Dann passt du ja gut dahin. Ich habe mir übrigens etwas Sorgen um dich gemacht, weil du so schnell verschwunden bist.«

»Ich hatte noch ein paar freie Tage.«

»Okay.«

»Johan, erinnerst du dich an den Fall des Journalisten, der im Frühjahr vor drei Jahren in Kopenhagen ermordet wurde?«

Er gab einen Klicklaut von sich, und Liv fiel ein, dass das einer seiner kleinen Ticks war. Johan war ein großer Mann, muskulös und mit einer Speckschicht, die im Nacken Falten warf. Aber er sprach und bewegte sich wie ein kleiner Junge, linkisch und schüchtern.

»Natürlich.«

»Wen habt ihr in Verbindung damit verhört?«

»Den großen Bruder des Opfers. Aber er war es nicht. Er hat in seiner Stammkneipe geschlafen, was sowohl vom Personal als auch von den Gästen bestätigt worden ist. Da war nichts, dem man nachgehen konnte.«

Liv biss sich in die Lippe. Das Alibi eines potenziell Verdächtigen auf diese Klientel zu stützen, war in ihren Augen keine gute Polizeiarbeit.

»Und das war's?«

»Es gab nicht wirklich etwas anderes, dem man hätte nachgehen können. Das Opfer hatte hier oben keine weitere Familie mehr und sein ganzes Erwachsenenleben in Kopenhagen verbracht, sodass alle Kontakte dort waren. Das Verhör ist von dem Ermittlungsleiter so angeordnet worden, und wir haben uns danach gerichtet.«

Johan klang leicht defensiv, und sie verstand gut, warum.

»Klar, Johan, ich wollte nur mal nachhören. Ich rufe wieder an, wenn ich mich eingelebt habe. Grüß …«, sie zermarterte sich das Hirn, »… Gitte?«

»Mach ich. Pass auf dich auf, Kleine!«

Liv legte auf und nahm ihren Notizblock und Gerts Notizbuch aus dem Rucksack. Setzte sich auf das Bett und begann darin zu blättern.

Die ersten Seiten waren überladen mit Gedankenblasen, Streichungen und Pfeilen und sahen nach den allerersten zarten Ansätzen in einem kreativen Prozess aus. Die Buchstaben waren abwechselnd groß und klein, deutlich und verwischt, mit schwarzem, grünem oder blauem Kugelschreiber geschrieben. Auf der dritten Seite fand sie eine Liste von Verlagen, sechs insgesamt, bestimmt die, zu denen er bezüglich einer Herausgabe seines Buchs hatte Kontakt aufnehmen wollen. Alle waren durchgestrichen bis auf den Omega Verlag, daneben hatte Gert einen Namen notiert. Ulrik Høeg.

Die nächste Seite kam dem frühen Versuch eines Inhaltsverzeichnisses gleich, versehen mit diversen Pfeilen und Kreisen. Ein paar Seiten weiter folgte eine Doppelseite, auf der linken stand: *Zur Erinnerung an Hurup Hovedgård, mein Elternhaus*. Das sah ganz nach einer Widmung aus. Auf der gegenüberliegenden war nur ein Name notiert, den sie kaum entziffern konnte. Der Vorname mochte Eva lauten, der Nachname Hansen oder Madsen.

Liv notierte sich die Namen – Verleger/Redakteur Ulrik Høeg, Eva Hansen/Madsen, Hurup Hovedgård – und betrachtete sie. Dann zog sie die leere Sporttasche unter dem Bett hervor. Es gab keinen Grund, das Unumgängliche hinauszuschieben, selbst wenn es schon reichlich spät war. Wartete sie ab, würde sie sich tausend Entschuldigungen zurechtlegen, es doch nicht zu tun. Wenn sie das Gaspedal voll durchtrat, konnte sie noch die Fähre um neunzehn Uhr erreichen. Drei Sätze Kleidung, Laufschuhe und ein Kulturbeutel, das musste reichen, vielleicht fand sie ja ein billiges B&B, während sie auf der Fähre war.

Sie nahm eine dunkelblaue Schirmmütze von der Garderobe, steckte den Autoschlüssel in die Tasche und nahm einen Proteinriegel aus dem Kühlschrank. Dann trat sie hinten heraus in den Garten und schloss hinter sich ab.

KAPITEL 8

Liv fuhr die steile Rampe auf die Fähre hoch, während ihr Körper vor Müdigkeit schmerzte. Ob die Umzugskisten, ihre Laufrunde oder der Gedanke an Nordjütland ihr zu schaffen machten, wusste sie selbst nicht, doch als sie sich in eine Sitzecke vor der Cafeteria fallen ließ, wollte sie nur noch dort auf der gepolsterten Bank ein Nickerchen machen. Die Abfahrtszeit war glücklicherweise nicht sehr beliebt, sodass sie die Sitzecke wohl für sich haben würde.

Sie gähnte, zog ihre Jacke aus und legte sie hin, um den Platz zu reservieren. Dann holte sie sich einen fertig gemixten Milchshake aus der Kühltheke. Eine Verkäuferin, die genauso müde aussah, wie Liv sich fühlte, kassierte und gab ihr mit trägen Bewegungen einen Strohhalm.

Die letzte gemeinsame Reise mit ihrem Großvater hatten sie ein Jahr nach der Diagnose mit der Oslo-Fähre unternommen. In ihrer Kabine mit Meerblick hatte er trocken festgestellt, dass er noch nie so vornehm gewohnt habe. Seine Stimme war zu dem Zeitpunkt verbraucht, und er war schwer zu verstehen gewesen, aber Liv hatte nicht nachfragen müssen. Auch als er ihr lachend mit der Hand über die Bürstenfrisur gefahren war und sie eine Hausbesetzerin genannt hatte. Keine Vorwürfe wegen all der Zeit, die vergangen war, seit sie sich das letzte Mal gesehen hatten. Auch er verstand. Dass sie es nicht ertrug, ihn dahinsiechen und sterben zu sehen.

Während Liv ihren Milchshake schlürfte, nahm sie ihren Notizblock heraus und sah sich die Namen an, die sie notiert hatte. Ulrik Høeg konnte gut der Verleger sein, den Gert für sein Buch gewonnen hatte. Sie gab den Namen ein und fand ihn auf der Website des Verlags, inklusive Mailadresse und Handynummer. Sie warf einen Blick auf die Uhr und beschloss, ihn sofort anzurufen. Er musste ja nicht drangehen, wenn er gerade beim Abendessen saß.

Sie drückte die Nummer, während ihre Augen auf einen Infoschirm gerichtet waren, der mit Sonnenschein, Kindern und fliegenden Möwen Werbung für Fährfahrten machte.

»Hallo.«

»Guten Abend, mein Name ist Liv Jensen von *LJ Privatdetektive*. Entschuldigen Sie, dass ich so spät anrufe. Könnten Sie mir eventuell bei der Beantwortung einiger Fragen zu Gert Linde helfen?«

Am anderen Ende blieb es still.

»Entschuldigen Sie, spreche ich mit Ulrik Høeg?«

»Ja, hier ist Ulrik Høeg. Wie, sagten Sie, war Ihr Name?« Der Mann klang geistesabwesend.

»Liv Jensen. Stimmt es, dass Sie der Verleger von Gert Linde waren?«

Er antwortete wieder nicht.

»Rufe ich zu einem ungünstigen Zeitpunkt an?«

»Hören Sie, ich mache gerade den Abwasch. Kann ich Sie dazu überreden, mir eine E-Mail zu schreiben?«

»Wir könnten uns auch treffen. Vielleicht Ende der Woche?«

Er klapperte mit irgendetwas, das nach Pfannen und Töpfen klang.

»Wissen Sie was, schreiben Sie mir einfach eine E-Mail.«

»Ich habe nur ein paar schnelle Fragen. Wenn Sie und Gert

zusammen an dem Buch gearbeitet haben, wissen Sie vielleicht, zu wem er in Thy Kontakt hatte?«

Es blieb still in der Leitung. Ein Moment verging, bevor ihr klar wurde, dass er aufgelegt hatte. Fair enough, dass der Mann aufräumen musste, aber er hätte ihr doch wenigstens fünf Minuten geben können! Sie schrieb ihm eine kurze E-Mail.

Mick hatte gesagt, Gert habe in seinem Elternhaus gewohnt, wenn er in seiner Heimat recherchierte. Hurup oder Hyrup. Liv gab den ersten Namen ins Suchfeld ein und bekam einen Link zu einem Routenplaner mit der Adresse des Hofs und zu einem drei Jahre alten Artikel in der Lokalzeitung. *Familie Linde verkauft Hurup nach acht Generationen auf dem Hof*, stand da. Der Artikel erwähnte nicht, wann genau der Verkauf erfolgt war. Sie wüsste zu gern, ob das vor oder nach Gerts Tod passiert war. Sie musste seinen Bruder, Jens, danach fragen, wenn sie mit ihm sprach. Hoffentlich konnte er ihr helfen, etwas Licht in Gerts Leben in Nordjütland zu bringen.

Liv schob das Ende des Strohhalms gegen die Innenseite des Bechers und neigte ihn so, dass sie die letzten Tropfen aufsaugen konnte. Sie sah auf die Wellen hinaus, die langsam schwarzblau wurden, während die Sonne in ihnen versank. Es wäre vielleicht besser gewesen, mit dem Aufbruch bis morgen zu warten, doch für Montag hatte sie in Kopenhagen einen Auftrag für eine Versicherungsgesellschaft angenommen. Oder vielleicht war sie auch einfach so impulsgesteuert, wie ihre Eltern behaupteten.

Sie fand Hurup Hovedgård auf der Karte und suchte nach nahen Pensionen im Umkreis. Klickte auf eine Stadt in der Nähe, die Vestervig hieß, und rief an, ohne einen Blick auf die Website zu werfen. Es würde schon gut sein. Eine freundliche

Dame mit Namen Bodil versicherte ihr, dass alle Zimmer frei waren, und sagte, dass sie ihren Mann Jesper bitten werde, alles herzurichten und den Schlüssel draußen zu hinterlegen, wenn Liv so spät ankäme. Sie klang überrascht über die Anfrage.

Die jütländische Ostküste kam näher wie schon so viele Male zuvor auf den Touren nach Aalborg, und der Zweifel wurde lauter. So viel Abstand hatte sie doch noch nicht. Aber es war zu spät, um umzukehren. Und selbst wenn sie könnte, würde sie es nicht tun.

*

Als Nima durch das Tor auf die Kaalundsgade hinausrollte, wusste er, dass das so ein Abend war, an dem er nicht direkt nach Hause fahren konnte. Er umkreiste den Rathausplatz und bog nach Christiania ab, überlegte es sich anders und fuhr stattdessen nach Nørrebro. Der Feierabendverkehr war längst von verlassenen Straßen abgelöst worden, nichts fegt Kopenhagen so leer wie die Einnahme des Abendessens. In Dänemark isst man zu Hause, vielleicht vor dem Fernseher und am liebsten in Frieden vor Gästen und anderen störenden Elementen.

Im Vibevej fand er einen nicht ganz ordnungsgemäßen Parkplatz und stellte den Motor aus. Blieb hinter dem Steuer sitzen und ließ das Auto abkühlen, während er überlegte, wieder zu fahren. Glaubte er wirklich, seinen Seelenfrieden hier zu finden? Autoscheinwerfer zogen Striche aus Licht, wenn sie an ihm vorbeifuhren, doch wenn er die Augen schloss, tauchten die Gespenster auf. Die Knie wurden steif unter dem Steuer wie immer, wenn in der Abendluft die Kälte hereinkroch.

Er stieg aus und ging zu dem weißen Gebäude mit dem türkisfarbenen Dach. So ikonisch und verhasst. Drinnen zog er die Schuhe aus und stellte sie neben die anderen Paare. Sie waren schmutzig von Motoröl und enthüllten ein Loch in einem Socken. Er ging an der Mida'a der Moschee vorbei, wo die Gläubigen die rituelle Waschung vornahmen, und über den geblümten Teppich in den Hauptraum der Moschee. Stellte sich ganz hinten in den Raum.

Weiße Säulen trugen eine Kuppel aus Glas und die Decke mit den arabischen Schriftzeichen auf dem mitternachtsblauen Hintergrund. Ein großer, weißer Leuchter hing von der Decke wie eine Einladung, den Blick zum Göttlichen zu erheben, dahinter zeigte die Mihrab aus blauen und weißen Kacheln die Gebetsrichtung mit Details aus dem pursten Gold an. Männer standen verteilt im Raum, das Gesicht gen Mekka gewandt, und sprachen das Abendgebet. Einige waren traditionell in lockere Gewänder gekleidet, andere in Jeans und Pullover, doch die Gebärden waren gleich. Ihre Hände öffneten sich, der Boden nahm ihre Knie in Empfang, dann die Stirn, in einer Geste der Unterwerfung.

Moschee bedeutet *Ort, an dem man sich zu Boden wirft.*

Nima spürte erneut den Schmerz in den Knien. Er blieb stehen. Sah zu, wie die Betenden sich in Wellenbewegungen vom Boden aufrichteten und wieder hinabsanken, schloss halb die Augen und lauschte dem bekannten Summen der Kindheit.

Der Bruder seines Vaters war streng gläubig gewesen, die beiden Brüder hatten während der Familienessen oft diskutiert. Mit der Zeit war der Ton hart zwischen ihnen geworden. Es bedrückte seinen Vater, dass der Glaube einen Keil zwischen ihn und den Bruder trieb, doch er sagte hinter dessen Rücken nie ein schlechtes Wort über ihn. Nicht einmal, als sie zur Flucht gezwungen waren. Auch nicht, als er später ins Gefängnis kam und mit Auspuffgasen gefoltert wurde, die seine Lunge zerstörten, selbst da blieb sein Vater loyal, vermutete Nima. Nicht einmal im Augenblick des Todes wendete er sich gegen seinen Bruder und die Religion, die die Familie spaltete. Er wurde nie wütend.

Aber das wurde Nima. Hass und Rachedurst mischten sich mit den Kindheitserinnerungen und machten ihn heimatlos. All das, das zu tun er gezwungen worden war. Die Schuld, die Scham, der Selbstekel. Jetzt stand er wieder hier, allein und ungeschützt. Die Katastrophe schloss sich um ihn wie ein Meer aus Schmerz, und er hatte niemanden, an den er sich wenden konnte, niemanden, den er um Hilfe bitten konnte.

Der Imam sah ihn an, auffordernd, nahezu streng. Nima begegnete seinem Blick und trug den Kopf hoch. Er würde vor keinem Gott auf die Knie gehen. Der Vorteil der Heimatlosigkeit ist, nichts zu verlieren zu haben.

*

Die Autofahrt vom Fähranleger durch Jütland hoch war lang und dunkel, auf dem öden Asphalt begegneten Liv nur selten andere Autos. Sie hatte das Gefühl, nicht nur in einen anderen Landesteil, sondern regelrecht auf einen anderen Planeten transportiert worden zu sein. Entlang der Straße verlief eine Bahnlinie, dahinter erahnte sie Wasser und Marschland.

Sie kam an einem einsam gelegenen Hof vorbei, die Autoscheinwerfer beleuchteten ein großes Graffito am Giebel und die Rücklichter ein »Zu verkaufen«-Schild am Wegrand. Eine raue Landschaft, nichts für Zartbesaitete. Die Felder zogen sich endlos, und die Kirchen schienen die einzigen Gebäude zu sein, die nicht im Verfall begriffen waren. Selbst die Bäume beugten sich verschüchtert nach Osten, wie sie selbst. Weg von dem Wind. Es rauschte im Lüftungssystem des Autos und erinnerte sie daran, dass es hier keinen Schutz gab, hier regierten die Windmühlen als einsame Majestäten hoch über der Heide.

Ihr Handy klingelte, und sie nahm den Anruf an.

»Sitzt du im Auto?« Petters tiefe Stimme übertönte den Motorlärm und gab ihr Sicherheit. Liv fuhr auf einer einsamen Landstraße nördlich von Holstebro. Die neblige Dunkelheit um sie herum war ein guter Nährboden für Katastrophengedanken von einem Motorschaden mitten in der Einsamkeit.

»Ich habe noch eine halbe Stunde bis Thy. Im Moment fahre ich durch die jütländische Heide. Was ist mit dir?« Aus den Hintergrundgeräuschen schloss sie, dass auch er im Auto saß. Das tat er oft, wenn er telefonierte.

»Ich bin auf dem Weg zu dem Praktikanten. Er hat darauf bestanden, von Angesicht zu Angesicht mit mir zu reden – was scheißärgerlich ist –, und bisher hatte ich keine Zeit.«

»Hast du eine Ahnung, was er wissen könnte?«

»Absolut nicht. Aber ich muss dem nachgehen. Das Tuch ist in den Medien nicht erwähnt worden, er hört also entweder den Polizeifunk ab, oder er hat echt Insiderinformationen.«

»Bist du allein?«

Sie konnte hören, wie Petter das Gespräch von der Anlage aufs Handy schaltete und aus dem Auto stieg. Er schnaufte, als er aufstand, und sie überlegte nicht zum ersten Mal, ihm vorzuschlagen, auf die Feierabendbiere und die fetten Desserts zu verzichten.

»Es lag, wie gesagt, direkt auf dem Heimweg.«

Sie hörte ihn klingeln.

»Petter, er fühlt sich von der Polizei ungerecht behandelt. Von dir persönlich. Vielleicht ist es nicht die beste Idee, ihn allein aufzusuchen.«

»Ich rufe dich danach wieder an, falls dich das beruhigt. Fahr vorsichtig!« Es knisterte in der Leitung, aber sie war nicht tot. Er musste das Telefon in die Tasche gesteckt haben, ohne das Gespräch ordentlich zu beenden.

Sie hörte, wie er die Treppe hochstieg, und dann Niclas' Stimme. »Guten Abend, jetzt hat es ja endlich geklappt.«

»Hallo, Niclas.«

Weitere Schritte, eine Tür, die geschlossen wurde.

»Da hinein. Ich komme sofort.«

Petter brummte und murmelte etwas, das klang, als redete er mit sich selbst. »Und dann steht man hier, bis man Wurzeln schlägt.«

Die Straße führte in einer Kurve an einer wild wachsenden Hecke vorbei, und Liv lehnte sich auf dem Sitz zur Seite, um es auszugleichen. Sie hörte Petter durch das Zimmer wandern. Dann ging die Tür, und Niclas sagte etwas, das sie nicht verstand.

»Wie ich sehe, haben Sie hier an der Pinnwand den Ermittlungsstern aufgehängt, ein Tool der Polizei.«

»Ja, und?«

Es knisterte erneut in der Leitung. Liv stellte fest, dass sie beim Fahren den Atem anhielt.

»Was sind das für Bilder da drüben? Sind das Leichenhemden oder was?«

Liv spitzte die Ohren, konnte aber nicht hören, was Niclas antwortete. Es knisterte noch einmal, dann war die Leitung tot. Sie rief an und landete sofort auf der Mailbox, auch, als sie es noch ein zweites und ein drittes Mal versuchte.

Die Straße beschrieb eine Kurve, und die Autoscheinwerfer fegten über einen heruntergekommenen dreiflügeligen Hof aus verwittertem Backstein. Auf dem Hof standen drei Personen. Sie sahen in ihr Auto hinein, als sie vorbeifuhr.

Worauf hofften die Menschen, die an so einem verlassenen Ort wohnten, wonach sehnten sie sich? Liv griff fester um das Lenkrad und rief wieder an. Noch immer meldete sich niemand. Zu wem konnte sie Kontakt aufnehmen? Petter würde es hassen, wenn sie sich unnötigerweise einmischte und seine Autorität untergrub.

Liv gab Gas. Die Straße führte in eine offene Landschaft mit dem Meer zur Linken und mehreren kleinen Häusern an der Wasserkante. In der Dunkelheit kam ihr die Gegend beängstigend offen vor, doch etwas sagte ihr, dass die Menschen nicht aus Not hierherkamen und blieben, sondern aus Liebe. Zu den offenen Ebenen, der schroffen Landschaft und dem großzügigen Abstand zwischen Häusern und Menschen. Vor ihr tauchte aus dem Nebel eine Brücke auf und teilte Himmel und Meer in einen Traum aus Metallbögen und Schraubenmuttern. Laut Navi war das der Oddesund. Sie öffnete das Fenster und atmete die salzige Luft bis tief in die Lungen. Die Schatten entlang des Wegs sahen wie Bunker aus.

Als sie auf die Brücke fuhr, rief Petter endlich zurück.

»Sag mal, hast du fünfmal angerufen, oder spinnt mein Handy?«

»Bist du okay?« Sie klang schrill. Wie eine Mutter in einem Einkaufszentrum.

»Ja, klar. Ich stehe hier unten auf der Straße und warte auf Verstärkung. Bei dir auch alles okay?«

Liv lachte, vor allem aus Erleichterung. »Du hattest vergessen aufzulegen, Großvater.«

Petter brummte etwas, schien verärgert über seine Ungeschicktheit. »Niclas Tange behauptet, dass er einen Kontakt bei der Polizei hat, der seinen Zugriff auf die internationale Polizeidatenbank POLSAS mit ihm teilt. Jetzt konfiszieren wir seine Computer, um zu sehen, ob das stimmt.«

»Aber was hat er von dir gewollt?«

Sie hörte ein Auto anhalten und Türen knallen. Petter rief seinen Kollegen etwas zu und wandte sich wieder ihrem Gespräch zu. »Er ist offenbar auf andere Opfer gestoßen, die auch so ein Tuch über dem Gesicht hatten, unter anderem auf den Fall eines Serienmörders in den USA, der in den Neunzigern seine Opfer auf diese Weise zugedeckt hat. Wie sich herausstellte, war es eine rituelle Handlung.«

»Inwiefern?«

»Der Täter war Muslim. Der Islam schreibt offenbar vor, dass man Tote vor dem Begräbnis in Leichentücher hüllt. Er hat ihnen den letzten Respekt erwiesen.«

»Verdammt. Glaubst du, dass der Praktikant recht hat, wenn er das vergleicht, oder sieht er Gespenster?«

»Das wird die Zeit zeigen.« Sie konnte hören, dass er lächelte. »Ich muss los. Bist du nicht langsam da?«

»Ich fahre gerade auf den Hof.« Liv hörte Kies unter den Reifen und sah, wie die Haustür von einer rundlichen Frau in einem groß geblümten Kleid und mit einem Labrador an ihrer Seite geöffnet wurde. Sie lächelte breit und bedeutete ihr, das Auto unter einer Kastanie zu parken.

»Gute Nacht, Liv. Ich freue mich zu hören, was du da oben herausfindest.«

»Gute Nacht, Petter. Du hörst bald von mir.« Liv stellte den Motor aus und trat in die frische Meeresluft hinaus.

MENDEL LEON, AUGUST 1943

Mendel bleibt in der Tür stehen und sieht sich die Schäden an, die Papiertüte knistert nervös zwischen seinen Fingern. Die ersten Äpfel des Jahres. Er hat sich den ganzen Tag darauf gefreut, dass Ebba sie in einen Kuchen verzaubert. Sie schafft es, Zucker- und Butterrationen zu strecken, sodass er fast nichts vermisst. Kaffee natürlich, aber sonst nichts.

Jetzt wird es nichts mit dem Kuchen.

»Ich werde die Scherben auffegen, gib mir einen Augenblick, dann sind sie weg.« Uffe bückt sich und beginnt sofort, das Glas mit den Händen aufzusammeln. Er ist ein eifriger junger Mann, fast zu eifrig. Der Nachbar sagt, dass er aktiv in der Widerstandsbewegung ist und dass Mendel ihn feuern soll, bevor er ungewünschte Aufmerksamkeit auf das Viertel lenkt.

»Uffe, so schneidest du dich. Nimm die alten Zeitungen, die wir als Unterlage benutzen, wenn frische Häute hereinkommen, und pack sie darin ein.«

Mendel sieht zu, wie er ins Hinterzimmer geht. Er legt die Äpfel weg und tritt zu dem eingeworfenen Fenster zur Straße hin. Diesmal ist es trotz allem nur der obere Teil, den sie zertrümmert haben. Aus Schaden klug geworden, hat er sich für eine zweiteilige Schaufensterscheibe entschieden, nachdem vor drei Monaten der erste Backstein hineingeflogen war. Aber das ist es nicht. Das teure Glas ist seine geringste Sorge.

Würde es sich nur um gewöhnlichen Alltagsvandalismus han-

deln, würde er die Scheibe ersetzen und weiter seiner Arbeit in der Lederschneiderei nachgehen. Juden sind immer verfolgt, vertrieben und schikaniert worden, und wenn sie keine Resistenz entwickelt hätten, würden sie schon lange nicht mehr existieren. Mendel sieht sich selbst als den unterschätzten Boxer mit den dünnen Armen, der schließlich den Kampf gewinnt, weil er derjenige ist, der die meisten Runden durchhält, ohne zu Boden zu gehen.

Aber Ebba ist schwanger, und die Gerüchte von der Ostfront sind so grausam, dass er versucht, sie in ein Fach mit der Aufschrift »Unsinn« zu legen. Das erste Opfer des Krieges ist bekanntermaßen die Wahrheit. Und die Horrorgeschichten, die er in Kopenhagen und über seinen polnischen Halbvetter zu hören bekommt, können einfach nicht wahr sein. Menschen, die von Soldaten mitten in der Nacht aus ihren Häusern vertrieben und getrennt von ihren Nächsten in einen Zug Richtung Nichts gesetzt werden. Deren Eigentum konfisziert, deren Leben für null und nichtig erachtet wird. Arbeitslager, Pläne für die totale Ausrottung, die Geschichten sind so furchtbar, dass sie fast nicht stimmen können.

Über den Sommer hatten er und Ebba tatsächlich das Gefühl, dass der Krieg bald zu Ende ist. Stalingrad ist gefallen und die Faschisten verlieren langsam Terrain in Italien.

Doch jetzt gibt es Gerüchte, dass die Nazis eine sogenannte Judenaktion in Dänemark planen. Und dass sie bald kommt. Die Nazis sind dem Sagen nach in die Archive der mosaischen Glaubensgemeinschaft eingebrochen, um Zugang zu einem Verzeichnis über die Mitglieder und deren Adressen zu bekommen. Sie sind auf dem Weg, und die Scherben unter seinen Füßen erzählen ihre eigene Geschichte, wie schnell es gehen und wie gefährlich es werden kann.

Er stützt sich auf den Arbeitstisch und schließt die Augen. Die Schwindelanfälle sind häufiger geworden, und er weiß, wieso. Es ist der Blutdruck, sein Vater hat unter dem gleichen Problem gelitten. Die Zukunftsaussichten helfen auch nicht gerade.

Mendel steht ruhig da, während die Lider die Welt rot färben wie eine Gebärmutter und der Puls sicher und ruhig in einen normaleren Bereich fällt. Seine eigenen Eltern sind als Kinder aus Slonim in Weißrussland geflohen, sodass er die Anatomie der Flucht von innen kennt. Alles kann man zurücklassen. Wenn die Bedrohung groß genug ist, zieht man nur die Tür hinter sich zu, ohne abzuschließen, und geht.

Mendel sieht sich in der Werkstatt um. Dem kleinen Betrieb, den er mit seinen bloßen Händen und einem Darlehn seines Schwiegervaters aufgebaut hat, das längst zurückgezahlt ist. Nähmaschinen, teuer eingekauft und sorgsam instand gehalten, Häute, Tische, die Angestellten, die kleine Küche.

Alles kann man zurücklassen.

Er ist gezwungen, etwas zu tun. Für seine Frau und sein ungeborenes Kind. Es nützt nichts, sich zurückzulehnen und abzuwarten, was das Schicksal bringt, nicht mit der Verantwortung, die er jetzt trägt. Als Mann und Vater. Die Frage ist, wem er vertrauen kann.

Mendel fasst sich an die Brust und beugt sich vor, bis der Schmerz etwas nachlässt. Eine Eisenklaue legt sich um sein Herz, wenn er an das Kind denkt, das unterwegs ist.

DIE VIERTE VISION

Aber ich, Daniel, sah dies Gesicht allein,
und die Männer, die bei mir waren, sahen's nicht;
doch fiel ein großer Schrecken auf sie,
sodass sie flohen und sich verkrochen.
Ich sage euch:
Die, die sehen sollten, sind blind.
Die, die wissen sollten, sind dumm.
Und die, die am nächsten dran sind, leben am gefährlichsten.

DONNERSTAG, 22. SEPTEMBER

KAPITEL 9

Liv hörte das Geräusch, bevor sie ganz zu sich gekommen war. Ein schwerer Atem im Dunkeln, nah an ihrem Ohr. Ihr Hals war rau, ihr Körper wie gelähmt. Sie lag auf dem Bauch wie üblich. Ein Knie zur Seite gestreckt, ein Arm vor dem Gesicht. Sie versuchte, wach zu werden, versuchte, sich zu erinnern, wo sie war. Ein Bett, eine Bettdecke, die Silhouette eines Kleiderschranks, der nicht ihr eigener war. Das aufdringliche Stöhnen kam näher.

Sie blinzelte und ballte die Fäuste, das Gefühl kehrte langsam in ihren Körper zurück. Das T-Shirt klebte an ihrem Rücken, und ihr Herz schlug in die Matratze. Sie registrierte den Geruch nach Waschmittel. Die Bettdecke wurde zur Seite gezogen und entblößte ihr nacktes Knie. Sie fror. Eine Zunge schleckte ihren Oberschenkel ab. Sie bekam eine Gänsehaut, die Luft war dick, und sie hatte Schwierigkeiten zu atmen.

»Victor!«

Die Tür ging leicht auf, und Tageslicht fiel durch den Spalt.

»Komm her, Schatz. Victor, Platz!«, flüsterte eine Stimme.

Liv setzte sich auf.

»Entschuldigung, hat er Sie geweckt?« Bodil, die Wirtin der Pension, ging in die Hocke und versuchte, den Hund zu sich zu locken. »Wenn man die Tür nicht richtig zumacht, kommt Victor gern und sagt Guten Morgen.«

Liv rieb sich die Augen und fokussierte den alten Labrador, der kleinlaut zu seinem Frauchen zurücktrottete.

»Im Esszimmer steht Frühstück, wenn Sie so weit sind. Das Badezimmer ist die erste Tür links.«

Bodil schloss die Tür, bevor Liv antworten konnte, und das Geräusch von Hundepfoten auf Fliesenboden verklang. Sie blieb einen Moment sitzen, bevor sie die Beine über die Bettkante schwang und die Füße auf den kalten Boden setzte. Ihr Körper beruhigte sich langsam. Die Dusche tilgte den letzten Rest von Unbehagen, und als sie den Stuhl am Frühstückstisch vorzog, war sie einigermaßen wieder sie selbst. Was immer das bedeuten mochte, dachte sie und schmierte Nutella auf einen Toast.

»Sie sagen, wenn etwas fehlt. Das meiste haben wir da. Ich mache Ihnen auch gerne ein Spiegelei.« Bodil blieb stehen. Die Thermoskanne in ihrer Hand zischte leise.

»Alles gut, danke, ich habe, was ich brauche.« Liv biss in ihren Toast, sodass die Krumen über den Tisch flogen.

»Was verschlägt Sie in diese Kanten? Wir haben nicht gerade Hochsaison für Touristen.«

Liv trank einen Schluck Apfelsinensaft und lächelte ihre Gastgeberin an. Diese Art Neugier, die man oft in der Provinz antrifft, mag aufdringlich wirken, aber man kann sie sich auch zunutze machen.

»Ich will mir einen alten Hof hier in der Nähe ansehen, vielleicht kennen Sie ihn ja? Er hat der Familie Linde gehört.«

»Das sagt mir erst mal nichts.«

»Hurup Hovedgård.« Liv zog die Nutella zu sich heran und schmierte sich noch einen Toast.

»Hurup? Sie meinen die Whiskydestillerie oben in Sønderhå?« Bodil ging zu einem Regal, nahm einen Prospekt heraus und legte ihn auf den Tisch. Die Thermoskanne in ihrer Hand zischte noch immer. »Ein großer, schöner Hof. Die Königin hat ihm letztes Jahr einen Besuch abgestattet.«

Liv schlug den Prospekt auf und sah eine Luftaufnahme von einem vierflügeligen Hof mit den dazugehörigen Scheunen, einem Weiher und Feldern. Auf der gegenüberliegenden Seite prangte die Nahaufnahme einer Flasche mit einem goldenen Inhalt, darunter wurde in malerischen Wendungen und in drei Sprachen über die Whiskyproduktion in Hurup berichtet.

»Kann man einfach hinfahren und ihn sich ansehen?«

»Ja, mehrere unserer Gäste waren zur Whiskyverkostung und Führung dort oben. Er liegt nur zwanzig Minuten entfernt.«

Liv sah auf die Uhr. Dank Victor war sie früh auf den Beinen.

»Ich würde mir auch gerne den Nationalpark ansehen – liegt der am Weg?«

Bodil brach in Gelächter aus. Es klang genauso, wie sie aussah, sanft und herzlich.

»Der Park erstreckt sich über viele Quadratkilometer an der ganzen Küste entlang bis nach Hanstholm, für den reicht ein Vormittag nicht. Wir nennen ihn Dänemarks größte Wildnis, einer der noch verbliebenen Flecken in der Landkarte, wo der Mensch nur zu Gast sein darf.«

Es schien, als bemerkte sie erst jetzt die zischende Thermoskanne, denn sie warf einen verwunderten Blick darauf und schraubte den Deckel ab. Die Kanne gab einen Seufzer von sich und war still.

»Aber Sie können von hier nach Agger rausfahren, dann auf den Klitvej hoch und weiter ins Landesinnere nach Sønderhå. Das ist ein kleiner Umweg, aber so sehen Sie das südlichste Ende des Parks. Das gibt Ihnen zumindest einen Eindruck von der Landschaft. Nehmen Sie den Prospekt einfach mit!«

»Danke für das Frühstück.«

»Gerne. Genießen Sie alles, auch den Wind. Der ist ganz besonders hier oben.«

Liv ging ins Bad und putzte sich die Zähne. Victor trottete hinter ihr her und folgte ihr bis zum Auto. Als sie vom Hof fuhr, konnte sie im Rückspiegel sehen, wie er ihr hinterherblickte.

Es war ein schöner Morgen, mild, aber neblig, und das erste Beißen des Herbstes machte sich in den kühlen Windstößen bemerkbar. Sie nahm die blaue Schirmmütze vom Beifahrersitz und klemmte sie mit ihrem Pferdeschwanz am Kopf fest. Sie hatte Ähnlichkeit mit ihrer alten Polizeimütze, und zusammen mit dem Brummen des Motors und der Aussicht auf einen Tag im Unbekannten gab sie ihr ein gutes Gefühl.

Das kleine Laubwäldchen um die Pension wurde schnell von Feldern abgelöst, gefolgt von weiter Heide mit golden und silbern schimmerndem Gras und Flecken mit Heidekraut. Es erinnerte sie an Bilder des schottischen Hochlands, winddurchweht und melancholisch. Hier war nichts anderes zwischen Mensch und Gott als der Wind und das scharfe Licht.

Das Autoradio knatterte, je nachdem, ob sie gerade Empfang hatte oder nicht.

Die Polizei von Kopenhagen sucht weiter nach Zeugen für den Mord im Rude Skov. Personen, die sich in der Zeit von Montag, dem 19. September 16:00 Uhr, bis Dienstag, dem 20. September 9:00 Uhr, in der Nähe des Rævemoors aufgehalten … und einen Mann zusammen mit einer Frau gesehen haben oder ein Auto, das am Hørsholmvej geparkt hat, werden gebeten, sich an die zuständige Po…

Die Stimme des Rundfunkjournalisten wurde nun endgültig zu einem statischen Rauschen, und Liv stellte das Radio aus. Obduktion und Fundortanalyse hatten offenbar ergeben, dass der Mord im Wald geschehen war, sonst würden sie nicht nach Zeugen suchen, die einen Mann und eine Frau zusammen in den Wald hatten gehen sehen. Marianne war ihrem Täter demnach freiwillig gefolgt oder zumindest noch am Leben gewesen. Petter und seine Leute mussten alle Hände voll zu tun haben.

Etwas weiter, in dem alten Fischerdorf Agger, suchten strohgedeckte Fischerhäuser neben modernen Ferienwohnungen Schutz hinter den Dünen. Die Straßen waren leer und die Eisbuden geschlossen, man hätte fast meinen können, der Wind hätte das Leben aus dem kleinen Ort hinausgefegt. Konnte man hier aufwachsen, ohne ebenso unversöhnlich zu werden wie die Landschaft, und konnte diese Unversöhnlichkeit einen letztlich umbringen?

Als sie an die Küste kam, bog sie rechts ab und fuhr auf einem schmalen, sandigen Weg Richtung Norden, der zwischen den Dünen entlangführte. Gelegentliche Lücken in der Sandbank zur Linken gaben die Aussicht auf die hohen Wellen der Nordsee frei, und zur Rechten erhaschte sie einen Blick auf das Marschland mit staubigen, goldenen Grasbüscheln und flachem Wasser, natürlichen Seitenkanälen und Fischreihern im Flug. Das Navi bezeichnete den Flecken als Flade Sø.

Sie hielt an einer Stelle mit Aussicht und stieg aus. Irgendwo im Nebel kroch die Sonne über das Festland, und hinter ihr krachten die Wellen der Nordsee auf den Strand, sodass sie die Singvögel im Marschland kaum hören konnte.

Nirgendwo im platten, kultivierten Dänemark war die Natur so schroff wie hier. Rau und gewaltig, aber gleichzeitig poetisch, sodass eine sehnsuchtsvolle Seele sich einfach in sie verlieben musste.

Liv setzte sich wieder ins Auto und gab Gas, bis die Räder griffen und sie im Sand vorwärts kam. Die Dünen wichen Bodendeckern aus dunkelvioletter Erika und weißgoldener Heide. Zwischen Meer und Weg tauchte Wald auf, erst vereinzelt ein paar verkrüppelte Tannen, dann dichter und höher, die dunkelgrüne Nadeldecke durchsetzt mit Kiefern und Birken. Womöglich lag der Grund für den Mord an Gert Linde irgendwo hier in Nordjütlands Heide und Dünen verborgen. Es war nicht schwer, sich das vorzustellen.

*

Hannah nahm die Schüssel aus dem Kühlschrank und stellte sie auf den Küchentisch, sodass die blasse Masse darin zitterte. Transparente Blasen verwandelten die Oberfläche des Teigs in eine Mondlandschaft aus Sauerteigaktivität, und sie fragte sich, welches Leben sich wohl in der Mischung aus Mehl und Wasser verbarg.

»Schatz?«

Sie drehte sich zu ihrem Vater um, der mit einer Tasse Kaffee und Daniels Papieren vor sich auf der Klappbank saß.

»Zwölf Abschnitte, zwölf Visionen. Woher kennt man das?«

»Das weiß ich nicht, Vater.« Sie holte zwei Löffel heraus und setzte kleine Teighäufchen auf ein Backblech, glättete die Oberfläche mit etwas Wasser und schob das Blech in den glühend heißen Ofen. »Kannst du dich erinnern, wie Mutter Kopenhagener gemacht hat? Wie sie Butter in den Teig eingearbeitet hat, bis er siebenundzwanzig Schichten hatte?«

Er hielt ein Blatt vor das Küchenfenster ins Licht. »Das ist aus der Bibel.«

»Was ist aus der Bibel?«

»König Nebukadnezars Visionen und Träume. Der Text ist berühmt. Steht er nicht im Fünften Buch Mose?« Er stieß sich von der Klappbank ab und stand auf, griff nach seinem Stock und ging mit verblüffend schnellen Schritten ins Wohnzimmer.

Hannah folgte ihm mit ihrer Tasse in der Hand und fand ihn vor dem Bücherregal. Er zog ein dickes Buch heraus und öffnete es. Blätterte und sprach über die Schulter mit ihr.

»Das Alte Testament. Und das mit dem Fünften Buch Mose ist Unsinn. Es ist aus dem Buch Daniel.«

»Gibt es etwas, das so heißt?«

Er ließ sich mit dem Buch in der Hand in den Ruhesessel fallen. »Hier: Der König der Babylonier, Nebukadnezar, belagert Jerusalem und nimmt eine Gruppe junger Israeliten in seinen Dienst. Einer von ihnen, Daniel, hat hellseherische Fähigkeiten, wie sich herausstellt, und deutet die Träume des Königs.« Er runzelte die Stirn. »Aber das mit der Hand steht nicht im ersten Kapitel, das kommt erst im fünften. *Die Schrift an der Wand*, heißt es. Hol mal bitte das Blatt.« Hannah ging zurück in die Küche, um die Blätter zu holen, und setzte sich auf den Puff neben dem Sessel. »Du weißt, wie es Daniel phasenweise gegangen ist, wenn er nicht schlafen konnte?«

»Lies einfach vor!«

Hannah blätterte und fand die richtige Stelle. »Die Hand schrieb davon, was war, und davon, was kommt. Ich schreibe das, obwohl niemand mir glauben wird.«

»In der Bibel steht etwas ganz anderes, etwas davon, dass der König zu schreien beginnt. Die Sätze hat er sich also selbst ausgedacht.«

Hannah spürte eine gewisse Ungeduld in sich, sagte aber nichts. Hatte Daniel in den Monaten vor seinem Tod wieder Antipsychotika genommen? Das hatte er schon früher mit wechselnden Resultaten getan.

»Er sagt, dass er schreibt, obwohl ihm niemand glauben wird.« Der Vater blinzelte. Das Licht vom Fenster spiegelte sich in seiner Brille. »Kann das etwas anderes bedeuten, als dass er von seiner Unschuld überzeugt ist?«

»Hätte er nicht seinen Anwalt angerufen, wenn er etwas Konkretes zu erzählen gehabt hätte?«

»Du kennst Daniel. Außerdem hat er ja recht, wer hätte ihm geglaubt?«

Hannah legte ihrem Vater eine Hand aufs Knie. Es fühlte sich knochig an. Sie wusste, wie sehr er sich wünschte, dass sein Sohn unschuldig war. »Vater, du musst der Polizei vertrauen.«

»Was ist das Problem, warum zweifelst du?« Er legte seine Hand auf ihre und drückte sie. »Du hast einen Dickschädel wie dein alter Vater. Und das ist etwas Gutes, man kommt weit damit, beharrlich und stark zu sein. Aber ich kenne meinen Sohn. Ein Vater kennt das wahre Wesen seines Kindes, und ich sage dir: Daniel hat Penelope nicht umgebracht.«

Hannah seufzte. »Ich wünsche mir vor allem, dass wir beide weiterkommen.«

»Dann musst du mir zuhören, statt zu versuchen, mich zu überzeugen. Wir brauchen uns ja nicht einig zu sein. Wir können durchaus jeder auf unsere Weise versuchen, Frieden zu finden.«

Sie blieb einen Moment sitzen und ließ ihn ihre Hand halten. Der Gedanke, jemals wieder Frieden zu finden, erschien ihr unmöglich. Frieden?

Sie stand auf, und seine Hand hing in der Luft wie ein Fragezeichen. »Die Brötchen müssen gleich fertig sein.«

Er drehte sich weg und griff nach der Bibel. »Danke, ich habe keinen Hunger.«

*

Hurup Hovedgård lag wie eine Insel aus roten Backsteinen und gezähmtem Grün mitten in der windzerzausten Heide. Ein stattlicher vierflügeliger Hof, umgeben von Stallgebäuden, glänzenden Silos und gestutzten Linden.

Liv parkte neben einer frisch gefugten Mauer mit einem Lavendelbeet, stieg aus und bewunderte das Bronzeschild an der Fassade. *Hurup Whisky*, diskret beleuchtet und mit Abstand zur Hauswand aufgehängt, als ob es schwebte. Der Kontrast zu der wilden Natur hätte kaum größer sein können. Hier war Gert Linde aufgewachsen, hierher war er in seinem letzten Lebensjahr regelmäßig zurückgekehrt, und diesem Ort hatte er sein Buch gewidmet. Er musste ihm viel bedeutet haben. Was er wohl dazu gesagt hätte, dass jetzt eine Whiskydestillerie daraus geworden war?

Sie ging über Perlkies zum Hof. Stalltüren und Fenster waren grün gestrichen. In eine schmiedeeiserne Bank war der Name Hurup in die Rückenlehne eingeschweißt, und in einer Ecke des Hofs stand ein roter Vintage-Ferguson-Traktor ohne einen einzigen Flecken. In der Luft hing ein süßlicher Geruch nach Roggenbrot, und über einer Glastür verkündete ein Schild, dass hier der Hofladen war. Liv trat ein.

Der Laden war leer. In den Regalen standen glänzende Flaschen neben quadratischen Fachbüchern über die Produktion von Whisky, Kristallgläser in Geschenkkartons und Tüten mit gesalzenen Valencia-Mandeln, die so viel kosteten wie eine halbe Tankfüllung. Hinter einer Glaswand standen eine Reihe Holzfässer zusammen mit Tischen und Bänken; ein Schild wies auf die Zeiten für Verkostungen und Führungen hin.

»Guten Morgen. Kann ich Ihnen helfen, oder möchten Sie sich nur umsehen?«

Eine jüngere Frau mit blonden Haaren und runden Wangen tauchte aus einem Hinterzimmer auf. Sie trug eine Schlaghose und hatte das Haar zu einem losen Zopf geflochten, wie eine Darstellerin in einer amerikanischen High-School-Serie. Die Frau lächelte mit kreideweißen Zähnen, und Liv stellte zu ihrem Ärger fest, dass sie sie anziehend fand.

»Ich interessiere mich für den Hof. Oder besser für seinen früheren Besitzer.«

Das weiße Lächeln verblasste ein wenig. »Ich hole mal meinen Mann.«

Sie eilte aus dem Laden und verschwand. Liv ging an den Regalen entlang und studierte die Etiketten. *Hurup Single Estate. Moor Whisky. Smokey Peet.* Jede Flasche hatte ganz unten auf dem Etikett eine handgeschriebene Nummer. Hier kaufte man nicht nur Getränke, hier kaufte man auch eine Geschichte.

Fünf Minuten später tauchte ein Mann in der Tür auf. Er war um einiges älter als seine Frau, aber aus dem gleichen Holz geschnitzt. Attraktiv auf eine windzerzauste Art, das Haar im Nacken kurz und auf dem Kopf lang, die Zähne bis zur Perfektion gebleicht. Er zog sich einen schmutzigen Arbeitshandschuh aus und reichte ihr eine kalte Hand.

»Hallo, Oliver.«

»Liv Jensen, es tut mir leid, wenn ich störe.«

»Das ist okay. Was kann ich für Sie tun?«

Sie sah sich anerkennend in dem Laden um. »Einen wunderschönen Platz haben Sie hier. Kann es sein, dass Sie den Hof gerade erst übernommen haben?«

Er verschränkte die Arme. »Hat Jens Sie geschickt?«

»Jens?«

»Jens Linde. Der uns den Hof verkauft hat.«

Oliver wechselte einen Blick mit seiner Frau, die rote Flecken am Hals bekommen hatte. Liv hatte das Gefühl, dass sie besser Farbe bekennen sollte.

»Ich bin Privatdetektivin und im Namen der Polizei von Kopenhagen in Verbindung mit dem Mord an Gert Linde hier. Hurup war sein Elternhaus.«

Der Ausdruck des Paares änderte sich nicht, sie standen weiter abwartend da.

»Sie haben den Hof von der Familie Linde gekauft?«

»Wir haben immer noch ein paar Rechnungen mit Jens offen. Er ist …« Oliver seufzte. »Ich dachte, Sie wären deshalb hier.«

Liv schüttelte den Kopf. »Ich wollte den Hof nur mal sehen. Hören, ob Sie Gert gekannt haben.«

»Ich bin ihm nie begegnet, tut mir leid. Wenn Sie etwas über diese Familie wissen wollen, werden Sie wohl mit Jens reden müssen. Wir haben nur den Hof gekauft. Und als wir Hurup übernommen haben, war hier nichts! Das Dach ist uns buchstäblich auf den Kopf gefallen, der Hof war total mit Unkraut zugewachsen. Alles, was Sie hier sehen, haben wir von A bis Z renoviert.« Er sah sie erwartungsvoll an.

»Das sieht wirklich alles sehr neu und beeindruckend aus«, gab Liv zu.

Er sah auf seine Uhr. »Ich kann Sie gern herumführen, wenn Sie möchten.«

»Ja, danke.«

Er machte eine ausladende Handbewegung zum Hof hin. »Hier entlang.«

Sie spazierten durch den Kies und um das Haupthaus herum, an der Allee und den Scheunen vorbei. Oliver wies auf ein Loch im Dach einer älteren Scheune und einen zugeschütteten Brunnen hin, der geleert werden musste, und nannte ihr die voraussichtlichen Kosten der Instandsetzungsarbeiten. Liv brummte eine Antwort und versuchte sich vorzustellen, wie der Hof damals ausgesehen hatte, als Gert hier lebte.

»Sie gehen wirklich gründlich vor.«

Einer seiner Mundwinkel verzog sich zu einem Lächeln. »Es gibt noch sehr viel zu tun. Um ehrlich zu sein, war das ein schlimmer Schrotthaufen, als wir es übernommen haben. Sehr viel Atmosphäre, natürlich, aber alles musste instand gesetzt werden, wirklich alles!«

»Haben hier nicht acht Generationen der Familie Linde gewohnt?«

»Ja, das ist sehr gut möglich. So ist das hier oben, die Leute bleiben, selbst wenn ihnen das Dach über dem Kopf zusammenbricht.« Er zeigte stolz nach oben. »Hier planen wir für den Frühling eine Orangerie.«

Liv ging um einen überdimensionierten Buchsbaumtopf herum. Die neuen Besitzer schienen sich nicht sonderlich für die Geschichte des Hofs zu interessieren.

»Steht nichts mehr aus der Zeit, als Sie den Hof übernommen haben?«

»Zu dem alten Haupthaus sind wir noch nicht gekommen. Wir benutzen es im Moment als Abstellplatz, die Möbel waren im Kauf inbegriffen.«

»Darf ich es sehen?«

Er zuckte mit den Schultern und ging zu einem älteren

Gebäude mit einem Ziegeldach. Liv musste fast rennen, um mit ihm Schritt zu halten. Auf dem Weg fischte er das Handy aus der Tasche und schrieb eine SMS, wobei er hitzig auf die Tastatur einhämmerte. Offensichtlich ein Mann, der Effektivität zu schätzen wusste.

Er drückte die Klinke herunter. Es knarrte metallisch, als die Tür aufging.

»Wenn man die Möbel mit etwas frischer Farbe aufmotzt, können sie durchaus wieder schön werden. Wir wollen irgendwann einen Flohmarkt veranstalten. Aber an so einem Ort gibt es so viele Projekte, dass wir dazu noch nicht gekommen sind.«

Für Liv schien es nicht mehr viel Unerledigtes zu geben. Aber sie wusste natürlich nicht, was sich noch in den Ecken verbarg. Oliver fand einen Schalter neben der Tür, und die Lampen an den Wänden leuchteten auf. Zahllose Möbel waren in dem niedrigen Raum aufeinandergestapelt.

»Ich weiß nicht genau, was alles hier drinnen steht.«

Er ging hinein, und Liv folgte ihm. Um sie herum standen Esszimmerstühle, große und kleine Tische, Betten, Regalteile, Schränke und Anrichten, alles ziemlich abgenutzt von jahrelangem liebevollem Gebrauch. Das meiste war aus hellem Holz, solide Bauernmöbel ohne viel Schmuck, abgesehen von einfachen Ornamenten und ein paar handgestickten Auflagen. In mehreren Regalen lagen noch Bücher und alte Zeitschriften. Oliver fuhr mit einem Finger über die Staubschicht auf einer Anrichte und lächelte sie schief an. Liv hatte das Gefühl, als verbarg sich in den gestapelten Möbeln eine Geschichte, eine Geschichte von der Verbundenheit der Generationen miteinander und mit der Gegend, vielleicht eine Geschichte von einem Mord … Ob die Lindes wohl eine glückliche Familie gewesen waren? Gab es das überhaupt?

An einer blauen Kommode hatte sich der Handgriff der obersten Schublade gelöst. Liv griff danach und öffnete sie ein kleines Stück. Mit einem Gummi zusammengebundene Spielkarten, Schachteln mit Deckeln, einzelne Schlüssel, eine Holzkette aus bemalten Holzperlen, Blöcke, Briefumschläge, Geschenkband, Streichholzschachteln und ein vergilbtes Fotoalbum. Die Momentaufnahme eines Lebens, das vor vielen Jahren abgebrochen worden war und dessen Hinterlassenschaften niemandem mehr etwas bedeuteten. Ein guter Ort, um etwas Privates zu verstecken. Ein Notizbuch zum Beispiel.

Liv nahm das Album aus der Schublade, schlug es auf und blickte auf ein Familienporträt, das in einem Fotostudio mit Blitzlicht und vor einem marmorierten Hintergrund aufgenommen worden war. Ein Mann mit einem breiten Hemdkragen und halblangem Haar hatte den Arm um eine Frau mit Pferdeschwanz und einer schweren Brille gelegt. Vor ihnen saßen zwei Jungen in Shorts und Hemd.

Oliver sah ihr über die Schulter. »Das müssen die Brüder Linde sein. Die Eltern leben nicht mehr.«

»Was hätten sie wohl zu der Whiskydestillerie gesagt? Zu den ganzen Umbauten?«

Er wippte mit der Hand in der Luft. Diese Bewegung hatte Liv nicht mehr gesehen, seit ihr Vater vor vielen Jahren damit aufgehört hatte. »Sie wären wahrscheinlich nicht begeistert gewesen, dass der Hof verkauft worden ist. Er war seit Generationen im Besitz der Familie Linde, die ihn gehegt und gepflegt hat. Das bedeutet etwas in diesen Kanten hier.«

Liv sah sich das Bild noch einmal an. »Hat Jens Linde noch hier gewohnt, als Sie den Hof gekauft haben?«

»Er hat eine riesige Schweinefarm oben in Snejstrup. Der Hof hier stand seit vielen Jahren leer.«

»Aber hat nicht Jens' Bruder Gert hin und wieder hier gewohnt?«

»Das weiß ich nicht.« Er schob sein Hemd hoch und kratzte sich an der Lende ohne das geringste Anzeichen von Verlegenheit. »Hier lagen Bettzeug und Essensverpackungen, als wir ihn übernommen haben, es kann also durchaus jemand hier gewohnt haben.«

Liv drehte sich zu ihm um. »Sie haben nicht zufällig ein Notizbuch gefunden, oder? Gert ist angeblich hier hochgekommen, um zu schreiben. Es könnte ja sein, dass er etwas hier zurückgelassen hat.«

Er schüttelte den Kopf. »Daran könnte ich mich erinnern.«

Liv sah wieder auf das Bild von den zwei Jungen, die mit schmächtigen Knien und großen Augen nebeneinandersaßen. Sie schienen in etwa gleich alt zu sein und glichen einander auffallend. Der eine war geblieben, der andere war gegangen. Der eine hatte den Hof verkauft, der andere war tot.

*

Nima richtete sich auf und betrachtete den silbergrauen Cadillac-Devilles-Motor mit zusammengekniffenen Augen. Ein 8-zylindriges 7,7-Liter-Teil mit 370 PS und ohne sichtbare mechanische Probleme. Trotzdem klapperte und klopfte er während des Fahrens furchtbar, vielleicht war mit der Aufhängung etwas nicht in Ordnung. Er wischte sich die Hände an einem Lappen ab und zündete sich eine Zigarette an. Versuchte, die Finger zur Ruhe zu zwingen, aber sie zitterten weiter. Der Körper verriet wie üblich den Alarmzustand des Gemüts. Vor seinem inneren Auge sah er eine Uhr, die den Countdown einläutete. Eine große, altmodische Bahnhofsuhr wie im Film, die rückwärtsging. Die die Sekunden und Herzschläge bis zum unausweichlichen Ende zählte. Er hasste diese Uhr.

Daria war ganz anders, sorglos, er hatte sie um ihre Zähigkeit beneidet, seit sie Kinder waren. Obwohl sie die kleine Schwester war, war sie es, die die Streitereien ihrer Eltern mit einem Schulterzucken hinnahm und die in der Schule am besten zurechtkam. Sie war es, die viele Freunde hatte und völlig problemlos erst mit dem einen und dann mit der anderen spielte, ohne zu schielen, ob jemand benachteiligt oder bevorzugt wurde. Nima hingegen machte sich Sorgen. Um alles. Oft endete es damit, dass seine eigenen dunklen Gedanken seinen Freundschaften Knüppel zwischen die Beine warfen. Vielleicht war das der Grund, dass er so ein Unglücksrabe war? Dass bei ihm immer alles so furchtbar schiefging? Wie jetzt.

Er drückte die Zigarette aus und ging hinein. Es bedurfte etwas Stärkerem. Ganz hinten in dem alten Geldschrank, der sich in der Wand hinter der Spüle versteckte, fand er einen einsamen Joint. Er goss eine Tasse Kaffee ein, ließ sich in den Sessel fallen und zündete ihn an.

Es hatte ihm in den letzten Jahren nicht an weiblicher Gesellschaft gefehlt, doch seit Marianne war er nicht mehr verliebt gewesen. Nicht einmal annähernd. Die erste lange Zeit nach ihrem Bruch hatte er geglaubt, dass die Liebe sich von selbst wieder melden würde, wenn er nur die Gelegenheiten schuf. Also hatte er geflirtet und war aktiv gewesen, hatte sich auf Affären eingelassen und sich zunehmend stereotype Worte über die weibliche Schönheit wiederholen hören.

Die Wahrheit war, dass er nichts empfand. Und je mehr Frauen durch sein Bett gingen, desto leerer fühlte er sich. Schließlich hatte er auch den Geschmack am Sex verloren. Mittlerweile war es so lange her, dass er das letzte Mal mit einer Frau zusammen gewesen war, dass er sich kaum mehr daran erinnerte.

Aber er erinnerte sich noch immer in messerscharfen Details an den Abend, der der Anfang vom Ende gewesen war. Das Seidenkleid war blau, Yves-Klein-blau. Das Setting eine Wohltätigkeitsauktion mit Abendessen und Drinks für prominente Gäste, die im Laufe des Abends immer betrunkener wurden und zu wetteifern begannen, wer die größte Geldbörse hatte.

Nima hatte jede Sekunde davon gehasst. Es war albern, dass er sich als eingeschleuster Gast dort herumtrieb und schmachtende Blicke zu seiner Geliebten warf. Er hatte sich aus reiner Verzweiflung, ihr nahe sein zu wollen, darauf eingelassen. Deshalb endete es auch damit, dass er im nagelneuen Anzug im Odd-Fellow-Palais stand und zusah, wie die Frau, die er liebte, am Arm eines anderen Mannes herumschlenderte, während er auf einen unbeobachteten Augenblick mit ihr alleine wartete. Tortur in der allerfeinsten Form.

Er zog ein letztes Mal an dem Joint und verbrannte sich die Finger. Drückte ihn an der Schuhsohle aus und ließ sich tiefer in den Sessel gleiten, bis der Nacken auf der Rückenlehne ruhte. Sah zum Rauch unter der Decke hoch, der sich auflöste und die Erinnerungen dahinter aufdeckte.

Der Klang des Handys kam nicht unerwartet, eine fast unumgängliche Komponente in der Katastrophe, die sich vor ihm abzeichnete. Er fischte es aus der Tasche und meldete sich.

»Hallo.« Er war vorsichtig mit Nummern, die er nicht kannte.

»Guten Tag, mein Name ist Petter Bohm, ich gehöre der Ermittlungseinheit der Kopenhagener Polizei an. Spreche ich mit Nima Ansari?«

KAPITEL 10

Es war der Geruch, der Liv sagte, dass sie am richtigen Ort war. Ammoniak und Exkremente. Die Adresse von Jens Lindes Schweinefarm in Snejstrup hatte das Navi offenbar in die Irre geführt, und der Nebel half ihrem Orientierungsvermögen auch nicht gerade. Sie fuhr auf den kleinen Nebenstraßen entlang des Nationalparks im Kreis, bevor sie zu einem gelb verputzten Hof kam, ausstieg und die Autotür hinter sich zufallen ließ. Ein salziger Dunst vom Meer hing über der Erde, dazu der Gestank nach Gülle als unangenehmer Akzent. Das Haupthaus lag zur Straße hin; ungewöhnlich für einen landwirtschaftlichen Betrieb, wo das Haus in der Regel weiter zurückgezogen auf dem Grundstück lag. Die Fenster wölbten sich in kleinen Kuppeln nach außen, die ein Hineinblicken erschwerten, aber sie konnte trotzdem ein dunkles Sofa, einen Kaminofen und einen Küchentisch mit schmutzigem Geschirr erkennen.

Der Hof ähnelte in keinster Weise dem der Whiskydestillerie, den sie gerade verlassen hatte. Hier gab es weder Perlkies noch hübsche Stillleben, stattdessen zeigten die festgestampfte Erde und die stellenweise asphaltierten Flächen deutlich, dass die Schweinefarm die Arbeit weit über die Ästhetik stellte. Moderne Scheunen und Blechdächer versperrten die Aussicht auf die Heidelandschaft hinter dem Grundstück, und über dem nächsten Dachfirst konnte sie den obersten Teil eines Gülletanks erkennen. Die Wanderer im Nationalpark mussten sich die Nase zuhalten, wenn sie hier vorbeikamen.

»Sie sind wegen des Stairmasters hier? Waren wir nicht erst für heute Nachmittag verabredet?«

Liv erwog völlig irrational, mit Ja zu antworten, doch nur für den Bruchteil einer Sekunde. Was hätte sie davon, ein Interesse an einem Fitnessgerät vorzutäuschen?

»Nein. Ich möchte mit Jens Linde sprechen.«

Der Mann runzelte die Stirn auf eine Weise, die ihr zum einen sagte, dass sie ihn gefunden hatte, und zum anderen, dass er nicht mit ihr reden mochte. Der Hofbesitzer war ein großer Mann mit ultrakurzen Haaren, einem furchigen Gesicht und einem schlanken, von harter körperlicher Arbeit gezeichneten Körper. In seinen knochigen Händen hielt er zwei Eimer, die bis zum Rand mit einer Art Futter gefüllt waren. Er war eindeutig Gert Lindes Bruder, nur ohne das Polster, das ein Großstadtleben mit sich bringen kann. Ein widerstandsfähiger Mann, fast schon hart.

»Sind Sie von einer dieser Bürgerinitiativen? Dann können Sie sich das sparen. Die Tour hier heraus war vergebens.« Jens stellte die Eimer schwerfällig ab, sodass das Futter auf den Hof schwappte. Mit den Händen auf den Knien richtete er sich langsam auf, was ihm Schmerzen zu bereiten schien.

»Es geht um Ihren Bruder, Gert.«

»Gert?« Er verlagerte die Hände auf die Lenden und schwankte. »Gert ist tot.«

»Genau darum geht es. Ich untersuche seinen Tod.« Sie streckte ihm die Hand hin. »Liv Jensen, ich arbeite mit der Polizei von Kopenhagen zusammen. Haben Sie fünf Minuten?«

Nach einem kurzen Zögern ergriff er verblüffend sanft

ihre Hand. Die Fingergelenke waren deformiert und dick. Er ließ sie wieder los und nahm die Eimer, nickte zu einer der Scheunen hin und setzte sich in Bewegung. »Eine der Sauen ist krank und braucht Spezialfutter.«

Liv folgte ihm in den Stall. Drinnen verlief ein langer Gang durch den hohen Raum, der Betonboden hallte unter ihren Schritten, und der Gestank nach Ammoniak wurde intensiver. Die Schweine auf beiden Seiten des Gangs drängelten, schnüffelten und grunzten in den Boxen. Eins folgte Liv mit den Augen, und sie erinnerte sich aus ihrer Schulzeit, dass das Schwein als sehr intelligentes Tier angesehen wird. In einer anderen Welt hätten sie vielleicht die Plätze tauschen können, sodass sie hinter den Gitterstäben herausgeguckt hätte. Machte der Daumen wirklich den Unterschied aus?

Vor einer Box mitten in der Scheune blieb Jens stehen und leerte den Inhalt der Eimer in einen Futtertrog, bevor er sie abstellte und zu der Sau hineinging. Sie lag mit einem gespannten Bauch auf der Seite. Ihr Blick war fern, und sie schien nur oberflächlich zu atmen. Liv empfand das gleiche Unbehagen wie damals, als sie ihre Tante Martha in der Abteilung für Lungenkrankheiten besucht und mit der scharfen Intuition des Kindes begriffen hatte, dass sie im Sterben lag, obwohl die Erwachsenen das Gegenteil vorzugeben versuchten.

»Was fehlt ihr?«

»Ich weiß nicht genau, aber sie ist trächtig, sodass ich ein Auge auf sie habe.« Er ging in die Hocke und legte der Sau eine Hand auf den Kopf, als wäre sie ein treuer Hund. »Sie wollen über Gert reden? Ich habe mehrere Male mit der Polizei gesprochen, nachdem er ermordet worden war, und ich weiß nicht, ob ich dem noch etwas hinzuzufügen habe.«

»Das ist okay. Ich würde Sie gerne nach Ihrer Beziehung

fragen. Der Familie.« Liv stützte die Ellenbogen auf die Einzäunung und beugte sich vor. Sah er sie feindselig an, oder bildete sie sich das nur ein? »Hatten Gert und Sie ein enges Verhältnis?«

Er lächelte flüchtig. »Wir haben an entgegengesetzten Enden des Landes gewohnt und sehr verschiedene Leben geführt.«

»Aber er war oft hier oben, wie ich gehört habe. Haben Sie sich nicht getroffen, wenn er zu Besuch war?«

»Nicht so oft.«

»Wann haben Sie ihn zum letzten Mal gesehen?«

Er hielt den Augenkontakt einen Moment, als würde das als Antwort reichen. Dann gab er der Sau einen Klaps und stand auf. »Auf dem Begräbnis unserer Mutter. Vor zehn Jahren.«

»Vor zehn Jahren? Hatten Sie danach gar keinen Kontakt?«

»Doch.« Jens kam aus der Box und sammelte die Eimer ein. »Aber der ging über unsere Anwälte.«

Liv folgte ihm zurück durch den Stall. »Darf ich fragen, wieso?«

»Wir waren uns uneinig, was mit dem Hof unserer Eltern passieren sollte.«

»Dem Erbhof?«

Er schnaubte. »Ja, so hat er ihn genannt.«

Er blieb stehen und stieß mit den Füßen gegen einen Trog, sodass er näher bei den Schweinen stand. Sie fraßen unangefochten weiter.

»Mein Bruder wollte aus unserem Elternhaus ein Museum machen.« Jens drehte sich um, sodass sie einen Schritt zurück machen musste, um die Eimer in seinen Händen nicht abzubekommen. »Ein Museum, um das keiner gebeten hatte und das niemand finanzieren wollte. Es ist ziemlich einfach, in

Kopenhagen zu sitzen und sentimental zu sein, während der Hof verfällt. Und ich mich wie ein Idiot um ihn kümmern kann. Nein, danke.«

»Darf ich fragen, wann Sie den Hof verkauft haben?«

Jens drehte sich wieder um und ging weiter. Antwortete ihr über die Schulter. »Im Oktober muss das drei Jahre her sein.«

Liv rechnete im Kopf nach. Gert war im März desselben Jahres ermordet und der Hof erst nach seinem Tod verkauft und in eine Whiskydestillerie umfunktioniert worden. Die Brüder waren sich vielleicht nie einig geworden.

»Und Sie haben Gert nie wiedergesehen? Auch nicht in der Zeit, bevor er ermordet wurde? Ihn vielleicht in Kopenhagen besucht?«

»Ich bin in den letzten fünf, sechs Jahren jedenfalls nicht in Kopenhagen gewesen, so weit kann ich mich erinnern. Ansonsten gleichen sich die Tage hier auf dem Hof.«

Sie kamen an die Tür, die hinaus auf den Hof führte. Sie klapperte locker in den Angeln. Ungeachtet, wie viel Geld Jens durch den Verkauf von Hurup Hovedgård bekommen hatte, war es nicht in die Schweinefarm investiert worden. Andererseits schien er dem Ort und seiner Arbeit verbunden, und das in einem Maße, das Liv unverständlich war. Wie es aussah, verbrachte er seine gesamte Zeit hier. Allein, abgesehen von den Nutztieren und umgeben von einem ständigen Verfall, den im Zaum zu halten es eines ganzen Heeres bedurft hätte. Liebte er einfach seine Arbeit wie sie die ihre, oder zwangen die Umstände ihn dazu?

Auf dem Hof wölbte sich wieder der Himmel über ihnen, dunstig und geheimnisvoll. Jens nickte ihr verabschiedend zu und wandte sich um.

»Äh, eine letzte Frage!«

Er sah sie müde an.

»Kennen Sie eine Eva Hansen? Oder Madsen? Vielleicht hat sie Gert bei seiner Recherche geholfen …?«

»Madsen. Sie ist Museumsleiterin, oder wie das heißt, im alten Thinghaus in Vestervig. Ich kenne sie selbst nicht, aber es gibt schließlich Gerüchte.«

»Gerüchte worüber?«

Jens klopfte zweimal gegen den Eimer und nickte ihr erneut zu. Dann drehte er sich auf dem Absatz um und ging.

*

Hannah stellte den Ton des Handyspiels aus und blickte auf. Sie war sich nicht sicher, wie lange sie über den Bildschirm gebeugt dagesessen hatte, die Zeit hatte die Tendenz, ihr zu entgleiten. Die Küche lag im Schatten, alles war still. Ihr Vater schlief wohl in seinem Ruhesessel mit einem Buch auf der Brust. Sie schaltete das Handy aus und legte es zur Seite.

Auf dem Esstisch lag das Alte Testament, aufgeschlagen bei dem Buch Daniel. Ihr Vater hatte den ganzen Tag hier gesessen und sich mit der Übersetzung abgemüht, es war nicht verwunderlich, dass er erschöpft war. Sie beugte sich über das Blatt und lächelte angesichts der schnörkeligen Schrift.

Ich weiß, dass die Tiere mich fressen werden,
das Meer mich ertränken wird und
die Flammen mich verzehren werden,
obgleich ich unschuldig bin.

Eins der Worte hatte ihr Vater unterstrichen.

unschuldig

Jan hatte von Anfang an für alternative Szenarien plädiert, das eine weiter hergeholt als das andere. In der ersten Zeit nach der Urteilsverkündung hatte er einen bekannten Serienmörder mit dem Spitznamen »Baumeister« beschuldigt, Penelope ermordet zu haben, und sich nicht davon beirren lassen, dass der zum Tatzeitpunkt im Gefängnis saß. Es war frustrierend für Hannah gewesen, die einfach nur versucht hatte, den Kopf hochzutragen, selbst wenn die ganze Welt sie schief ansah. Ein Mörder in der engsten Familie erwies sich als ziemlich stigmatisierend.

Jetzt spürte sie, wie aus der Frustration Sorge wuchs. Ihr Vater hoffte noch immer. Es war dumm, aber es war auch ein Ausdruck der Liebe. Einer Liebe, die stärker war als ihre.

Sie waren sich einmal sehr nahe gewesen.

Als ältere Teenager hatten sie zusammen Fahrradferien gemacht und waren zu einem Campingplatz in Nykøbing Sjælland gefahren, wo Karla, die Freundin ihrer Mutter, ein Sommerhaus hatte. Sie hatten in einem undichten Zelt geschlafen und von Dosenspaghetti und Schokoladenkeksen gelebt, und soweit sie sich erinnerte, hatte es die meiste Zeit geregnet. Daniels Stimmung war unberechenbar, doch er hatte einen messerscharfen Verstand, und wenn es ihm gut ging und er sich sicher fühlte, konnte man fantastisch mit ihm reden, und er war die beste Gesellschaft der Welt.

Hannah strich mit dem Finger über den Text. Sie hatte viele Briefe aufbewahrt, die er ihr über die Jahre geschrieben hatte, aber nur auf einen Bruchteil geantwortet. Ein Mensch, der an einer psychischen Krankheit leidet, reduziert sich mit der Zeit auf seine Symptome wie ein Krimineller auf seine Verbrechen. Manchmal fiel es ihr schwer, sich an das andere zu erinnern, das er auch noch war, das Schöne und Liebe.

Sie stand auf und ging zum Fenster. Sah zu den Bäumen im Garten hinaus, von denen die ersten Blätter fielen. Ein Gedanke hob ab und schwebte durch ihr Bewusstsein wie ein Blatt, das von einem Windstoß getragen wird.

Wenn sie dem Wunschdenken ihres Vaters einen Augenblick folgte und so tat, als hätte Daniel Penelope nicht umgebracht. Wenn er tatsächlich unschuldig war, wie ihr Vater weiterhin behauptete, wer hatte sie dann getötet?

*

Als Liv die Schweinefarm von Jens Linde hinter sich ließ, kribbelte ihr Magen vor Ungeduld und Hunger. Ohne die Augen von der Straße zu nehmen, kramte sie im Handschuhfach nach einem Schokoriegel, fand jedoch keinen. Sie folgte dem Kystvejen südwärts Richtung Vestervig und rief von unterwegs Petter an, doch er meldete sich nicht. Er hatte mit dem Mord im Wald natürlich alle Hände voll zu tun, sie kam wohl auch ohne ihn als Sparringspartner aus.

Der Dunst hing schwer über der Nordsee und ließ die Heide in unnatürlichen Silber- und Goldtönen leuchten. Liv drosselte das Tempo und nahm die Landschaft in sich auf. Die Wildheit und das Sanfte, Hand in Hand.

Gert und sein Bruder hatten einen Konflikt miteinander ausgetragen, der nie beigelegt worden war. Die Frage war, ob der Streit über das Elternhaus etwas mit Gerts Tod zu tun hatte. Liv versuchte, sich das vorzustellen: Jens, der zu Besuch nach Kopenhagen kommt, um seinen Bruder zum Verkauf zu überreden. Unangemeldet, ansonsten hätte Gerts Frau etwas von dem Besuch gewusst. Ein Streit, ein Handgemenge und Gewalt, die eskaliert. Das klang durchaus plausibel, bis auf den unangemeldeten Besuch. Wer fährt den ganzen Weg von Nordjütland nach Østerbro, ohne sich anzukündigen?

Jens zufolge kannte Gert Eva Madsen, die Museumsleiterin in Vestervig war. Vielleicht konnte sie ihr etwas über das Verhältnis der beiden Brüder zueinander sagen. Liv kam an dem Ortsschild vorbei und wurde langsamer. Rollte die Hauptstraße entlang und scannte die Hausfassaden. Der Ort zählte sechshundert Einwohner, wie viele Museen konnte es da geben?

Vor einem schönen gelb verputzten Gebäude verkündete ein Schild an einer galgenähnlichen Konstruktion, dass hier das *Museum of Jail & Art* war. Auf Englisch. Sie lächelte vor sich hin, hielt an und stieg aus. Es war halb vier, und sie roch Zucker und Butter, vielleicht von einer nahen Bäckerei. Ihr Magen knurrte, aber der musste warten. Im Museum brannte Licht.

In dem Moment, in dem sie nach der Klinke griff, ging die Haustür auf, und eine Frau kam ihr entgegen. Sie hatte kurzes stahlgraues Haar und trug eine asymmetrische Filzweste in grellem Pink, die aussah, als wäre sie selbst genäht.

»Willkommen, schön, ein neues Gesicht zu sehen. Es findet drinnen im Domsaal statt, darf ich Ihnen Ihre Jacke abnehmen, dann hängen wir sie hier an den Ständer?« Die Frau streckte Liv eine Hand hin, und Liv zog automatisch ihre Jacke aus und reichte sie ihr. Die Frau hängte sie an den halb vollen Ständer und ging zu einer offenen Tür. »Sind Sie eine Freundin von Finn?«

»Äh. Finn?«

»Finn Mosede. Das ist seine Vernissage.«

»Ich wollte eigentlich mit Eva Madsen sprechen.«

»Ja, Eva ist natürlich auch hier. Hier entlang.« Die Frau öffnete die Tür zu einem größeren Raum, wo um die zwanzig Menschen um die Kunstwerke an den Wänden herumschwirrten. Liv hätte geschätzt, dass die meisten über sechzig waren. Sie hatten Weingläser in den Händen, trugen noch ihre Mäntel und betrachteten die Bilder. Auf einem Tisch standen weitere volle Weingläser, Chips und Salzstangen in kleinen Schalen und in Zellophan verpackte Flaschen.

»Eva, du hast Besuch!«, rief die Frau in der Filzweste in den Raum. Eine große, schwarz gekleidete Frau, die vor einem Bild von einem einsamen Haus in der Heide stand, drehte sich um. Sie hatte ein schmales Gesicht mit tief liegenden, dunklen Augen, die von einer unerlösten Sehnsucht sprachen. Im Arm hielt sie einen Strauß Sonnenblumen. Sie sah aus, als wäre sie gerade aus dem Bild getreten, vor dem sie stand.

Liv ging zu ihr und nickte. Etwas in Eva Madsens Blick sagte ihr, dass es das Beste war, ohne Umwege direkt zur Sache zu kommen. »Hei, mein Name ist Liv Jensen, ich bin Privatdetektivin. Ich bin hier, um mit Ihnen über Gert zu sprechen.«

Eva sah sich über die Schulter und beugte sich vor, sodass sie flüstern konnte. »Folgen Sie mir!«

Sie legte die Blumen auf eine Fensterbank und durchquerte lächelnd und nickend den Raum, küsste eine Wange und winkte mehrmals. Liv folgte ihr und versuchte den Eindruck zu erwecken, als gehörte sie dazu. Sie hätte die Jacke anbehalten sollen.

Eva führte sie aus dem Raum zu einer dicken Holztür, unter der sie sich ducken musste und die auf einen schmalen Gang mit weiteren dicken Holztüren führte.

»Das Thinghaus ist Vestervigs ehemaliges Gefängnis«, erklärte sie. »Es fungiert als rechtshistorisches Museum, Kunstmuseum und Heimatmuseum mit wechselnden Ausstellungen wie die, die heute eröffnet wird. Zudem haben wir eine ständige Ausstellung über die Geschichte der Fischerei und eine über Thy im Zweiten Weltkrieg. Wir können uns in eine der Zellen setzen. Das ist vielleicht nicht so komfortabel, aber privat.«

Liv folgte ihr in eine Zelle und setzte sich neben Eva auf eine Holzpritsche, das einzige Möbelstück in dem Raum. Bevor sie etwas sagen konnte, sah die ältere Frau sie mit ihrem filterlosen Blick an. »Wer hat Sie beauftragt?«

»Der Ermittlungsleiter, der damals für den Mordfall zuständig war. Er kann sich nicht damit abfinden, den Fall unaufgeklärt zu schließen.«

»Na denn.«

Eva Madsens Gesicht wurde hart, aber sie schwieg. Liv betrachtete sie. Nach dem Mord hatte die nordjütische Polizei mit Gerts einzigem noch lebendem Familienmitglied, Jens, gesprochen und es dabei belassen. Doch obwohl Gert die meiste Zeit seines Lebens in Kopenhagen gewohnt hatte, war es nicht unwahrscheinlich, dass er Freunde und Verbindungen hier oben gehabt hatte. Und Feinde.

»Haben Sie sich gut gekannt, Gert und Sie?«

Eva schwieg eine Weile. Ihr dunkler Blick war fest, während ihre Lippen leicht zitterten. »Gert hat vor knapp fünf Jahren zu mir Kontakt aufgenommen, weil er für ein Buch über Thy recherchiert hat. Ich selbst bin zugezogen, aber Direktorin des Museums, das über ein recht umfangreiches Archiv verfügt. Bilder, Urkunden und alte Zeitungsartikel, wir haben das alles hier gesammelt. Ich habe ihm bei der Suche geholfen.«

»Wonach?«

Sie lächelte. »Gert hat sich für alles interessiert, ein wirklich leidenschaftlicher Mensch. Er hat über unterschiedlichste spannende Dinge geschrieben. Über die Heide und die Vögel, die lokale Kirche, die Bunker der Deutschen entlang der Nordseeküste und über den Erbhof, auf dem er aufgewachsen ist und der seit acht Generationen im Besitz der Familie war.«

»Und Sie haben ihm bei der Suche nach Quellenmaterial geholfen?«

»Ja. Er hat an dem alten Esstisch seiner Familie geschrieben.« Eva biss sich auf die Lippe.

»Hat er Ihnen ein Notizbuch gegeben? Von dieser Größe.« Liv formte mit den Händen ein A5-Format. »Mit der Nummer 65 auf dem Rücken.«

Sie schüttelte den Kopf, ihre Augen wurden feucht.

»Waren Sie befreundet?«

Sie sah auf ihre Hände im Schoß und drehte nervös an einem goldenen Ring. Die Worte schlichen sich aus ihrem Mund, zunächst nur ein Murmeln, doch dann hob sie den Kopf, und ihre Stimme war klar und deutlich. »Ich habe ihn geliebt. Wir haben uns geliebt.« Sie seufzte erneut, diesmal jedoch befreiend. »Es fühlt sich gut an, das laut auszusprechen. Ich kann ja mit niemandem darüber reden, und es ist schwer, alleine damit zu sein.«

Liv nickte auf eine Weise, von der sie hoffte, dass sie mitfühlend wirkte.

»Es war nicht beabsichtigt, aber wir haben uns ineinander verliebt.« Sie schüttelte nachdenklich den Kopf. »Wir waren schließlich beide erwachsene Menschen, als wir uns begegnet sind. Verheiratet, und jeder wohnte an seinem Ende des Landes, aber …« Sie machte eine kleine Handbewegung, um ihre Romanze zu illustrieren.

Liv empfand so etwas wie Mitgefühl für die Frau vor ihr, die so offensichtlich in einen Mann verliebt war, der tot und nicht mehr da war. Gleichzeitig hatte ihre romantische Beharrlichkeit etwas Irritierendes. Irgendwann ist man zu alt für diese Art Unschuld, und Liv hatte entschieden das Gefühl, dass Eva Madsen diesen Punkt überschritten hatte.

»Dann ist Gert hier hochgekommen, um mit Ihnen zusammen zu sein?«

»Er ist hier hochgekommen, um zu arbeiten, aber auch … ja, auch, um mit mir zusammen zu sein.«

Eva sah sie mit ihren dunklen Augen direkt an. Etwas in ihrem Blick ließ Liv die Augen niederschlagen. Vielleicht war es auch das Thema.

»Ich will nicht indiskret sein, aber Sie haben gesagt, dass Sie verheiratet sind. Ich denke nicht, dass man hier in der Gegend in einem Hotel einchecken kann, ohne erkannt zu werden. Wo haben Sie sich getroffen?«

»In Hurup, in Gerts Elternhaus. Dort hat er gewohnt, wenn er hier oben war.«

»War das nicht total baufällig?«

Sie strahlte bei der Erinnerung. »Im Winter war es eine Herausforderung, wir haben Federbetten und Decken gebraucht, um warm zu bleiben. Aber es hatte auch seinen Charme … und davon einmal abgesehen, ist es eine Sünde und eine Schande um den Hof. Gerts Bruder hat sich geweigert, eine einzige Krone in seine Instandhaltung zu stecken.«

»Jens, ja, ich habe mit ihm gesprochen. Sie konnten sich nicht einigen, was mit dem Anwesen passieren sollte?«

Eva schüttelte den Kopf. »Und jetzt ist es durch die geschmacklosen Umbauten der Whiskydestillerie total verschandelt. Gert wollte den Hof behutsam instand setzen und in ein Heimatmuseum umwandeln. Hier im Thinghaus haben wir ja keinen Platz. Aber nein!« Dunkle Wolken zogen über Evas Gesicht. »Er hat Gert gedroht, wussten Sie das?«

»Wer, Jens?«

»Ja. Nach so einem primitiven Typen muss man lange suchen, vor allem, wenn er etwas getrunken hat. An den Wochenenden sitzt er mit Thisteds anderen Verlierern in der Kneipe und lässt sich volllaufen.«

»Wie hat er ihm gedroht?«

Sie blinzelte mehrmals schnell hintereinander. »Er hat sich geweigert, Gert zu treffen und über alles zu reden, stattdessen hat er ihn mit SMS bombardiert, wenn er besoffen war. Perfide Beschimpfungen, Gert hat mir irgendwann einmal eine gezeigt. Aber auch Drohungen. *Ich fackele den Hof ab.* So etwas in der Art.«

»Das klingt heftig.«

»Das war es. Gert hatte den Kontakt zu seinem Bruder längst abgebrochen. Er wusste genau, dass Jens nicht ganz richtig im Kopf war. Es hat ihm leidgetan, aber da war nichts zu machen.«

Livs Sitzhöcker taten auf der harten Unterlage weh, doch sie wagte nicht, eine andere Position einzunehmen, wollte nicht riskieren, Eva zu unterbrechen.

»Glauben Sie, die Drohungen waren ernst gemeint?«

Evas Augen verdunkelten sich erneut. »Gert ist ermordet worden, was glauben Sie?«

KAPITEL 11

Nach dem Abendessen breitete sich in der ganzen Pension ein Duft nach Herbstferien aus. Bodil erklärte, dass Jesper gerade Kompott aus den ersten Äpfeln des Gartens kochte und sowohl Ceylon-Zimtstangen als auch Sternanis hinzufügte.

»Es gibt auch Kuchen. Ich backe Apfelstrudel nach einem Rezept meiner Mutter. Soll ich Ihnen ein Stück bringen, wenn er fertig ist?«

»Danke, wer kann da Nein sagen?« Liv lächelte ihre Gastgeberin an und empfand eine überwältigende Dankbarkeit angesichts ihrer generösen Freundlichkeit. Warum war es so schwer, die Fürsorge ihrer eigenen Mutter anzunehmen, wenn es ihr bei Fremden so leichtfiel? Sie trat in ihr Zimmer, während der Hund ihr auf den Fersen folgte, und sah, dass ihr Handy auf der Kommode klingelte.

»Guten Abend, Liv.« Petter leitete das Gespräch mit einem schroffen Gruß ein. »Nur ein schnelles Briefing. Wir sind auf dem Weg, um einen Zeugen zu verhören.«

»Ziemlich spät.«

»Okay, dann eben einen Verdächtigen.«

Liv setzte sich mit dem Handy am Ohr aufs Bett und tätschelte Victor mit der freien Hand. Der alte Labrador legte sich auf ihre Füße, falls sie auf die unsinnige Idee kommen sollte aufzustehen.

»Bist du noch in Thy?«

»Ja. Warum?«

»Weil das Opfer den Oldtimer der Familie am Montagnachmittag bei dem Automechaniker abgeliefert hat, der seine Werkstatt in deinem Hinterhof in Vesterbro betreibt. Einen alten Morris. Der Ehemann hat festgestellt, dass sowohl der als auch das Auto seiner Frau nicht mehr in der Garage standen, und sich erinnert, dass sie davon gesprochen hatte, den Morris reparieren zu lassen. So viele Automechaniker, die sich mit dieser Art Autos auskennen, gibt es ja glücklicherweise nicht. Wir haben ihn schnell gefunden.«

»Dann ist er der Letzte, der sie gesehen hat?«

»Ja. Er und der Täter.« Er hustete trocken, wie er das regelmäßig getan hatte in all den Jahren, die Liv ihn kannte. Nachdem er seinen Zigarettenkonsum drastisch heruntergefahren hatte, war es besser geworden. Aber nur etwas.

Liv nahm das Handy ans andere Ohr. »Ich bin dem Mechaniker noch nicht begegnet, falls du deshalb anrufst. Nima, nicht?«

»Okay, es hätte ja sein können.«

»Noch nicht. Aber du musst sagen, wenn ich etwas tun kann, sobald ich wieder zurück bin. Ihn im Auge behalten, die Mülleimer durchwühlen.«

»Danke, überlass das unseren Technikern.« Er schlürfte irgendetwas, ohne das Telefon vom Mund zu nehmen. »Und, wie weit bist du mit Gert Linde?«

»Es kann gut sein, dass sich hier oben etwas findet, dem es nachzugehen lohnt, Petter. Gert ist wegen des Buchprojekts oft in Thy gewesen, und wie es scheint, waren seine Wurzeln hier oben komplex und tief. Es ist kein Zufall, dass er und sein Bruder jahrelang keinen Kontakt hatten.«

»Ich kann mich erinnern, dass sie sich überworfen hatten. Aber er hatte ein Alibi, er war in der Dorfkneipe.«

»Hmm, wir werden sehen.« Liv zog vorsichtig einen Fuß unter dem Hund weg, doch er wurde schnell wieder eingefangen. »Hast du gewusst, dass er hier oben in Thy eine Geliebte hatte?«

»Nee. Wen?«

»Eine Frau, die hier im Heimatmuseum arbeitet und die ihm bei der Recherche in den Archiven geholfen hat. Aber sie ist verheiratet.«

»Aha!« Er betonte die letzte Silbe. »Das klingt potenziell spannend.«

»Das finde ich auch. Ob ihr Mann wohl von der Affäre gewusst hat?«

»Du kannst ihn ja fragen.« Petter lachte verhalten. »Wenn ich dich richtig einschätze, könnte dir das durchaus einfallen.«

Liv lächelte. »Die Geliebte beschuldigt Gerts Bruder des Mordes.«

»Das nützt uns leider nicht viel, wenn Zeugen bestätigen können, dass er zum Tatzeitpunkt in der Kneipe in Thisted gewesen ist. Aber spielen wir mal mit der Idee; gibt es etwas, womit sie ihren Verdacht untermauern kann?«

»Vielleicht.« Liv stand nun doch auf und ging zum Fenster, ihre Beine waren steif von dem langen Sitzen in derselben Position. Victor hob den Kopf, legte sich aber wieder hin und schlief weiter. »Jens Linde hat möglicherweise mehrere Millionen eingesackt, als er den Hof nach Gerts Tod verkauft hat. Nicht, dass man sehen könnte, was er mit dem Geld angestellt hat, seine Schweinefarm ist in einem miserablen Zustand.«

»Vielleicht spielt er online Poker oder kauft Kryptowährung von dubiosen Geschäftsleuten. Tatsache ist wohl, dass er eine riesige Summe verdient hat, die er nicht bekommen hätte, wenn sein Bruder noch leben würde?«

»Er behauptet, dass Gert dem Verkauf zugestimmt hat, aber das fällt mir, ehrlich gesagt, schwer zu glauben.« Liv beugte sich vor und streckte die Knie ein paarmal, um das Blut wieder zum Zirkulieren zu bringen. »Petter, wie wurde die Frau im Wald ermordet? Sie wurde erwürgt, nicht wahr?«

»Worauf willst du hinaus?«

»Es ist nur ein Gedanke. So eine übliche Mordmethode ist das schließlich nicht.«

»Bleib dran.« Er wurde von einer Stimme im Hintergrund unterbrochen. »Liv, ich muss. Wir müssen los zu deinem Mechanikerfreund. Wir besuchen ihn in seiner Werkstatt.«

*

Das Gewusel fremder Menschen erfüllte die Werkstatt mit einer unruhigen Energie. Vielleicht war Nima aber auch nervös angesichts der ungewohnten Situation. Er lehnte sich an die Regale, drückte den Körper gegen ihr Holz, das die Zeit weich gemacht hatte, und versuchte, eine Ruhe darin zu finden.

»Wann ist sie mit dem Auto gekommen?« Der Polizist sah ihn unschuldig an.

»Um Viertel nach vier.« Nima war nicht so dumm, ihn daran zu erinnern, dass er schon mehrere Male gesagt hatte, wann Marianne am Montagnachmittag in die Werkstatt gekommen war. Er wusste nur zu gut, was er bezweckte. Sie suchten nach Löchern in seiner Geschichte. Sie suchten nach einem Täter.

Er widerstand dem Drang, einen Kriminaltechniker anzuschreien, der die Schubladen mit den Schraubenmuttern herauszerrte, sie durchsuchte und unordentlich zurückließ. Die Polizei war in großer Zahl mit einem Durchsuchungsbefehl angerückt, und Nima war unklar, was sie wollten. Einige trugen Schutzanzüge, andere Uniform, und alle waren freundlich und höflich. Das machte ihn nervös.

Er versuchte generell, einen Bogen um die Polizei zu machen. Selbst damals, als ein maskierter Räuber sie im *Kate's Joint* bedroht und sich des Kassenbestands bemächtigt hatte, hatte er sich nicht an die Polizei gewandt. Er und der Koch hatten das selbst geregelt. Hatten den Täter die Blågårdsgade hinuntergejagt und ihn eingeholt, bevor er an der Rantzausgade gewesen war, ihm das Geld abgenommen und ihm eine Tracht Prügel verpasst, die er bestimmt lange nicht vergessen hatte.

Jetzt wuselten sie um ihn herum.

»Sind Sie sich mit dem Zeitpunkt sicher?«

Nima konzentrierte sich wieder auf den Polizisten. Ein älterer Mann mit spärlichem Haarwuchs und grauen Augen, der sich als Ermittlungsleiter Petter Bohm vorgestellt hatte.

»Ja. Ich erinnere mich daran, weil wir für vier einen Termin gemacht hatten und sie sich entschuldigt hat, dass sie zu spät war. Irgendetwas mit einem Parkplatz.«

»Hat sie gesagt, woher sie kam?«

»Nein. Vielleicht hat sie erwähnt, dass sie durch die Stadt gefahren ist, aber das kann man ja auch nicht wirklich vermeiden, wenn man hierhin will. Der Morris ist von einem Abschleppwagen angeliefert worden, vielleicht weiß die Transportfirma ja, woher sie gekommen ist.«

»Byens Autotransport, ja. Wir stehen mit ihnen in Kontakt. Sie haben das Auto, wie vereinbart, am Haus des Opfers in Virum abgeholt, aber es war niemand zu Hause.« Petter Bohm blätterte in seinen Notizen. Leckte bei jeder dritten oder vierten Seite an seinem Daumen.

»Marianne Dybdahl hat ihren Arbeitsplatz in der Kronprinsessegade um fünfzehn Uhr verlassen und war erst eine Stunde später hier. Wo ist sie in der Zwischenzeit gewesen?«

»Keine Ahnung.«

Ein Kriminaltechniker in einem weißen Schutzanzug trug den Mülleimer nach draußen. Nima folgte ihm mit den Augen.

»Wie ist der Termin zustande gekommen?«

»Sie hat eine SMS geschrieben. Donnerstag oder Freitag, glaube ich.«

Die grauen Augen sahen ihn über den Notizblock hinweg ruhig an. Nima wusste, dass er ihn nervös zu machen versuchte, und er ärgerte sich darüber, dass es funktionierte.

»Sie hat das Auto abgeliefert und ist wieder gegangen, sie war insgesamt vielleicht zwanzig Minuten hier.«

Petter Bohm nickte freundlich und überflog erneut seine Notizen. »Wo wollte sie hin, als sie gegangen ist?«

»Nach Hause wahrscheinlich. Geht man am Feierabend nicht nach Hause?«

Der Blick des Polizisten wurde scharf. »Das Problem ist, dass sie nie zu Hause angekommen ist. Die Kinder haben alleine zu Hause gewartet, und ihr Mann hat wiederholt versucht anzurufen, aber sie hat sich nicht gemeldet. Sie ist hier aus dem Tor gegangen, kurz vor fünf, sagen Sie, und spurlos verschwunden. Bis sie am nächsten Tag im Wald gefunden wurde. Ohne ihre Geldbörse.«

»Wollen Sie damit sagen, dass ich eine Kundin getötet habe, um ihre Geldbörse zu stehlen?« Nima spürte die Wärme den Hals aufsteigen und sehnte sich danach, dass sie gingen und er sich einen Joint drehen konnte.

»Das Einzige, was ich sage, ist, dass Sie der Letzte waren, der sie gesehen hat.« Er zog eine Schulter leicht hoch und drehte sie nach hinten. Ein leichtes Knacken von den Myogelosen in seinem Rücken war zu hören. »Wo waren Sie am Montagabend?«

»Zu Hause, wie schon gesagt. Soweit ich mich erinnere.«

»Soweit Sie sich erinnern? Das war vor drei Tagen!«

»Ja. Soweit ich mich gerade erinnere.« Nima trocknete sich die Handflächen an der Hose ab.

»Kann jemand das bezeugen? Eine Lebensgefährtin, Kinder?«

Nima sah schräg auf den Boden und ärgerte sich. Genau so etwas machte einen verdächtig.

»Ich wohne alleine. Aber im Fischereihafen in Sydhavnen. Wir wohnen dicht aufeinander. Viele meiner Nachbarn können das bestimmt bestätigen.«

Petter Bohm machte sich konzentriert und mit einem kleinen Lächeln um den Mund Notizen, als würde er den Ort gut kennen und sich seinen Teil denken.

»Sind Sie Muslim?«

»Was hat das damit zu tun?«

»Seien Sie so nett und beantworten Sie die Frage.«

Nima verdrehte die Augen. »Nicht praktizierend, nein. Ich trinke Bier und esse Schinken. Für die braune Haut kann ich nichts.«

Der Polizist sah nicht so aus, als fände er das lustig.

»Wo waren Sie am Dienstag?«

»Da war ich hier in der Werkstatt.« Nimas Gehirn lief auf Hochtouren. »Glaube ich. Ich habe den Morris repariert.«

»Sie sind nicht damit gefahren?«

»Nein! Der Ventilatorriemen war kaputt. Man konnte nicht mit ihm fahren. Das geht erst seit gestern wieder.«

»Dann *sind* Sie mit dem Auto gefahren?« Der Polizist machte sich eifrig Notizen.

»Ja, eine Tour nach Nykøbing Sjælland und zurück. Ich

mache mit den Autos immer eine Probefahrt, das ist Teil meines Jobs.«

Ein Kriminaltechniker pikste Petter Bohm in die Schulter. Er stand auf und ging ein paar Schritte mit dem weiß gekleideten Mann mit, sprach leise mit ihm und kam wieder zurück zu Nima. »Sie sind sich sicher, dass Marianne am Montagnachmittag nur gekommen und wieder gegangen ist? Sie sind nirgendwo zusammen hingefahren?«

»Nein!«

Der Polizist lächelte freundlich. »Das ist merkwürdig.«

»Wie meinen Sie das?«

»Die Techniker haben gerade Mariannes Citroën mit einem Stapel Knöllchen draußen auf der Straße entdeckt. Sie sagen, dass sie kurz vor fünf die Werkstatt verlassen hat, doch offenbar hat sie ihr Auto nicht mitgenommen.«

DIE FÜNFTE VISION

Da ergoss sich ein langer feuriger Strom
und brach vor ihm hervor.
Tausend Mal Tausende dienten ihm,
und zehntausend Mal Zehntausende standen vor ihm.
Das Gericht wurde gehalten,
die Bücher wurden aufgetan.
Aber kein Wissen der Welt
konnte mich retten.

FREITAG, 23. SEPTEMBER

KAPITEL 12

Am Værnedamsvej liegen mehrere beliebte Restaurants, doch das *Café Granola* ist eine echte Kopenhagener Institution. Mit einem sicheren Gespür für die Ästhetik der Fünfzigerjahre hat der Besitzer das Lokal mit Eisenbahnbänken, Metallstühlen und Pulverseife in Drehspendern auf den Toiletten eingerichtet. Literatursalons und eine Speisekarte, die sowohl mit Austern als auch mit Käsebroten aufwarten kann, haben dem Lokal längst eine gemischte Klientel aus Einheimischen und Trendsettern eingebracht, auf die die meisten anderen Cafés in der Stadt nur neidisch sein können.

Hannah hatte von der Location gehört, noch bevor sie aus Runes Wohnung in Østerbro aus- und bei ihrem Vater eingezogen war, sie bis auf Weiteres jedoch gekonnt gemieden, wie sie zur Zeit alles mied, was stylish zu sein versprach. Die kurzen Ponys und die schweren Brillengestelle, die das Rückgrat der Kopenhagener Kulturelite waren, verunsicherten sie. Das Letzte, was sie jetzt brauchte, war, sich noch falscher zu fühlen.

Deshalb verspürte sie auch einen gewissen Widerstand, der nicht nur der Nervosität angesichts des bevorstehenden Gesprächs geschuldet war, als sie am Freitagmorgen in die hufeisenförmige Mahagonibar trat und ihren eigenen Blick im Spiegel einfing. Sie sah ganz passabel aus, stellte sie fest, kein Grund, sich einzubilden, dass die Leute guckten. Sie waren ohnehin viel zu sehr mit ihrem eigenen Leben beschäftigt, um sich für das anderer zu interessieren.

In einer Ecke des Cafés sah sie ihn. Mikkel Felding, ihr ehemaliger Kommilitone und Daniels Psychiater im Maßregelvollzug, saß mit einem Espresso und einem halb aufgegessenen Croissant vor sich da. Er hatte die Beine nachlässig übereinandergeschlagen, an ihren Enden saßen teuer aussehende Desert Boots mit sehr sauberen weißen Sohlen. Seinen stutzerhaften Stil hatte er offenbar beibehalten. Sie waren Teil derselben Blase gewesen, hatten einander aber nie nahegestanden, sich nur hin und wieder auf Partys und in Vorlesungen gesehen. Aus dem einen oder anderen Grund hatte Hannah nie das Bedürfnis verspürt, ihn näher kennenzulernen, obwohl sie ein Interesse von seiner Seite wahrgenommen hatte. Vielleicht gerade deshalb. Mikkel war süß und nett und ungefährlich. Das hatte die jungen Studentinnen nicht gereizt.

Er hob die Tasse am Henkel hoch und trank. Es war eindeutig, dass er sie entdeckt hatte, sie aber nicht als Erster begrüßen wollte. Sie ging zu seinem Tisch und zog ihre Jacke aus.

»Hei, Mikkel.«

Er guckte verblüfft hoch und lächelte. »Ja, da ist sie ja. Hei, Hannah.«

Er stand gleichzeitig auf, um sie zu umarmen, als sie sich setzte, und nahm schnell wieder Platz.

»Hast du schon gefrühstückt?«

»Ich möchte nur einen Kaffee.« Hannah drehte sich um und signalisierte der Bedienung hinter der Bar ihren Wunsch, indem sie auf Mikkels Kaffeetasse und sich zeigte. »Schön, dass du Zeit hast, dich mit mir zu treffen.«

»Ja, natürlich. Bei all dem, was du in letzter Zeit durchgemacht hast, wundert es mich, dass du nicht früher von meinem Angebot Gebrauch gemacht hast.« Er zuckte mit den Schultern und lächelte. »Schön, dich zu sehen. Es ist ewig her … du hast dich überhaupt nicht verändert.« Er lehnte sich vor und griff nach ihrer Hand. »Das mit Rune und dir tut mir wirklich leid …«

Diskret zog sie ihre Hand zu sich. »Das muss es nicht, alles ist gut. Wie geht es dir?«

»Ja, danke, es läuft so. Linda und ich haben uns ja auch getrennt, das ist jetzt ein paar Jahre her, und alles hat sich ganz gut eingespielt. Es ist noch immer schwierig, aber den Kindern geht es gut. Also …«

»Gut zu hören. Ich kann mir vorstellen, dass das eine Herausforderung ist, wenn man gemeinsame Kinder hat.« Hannah nahm ihren Kaffee entgegen, den der Ober in diesem Moment über den Nachbartisch reichte, und stellte ihn vor sich hin. Sie hatte weder Linda noch die Kinder jemals getroffen und keine Lust auf ein privates Gespräch mit dem Hauptthema Scheidung. »Du, ich würde gerne mit dir über meinen Bruder sprechen.«

»Hannah, es tut mir so leid, dass Daniel sich entschieden hat … wie er sich entschieden hat. Sag mir, was ich tun kann, um zu helfen.«

»Danke.« Sie lächelte ihn an. »Er hat keinen Abschiedsbrief hinterlassen, was es schwerer für uns macht, uns mit dem Ausweg zu versöhnen, den er gewählt hat.«

Er nickte mitfühlend.

»Deshalb habe ich mir gedacht, dass es vielleicht eine gute Idee sein könnte, dein Gesprächsangebot anzunehmen. Du hast vielleicht eine bessere Einsicht in seine Gedanken vor dem Selbstmord als ich. Ist es okay, dass ich nur frage und du antwortest, soweit du kannst und darfst?«

Er knöpfte seine Jacke auf und sah sie ernst an. »Natürlich.«

»Okay.« Sie holte tief Luft und lachte nervös. »Entschuldige, es überrascht mich immer noch, wie schwer es ist, darüber zu reden. Ich habe Daniel in seinem letzten Lebensjahr so gut wie nicht gesehen. Wie ging es ihm?«

Mikkel nickte vor sich hin. »Er hat mir natürlich erzählt, dass du ein bisschen auf dich selbst achten musstest. Das klingt vernünftig, Hannah. Und Daniel ging es wirklich den Umständen entsprechend gut. Es schwankte, natürlich, aber die Grundstimmung war besser als direkt nach der Urteilsverkündung, er hatte sehr viel mehr gute Tage als früher.«

»Das freut mich zu hören.« Sie trank einen Schluck Kaffee und stellte die Tasse klirrend zurück auf die Untertasse. Ihre Finger zitterten. »Hast du gewusst, dass er nachts geschrieben hat?«

»Nein?« Mikkel zog die Brauen hoch.

»Das hat er. In der letzten Zeit vor seinem Tod. An die Zellenwand, Bibelverse auf Aramäisch. Eine ausgestorbene Sprache, die sich hebräischer Schriftzeichen bedient. Das wirkt manisch. Deshalb habe ich mich gefragt, ob er vielleicht mit den Medikamenten im Ungleichgewicht war?«

Mikkel blickte auf die Tischplatte. »Das kann ich ausschließen.«

»Wie meinst du das?« Hannah spürte, wie ihr der Schweiß im Nacken ausbrach.

»Daniel stand nicht unter Medikamenteneinfluss, genau genommen war er klarer als …«

»Hat er kein Litarex bekommen?«

Mikkel faltete die Hände und stützte sich mit den Ellenbogen auf den Tisch. Seine Augen waren hellgrau, fast durchsichtig. »Wir haben mehrere Medikamentenschemata durchprobiert.«

»Das habe ich nicht gewusst.«

»Daniel hat darum gebeten, dass wir über die Behandlung Stillschweigen bewahren. Das habe ich respektiert.«

Hannah schrammte mit den Zähnen über die Lippe, ihr Mund fühlte sich trocken an. »Aber in der letzten Zeit vor seinem Tod? Was hat er da an stabilisierenden Medikamenten bekommen?«

Mikkel seufzte. »Um das zu verstehen, musst du das gesamte Bild sehen. Also, vor Weihnachten hat er angefangen, das Litarex auszuschleichen. Er hat davon zugenommen, meinte er, und es hat ihn teilnahmslos gemacht, sodass er kaum funktioniert hat. Zuerst haben wir versucht, es durch eine kombinierte Behandlung mit Olanzapin und Sertralin zu ersetzen …«

»Hundert Milligramm?«

»Fünfzig. Aber da waren die Nebenwirkungen noch schlimmer. Nach einer gewissen Zeit habe ich dem Versuch zugestimmt, alles auszuschleichen.«

Hannah merkte, dass sie mit offenem Mund dasaß. »Wie meinst du das? Daniel hat an einer schweren bipolaren affektiven Störung gelitten, er kam nicht ohne Medikamente aus.«

»Bei allem Respekt für deine Fachkenntnis und deine Kenntnis deines Bruders …«

»Meine Fachkenntnis?«

Mikkel hielt abwehrend die Hände hoch. »Ich meine ja nur, dass du keine Psychiaterin bist und dich darüber hinaus nicht fachlich mit deinem Bruder beschäftigt hast.«

Sie trank einen langen, glühend heißen Schluck von dem Kaffee und stellte die Tasse zurück auf die Untertasse.

»Ich kann dir versichern, dass kein Zusammenhang zwischen … Hör zu, Hannah, ich erkläre dir gerne, wieso ich mich entschlossen habe, ihn das Medikament ausschleichen zu lassen.«

»Wenn ich denn die nötige Fachkenntnis habe, um zu begreifen, was du sagst …«

Er legte den Kopf leicht schief. »Hei, du bist diejenige, die mich angreift, nicht umgekehrt.«

Sie starrte auf den Tisch, außerstande, ihm in die Augen zu sehen. Im Winter hatte Mikkel ihren Bruder das Medikament ausschleichen lassen, das er fast sein ganzes Erwachsenenleben lang genommen hatte. Weniger als zwei Monate später hatte er sich vor einen Zug geworfen.

»Hannah, ich verstehe, dass es unbeschreiblich hart sein muss, seinen Bruder auf diese Weise zu verlieren, aber …«

Hannah stand auf und nahm ihre Jacke, versuchte, ein paar Worte zum Abschied zu finden, schaffte es aber nicht. Schließlich drehte sie sich einfach um, verließ das Café und trat auf den Værnedamsvej hinaus. Nach ein paar Schritten kamen die Tränen. Sie wischte sie mit dem Handrücken weg und ging schneller, bis sich das Tor in der Kaalundsgade hinter ihr schloss.

*

Livs Füße trafen rhythmisch auf dem Kiesweg auf und trugen sie Schritt für Schritt Richtung Heide und aus dem Schlaf. Die Luft war dunstig und die Farben um sie herum verschwommen, als müssten auch sie erst aufwachen. Der Trick war, nicht zu wach zu werden, bevor man in Bewegung war, dann machte der Körper das meiste mit. Auch das Verdrängen des nächtlichen Albtraums.

Sie hob den Blick von dem Weg und wurde schneller. Der Himmel über ihr war schwer von Nässe, er setzte die Existenz in Perspektive. Mit jedem atemlosen Schritt befreite sie sich, sie war kein Opfer. Das wiederholte sie den ganzen Weg bis zur Küste immer wieder, und als sie am Strand stand und das Rauschen der Nordsee hörte, wusste sie, dass es stimmte.

Zurück bei der Pension verlangsamte sie das Tempo und schlenderte auf den Hof. Bodil und Jesper kehrten die Blätter zusammen, winkten und riefen ihr ein fröhliches guten Morgen zu. Liv stellte sich auf die Treppe und absolvierte ihre Dehnübungen, während sie ihnen bei der Arbeit zusah. Sie wechselten sich mit dem Fegen und dem Einsammeln der Blätter in die Schubkarre ab. Hin und wieder lächelten sie über etwas, das der andere gesagt hatte.

Sie stellte sich vor, wie Gert und Eva einander im Museum begegnet waren, erst mit einer professionellen Neugier, später voller Leidenschaft. Waren sie ineinander verliebt gewesen? War es vorstellbar, dass Eva Madsens Mann ihre Affäre entdeckt und sich an Gert gerächt hatte? Wären sie in diesem Fall noch verheiratet?

Es könnte interessant sein, sich einmal mit Herrn Madsen zu unterhalten und ihm ein wenig auf den Zahn zu fühlen. Liv überlegte, inwieweit sie Evas Geheimnis wahren sollte. Streng genommen unterlag sie keiner Schweigepflicht, doch der Gedanke, sie an einen nichts ahnenden Ehemann zu verraten, gefiel ihr nicht. Sie musste je nach Situation entscheiden.

Liv ging in ihr Zimmer und nahm das Handtuch vom Heizkörper, legte es sich über die Schultern und ließ sich mit dem Handy in der Hand auf das Bett fallen, um etwas abzudampfen, bevor sie ins Bad ging.

Gerts Verleger hatte nicht geantwortet. Sie rief im Verlag an und bat die Empfangsdame, sie zu Ulrik Høeg durchzustellen.

»Er hat frei. Kann ich Sie mit jemand anderem verbinden?«

»Hm, nein, danke, ich versuche es einfach morgen noch mal.«

»Äh, ich glaube, dass es leider noch ein paar Tage dauert, bis er zurück ist. Er macht Ferien. Sind Sie sicher, dass Ihnen niemand anderer helfen kann?«

»Ja, danke, aber Sie können ihm gerne eine Nachricht hinterlegen. Sagen Sie ihm, dass ich wegen der Ermittlungen bezüglich Gerts Tod anrufe.«

Vielleicht brachte ihn das dazu, sich bei ihr zu melden. Sie legte auf und schrieb Patricia eine E-Mail mit der Bitte, noch einmal nachzusehen, ob Gerts Manuskript zu Hause in der Wohnung lag. Dann öffnete sie einen Browser und gab *Eva Madsen, Thinghaus Vestervig* ein. Über die Website des Museums und über Facebook fand sie heraus, dass Eva mit Henrik Madsen verheiratet war, dem Inhaber und Direktor der Baufirma Madsen Byg A/S. Sie unterhielten ein Büro in Thisted, eine halbe Stunde Fahrt von hier. Auf einer ansprechenden Website fand sie Beschreibungen ihrer Bauprojekte, inklusive eines aufwendigen, mit einer Drohne in Zeitlupe aufgenommenen Films.

Ein Projekt war besonders groß aufgemacht. Unter der Überschrift *Feriencenter Lyngby* folgte eine Reihe computeranimierter Bilder eines vierstöckigen Gebäudes, das auf einer Düne in der ersten Reihe direkt am Wasser stand. Jede Etage war in mehrere Einheiten mit eigenem Balkon und Panoramafenstern aufgeteilt. Liv zählte insgesamt sechsundvierzig Wohnungen. Mit Meerblick. Evas Mann war so etwas wie ein Baulöwe. Selbst in ihren ungeübten Ohren klang das nach einem guten Geschäft, aber war es nicht verboten, an Dänemarks Küste zu bauen?

Sie rief bei Madsen Byg an und hatte eine herzliche Sekretärin in der Leitung, die geduldig ihrem vermeintlichen Interesse an den Aktivitäten der Firma lauschte. Ohne direkt zu lügen, gelang es Liv, den Eindruck entstehen zu lassen, als würde sie über die Gegend schreiben.

»Sie können gerne auf einen Kaffee vorbeikommen«, sagte die Sekretärin munter.

»Das klingt doch gut. Ich muss heute sowieso nach Thisted, wenn das also passt?«

»Mann, Sie haben ganz schön viel zu tun, was? So ist das mit euch Kopenhagenern.« Sie lachte freundlich. »Aber ich frage Henrik mal, ob er Sie etwas herumführen kann. Sonst übernehme ich das.«

»Dann schaue ich in einer Stunde vorbei.«

»In Ordnung. Bis dann!«

Liv ging leicht beschämt über ihre eigene Lügengeschichte ins Bad, aber auch mit dem guten Gefühl, etwas erreicht zu haben. Vor allem Letzteres, entschied sie und stellte die Dusche an.

*

»Mutter fragt, wann du sie besuchst. Kannst du nicht bei ihr vorbeifahren?«

Nima sah zu, wie seine Schwester leere Sushikartons vom Esstisch räumte und in den Mülleimer unter der Spüle warf. Sie bewegte sich effektiv, fast anmutig, trotz oder vielleicht auch aufgrund ihrer Breite. Daria war immer schon kräftig gewesen, aber jetzt, nach drei Geburten, hatte sie die Grenze zur Korpulenz erreicht. Nicht, dass ihr das etwas auszumachen schien, sie wirkte, als fühlte sie sich rundum wohl in ihrem Körper und in ihrem Leben. Die schwarzen Korkenzieherlocken hingen offen herunter und schufen einen munter wippenden Rahmen um das ernste Gesicht.

»Ich werde sie schon besuchen. Braucht sie was?«

»Vielleicht noch etwas von dieser Limonade light, die sie so gerne mag. Ansonsten habe ich sie heute gut eingedeckt. Soll ich uns einen Tee machen?«

Nima hob den Daumen, und sie begann, mit Kessel und Pfefferminzblättern zu hantieren. Die Küche in dem kleinen Genossenschaftshaus hallte von dem Lachen und Schreien aus den Kinderzimmern oben wider. Daria und Morten in Humlebyen zu besuchen, hatte etwas von einer Samstagstour über die Strøget, und Nima fühlte sich in der Regel ein wenig außer Atem, wenn er nach Hause fuhr.

Daria spülte die Teekanne heiß aus, gab Blätter und kochendes Wasser hinein und holte Gläser und Zucker heraus. Mit einem vielsagenden Blick schloss sie die Tür, durch die der Lärm von der Treppe hereinkam, und setzte sich an den Tisch. »Also? Was ist los?«

»Kann dein kleiner Bruder nicht an einem Freitag zum Frühstück vorbeikommen, wo ihr ohnehin zu Hause arbeitet, ohne dass du davon ausgehst, dass etwas nicht stimmt?«

Daria verdrehte die Augen, goss ihnen Pfefferminztee in die Gläser und gab, ohne zu fragen, Zucker hinzu. »Hör auf, Nima, du kommst nicht ohne Grund so spontan vorbei. Raus mit der Sprache! Ich habe den Kindern versprochen, mit ihnen zu malen.«

Nima stand auf und holte sich einen Löffel aus der Besteckschublade, rührte den Tee um und sah zu, wie der Zucker unten im Glas herumwirbelte. Wie Schnee in den türkischen Bergen. »Wann haben wir eigentlich angefangen, Dänisch miteinander zu sprechen? Erinnerst du dich daran? War das im Sandholmlejren?«

Daria schüttelte den Kopf. »Nein, erst später. Als wir den Anruf wegen Vater bekommen haben. Danach habe ich nur noch Dänisch gesprochen. Außer mit Mutter natürlich.«

Anfangs war ihre Mutter versessen darauf gewesen, die Sprache zu lernen und sich in die dänische Gesellschaft zu integrieren. Sie hatte ohnehin kein Heimatland und keinen Mann, zu dem sie zurückkehren konnte. Nima erinnerte sich, wie sie jeden Abend mit einem Wörterbuch auf dem Schoß die Nachrichten gesehen, die Wörter abgeschrieben und versucht hatte, sie mit der Zunge hinter den Vorderzähnen nachzusprechen. Die physischen und psychischen Schäden hatten sie eingeholt, bevor sie die Sprache erlernt hatte. Nach einem Jahr verschwand das Wörterbuch in einer Schublade und tauchte nie wieder auf.

»Ich sitze in der Klemme, Dar.«

»Was hast du diesmal angestellt?« Daria griff mit beiden Händen nach dem Teeglas.

»Ich habe nichts *angestellt*, ich hatte nur Pech. War zur falschen Zeit am falschen Ort. Und sieh mich nicht so an!« Er trank von seinem Tee und knabberte an einem Zuckerstück. »Einer meiner Kunden ist ermordet worden, eine schöne Frau, du hast sicher von ihr gehört, die Frau im Wald …«

»Was? Du kennst sie?« Darias Augen wurden kugelrund.

»Sie hat mir ihr Auto in die Werkstatt gebracht, kurz bevor sie umgebracht wurde. Und jetzt lässt die Polizei mich nicht in Frieden.«

»Aber wenn du nichts damit zu tun hast …«

»Nichts, verdammt! Nichts!«

»Warum lassen sie dich dann nicht in Frieden?«

Er hob zur Antwort die Hand und zeigte auf seine Haut. Auf die braune Haut, die sie beide hatten.

»Also, Nima!« Daria verdrehte die Augen. »Die Polizei beschuldigt niemanden aufgrund seiner Ethnie. Wenn sie keine Beweise gegen dich haben, hast du nichts zu befürchten.«

Er seufzte. Ihre Sicht der dänischen Gesellschaft unterschied sich in vielen Punkten, was eine Quelle ständiger Diskussionen zwischen ihnen war. Daria schwamm oben auf den Wellen, die über ihm zusammenschlugen.

»Ich möchte dich um einen Gefallen bitten.«

Sie sah ihn bekümmert an. »Was?«

»Soweit ich das ausrechnen kann, wurde die Frau am Montagabend umgebracht. Können wir nicht sagen, dass ich hier gewesen bin? Mit euch zu Abend gegessen habe? Das würde den Druck von mir nehmen.«

Sie saß ganz still, über den Tee gebeugt. Lange Zeit sagte sie nichts. So hatte sie auch als Kind dagesessen, wenn sie im Garten Hausaufgaben gemacht hatten, erinnerte sich Nima und spürte die Hand seines Vaters in seinem Nacken. Das Lernen hatte sich weniger wie eine Pflicht angefühlt, so erinnerte er sich jedenfalls heute daran. Aber da war so viel, dessen er sich nicht mehr ganz sicher war.

»Ich habe eine Familie, auf die ich Rücksicht nehmen muss.«

»Ich bin deine Familie, Dar.«

Daria schüttelte den Kopf. »Du bittest mich zu lügen, das will ich nicht.«

Er sah sie an, bohrte seinen Blick in ihren. Zwei Paar Smaragde, pflegte ihre Mutter zu sagen. All die Lügen, die er für sie erzählt hatte, all das, was er geopfert hatte. Er schob den Stuhl zurück und stand auf. »Dann wissen wir ja, wo wir miteinander stehen.«

»Nima, hör auf.«

Die Küchentür ging auf, und Morten steckte den Kopf herein.

»Ich habe in fünf Minuten ein Online-Meeting, kannst du übernehmen?«

Morten spürte offenbar die gedrückte Stimmung und sah verwirrt von einem zum anderen. Daria kam auf die Beine.

»Tut mir leid, kleiner Bruder.«

»Es ist, was es ist. Danke für den Tee.« Nima stand auf und ging an seiner Schwester vorbei, klopfte Morten auf die Schulter und lief die Treppe hinunter.

Auf der Straße vor dem Haus stand glänzend der Mustang. Er setzte sich hinter das Steuer und drehte den Zündschlüssel um. Der Motor erwachte mit einem Brüllen, das die Karosserie vibrieren und das Steuer unter seinen Händen zittern ließ. Bevor er losfuhr, warf er einen Blick auf sein Handy. Er hatte eine einzige Nachricht:

Wir würden gerne zu Hause bei Ihnen vorbeikommen. Bitte melden Sie sich baldmöglichst. MfG Petter Bohm

*

»Brunsviger?«

Liv warf einen Blick in die fettige Kuchenschachtel auf dem Besprechungstisch, in der eine halb gegessene Zimtkuchenfrau mit einem Gesicht aus Süßigkeiten und einem Kleid aus Schlagsahne lag.

»Mein Finanzvorstand hat Geburtstag«, erklärte Henrik Madsen und schnitt ihr ein Stück ab, ohne auf ihre Zustimmung zu warten.

Liv nahm einen Teller entgegen, der randvoll mit Kuchen war, und sah zu, wie Eva Madsens Mann sich ein ebenso großes Stück abschnitt. Ein Fettfleck unten auf seinem Hemd ließ darauf schließen, dass es nicht sein erstes war.

»Danke. Auch, dass Sie Zeit für mich haben.«

»Meine Sekretärin hat mir die Pistole auf die Brust gesetzt. Eh, das war Spaß.« Er zog einen Stuhl vor und bedeutete ihr, das Gleiche zu tun.

Liv setzte sich und probierte von der Kuchendame, während sie den Bauunternehmer ansah, der mit Sahne im Mundwinkel auf einem Bissen Kuchen herumkaute. Er erinnerte in vielen Beziehungen an den verstorbenen Gert Linde, groß und schwer, mit groben Zügen und einem grau gesprenkelten Bart. Aber da hörten die Ähnlichkeiten auf. Während Gert, wie er Liv beschrieben worden war, ein gefühlsgesteuerter und konfrontationsfreudiger Mensch gewesen war, wirkte Henrik gewandt und freundlich. Aber womöglich nur an der Oberfläche, schlussfolgerte sie schnell, denn obwohl er sich deutlich Mühe gab, jovial zu wirken, hatte sein Blick etwas Scharfes.

»Für welche Zeitung schreiben Sie? Ich glaube, das hat meine Sekretärin nicht mitbekommen.«

Er sprach so stark Dialekt, dass Liv die Ohren spitzen musste, um ihn zu verstehen. Sie nahm schnell einen Bissen von ihrem Kuchen und zeigte auf ihren Mund, dass sie kaute und nicht sprechen konnte.

»Äh, es geht nicht direkt um einen Artikel. Und nicht ich schreibe, sondern ein Journalist mit Namen Gert Linde.«

»Ich verstehe nicht …« Er bemerkte die Sahne in seinem Mundwinkel und wischte sich schnell mit einer Papierserviette den Mund ab, als machte der kleine Kontrollverlust ihn verlegen. »Gert ist tot.«

»Ja, und ich helfe der Polizei bei ihren Ermittlungen, was zu seiner Ermordung geführt haben kann. Es tut mir leid, wenn Ihre Sekretärin da etwas missverstanden hat … Kannten Sie ihn?«

Henrik schien zu überlegen, ob er es sich erlauben konnte, sie vor die Tür zu setzen. »Hier oben kennt jeder jeden. Gert und ich sind zusammen auf die Grundschule in Bedsted gegangen und waren auf denselben Partys, als wir jung waren. Das ist viele Jahre her. Damals hatte ABBA ihren Höhepunkt erreicht, aber von denen haben Sie wohl noch nicht einmal gehört.« Er zwinkerte ihr zu, aber es wirkte nicht wirklich freundlich.

»Haben Sie sich noch getroffen?«

»Nein, nicht, seit Gert nach Kopenhagen gezogen war.«

Liv schob einen Bissen Kuchen in ihre Wange und schmeckte Butter und braunen Zucker auf der Zunge.

»Aber Ihre Frau war mit Gert befreundet, nicht wahr?«

»Befreundet ist wohl nicht das richtige Wort, Eva hat ihm bei seiner Recherche in den Archiven des Museums geholfen.« Er sah ihr in die Augen, ruhig und fest. Konnte er wirklich nichts von der Affäre wissen, wenn seine Frau so offen davon sprach? Oder wusste er davon und war der Meinung, dass sie das nichts anging?

»Sie waren nie dabei, wenn Ihre Frau sich mit ihm getroffen hat?«

»Nee, so war das nicht.« Er wischte sich noch einmal den Mund mit der Papierserviette ab, obwohl er längst aufgegessen hatte. »Man soll ja nicht schlecht von den Toten reden, aber Gert war schon etwas hochnäsig.«

»Wie meinen Sie das?«

»Er fand, dass in Kopenhagen alles besser war, mochte nicht mit uns anderen Handball spielen und hat russische Bücher gelesen.« Er warf die Serviette auf den Tisch. »Was haben Sie damit gemeint, dass Sie *der Polizei helfen*? Was heißt das?«

»Ich bin Privatdetektivin. Die Ermittlung stockt, ich versuche, etwas zu finden, das sie wieder ankurbelt.«

»Dann fürchte ich, dass Sie hier am falschen Ort sind. Ich habe ihn, wie gesagt, lange nicht gesehen. Es muss mindestens zehn Jahre her sein.« Er sah auf seine Uhr. »Tut mir leid. Ich wünschte, ich könnte helfen.«

»Hier in der Gegend muss doch über den Mord geredet worden sein. Und bei Ihnen zu Hause. Es passiert schließlich nicht alle Tage, dass jemand, den man kennt, ermordet wird.«

»Hier oben haben wir keinen Zweifel, was passiert ist.«

»Das heißt was?«

Er stieß die Luft durch die Nase aus. »Jens Linde war schon immer ein Hitzkopf. Einmal hat er Herings-Kim vor *Woody's* in Thisted eine Flasche über den Kopf gezogen. Und es gab böses Blut zwischen den beiden Brüdern, ich weiß allerdings nicht, warum.«

»Aber das ist doch bei vielen Geschwistern so.«

Er zuckte mit den Schultern und sah erneut auf die Uhr. »Ja, das ist vermutlich nur Gerede. Und jetzt muss ich mich wirklich verabschieden, fürchte ich.«

Henrik saß völlig ruhig da, die Finger auf dem Tisch vor sich gefaltet. Liv hatte das sichere Gefühl, dass er genau wusste, dass Eva und Gert sich hinter seinem Rücken getroffen hatten. Und wenn er von der Affäre gewusst hatte, war das ein nettes Motiv für einen Mord.

»Nur noch ein Letztes, wenn das okay ist.« Liv hielt einen Zeigefinger hoch. »Gert hat über die Gegend hier geschrieben, und Sie planen ein Feriencenter im Nationalpark. Hat er Sie diesbezüglich kontaktiert?«

»Nein, ich glaube nicht, dass er sich dafür interessiert hat.« Sein Blick war noch immer fest, offensichtlich war er entschlossen, nicht zu blinzeln.

»Ist es nicht schwer, die Erlaubnis für ein Bauprojekt in einem Nationalpark zu bekommen?«

Er lächelte bescheiden. »Nun, das Projekt bereichert die gesamte Gegend. Die Vorteile liegen auf der Hand, für ganz Thy. Außerdem befindet sich der Baugrund in Privatbesitz und ist als solcher nicht Teil des Nationalparks.«

»Dann gibt es lokale Unterstützung für das Projekt?«

»Und wie! Unsere Bürgermeisterin, Gertrud Andersen, hat sich selbst um die Baugenehmigung gekümmert. Und die war, wie Sie bereits vermutet haben, nicht leicht zu beschaffen. Sie musste dafür sowohl nach Christiansborg als auch nach Brüssel.« Henrik zog sein Handy hervor und sah mit gerunzelter Stirn auf das Display.

»Wann soll das Feriencenter denn gebaut werden?«

»Zuerst muss die Finanzierung unter Dach und Fach sein.« Er schob seinen Stuhl zurück und stand langsam auf.

Liv sammelte ihre Sachen zusammen. »Dann bedanke ich mich für den Kuchen.«

»Ich danke Ihnen.« Er antwortete, ohne von seinem Handy aufzublicken. In der Tür drückte er ihr kräftig die Hand und lächelte mechanisch, bevor er den Gang hinunter verschwand.

Sie fand den Ausgang und ging zum Parkplatz von Madsen Byg. Das Licht blendete, aber die frische Luft war eine Wohltat nach dem geschlossenen Sauerstoffkreislauf der Bürolandschaft. Sie blieb vor ihrem Auto stehen und atmete tief durch, bevor sie einstieg. Gerts Geliebte war mit einem Baulöwen verheiratet, der wütend zu sein schien, es aber zu verbergen suchte, und sein Verleger war überraschend in den Urlaub gefahren.

Sie schaltete den Motor an und suchte vergebens nach einer Wasserflasche. Ihre Zähne fühlten sich pelzig an, und ihre Finger klebten. Was ging hier vor?

KAPITEL 13

Es liegt eine besondere Tristesse über menschenleeren Fußgängerzonen, nicht unähnlich der existenziellen Leere, die man in italienischen Touristenorten findet, wenn die Saison vorbei ist. Als Liv am frühen Nachmittag Madsen Byg verließ und ins Zentrum von Thisted fuhr, geschah das mit der vagen Erwartung eines Pulsschlags, der sie in die richtige Richtung führte. Die Erwartung war ebenso diffus wie irrational. Der Marktplatz lag verlassen zwischen menschenleeren Geschäften und dunklen Fenstern. Wenn es hier einen Pulsschlag gab, dann konnte sie ihn nicht hören. Das Leben hier oben war so unaufdringlich, dass es ihr ab und zu unsichtbar vorkam. Wie ein exotischer Stamm, dessen Riten und Sprache sich nur schwer entschlüsseln lassen.

Die klebrige Glasur des Kuchens ließ die Zunge an den Zähnen festkleben. Liv fand vor dem Café einer Kette einen Tisch auf dem Bürgersteig, setzte sich, bestellte bei einem aufmerksamen Ober mit Hosenträgern und Sportmütze eine Cola und schaute nach ihren E-Mails. Patricia Linde hatte geantwortet, dass in der Wohnung kein Manuskript sei. Liv fluchte. Sie hätte gerne gewusst, ob Gert etwas über die Ferienanlage geschrieben hatte.

Der Ober stellte ein großes Glas Cola mit Eis auf den Tisch, und sie trank, dass die Vorderzähne wehtaten. Dann stellte sie das Glas ab und blickte über den leeren Platz. Sie war erst anderthalb Tage hier, und es zeichneten sich bereits zwei mögliche Spuren ab. Der Verkauf des Elternhauses der Linde-Brüder und Gerts Affäre. Wie in aller Welt hatte Petter das entgehen können?

Vielleicht sollte sie der Kneipe einen Besuch abstatten, in der Jens angeblich die Nacht vor dem Mord verbracht hatte, und sein Alibi einmal unter die Lupe nehmen. Und apropos Alibi, Henrik Madsen machte ganz den Eindruck einer ressourcenstarken Person, eines Menschen mit Einfluss und vielleicht sogar Ansehen in der Dorfgemeinschaft. Sie hätte zu gerne gewusst, wo er an dem Morgen gewesen war, an dem Gert ermordet wurde.

»Hei, Liv. Long time, no see.«

Liv erstarrte. Das eisige Gefühl breitete sich von den Zähnen über den Schädel bis in den Nacken aus. Diese Stimme würde sie zu jeder Tages- und Nachtzeit wiedererkennen. Sie blickte auf. Er hatte sich nicht verändert, trotzdem schien er größer, die Züge wirkten gröber.

Martin »Malle« Johnsson, ihr ehemaliger Kollege und der Mann, der ihren Albträumen Nahrung gab.

»Was verschlägt dich in diese Kanten?« Er zog einen Stuhl vor und setzte sich. Der schmächtige Metalltisch wippte, als er die Ellenbogen darauf stützte.

»Ich könnte dich das Gleiche fragen.«

»Ich war in der Nachbarschaft, um einen Zeugen in einem Gewaltdelikt zu verhören. Es hat sich als nichtig herausgestellt.« Er fing ihren Blick ein. »Ich dachte, du bist nach Kopenhagen gezogen?«

»Ich bin nur hier oben, um meine Familie zu besuchen. Mein Onkel wohnt in Thisted«, log sie und vermied es, den Blick zu senken.

Er kratzte sich lächelnd das Kinn. »Wie praktisch.«

»Was meinst du damit?«

»Dass du Familie hier oben hast. Das hast du nie erwähnt, als wir zusammengearbeitet haben.«

»Es gibt viel, was ich dir nicht erzählt habe, Malle. Und über dich nicht erzählt habe.«

»Pass auf, Liv Jensen. Pass auf!« Er sprach, ohne die Stimme zu heben. Reichte nur über den Tisch und nahm ihr Glas, drehte es halb herum bis zu der Stelle, an der sie getrunken hatte, und trank einen Tropfen. Seufzte zufrieden und stellte das Glas zurück.

»Waren wir uns nicht einig, dass du die Schnauze hältst?« Malle lachte träge. »Fucking Lisbeth Salander-wannabe.«

Sie schluckte die Übelkeit hinunter, die bedenklich vom Magen her aufstieg, und presste unter dem Tisch die Hände auf die Oberschenkel, um ihm das Glas nicht an den Kopf zu werfen.

»Vielleicht ist es das Beste, wenn du nach Hause in die Hauptstadt verschwindest, wo Petter auf dich aufpassen kann.« Er stand auf, stellte den Stuhl ordentlich unter den Tisch und ging ruhig Richtung Storegade und Hafen.

Liv sah ihm mit einem Brennen im Hals nach. Fucking Malle Johnsson! Es stach in ihren Augen, und ihre Hände zitterten in ihrem Schoß. Es fühlte sich genauso an wie vor drei Monaten. Es fühlte sich an wie Hass.

*

Hannah wrang das Seifenwasser aus dem Lappen und fuhr damit durch das leere Küchenschrankfach, bis hinten in die Ecken, wo seit Jahren niemand mehr gewischt hatte. Sie spülte den Lappen aus und wiederholte das Ganze, wischte Staub und Fettpartikel mit effizienten Bewegungen weg, ließ die Oberfläche trocknen und stellte Konserven und Mehltüten zurück an ihren Platz.

»Hast du gesehen, dass gestern Polizei im Hof war?« Jan stand in der Tür und stützte sich auf seinen Stock. »Ich glaube, sie waren in der Werkstatt.«

Hannah antwortete nicht.

»Weißt du, was sie dort gewollt haben?«

Sie brummte neutral. Der Versuch ihres Vaters, ein Gespräch anzufangen, war nicht willkommen. Ihr ihm zugewandter Rücken und ihr Schweigen veranlassten ihn glücklicherweise, sich schnell ins Wohnzimmer zurückzuziehen und die Tür zu schließen.

Sie zog die Gummihandschuhe aus und ihr Handy aus der Hintertasche. Suchte nach der Nummer des Maßregelvollzugs und rief an. Bat die Zentrale, sie zum Gefängnisdirektor durchzustellen, was auf wundersame Weise gelang.

»Jørgen Villefrance.« Die Stimme war dunkel und klang sympathisch. Wie Pflaumen in Madeira und Feuer im Kamin.

»Guten Tag, Jørgen, hier spricht Hannah Leon.«

»Hei, Hannah. Wir sind uns auf der Beerdigung Ihres Bruders begegnet.«

»Äh, okay. Entschuldigung, aber ich erinnere mich nicht an viel von dem Tag.« Sie warf die Handschuhe in die Spüle und lehnte sich an den Küchentisch.

»Es freut mich, von Ihnen zu hören. Eigentlich hatten wir uns nach Daniels Tod auf ein Gespräch mit Ihnen eingestellt.«

»Wir waren noch nicht bereit dafür. Aber jetzt habe ich tatsächlich eine Frage. Mikkel Felding hat mir erzählt, dass er Daniel um Weihnachten herum seine Medikamente hat ausschleichen lassen. Haben Sie davon gewusst? Denn das haben wir in der Familie nicht.«

Am anderen Ende wurde es still.

»Ich denke, offen gesagt, dass das eine relevante Information ist. Besonders in Zusammenhang mit seinem Selbstmord.«

Sie konnte ihn atmen hören. Als er endlich antwortete, war seine Stimme überraschend freundlich. »Lassen Sie mich zuallererst unterstreichen, dass der Maßregelvollzug alle zugänglichen Informationen bezüglich der Behandlung Ihres Bruders und seines Todes der Familie selbstverständlich zur Verfügung stellt. Es ist uns daran gelegen, dass Sie volle Einsicht in unsere Beschlüsse haben, und falls Sie eine Beschwerde einreichen wollen, helfen wir auch dabei gerne.«

Sie wollte protestieren, ließ es jedoch. »Danke.«

»Und ja, ich wusste von Feldings Strategie und stehe hundert Prozent dahinter.« Er stieß einen kleinen, beklagenden Seufzer aus. »Wir hätten Sie gerne über den Verlauf informiert, doch Daniel wollte das nicht. Er war ja nicht für unmündig erklärt, sodass wir keine Befugnis hatten.«

»Verstehe.« Hannah rieb sich die Augen und merkte, dass Seifenwasser durch die Handschuhe gedrungen war.

»Wie Sie wissen, hat Ihr Bruder den größten Teil seines Erwachsenenlebens verschiedene Psychopharmaka genommen. Aber – und das müssten Sie auch wissen – es gab auch Perioden, in denen er nicht unter Medikamenten stand. In den ersten drei, vier Jahren seiner Ehe zum Beispiel.«

Jan kam in die Küche und öffnete den Kühlschrank, ohne sie anzusehen. Er war beleidigt. Sie sollte ihm erklären, dass sie nicht wütend war, nur frustriert. Doch jetzt ging sie erst einmal in die alte Rahmenwerkstatt und schloss die Tür, sodass er das Gespräch nicht mithören konnte.

»Ja, Daniel ist über kürzere Perioden ohne Medikamente ausgekommen, doch das war, *bevor* er seine Ex-Frau umgebracht hat.« Sie stellte sich ans Fenster und sah in den Hof hinaus.

»Gewahrsam ist nicht gleichbedeutend mit Stagnation. Ihr Bruder hat sich während seines Aufenthalts im Maßregelvollzug enorm entwickelt …«

Bis zu ein paar Zugschienen hin, dachte Hannah, begnügte sich aber mit einem tiefen Seufzer, sodass der Gefängnisdirektor keinen Zweifel haben konnte, was sie davon hielt.

Er ignorierte es. »Vor allem in den letzten Monaten. Er hat einen robusteren Eindruck gemacht. Die Zeitspannen zwischen den manischen Phasen sind immer länger geworden, er hat positiv auf die Therapie reagiert und wieder angefangen, Bücher zu lesen. Hat Interesse am Leben gezeigt. Deshalb hat Felding die Medikamente herabgesetzt, die Nebenwirkungen waren ein zunehmendes Problem für Ihren Bruder. Er war nicht suizidal, ganz im Gegenteil, er kam gut zurecht. Auch sozial, er hat sogar Freunde unter den anderen Häftlingen gefunden.«

Hannah lauschte dem behutsamen Tonfall des Direktors mit wachsender Verzweiflung. Er gab sich nicht nur Mühe mit den Worten, um sich und das Personal zu decken, das konnte sie hören. Er versuchte ihr auch auf empathische Weise zu vermitteln, dass sie nichts hätte tun können, um ihren Bruder zu retten.

Trotzdem fürchtete sie, dass er sich irrte. Daniel hatte drei Menschen in seinem Leben gehabt, denen er voll und ganz vertraute – ihrer Mutter, Penelope und ihr –, andere hatte er nicht gebraucht. Mit dem Mord an Penelope hatte er alle drei verloren. Und das hatte er nicht überlebt.

»Ich möchte um Akteneinsicht bitten. Das müsste ich als Angehörige können.«

Erneutes Zögern. Ein Räuspern. »Ich werde mich darum

kümmern. Es dauert ein paar Tage, Sie bekommen per E-Mail Bescheid.«

»Danke. Sie sagen, dass er Freunde gefunden hat. Wer waren sie?«

»Er hat an mehreren Arbeitsgruppen teilgenommen, nachdem er handlungsfähiger geworden war, und hat sich in der Gefängnisbücherei engagiert. Mit einer der Hilfskräfte hat er sich gut verstanden, Legart Jørgensen.«

»Wer ist er?« Sie rieb sich erneut die Augen, sie brannten noch immer.

Er brummte leise, als wöge er seine Worte sorgfältig ab. »Ohne indiskret zu sein, waren sie ein ungleiches Paar. Ihr Bruder war ja sehr intelligent, und Legart ist … anders.«

»Sie meinen dumm?«

»Bleiben wir bei anders.«

»Weshalb hat er eingesessen?«

»Ich kann nicht ins Detail gehen, was die kriminelle Vergangenheit unserer Patienten angeht.«

»Nein, natürlich nicht.« Hannah konnte hören, dass er das Gespräch beenden wollte. »Kann ich mit ihm reden?«

»Legart ist nicht mehr in unserem Gewahrsam, er wurde im Mai auf Probe entlassen. Soweit ich weiß, geht es ihm gut.«

»Wie finde ich ihn?«

Er zögerte.

»Ich weiß immer noch nicht, warum mein Bruder Selbstmord begangen hat. Jetzt erzählen Sie mir, dass er einen Freund hatte. Vielleicht hat er sich ihm anvertraut.«

Jørgen Villefrance raschelte mit Papier. »Ich kann Ihnen seine Adresse nicht geben, aber er hat einen Teilzeit-Schonjob in einem Café in Valby, wo er bestimmt am Wochenende arbeitet. Ich werde meiner Sekretärin sagen, dass sie Kontakt zu ihm aufnehmen und um die Erlaubnis bitten soll, Ihnen den Namen des Cafés zu schicken. Aber wenn ich Ihnen einen guten Rat geben darf, treffen Sie sich nicht allein mit ihm.«

»Warum sagen Sie das?«

»Vertrauen Sie mir, so ist es am besten.«

*

Das eigentliche Ziel von Livs Ausflug nach Thisted, das Wirtshaus *Glasset*, erwies sich als altmodische Gastwirtschaft mit holzverkleideter Fassade und farbigen Bleifenstern. Sie lag im Zentrum Ecke Storgade und Havnestræde. Hier hatte Jens Linde angeblich die Nacht vor dem Mord an seinem kleinen Bruder auf einer der gepolsterten Bänke verbracht. Liv stieß die Tür auf und wurde von einem Country-Song über ein gebrochenes Herz und einem vor der Musikbox tanzenden Paar begrüßt. Der Mann schwang die Frau in und aus seinem Arm, und sie lachten sich an, als wären sie die einzigen Menschen auf der Welt und nicht nur auf dem Tanzboden.

Hinter der langen Mahagonibar stand ein älterer Barkeeper, den Rücken ihr zugewandt, und machte sich an der Kasse zu schaffen; von ihm und dem tanzenden Paar abgesehen, war die Kneipe leer. Als sie sich auf einen Barhocker setzte, drehte er sich zu ihr um und nickte.

»Und was kann ich für die Herrschaften tun?«

»Die Herrschaften könnten sich eine Limonade vorstellen. In der Flasche, nicht mit dem Sirup da.«

Er stellte ein Glas mit Eiswürfeln auf die Theke und lächelte, sodass sie seinen schicken goldenen Vorderzahn sah. »Dann bringe ich Ihnen eine Zitronenlimonade. Was darf ich reintun?«

»Nichts, ich trinke sie pur.«

Er drehte sich um und angelte eine Flasche aus einer Kühlschublade. Liv folgte ihm mit den Augen. Jemand musste Malle Johnsson angerufen und ihm erzählt haben, dass sie in Nordjütland war. Zweifellos einer von Petters Kollegen, es gab viele, die seine Vertrautheit mit Liv schief beäugten. Und Malle war den ganzen Weg von Aalborg nach Thisted gefahren, um sie erneut zu vergraulen. Seine bloße Anwesenheit löste eine physische Reaktion in ihr aus, ein Zusammenziehen der Blutgefäße und ein Schweregefühl in der Brust. Aber dafür hatte sie jetzt keine Zeit.

Der Barkeeper stellte eine Limonade neben das Glas und hielt die Flasche einen Moment fest. Es wirkte wie ein Tadel.

»Ich würde Ihnen gerne eine Frage stellen.« Sie sah sich in der leeren Bar um. »Wenn Sie nicht zu beschäftigt sind?«

Er zuckte mit den Schultern, offensichtlich unbeeindruckt von ihrer Ironie.

»Vor drei Jahren hat einer Ihrer Stammgäste hier in der Bar übernachtet. Jens Linde. Erinnern Sie sich daran?« Liv goss sich Limonade in das Glas und versuchte, den Augenkontakt zu ihm dabei zu halten.

»Viele unserer Gäste wohnen weit weg. Nach einem feuchtfröhlichen Abend können sie nicht immer nach Hause fahren.« Er steckte sich den kleinen Finger ins Ohr und drehte ihn herum.

»Hat Jens Linde hier mehr als einmal übernachtet?«

Der Barkeeper nickte zur Tür hin. »Warum fragen Sie ihn nicht selbst?«

Liv drehte sich um und sah Jens auf sich zukommen. Er nickte dem Barkeeper zu und setzte sich auf den Hocker neben sie. Ein schwacher Duft nach Supermarktshampoo und die saubere Jeans ließen vermuten, dass er der Typ war, der seinen Feierabenddrink zelebrierte. Sie sah auf die Uhr. Es war noch nicht einmal drei, aber natürlich war Freitag, vielleicht begann das Wochenende einfach früh in diesen Kanten.

»Hei, Jens, wie nett.«

Er schielte zu ihr hin, ohne zu antworten. Wenn ihn ihre Anwesenheit überraschte, verbarg er es gut. Jens zeigte auf Livs Limonade, um das Gleiche zu bestellen, als der Barkeeper sich umdrehte. Er tauchte ein Glas in die Eismaschine und stellte es auf die Bar.

»Welchen Wodka soll ich hineintun?«

»Stoli, bitte. Einen doppelten.«

Der Barkeeper gab Wodka in ein Glas, zwei Maß, und füllte mit Zitronenlimonade auf. Jens legte den Kopf in den Nacken und leerte das Glas. »Was machen Sie hier?«

»Ich wollte mir Ihr Stammlokal ansehen.«

Er sah sie von der Seite an und schlug mit dem Fingernagel gegen das Glas. Der Barkeeper goss Wodka ein und füllte wieder mit Zitronenlimonade auf.

»Kommen Sie jedes Wochenende hierher?«

»Gert und ich sind hierhergekommen, als wir jung waren.«

Liv sah sich das braune Interieur an, die Dartscheibe und den Pooltisch. Alles sah nach einem Ort aus, der seit Ewigkeiten existierte, ohne sich nennenswert verändert zu haben.

»Damals sind wir drei- bis viermal in der Woche in die Stadt gegangen. Ich war im Praktikum, und Gert ging aufs Gymnasium. Das waren noch Zeiten.«

Zum ersten Mal, seit sie hier war, kam Liv der Gedanke, dass Jens vielleicht um seinen Bruder trauerte. Sie waren zwar viele Jahre verfeindet gewesen, aber Geschwister sind Geschwister, und Lebenszeugen lassen sich nicht ersetzen. Stellte sie sich vor.

»Vermissen Sie ihn?«

Jens' Gesicht verzog sich zu einer Grimasse aus Verachtung und Trauer zu gleichen Teilen. Sie verblasste ebenso schnell, wie sie aufgetaucht war, ein Aufblitzen von Gefühlen, die so gut versteckt waren, dass ihr Besitzer nicht mehr wusste, dass es sie gab.

»Gert war ein Arschloch.«

»Weil er den Hof nicht verkaufen wollte?«

»Aus vielen Gründen. Gert war verwöhnt, der kluge Junge in der Familie, aber er hat drauf geschissen.« Er drehte die Limonadenflasche herum und studierte beim Sprechen das hintere Etikett. »Unser Vater war der Meinung, dass es Unsinn war, Gert aufs Gymnasium zu schicken statt auf die Handelsschule. Aber unsere Mutter hat darauf bestanden, also durfte er. Er musste allerdings versprechen, die Schule ernst zu nehmen. Doch er hat den Unterricht vernachlässigt, mit Drogen experimentiert und ist schließlich von der Schule geflogen.«

»Ist das nicht ziemlich normal? Eine klassische Jugendrebellion?«

Er warf ihr einen weiteren Blick zu, der signalisierte, dass sie absolut nichts verstand.

»Was?«

Er seufzte, nahm Augenkontakt zum Barkeeper auf und schien sich stumm mit ihm auszutauschen. Liv beschloss, dass es das Beste war, einfach zuzuhören.

»Sehen Sie die Kerben hier? Auf der Unterseite der Bar?«

Ihr Blick folgte seinem Zeigefinger zu einer Reihe kleiner Ritzen im Holz schräg neben ihrem Knie.

»Die oberste Reihe ist von meinem kleinen Bruder, die darunter sind von der Clique von seiner Schule. Wie viele Reihen sind es insgesamt, sechs oder sieben?«

Liv zählte.

»Sieben. Was haben sie zu bedeuten?«

»Mein Bruder und seine Gymnasiumfreunde hatten ein Spiel, wenn sie hierhergekommen sind und gefeiert haben. Sie haben miteinander konkurriert, Mädchen aufzureißen und mit raus auf die Toilette zu nehmen und ... na ja, Sie wissen schon.« Jens drehte die Limonadenflasche noch einmal herum und begann, das Etikett abzureißen. »Pro Mädchen gab es eine Kerbe.«

Sie ließ den Blick über die Kerben schweifen. Der sichtbare Beweis für die Eroberungen einer Gruppe junger Männer vor fast vierzig Jahren. In den meisten Reihen war es eine Handvoll Kerben, in Gerts waren es doppelt so viele.

Sie zuckte die Schultern. »Gert hat gewonnen, wie ich sehe.«

»Sie hatten vor nichts Respekt, keine Moral! Und daran hat sich nie etwas geändert.«

»Wie meinen Sie das?«

Jens hätte fast die Flasche umgestoßen und stellte sie schnell wieder auf. Trocknete die herausgelaufenen Tropfen mit der Handfläche ab.

»Ich meine, dass mein Bruder sich Frauen gegenüber weiter wie ein Arschloch verhalten hat, obwohl er mit einer von den besten verheiratet war.«

Liv zeigte auf das Glas. »Noch eins?«

»Das ist nett von Ihnen.«

Er prostete ihr zu und trank, ohne auf sie zu warten. Setzte das Glas ab und trocknete sich den Mund mit der Rückseite der Hand ab.

»Jens, darf ich Ihnen eine direkte Frage stellen?«

Er guckte vielsagend auf sein halb leeres Glas, als wollte er andeuten, dass er so leicht nicht zu kriegen war. Liv fuhr unverdrossen fort. »Haben Sie Hurup ohne Gerts Zustimmung verkauft?«

Jens schüttelte den Kopf und lachte vor sich hin, als würde er durchschauen, worauf sie hinauswollte. »Mein Bruder hat schließlich nachgegeben. Er hat dem Verkauf zugestimmt, das kann ich beweisen. Kommen Sie auf dem Hof vorbei, dann zeige ich Ihnen was, das Sie auf andere Gedanken bringt.«

»Okay, dann mache ich das.«

»Ja, tun Sie das.« Jens trank seinen Drink aus.

Liv sah ihn an, wie er dasaß und sich volllaufen ließ. Ein vom Leben gezeichneter Mensch? Sie holte ihr Handy heraus und machte Fotos von den Kerben in der Bar. Und legte einen Geldschein auf die Theke.

»Ich wünsche Ihnen einen schönen Abend!«

Die Musikbox setzte zu einem weiteren Countryinspirierten Popsong an, und Liv trat hinaus auf die Straße und ließ die Tür hinter sich zufallen. Nach der Dunkelheit in der Kneipe stach das scharfe Tageslicht ihr in die Augen, und sie hatte eine flüchtige Ahnung, warum jemand so endete, dass er sich auf einen Barhocker setzte und nicht nach Hause ging.

*

Die Polizei tauchte um acht Uhr abends im Fischereihafen auf. Sie kamen in zwei Autos, die trotz ihres neutralen Aussehens neben den ramponierten Lieferwagen und Nimas Mustang auffielen. Petter Bohm hatte drei Kollegen mitgebracht, zwei in Zivil und einen in Uniform, und die vier Repräsentanten der Ordnungsmacht füllten die Kombüse des Schleppboots mit Ernsthaftigkeit.

»Da sind mehrere Dinge, die zusammenzubringen ich Schwierigkeiten habe.«

Nima sah den Ermittler an, ohne etwas zu sagen. Das war keine Aussage, die zu einer Antwort einlud.

»Warum in aller Welt ist Marianne Dybdahl nicht in dem Auto von der Werkstatt weggefahren, in dem sie gekommen ist?«

Nima griff nach einer Schachtel Zigaretten und zündete sich eine an, ohne zu fragen. Sie waren trotz allem bei ihm, hier galten seine Regeln.

»Ich habe keine Ahnung, wo sie hinwollte und warum sie nicht mit dem Auto gefahren ist. Wie ich Ihnen bereits erklärt habe, ist sie kurz nach vier gekommen und nach einer halben Stunde wieder gegangen. Wir haben den Morris von dem Abschleppwagen geladen, eine Tasse Kaffee getrunken und über dies und das gesprochen. Dann ist sie gegangen.«

»Erinnern Sie sich, worüber Sie gesprochen haben?«

»Nein, es hat keinen großen Eindruck hinterlassen. Vermutlich über das Auto.«

Petter Bohm wechselte einen Blick mit einer Kollegin in Zivil, einer stämmigen Frau in den Vierzigern mit blondem Haar und einem blauen Lidstrich. Sie schlug eine Mappe auf und nahm ein schmales Stück Papier heraus, das sie vor Nima auf den Tisch legte. Ein Fotostreifen von einem Passbildautomaten, er erkannte ihn sofort. Ein unvorsichtiger Kuss, aufgenommen an einem verregneten Abend im Bahnhof Vesterport. Er hatte gedacht, den Streifen längst weggeworfen zu haben.

»Sie und das Opfer kannten sich im Vorfeld?«

Nima hielt die Luft an.

»Warum haben Sie uns das nicht gesagt?«

»Wir sind wohl nicht darauf zu sprechen gekommen.

Wenn ich es für relevant gehalten hätte, hätte ich es natürlich erzählt.«

Einer von Petters Mundwinkeln verzog sich zu einem sarkastischen Lächeln, das innerhalb eines Bruchteils einer Sekunde wieder verschwand.

»Mariannes Freundin Lisa bestätigt, dass Sie und Marianne sich vor fünf Jahren über eine längere Zeit getroffen haben. Was hat Sie auf den Gedanken gebracht, dass das nicht relevant sein könnte?«

Nimas Frontallappen explodierten in einem Funkenregen. Wie viel hatte Lisa ihnen erzählt? Wie viel wusste sie überhaupt?

»Wir hatten seit damals keinen Kontakt. Null!«

»Wie ist der Termin am Montag zustande gekommen?«

Nima seufzte resigniert. »Ja, okay. Wir haben wegen des Morris gesimst, aber nur deswegen. Sie werden die SMS wohl auf ihrem Handy gelesen haben, nehme ich an? Ansonsten können Sie sie auf meinem lesen.«

»Hat sie die Reparatur im Voraus bezahlt? Bar?«

»Meine Kunden bezahlen erst, wenn sie das Auto abholen. Wenn sie eine Rechnung bekommen. Ich mache keine Schwarzarbeit, falls es das ist, was Sie andeuten wollen.«

Es wurde still. Eigentlich beeindruckend, dass fünf Menschen auf so wenigen Quadratmetern so still sein konnten, dachte Nima und führte die Zigarette zum Mund. Das Ritual – die Wärme, der Rauch, der zischende Laut – gab ihm das Gefühl, zu Hause zu sein, was ihn ein wenig beruhigte.

»Ihnen ist das schon klar, oder?« Der Ermittler sah weiterhin freundlich aus. Er war bestimmt der Vater und Großvater von irgendjemandem, der Ehemann und Bowlingfreund. »Da ist sowohl das Auto auf der Straße als auch Ihre gemeinsame Vorgeschichte und die Tatsache, dass Sie der Letzte waren, der sie lebend gesehen hat.«

Nima spürte, wie sich die Haut im obersten Teil seines Rückens um die Wirbelsäule herum zusammenzog. Er stand auf und trat einen Schritt aufs Deck hinaus, sodass er die Zigarette ins Meer werfen konnte. Die Glut fiel ins Dunkel und erlosch. Er drehte sich wieder zu den Polizisten um.

»Das hier ist ein Irrtum. Sie vergeuden Ihre Zeit. Ich sage die Wahrheit, wenn ich Ihnen versichere, dass ich nichts mit Mariannes Tod zu tun habe.«

Petter Bohm nickte ihm zu, schlug sich mit den Händen auf die Oberschenkel und stand auf. Die anderen Polizisten wechselten unruhig ihre Position.

»Danke für Ihre Zeit.«

Einer nach dem anderen traten sie aus der Tür, Petter als Letzter. Seine Abschiedsworte blieben in der Luft hängen, noch lange, nachdem er selbst verschwunden war.

»Bleiben Sie in der Stadt! Sie hören bald wieder von uns.«

Nima hörte ihre Schritte im Stahlrumpf dröhnen und die Automotoren anspringen und wusste, dass der ganze Hafen zusah. Es würde nicht lange dauern, bis einer der Nachbarn auftauchte, um seine Neugier zu stillen. Aber im Moment war es still hier, so still, dass er sein Hasenherz ganz oben in der Brust schlagen hörte.

Er war am Arsch. Es war nicht das erste Mal in seinem Leben, dass er von der Polizei verhört und als Verdächtiger behandelt wurde, und auch wenn es diesmal im ordentlichen Dänemark passierte, war er alles andere als beruhigt. Hatte Lisa der Polizei die Fotos von ihm und Marianne gegeben? Vielleicht hatte sie sie all die Jahre gehabt. Soweit ihm bekannt war, war sie die Einzige, die von ihrer Beziehung wusste. Hatte sie Adam etwas gesagt? Er musste sie fragen, musste Bescheid wissen.

Nima trat wieder hinaus in die Abendluft, steckte die Hände in die Taschen und sah auf das Meer hinaus. Das Handy ruhte kühl an seinem Oberschenkel wie eine Erinnerung, wie alleine er war. Er hätte was auch immer dafür gegeben, seinen Vater anrufen zu können. Etwas sagte ihm, dass sein Vater all das hier wie von Zauberhand hätte verschwinden lassen können. Weiß Gott, das hätte er bereits getan.

*

Als der Freitag sich seinem Ende zuneigte, saß Liv an dem Kieferntisch der Pension mit Aussicht auf die Bäume im Garten und einem Teller mit Schweineherzen in Sahnesoße vor sich.

Victor lag unter dem Tisch und grunzte im Schlaf, Bodil und Jesper zündeten den Kamin an – nur der Gemütlichkeit halber –, und in der Küche lief klassische Musik. Alles atmete Frieden und Idylle aus, trotzdem raste ihr Puls.

Malle Johnsson, Jens Linde, Henrik Madsen.

Sie nahm die Gabel von der linken in die rechte Hand und aß einen Bissen. Er wuchs in ihrem Mund und wurde zu einer trockenen Kugel, die hinunterzuspülen es mehrerer Schlucke Cola bedurfte. Der nächste Bissen war etwas kleiner, und sie kaute gründlich, bevor sie schluckte. Sie sollten nicht glauben, dass sie ihr etwas anhaben konnten.

Das Handy lag auf dem Tisch neben ihrem Teller. Therese hatte mehrmals betont, dass sie diese Gewohnheit würde ablegen müssen, wenn sie ein Paar werden wollten. Doch da Liv seit Montag nichts von ihr gehört hatte, war das wohl nicht länger aktuell. Liv schaltete es an und schrieb an Petter, dass sie noch einen Tag hierbleiben würde, wenn das angesichts der Spesen okay sei.

»Preiselbeeren? Sie sind leider nicht selbst gepflückt, aber sie schmecken trotzdem gut zu den Schweineherzen.« Die Pensionswirtin stellte einen Topf mit Marmelade vor ihr auf den Tisch, und Liv schaufelte pflichtschuldigst einen Löffel auf ihren Teller.

»Danke, das Essen ist köstlich.«

»Wo lassen Sie das alles nur! Da kann man ja richtig neidisch werden.« Bodil griff nach einer Speckfalte in der Taille und lachte herzlich. »Bleibt es dabei, dass Sie morgen zurück in die Stadt fahren?«

»Ich würde gerne noch bis Sonntag bleiben, wenn das okay ist?«

»Sie können bleiben, solange Sie Lust haben. Wir freuen uns, dass Ihnen unsere kleine Ecke des Planeten gefällt. Und sagen Sie ruhig Bescheid, wenn Sie noch ein paar Tipps zu weiteren Sehenswürdigkeiten brauchen.«

Liv sah in die Sahnesoße und dachte nach.

»Diese Ferienanlage, die im Nationalpark gebaut werden soll …«

»Das ist eine Sauerei. Aber das werden wir schon noch stoppen.« Bodil verschränkte die Arme vor der Brust. »Es läuft eine Petition, bei der schon mehr als zwanzigtausend Unterschriften zusammengekommen sind. Der örtliche Widerstand ist enorm in Lyngby Strand, das ist einer der schönsten und unberührtesten Strände, die wir überhaupt haben. Können Sie sich vorstellen, was so ein Feriencenter alles kaputt machen würde?«

Liv nahm einen Bissen und genoss das wohlige Gefühl, das die braune Soße in ihrem Bauch erzeugte. »Kann man sich die Baustelle ansehen? Ist sie ausgeschildert?«

Bodil zog die Brauen hoch. »Ja, das ist sie bestimmt, sie liegt nahe der Artilleriebatterie, die die Deutschen während des Kriegs gebaut haben. Aber daran hatte ich eigentlich nicht gedacht, als ich von den Sehenswürdigkeiten gesprochen habe.«

»Ich war nur neugierig.«

»Wenn Sie Bunker sehen wollen, müssen Sie nach Oddesund fahren. Da kann man rein und sie von innen ansehen, und es gibt wechselnde Kunstausstellungen. Regelbau heißt das Ganze, glaube ich. Direkt bei dem Aussichtsturm von Oddesund vor der Brücke.«

»Das mache ich, danke. Und noch mal vielen Dank für das Essen.«

»Ja, und die Kirche von Vestervig *müssen* Sie sich ansehen!« Sie strahlte. »Das ist einfach eine der schönsten Kirchen Dänemarks. Sehr alt, mit schönen Kalkmalereien. Sie ist tagsüber offen, Sie können einfach hinfahren.«

Liv nickte höflich.

»Wussten Sie, dass es hier in Nordjütland eine starke Widerstandsbewegung gegeben hat?«

»Nein, davon habe ich noch nie gehört.« Liv legte das Besteck auf die eine Seite des Tellers.

»Sie sind noch so jung, woher sollten Sie das auch wissen.« Bodil nahm ihren Teller und klopfte ihr leicht auf die Schulter. »Die Nazis haben sich hier in Thy eingerichtet und entlang der Küste Bunker gebaut, sodass die Besatzungsmacht hier in der Gegend sehr präsent war. Vielleicht war deshalb der Widerstand so stark. Zeitungsredakteure haben illegale Zeitungen herausgegeben, und ganz gewöhnliche Menschen haben Sabotage betrieben und von den Alliierten Waffen in Empfang genommen. Die Kirche von Vestervig hat sich auch im Widerstand engagiert, das macht sie besonders spannend.«

»Dann sollte ich sie mir wirklich ansehen.«

»Ja, tun Sie das! Und melden Sie sich, wenn wir Ihnen mit irgendetwas helfen können, ja? Jesper fährt Sie auch gerne nach Thisted und wieder zurück, wenn Sie einen Abend in der Stadt verbringen möchten. So eine junge Frau wie Sie muss doch ausgehen und sich amüsieren und nicht mit so alten Leuten wie uns herumsitzen.«

Liv ließ sie das Geschirr abräumen, blieb jedoch am Tisch sitzen und blickte hinaus in die Dämmerung. Sie konnte sich kaum mehr erinnern, wie man sich amüsiert, so lange war es her, dass sie es versucht hatte. Vielleicht hatte sie es nie richtig gelernt, jedenfalls nicht das, was andere Menschen unter Vergnügen verstanden. Tanzen, Alkohol und so was. Sie sah ihr Spiegelbild im Glas des Fensters und dahinter die Baumkronen des Gartens vor dem weißen Nebelhimmel. Was sich draußen in den Schatten verbarg, war schwerer zu erkennen. Sie selbst war im Weg.

MENDEL LEON, SEPTEMBER 1943

Das Hinterrad des Fahrrads stößt gegen das Schutzblech und klappert bei jeder Umdrehung. Mendel steigt ab und drückt den Kasten mit den Fingern zurecht. Er ist lange unterwegs gewesen, erst mit dem Zug von Randers nach Thisted und jetzt weiter mit dem Fahrrad. Bis nach Vestervig sind es fünfunddreißig Kilometer, und er will auf keinen Fall zu viel Aufmerksamkeit auf sich ziehen. Es gelingt ihm, das Metall ausreichend zu biegen, dass das Rad frei ist, und er steigt wieder auf. Die Sonne steht niedrig über der Nordsee und färbt die Heide golden und silbern, er blinzelt und tritt fester in die Pedale. Die Reifen sind abgenutzt, aber man bekommt keine neuen. Er darf nicht nach Anbruch der Dunkelheit draußen aufgegriffen werden, und er muss auch noch wieder nach Hause, nachdem er mit dem Pfarrer gesprochen hat.

Es ist gut, hier zu fahren, erinnert er sich, und das Gefühl hat nichts mit der milden Spätsommerluft oder dem Fahrrad zu tun, das er für zwei fast neue Ledertaschen und eine Geldbörse eingetauscht hat. Er ist aktiv! Die Gerüchte, was kommen wird, florieren, aber was tun die Leute dagegen? Selbst sein Nachbar lässt die Soldaten von den an der Küste stationierten Bataillonen Waren aus seinem Lebensmittelgeschäft holen, ohne zu bezahlen. Soll ich sie ihnen verweigern?, fragt er rhetorisch, und Mendel weiß nicht, was er antworten soll.

Er versteht die Argumente des Nachbarn gut, dass es nichts nützt, der Übermacht ganz alleine entgegenzutreten. Es kann ei-

nen teuer zu stehen kommen, mutig zu sein. Todesstrafe! Aber was ist die Alternative?

Ein Hase mit zurückgelegten Ohren und ausgestreckten Hinterbeinen kreuzt seinen Weg. Mendel schlingert einen Moment, dann fährt er weiter. Der Plan ist nicht ganz klar in seinem Kopf, doch die Not zwingt ihn dazu. Die Situation im Geschäft ist unhaltbar, die Drohungen und die Unruhe in Ebbas Augen nehmen zu. Der Bauch wächst unter der Schürze. Sie sind genauso dänisch wie alle anderen, werden aber wie Untermenschen behandelt. Das kann so nicht weitergehen.

Auf seiner letzten Geschäftsreise nach Kopenhagen vor drei Wochen hat ihm ein alter Bekannter von einem ungarischen Pfarrer erzählt, der Juden in der Krypta der Kirche versteckt hat. So ist die Idee entstanden. Der Pfarrer der Vestervig-Kirche ist dafür bekannt, mutig und tatkräftig zu sein, warum sollte er das nicht auch tun?

Die Neffen des Nachbarn sind von ihm konfirmiert worden, und sie sprechen voller Wärme von ihm. Einen Mann von Welt nennen sie ihn, charismatisch und handlungsorientiert. Der Nachbar geht so weit, den Pfarrer einen großen Mann zu nennen, weil er vor dem Krieg den Bauern vor Ort geholfen hat, die Pläne der Landgemeinde abzuwehren, Landwirtschaftsflächen als Erholungsgebiete auszuweisen. Er behauptet, dass der Pfarrer zum Gemeinderat gegangen ist und gesagt hat: »Das bleibt so!«, und dass es dann so geblieben ist.

Nun gut, man wird sehen, ob er seinem Ruf gerecht wird.

Mendel hört ein Auto hinter sich und fährt zur Seite. Zurzeit gibt es nicht viele, die Benzin haben, fast nur die Deutschen. Sein Herz schlägt doppelt so schnell, als das Auto neben ihm stehen bleibt. Es ist offen und schwarz, darin sitzen zwei uniformierte deutsche Soldaten.

Mendel steigt vom Rad.

»Wo wollen Sie hin?« Der eine spricht gebrochen Dänisch.

»Ich will meinen Onkel Mads besuchen.«

Die Soldaten sehen erst auf das Fahrrad und dann einander an.

»Das ist ein weiter Weg so spät am Abend.«

Mendel verspürt den Drang zu widersprechen, will mutig sein und sagen, dass es sie nichts angeht, was er vorhat. Doch wenn man mit nichts anderem als einem albernen Fahrrad zwischen sich und ihren Waffen dasteht, ist es schwer, nicht einfach wegzusehen.

»Eine der Kühe kalbt. Ich soll helfen.«

Die Soldaten mustern ihn. »Nehmen Sie den Hut ab!«

Mendel setzt die Mütze ab und begegnet ihren Blicken. Er ist blond für einen Juden, doch die Züge sind nun einmal da. Die Soldaten flüstern miteinander und sehen ihn wieder an. Er zwingt sich, ruhig stehen zu bleiben, den Blick nicht niederzuschlagen und die Mütze nicht in den Händen zu wringen. Einfach dazustehen. Zu warten.

Die Soldaten sehen sich an und flüstern erneut miteinander. Dann fahren sie wieder los.

Mendel blickt dem Auto nach, bis er es nicht mehr sehen kann. Dann setzt er sich auf das Fahrrad und fährt weiter Richtung Vestervig-Kirche. Das Rad stößt erneut gegen das Schutzblech, aber diesmal steigt er nicht ab. Dann muss es eben Lärm machen, bis er da ist.

DIE SECHSTE VISION

Und es wird ihm durch Betrug gelingen,
und er wird überheblich werden,
und unerwartet wird er viele verderben
und wird sich auflehnen gegen den Fürsten aller Fürsten;
aber er wird zerbrochen werden
ohne Zutun von Menschenhand.
Seine Strafe wartet auf der anderen Seite
und meine Belohnung.

SAMSTAG, 24. SEPTEMBER

KAPITEL 14

Männer mit orangefarbenen Helmen rissen das Pflaster der Valby Langgade auf und schrien einander über den Lärm hinweg etwas zu. Hannah ging um die Absperrung herum und näherte sich mit unsicheren Schritten dem Café *Sommervogel*. Sie hatte keinen Termin vereinbart, aber Legart hatte zugestimmt, dass Hannah seinen Arbeitsplatz erfuhr, dann dürfte es wohl okay für ihn sein, dass sie dort auftauchte.

Die Schelle über der Tür klingelte, und ein Mann mit rundem Kopf, kahlem Schädel und schwarzbraunen Augen tauchte hinter der mit Mosaiken verzierten Bar auf.

»Willkommen, suchen Sie sich einfach einen Platz, dann bin ich gleich bei Ihnen!«

Hannah sah sich in dem halb vollen Café um. Die Gäste saßen paarweise an kleinen Tischen mit ovalen Tellern vor sich, auf denen Rührei sich neben Pfannkuchen und Scheiben von grellrosa Lachs häufte. Sie fand einen Tisch am Fenster und saß noch nicht richtig, als der Wirt schon mit einer überdimensionalen Speisekarte kam.

»Kommen noch mehr? Der Kaffee geht aufs Haus, während Sie warten.« Er sprach mit einem schönen singenden Akzent, den sie nicht richtig einordnen konnte. Aus dem Mittleren Osten vermutlich.

»Das ist nett von Ihnen, aber ich bin eigentlich hier, um zu hören, ob Legart Jørgensen heute hier arbeitet?«

Er lächelte überrascht. »Er macht draußen den Abwasch.«

»Darf ich zu ihm gehen und ihn begrüßen?«

»Ja, sicher, ich bringe Sie zu ihm.«

Sie erhob sich und folgte ihm durch das Café in die kleine Küche, wo zwei weiß gekleidete Köche an den Öfen schwitzten.

»Sind Sie von der Gemeinde?«

»Nein.« Hannah ging um einen spritzenden Topf mit Öl und Donuts herum. »Das ist ein privater Besuch.«

Der Wirt zog sie mit in einen noch kleineren Raum mit zwei Industriespülmaschinen und einem Spülbereich, in dem sich das schmutzige Geschirr stapelte. Ein Mann spülte Besteck ab.

»Legart, du hast Besuch. Nimm dir ruhig zehn Minuten!«

Der Wirt lächelte Hannah kurz an und verschwand nach draußen ins Café. Legart sah ihm nach, wich ihrem Blick aber aus. Er war jünger, als Hannah erwartet hatte. In ihrem eigenen Alter, soweit sie das beurteilen konnte, und mit einem krummen Rücken, der sie an die Wasserspeier von Notre-Dame erinnerte. Er war groß und kräftig mit einer hohen Stirn und langen, dünnen Haaren, die im Nacken zu einem Pferdeschwanz zusammengebunden waren.

»Hei, ich heiße Hannah.«

Er sah noch immer an ihr vorbei.

»Kennen wir uns?«

Die Stimme war überraschend hell und warm wie die eines Sängers, schwer vereinbar mit dem groben Äußeren. Ein Rest von Wärme war in dieser Stimme, eine Menschlichkeit, die sich im Blick nicht fand.

»Ich bin die Schwester von Daniel Leon.«

»Daniel.« Er ging zurück an die Spüle. »Ich kann hier nicht weg. Das häuft sich an.«

Sie näherte sich vorsichtig. Einen Meter von der Spüle entfernt war ein Fenster, auf dessen Fensterbank sie sich setzen konnte, sodass sie in seiner Nähe war, ohne ihm allzu nahe zu sein. Er schielte unruhig zu ihr hin, als wäre sie groß und einschüchternd.

»Ist es in Ordnung, wenn ich mich kurz hierhin setze?«

Er nickte minimal und drehte das Wasser auf, das ihren Ansatz, mehr zu sagen, erstickte. Alleine Legarts Größe machte sie nervös. Er türmte sich zu der niedrigen Decke des Cafés hoch, und die Hände, mit denen er die Tellerhaufen wegräumte, waren groß wie Waffeleisen.

»Stimmt es, dass Sie mit meinem Bruder befreundet waren? Das hat mir das Personal im Maßregelvollzug erzählt.« Sie versuchte, ruhig zu klingen, hörte aber selbst, dass ihr das nicht ganz gelang.

Er beugte sich über die Spüle und nahm einen Stoß Besteck in seine enormen Klauen, antwortete jedoch nicht.

»Entschuldigen Sie, Legart, dass ich einfach so hier hereinplatze, aber ich hatte im letzten Jahr nicht viel Kontakt mit ihm. Ich möchte einfach gerne wissen, wie es ihm in der letzten Zeit gegangen ist. Können Sie mir helfen?«

Er füllte einen Spülkorb mit Tellern und stellte ihn in die Maschine, trocknete sich die Hände an der Schürze ab, ohne sie anzusehen.

»Er hat viel von Ihnen gesprochen.«

»Okay.« Sie empfand eine unerwartete Verlegenheit, dass Legart etwas Privates über sie wissen könnte.

»Er hat gesagt, dass Sie sich fremd geworden sind.«

Hannah spürte, wie sich das Messer in ihrem Bauch ein weiteres Mal drehte.

»Und dass er unschuldig ist, aber niemand ihm glaubt. Nicht einmal seine eigene Familie.«

Sie wollte sich rechtfertigen, ließ es jedoch. Sie schuldete niemandem eine Erklärung, schon gar nicht einem Wildfremden.

»Wie haben Sie sich kennengelernt?«

»Ich habe in der Bibliothek gearbeitet, vor allem, weil es einfach war. Daniel ist gekommen und hat sich Bücher ausgeliehen.« Legart drehte den Wasserhahn auf und spülte unter dem Strahl die Finger ab, einen nach dem anderen. »Er hat mir geholfen, besser lesen zu lernen, und hat Bücher für mich ausgesucht.«

»Das hat er auch für mich gemacht, als wir Kinder waren.«

»Er hat mir *Die unendliche Geschichte* gegeben. Von Bastian und Atreju ...«

Sie lächelte ihn an.

»Und der Kindlichen Kaiserin. Wie hieß der Drachen noch mal?«

»Fuchur.«

»Fuchur, richtig. Daniel hat die Geschichte geliebt.«

Er drehte das Wasser aus und trocknete sich die Hände gründlich an einem Küchentuch ab.

»Wir mochten die gleichen Schokoriegel. Snickers und Bounty, wir haben sie abwechselnd gekauft und sie dann geteilt und uns zusammen einen Film angesehen.«

»Daniel und ich haben auch immer Bounty-Riegel zusammen gekauft.«

»Die mit dunkler Schokolade?« Er schielte zu ihr hin, ohne das Gesicht von der Spüle zu heben.

»Immer die mit dunkler Schokolade.«

Sie wartete, bis er einen weiteren Spülkorb gefüllt hatte und wieder still stand.

»Felding hat mir erzählt, dass mein Bruder zwei Monate vor seinem Tod die Medikamente ganz abgesetzt hat ...«

»Er hat Besuch bekommen. Im Dezember, alles war für Weihnachten geschmückt, erinnere ich mich.« Legart sprach leise und in die Spüle. »Danach wollte er die Medikamente nicht mehr nehmen.«

»Besuch?«

Er sah auf und begegnete zum ersten Mal ihrem Blick.

»Er wollte nicht über den Besuch reden, aber er hat ihn beeindruckt.«

»Und Sie wissen nicht, wer ihn besucht hat?«

Die Spülmaschine piepte. Legart nahm einen dampfenden Korb heraus und stellte einen schmutzigen hinein.

»Nein. Aber der Wachmann hat gesagt, dass er Damenbesuch hatte, deshalb habe ich eigentlich gedacht, Sie wären das gewesen.«

*

Liv erwachte mit einem halb erstickten Schrei und atmete in unrhythmischen Zügen, bis sie sich erinnerte, wo sie war. Das Tageslicht kroch an der Gardine entlang ins Zimmer, sie zog das geblümte Bettzeug bis zum Kinn hoch und spürte den Druck hinter ihren trockenen Augen. *Es ist keine Schande zu weinen, wenn es wehtut*, hatte ihr Großvater damals gesagt, als er geduldig hinter ihrem Kinderfahrrad hergelaufen war, den Stützstab losgelassen und beobachtet hatte, wie sie umkippte. *Tränen sind Gift, sie müssen aus dem Körper raus.* Aber Liv weinte nicht.

Sie stand aus dem Bett auf und aus dem Albtraum, der sie seit drei Monaten plagte, putzte sich die Zähne, duschte kurz und beschloss, das Frühstück ausfallen zu lassen, um schnell loszukommen. Nur frische Luft und ein offener Himmel halfen gegen das Gefühl zu ersticken. Sie schlich sich durch die stille Pension und schloss die Tür zum Hof auf. Noch vor acht saß sie im Auto gen Norden.

Die Heide lag da wie ein Geheimnis, in Nebel gepackt. Auch heute verzauberte der Dunst die Landschaft in ein Märchenland, in dem Trolle unter Steinen wohnten und Zwerginnen Bier brauten. Ein Reiher flog tief über die Heide, und in der Ferne weidete eine Gruppe Rehe. Liv konnte sich nicht erinnern, jemals an einem schöneren Ort gewesen zu sein. Sie atmete bereits freier.

Sie bog auf einen löchrigen Asphaltweg ab, der durch den Nationalpark führte, und fuhr an Entwässerungskanälen und Mischwald vorbei. Die Landschaft war feucht, die Farben brannten. Lyngby erwies sich als eine Enklave aus Holz- und Backsteinhäusern und einem verlassenen Lebensmittelgeschäft mit dem klassischen Plakat eines durstigen Mannes an der Fassade. Der Ort wirkte genauso ausgestorben wie Agger. Die ehemaligen Fischerhäuser waren in Liebhaberobjekte für Touristen umgewandelt worden, die es sich leisten konnten, ein paar Wochen im Jahr der großartigen Natur nahe zu sein. Vor einer früheren Rettungsstation mit einem Dannebrog auf der Tür stand eine alte Kanone.

Als sie nicht mehr weiterkam, ließ sie das Auto stehen und ging den Weg entlang, der durch die hohen Dünen führte, die sich zu beiden Seiten hoch in den Himmel reckten. Überall waren Äste ausgelegt, damit der Sand nicht davonstiebte. Ein dreieckiges Schild warnte, dass man auf eigene Verantwortung badete und dass im Sand Stacheldrahtreste sein konnten. Ein Überbleibsel aus dem Krieg vielleicht. Zum Meer hin fielen die Dünen in sanften Hügeln zu der ebenen Fläche ab, die den mit Strandhafer bewachsenen Teil mit dem Wasser verband.

Der Strand erstreckte sich lückenlos in beide Richtungen

und verschwand im Nebel. Himmel und Meer trafen sich in allen Nuancen von Grau, und der Wind vom Meer her war so salzgetränkt, dass er die Haut einfettete und die Tränen in die Augen trieb. Liv drehte sich einmal um sich selbst und musste lachen. Nichts reinigt Körper und Seele so gut wie die Nordsee, dachte sie und lehnte sich gegen den Wind. Hier war die Natur wahrlich so gewaltig, dass ihre eigenen Sorgen bedeutungslos wurden.

Sie ging am Wasser entlang Richtung Norden. Der Sand war grob und feucht, und sie spürte ihre schweren Schritte in den Kniegelenken und den hinteren Oberschenkeln. Während des Gehens spähte sie zu den Dünen hoch, unsicher, wo der ausgeschilderte Baugrund überhaupt war.

Hier war es wirklich einsam, nicht ein Haus, das den Wind brach, nicht eine Seele, mit der man sich auseinandersetzen musste. Zweihundert Meter weiter den Strand entlang flatterte hoch oben auf der steilen Düne ein gestreiftes Absperrband im Wind.

Sie entdeckte einen Weg und stieg hinauf. Das Band umgrenzte ein Gebiet von mindestens hundert mal hundert Metern, und im Näherkommen sah sie das Schild mit dem Logo von Madsen Byg. Sie drehte sich um und blickte über das Wasser. In erster Reihe zum Meer, die unberührte Heide direkt dahinter, eine bessere Lage ließ sich für Geld nicht bekommen.

Liv spazierte an den Dünen entlang zurück zum Auto, diesmal blies ihr der Wind schräg ins Gesicht, sodass ihr Pferdeschwanz wie ein Wimpel hin und her peitschte. Wenn man sich nun vorstellte, dass ein kritischer Journalist aus Kopenhagen in Zusammenhang mit der Baugenehmigung für ein Projekt dieser Größe auf unsaubere Praktiken gestoßen war, konnte man sich dann auch vorstellen, dass dies zu seinem

Tod geführt hatte? Dass er den Personen, die in großem Umfang von dem Projekt profitieren würden, ein zu großer Dorn im Auge geworden war? Vor allem einem, der auch privat noch eine Rechnung mit ihm offen hatte, weil Gert ihm Hörner aufgesetzt hatte. Henrik Madsen. Sie musste Eva geradeheraus fragen, ob ihr Mann von der Affäre gewusst hatte.

Als sie am Auto war, stellte sie fest, dass die morgendliche Unruhe gänzlich verschwunden war. Offensichtlich tat es ihr gut, alleine zu sein, nicht, dass das eine große Überraschung war. Oder vielleicht war es auch nur der Zauber der Nordsee. Sie setzte sich ins Auto und ließ den Motor an.

Der Weg zurück schlängelte sich durch Lyngby und die Heide gen Osten, bis sie nach rechts auf den Kystvejen abbiegen und schneller fahren konnte. Nach zwei Minuten Fahrt tauchte ein Auto im Rückspiegel auf. Es legte sich hundert Meter hinter sie und hielt Abstand. Liv reduzierte das Tempo, das Auto tat es ihr gleich. Sie erwog anzuhalten, doch angesichts der einsamen Landschaft gab sie stattdessen Gas. Während sie Richtung Süden preschte, behielt sie das Auto im Rückspiegel im Auge. Es war weiß, vielleicht grau, das war im Morgenlicht schwer zu sagen. Doch welche Farbe auch immer es hatte, es folgte ihr, selbst, als sie die Hundert überschritt. Erst kurz vor Vestervig blieb es zurück und verschwand. Sie wurde langsamer, aber es tauchte nicht mehr auf.

Liv passierte das Ortsschild, drosselte das Tempo und wischte sich die Handflächen an der Hose ab. Als zur Linken die Kirche auftauchte, bog sie auf den Parkplatz ab und stieg aus. Knallte die Autotür zu. Legte die Hand auf das Autodach und blieb einen Augenblick stehen, den Blick auf die Straße gerichtet, bevor sie den Kiesweg entlang zur Kirche ging.

Die Kirche selbst war groß und ganz anders als die meisten

dänischen Landkirchen, die weiß gekalkt sind und ein rotes Ziegeldach haben wie ein Dannebrog. Diese hier war nüchtern, aus Feldsteinen und Schiefer gemauert und über die Jahrhunderte durch An- und Umbauten verändert worden. Sie ging um sie herum, bis sie zu einem Holztor kam. Ein großes, rundes Metallscharnier öffnete das Tor. Drinnen war es kühl und still, sie setzte die Füße vorsichtig auf den Steinboden, um die Ruhe nicht zu stören.

Die Wände waren weiß gekalkt, und durch die vielen Sprossenfenster unter der gewölbten Decke fiel Licht herein. Adrett gemalte Blumengirlanden in den Gewölben weichten den schlichten Eindruck auf, die farbige Altartafel und die Kanzel taten ein Übriges. Trotzdem wirkte die Kirche auf den ersten Blick streng wie ein wortkarger Großvater, der Ermahnungen und saure Bonbons an die Kinder der Gemeinde verteilt.

Sie wanderte an weiß gekalkten Säulen entlang und studierte die Wände. Da hingen Steintafeln mit gotischen Buchstaben, Gedenktafeln und Kinderzeichnungen in frohen Farben, die im Sonnenlicht verblassten. In einer Ecke hinter den Kirchenbänken hingen vier Schwarz-Weiß-Aufnahmen; etwa fünfzig mal dreißig, hinter Glas und in feinen Messingrahmen. Ein kleiner, mit der Maschine geschriebener Zettel ganz unten in jedem Rahmen informierte, wer und was auf dem Bild zu sehen war.

1958, Einweihung der neuen Altartafel stand auf einem Bild, unter einem anderen: *1946, Verleihung des Ritterkreuzes durch Seine Königliche Hoheit Christian X. an den Gemeindepfarrer*, und: *1966, der Gemeindepfarrer tauft seinen jüngsten Sohn*.

Der Text unter dem untersten Bild veranlasste Liv, noch einmal genauer hinzusehen. Es zeigte einen weißhaarigen Pfarrer mit einer gleichaltrigen Frau. Verewigt in einem doppelten Händedruck, die Gesichter dem Fotografen zugewandt, die Zähne zu einem breiten Lächeln entblößt.

1979, große Wiedervereinigungsfreude mit der Witwe Leon, stand auf dem Zettel.

Liv las den Text noch einmal. Mit der Witwe Leon?

*

Vielleicht war es die Uhrzeit, vielleicht nur ein glücklicher Zufall, doch Nima fand einen freien Platz in der Kronprinsessegade und konnte den Mustang direkt vor der *David Collection* in Nummer dreißig parken. Das Auto glänzte auffällig zwischen den matt verputzten alten Gebäuden auf der einen und dem gepflegten Kongens Have auf der anderen Seite. Das gefiel ihm gut.

Das Museum lag in einem Backsteinpalais hinter einem zweiflügeligen Tor mit einem Bogenfenster über einer goldenen Schrift. Nima hatte gelesen, dass die Sammlung Mitte des vorigen Jahrhunderts von einem Rechtsanwalt mit Geld und gutem Geschmack gegründet worden war. Das sah man eindeutig.

Der Ort stank in einem fast schon provozierenden Maß nach altem Wohlstand und Kulturelite, dachte Nima, als er durch das Tor ging und die geschwungene Treppe hochstieg. Er ignorierte die Schilder, die den Weg zu der Islamischen Sammlung wiesen, und die Zimmer mit den Mahagonimöbeln und den Bildern des Malers Hammershøj an den Wänden und ging weiter in die oberste Etage. Lisa hatte gesagt, er solle einfach heraufkommen.

Zutritt verboten stand auf einem Samtband, über das er einen Schritt machte, bevor er die letzte Treppe zu der Verwaltung hochstieg. Er öffnete die Tür zu den Büros und sah auf die Namensschilder. An der ersten Tür rechts stand Marianne Dybdahl. Hier hatte sie also gearbeitet.

Aus reinem Reflex drückte Nima die Klinke herunter, doch die Tür war natürlich verschlossen. Er ging ein paar Schritte weiter, kam zu einer offenen Tür und warf einen Blick auf das Türschild: Lisa Harboe-Hvidkjær. Sie hatte also den Nachnamen ihres Mannes angenommen.

Vorsichtig warf er einen Blick hinein. In einem kleinen Büro mit Stahlregalen und einem weiß lackierten Designerschreibtisch saß Lisa und arbeitete an einem Computer. Sie hatte sich in den vier Jahren, die sie sich nicht gesehen hatten, radikal verändert. Er erinnerte sich an blondes Haar und enge schwarze Jeans, doch die Frau am Schreibtisch hatte einen runden Bauch, der in farbenfrohen Strick gepackt war und gegen die Tischkante stieß. Das braune Haar war hinten, wo sie es selbst nicht sehen konnte, zerzaust.

»Hei, Lisa.«

Sie sah auf und lächelte breit. »Nima! Ich glaub es nicht.« Sie stand auf und umarmte ihn. Erst da begriff er, dass sie schwanger war.

»Wow, herzlichen Glückwunsch.«

»Danke!« Sie hielt ihn an den Schultern fest, liebevoll und freundschaftlich. »Ein kleines Neujahrsmädchen. Wir sind so glücklich! Lass mich dich ansehen, du siehst noch immer aus wie früher, keinen Tag älter.«

»Das ist in jedem Fall gelogen.«

Sie erwiderte sein Lachen.

Es fühlte sich an wie eine warme Bettdecke in einer kalten Winternacht und erinnerte ihn an damals, als sie zusammen gelacht und die Stadt unsicher gemacht hatten.

»Setz dich auf den grünen Stuhl, stell die Tasche einfach auf den Boden. Möchtest du etwas trinken? Kaffee?«

Nima schlug das Angebot mit einer Handbewegung aus und setzte sich. Verschränkte die Finger und stützte sich auf die Oberschenkel.

»Mit Marianne … das ist furchtbar …« Lisa verzog das Gesicht zu einer Grimasse, die runden Wangen ließen die Augen schmal werden. »Ein riesiger Schock, wir sind alle …« Sie drehte sich um und starrte auf einen Papierstapel auf dem Schreibtisch. So saß sie eine halbe Minute, bevor sie sich die Wangen mit ihrem Strickärmel abwischte. »Bist du okay? Ihr habt euch ja einmal sehr nahegestanden.«

Nima zuckte die Schultern. Er hatte Lisa nie erzählt, wie nahe. Er wusste nicht, ob Marianne es ihr erzählt hatte.

»Das ist lange her inzwischen. Wart ihr noch immer Freundinnen?«

Lisa nickte, als würde er von irgendwo weit weg mit ihr reden. »Ich war nicht hier, als die Nachricht kam.« Sie trank einen Schluck Wasser aus der Flasche, die auf ihrem Tisch stand. Die Schlucklaute klangen wie eine Anklage in dem kleinen Raum. »Marianne und ich haben uns vielleicht nicht mehr so oft gesehen, aber wir waren noch immer gute Kolleginnen und in gewisser Weise Freundinnen. Wir sind zusammen zum Yoga gegangen.«

Sie spielte an dem Kragen ihres Strickpullovers herum und sah traurig aus.

»Die Polizei war bei mir, um mich zu verhören. Hast du ihnen die Passbilder gegeben?«

Lisa hob ruckartig den Kopf und sah ihn an, wachsam und vielleicht auch ein bisschen schuldbewusst.

»Das ist okay, Lisa, ich verstehe das. Ich möchte nur gerne wissen, was du ihnen erzählt hast.«

Sie blinzelte mehrmals schnell hintereinander. Griff nach der Wasserflasche, überlegte es sich auf halbem Weg anders und spielte wieder an ihrem Kragen herum. »Die Polizei hat mir die Bilder von dir und Marianne gezeigt – ich weiß nicht, woher sie die hatten. Was hätte ich denn tun sollen?«

Nima griff nach ihrer Hand, drückte sie und lächelte sie an. »Was hast du ihnen von uns erzählt?«

»Nur, dass ihr euch vor fünf Jahren bei mir zu Hause kennengelernt habt, dass ihr euch gemocht und eine Zeit lang getroffen habt und dass ich nicht weiß, wie ernst es war. Ehrlich.« Sie sah in die Ecke des Büros, als wollte sie Kraft sammeln.

»Weißt du, ob Adam von uns weiß?«

Lisa schüttelte den Kopf. »Aber noch eins – und das habe ich auch der Polizei erzählt –, Marianne ging es nicht gut, das habe ich ihr angemerkt.«

»Hat sie dir erzählt, was los war?«

»Nein.« Sie nahm die Wasserflasche und schraubte den Verschluss ab. Diesmal trank sie die Flasche leer und stellte sie zurück, bevor sie weitersprach. »Sie wollte nicht darüber reden. Aber ich habe gemerkt, dass sie bedrückt war. Ich habe geglaubt …«, sie lächelte ihn schief an, »… ja, ich habe gedacht, dass ihr beiden euch wiederseht.«

KAPITEL 15

Das wird nur gut, wenn du dir deiner Sache nicht zu sicher bist, Liv.

Das hatte ihr Großvater gesagt, wenn sie wieder einmal die Geduld bei dem Puzzle oder mit der Mundharmonika verloren hatte, die einfach nicht *Da kam ein Mann vom roten Meer* spielen wollte. *Räum dem Zweifel Platz ein, er ist nicht gefährlich!* Daran erinnerte sich Liv, als sie die Vestervig-Kirche mit dem Gefühl verließ, zu viel nicht zu wissen, um die Unsicherheit konstruktiv nutzen zu können. Ein Journalist war vor drei Jahren in Østerbro ermordet worden, und sie lief hier in Thy herum und jagte Spuren nach wie ein Hund seinen eigenen Pupsen.

Sie ging zum Parkplatz und ließ den Klang ihrer Schritte im Kies die Gedanken übernehmen. Der Rhythmus wurde zu einem monotonen Lied, kathartisch, vielleicht war es das von dem Mann vom roten Meer. Eine Unsicherheit allerdings gab es, die sie klären konnte.

Liv ging an ihrem Auto vorbei auf die Landstraße. Der Ort lag kaum einen Kilometer von der Kirche entfernt, und sie brauchte noch immer Bewegung und frische Luft, um den Kopf freizubekommen. Sie ließ das Auto stehen und machte sich auf den Weg. Der Nebel war immer noch dicht und nass und roch nach Misthaufen. Zu beiden Seiten erstreckten sich flach und herbstbraun die Felder, und die Schwalben flogen zwitschernd über die Grasstreifen entlang der Straße. Sie wurde schneller, folgte der Landstraße nach Süden und genoss es, wie ihr im Takt mit ihrem Puls unter der Jacke warm wurde.

Sie hörte ein Auto und blickte über die Schulter zurück. Der schwarze Kombi fuhr an ihr vorbei, ohne langsamer zu werden, doch ihr Herz setzte einen Schlag aus. Schweiß trat auf ihre Oberlippe. Bis sie am Thinghaus war, war ihr T-Shirt durchgeschwitzt. Die Tür ging auf, als sie danach griff, das Museum hatte geöffnet.

In dem zur Straße hin gelegenen Raum erkannte sie die Kunstausstellung von dem Empfang wieder, dahinter lagen die alten Zellen. Eine Treppe führte in die erste Etage, wo Tafeln und Fotos an gelb gestrichenen Wänden von dem harten Leben eines Nordseefischers erzählten. Sie schlenderte durch die Ausstellung und kam in einen Raum mit dunkelblauen Wänden und einer weiteren Fotoausstellung über Thy während des Zweiten Weltkriegs. In dem Moment, als Eva Madsen den Raum betrat, fiel Livs Blick auf ein Bild von den Bunkern am Oddesund, von denen ihre Wirtin erzählt hatte.

Eva war wieder ganz in Schwarz, heute jedoch mit einem bunten Seidentuch um den Hals. »Ich meinte doch, etwas gehört zu haben. Hallo.« Eva lächelte sie zurückhaltend an. »Schön, dass wir Sie zurück ins Museum locken konnten. Interessieren Sie sich für Geschichte?«

»Ja, äh …« Liv senkte die Stimme. »Eigentlich bin ich hier, um Sie etwas zu fragen … privat.«

Eva riss die Augen auf, drehte sich um und ging ans andere Ende des Raums. Liv sah, dass ein Paar die Treppe heraufgekommen war. In identischen Windjacken standen sie im Raum nebenan und betrachteten das Modell eines Kutters.

Sie trat zu Eva, die vor einem Foto an der gegenüberliegenden Wand stand.

»Tut mir leid, ich glaube nicht, dass sie etwas gehört haben.«

Eva sah an ihr vorbei zu dem Paar hin, das sich näherte, und drehte sich zu dem Bild um. »Das hier ist von unserer Kirche, aufgenommen 1943. Man kann darauf sehen, wie die Krypta ausgestattet ist, um Flüchtlinge aufzunehmen.«

An der Wand zeigte ein dunkles Schwarz-Weiß-Foto Feldbetten und Feldrucksäcke unter der gewölbten Decke. Zwei Kinder mit dunklen Augen saßen auf einem der Betten und blickten ernst in die Kamera. Liv sah das Bild an und dann wieder Eva.

»Ich würde nicht fragen, wenn es nicht wichtig wäre.«

Eva schüttelte den Kopf, doch ob es ein Nein auf ihre Frage oder ein Versuch war, Liv zum Schweigen zu bewegen, war unklar. Das Paar in den Windjacken trat neben sie.

»Ist das eine Führung?«

»Sie können gerne zuhören.« Eva lächelte sie an und zog ihr Halstuch zurecht. »Während des Krieges war ein ganzes Bataillon mit bis zu einhundertfünfzig Soldaten oben bei Lyngby Strand stationiert, was massiven Protest in der lokalen Bevölkerung hervorgerufen hat. Thy war ein Zentrum des Widerstands, auch wenn es so aussieht, als hätten die Politiker das vergessen. Heute sind wir doch so etwas wie der vergessene Rand Dänemarks.«

Liv hörte das Paar nach Bildern weiter vorne fragen. Eva antwortete bereitwillig. Nach ein paar Minuten bedankten sich die Gäste und gingen nach unten.

Liv wartete, bis ihre Schritte verhallt waren.

»Ich habe Madsen Byg gestern einen Besuch abgestattet.«

Eva blieb im Profil stehen, ihre Körpersprache verriet nichts. »Henrik hat erwähnt, dass Sie da waren.«

Liv wartete, doch Eva stellte keine weiteren Fragen. Es war nicht zu übersehen, dass ihr Livs Besuch nicht passte. Sie musste sich ausrechnen können, warum Liv sich für ihren Mann interessierte. Dass die Affäre ihm ein mögliches Motiv gab, Gert ermordet zu haben. Wenn er denn davon gewusst hatte. Liv nahm Anlauf.

»Entschuldigung, falls die Frage indiskret ist, aber weiß er …?«

Eva sah zu Boden, vielleicht verlegen, vielleicht aus einem anderen Grund. »Das ist unsere Privatsache, finde ich.«

»In einer Mordermittlung gibt es so etwas wie privat nicht.«

»Ich dachte, die Ermittlung sei abgeschlossen?« Eva sah sie eisig an, wandte sich aber sofort wieder ab. Aus gleichen Teilen Widerwillen und Scham, wie es schien.

»Aber weiß er es?«

»Warum ist das so wichtig für Sie?« Ihre Stimme war scharf geworden.

Liv hätte sie am liebsten geschüttelt, erklärte es ihr aber stattdessen. »Ich könnte mir gut vorstellen, dass ich wütend wäre, hätte man mich betrogen.«

Eva drehte sich endlich zu ihr um. »Die Führung ist vorbei. Finden Sie selbst hinaus?«

*

Die Sonne schien auf Jan Leons gefütterten Hausschuh auf dem Puff. Er saß zurückgelehnt mit dem aramäischen Wörterbuch im Schoß und einem Block neben sich in seinem Ruhesessel. Hannah zog die Gardine halb vor, damit er nicht geblendet wurde, aber er merkte es nicht, blätterte nur ein paar Seiten weiter und schrieb ein Wort auf das Blatt, das er gleich darauf wieder durchstrich.

»Alles okay, Vater?«

»Ja, ja, ich bin nur einfach dumm. Da steht natürlich nicht ›Skorpion‹, sondern ›Schlange‹. Also: *Die Narbe auf seiner Brust windet sich wie eine Schlange und offenbart seine wahre Natur.*«

Sie setzte sich auf das Sofa und öffnete ihren Computer. Wer hatte Daniel vor Weihnachten besucht?

Auf dem Sofatisch stand eine dampfende Tasse Kaffee. Sie trank einen Schluck und zog die Beine unter sich. Die Einsicht in Daniels Patientenakte war freigegeben worden. Jetzt konnte sie sich mit ihrer digitalen Signatur einloggen und hatte Zugriff auf seine Krankengeschichte. Sein Patientenprofil sah auf den ersten Blick ganz normal aus, gegliedert nach Krankenhäusern und chronologisch geordnet, mit den neuesten Berichten zuerst. Doch wenn man nach unten scrollte, wurde der Umfang seiner Krankengeschichte deutlich. Einweisung auf Einweisung, Krankenbericht nach Krankenbericht.

Die Unruhe setzte sich wie ein Knoten in ihre Brust. Es ist harte Kost, jemanden zu lieben, der sich mit dem Leben schwertut.

Sie öffnete ein 24-Stunden-Protokoll aus dem Maßregelvollzug, datiert ein halbes Jahr vor seinem Selbstmord; das musste die Periode sein, in der Mikkel Felding Daniels Medikamente ausgeschlichen hatte.

Patient verbrachte die Nacht zum ersten Mal seit zwei Wochen ohne Schlaftabletten. Gibt an, eine gute Nacht gehabt zu haben. Kein Affektdurchbruch während des Gesprächs, antwortet gesammelt und sachbezogen auf alle Fragen. Die Stimmungslage ist neutral, sowohl der formelle als auch der emotionale Kontakt sind in Ordnung, Patient wirkt nicht psychotisch.

Sie überflog den Bericht und schloss ihn. Öffnete ein weiteres Protokoll, das zwei Wochen später geschrieben worden war, und las etwas Entsprechendes. Die Protokolle waren von zwei unterschiedlichen Abteilungskrankenschwestern geschrieben, die Daniel so erlebt hatten wie Mikkel Felding. Ihrem Bruder war es offenbar gut gegangen in dieser Periode, in der er nicht unter Medikamenten stand. In den letzten Monaten vor seinem Selbstmord.

Hannah fand den letzten Eintrag vor dem Selbstmord und öffnete ihn. Eine Notiz Ende Januar, geschrieben von Mikkel Felding.

Patient wach und klar. Sagt weiterhin, dass es ihm schwerfällt, darüber zu sprechen, was ihm zu schaffen macht. Hält daran fest, dass er sich ohne Medikamente stabil fühlt. Gibt an, keine Stimmen zu hören und nicht unter anderen Sinnestäuschungen zu leiden. Appetit reduziert, Schlaf schlecht.

Es war nicht schwer, sich vorzustellen, welche Sorge Daniel nicht mit dem Personal des Maßregelvollzugs hatte teilen wollen. Ein suizidaler Patient bekam keinen Ausgang, nicht einmal zur Beerdigung seiner Mutter. Sie sah zu ihrem Vater hinüber, der noch immer über das Wörterbuch gebeugt dasaß. Vielleicht hatte er recht, vielleicht war es tatsächlich ein Abschiedsbrief, den Daniel an die Wand hinter dem Schrank geschrieben hatte?

*

Liv war am frühen Nachmittag zurück in der Pension. Als sie auf dem Hof parkte, meldete sich knurrend ihr Magen. Ihr wurde bewusst, dass sie den ganzen Tag über nichts gegessen hatte. Wie untypisch für sie! Sie ging in die Küche, wo Jesper gerade Apfelmus kochte, und bat um zwei Scheiben Brot mit Butterbrotschokolade, sodass sie bis zum Abendessen durchhalten würde. Mit dem Teller in der Hand holte sie ihren Laptop und ließ sich in einen Sessel vor dem Kamin fallen. Während das Feuer knisterte und sich von der Küche ein herrlicher Duft nach Vanille und Frucht im Haus ausbreitete, öffnete sie die Website der Gemeinde und begann zu lesen.

Die oberste politische Instanz von Thy war die Gemeindevertretung, eine Auswahl von siebenundzwanzig Volksvertretern, der die Bürgermeisterin Gertrud Andersen vorstand. Sie war außerdem Vorsitzende des Finanzausschusses und somit eine äußerst mächtige Dame. Die Gemeindevertretung traf sich am letzten Dienstag jeden Monats im Besprechungssaal des Rathauses von Thisted, und die Protokolle waren auf der Website einzusehen. Wenn man einen Beschluss zu einem größeren Bauprojekt durchbekommen wollte, lief das über diesen Weg.

Liv stellte den leeren Teller zur Seite und öffnete das älteste verfügbare Besprechungsprotokoll von vor vier Jahren. Wenn der Bauplatz bereits ausgeschildert und die Finanzierung in Gang war, musste die Bewilligung bereits vor einiger Zeit ersucht und erteilt worden sein. Die Schokoladenbrote gaben ihr die nötige Ruhe, sich zu konzentrieren und die trockenen Besprechungsnotizen zu lesen. Es standen über vierzig Punkte auf der Tagesordnung.

Sie blätterte an der *Annahme der Tagesordnung* und der *Vergütung der Stellvertreter im Kinder- und Jugendausschuss* vorbei und klickte dafür auf alles, worin so etwas wie *Entwicklungsprojekt* oder *Baugenehmigung* vorkam.

Victor kam ins Wohnzimmer und sah sie anklagend an, als hätte sie nach ihm sehen und ihn auf die gemütliche Stunde vor dem Kamin hinweisen müssen. Er vergab ihr jedoch schnell und legte sich zu Füßen des Sessels, eine Pfote auf ihrem Schuh. Liv kraulte ihn hinter dem Ohr, während sie über ein kommunales Gemeinschaftsprojekt zum Ausbau des Küstenschutzes vor dem Nationalpark las, von Rechtsgrundlagen, wirtschaftlichen Konsequenzen und Verfahrensweisen. Sie gähnte und ging zum nächsten Treffen einen Monat später weiter, überflog alle Punkte und kam zu dem Schluss, dass das Bauprojekt auch hier nicht auf der Tagesordnung gestanden hatte.

Bei dem dritten Treffen wurde sie fündig.

Entwicklungsprojekt Feriencenter Lyngby Strand stand da, gefolgt von einer langen Erklärung, wie viel Wohlstand das Center der Gemeinde bringen werde, inklusive dazugehörigem Budget und Zielsetzung. Unter dem Punkt *Andere Konsequenzen* stand lediglich *Nichts anzumerken* und unter Beschluss nur ein einziges Wort ganz unten im Protokoll: *Genehmigt*.

Das Projekt war also auf kommunaler Ebene beschlossen worden, doch bekam man in Dänemark wirklich eine Baugenehmigung so nah am Wasser? Selbst wenn die Gemeindevertretung das Projekt durchgewinkt hatte, hatte noch an anderer Stelle eine Genehmigung eingeholt werden müssen.

Sie öffnete die Website des Küstendirektorats und verirrte sich in den Bekanntmachungen von Gesetzen zum Küstenschutz, die so juristisch formuliert waren, dass sie Schwierigkeiten hatte, sie zu verstehen. Falls im Bewilligungsprozess unsaubere Praktiken zum Tragen gekommen waren, war das für sie schwer zu durchschauen.

Liv ging zurück zu dem Protokoll des Treffens und fand ganz unten eine Liste der Teilnehmer. Sie überflog sie, kannte aber unmittelbar keinen der Namen. Oder doch. Oliver Ilsøe, er hatte für das Projekt gestimmt. Sie klickte auf den Menüpunkt Politik, wo die Mitglieder der Gemeindevertretung mit einem Bild aufgeführt waren, und scrollte herunter.

Bingo! In der obersten politischen Instanz der Gemeinde, die das umstrittene Feriencenter am Rand des Nationalparks genehmigt hatte, saß Oliver Ilsøe, der Besitzer von Hurup Hovedgård und der Whiskydestillerie, dem Elternhaus von Gert Linde. Was bedeutete das?

KAPITEL 16

Hannah drehte den Warmwasserhahn auf. Nicht zu stark, nicht zu schwach, es war eine Wissenschaft für sich, in dem alten Haus das Wasser in der Dusche richtig zu temperieren. Das Wasser traf hart auf ihre Schultern, doch es tat auf eine angenehme Weise weh. Jetzt ging es nur noch darum, in der rutschigen Wanne nicht das Gleichgewicht zu verlieren. Sie hielt den Kopf unter das Wasser, sodass die Haare nass wurden, blieb mit geschlossenen Augen stehen und ließ ihren Körper warm werden.

Es fühlte sich gut an, endlich den Mut zu haben, sich mit Daniels Selbstmord auseinanderzusetzen. Wie auch immer, er kam nicht zurück. Aber vielleicht konnte die Gewissheit Frieden schenken.

Es klingelte an der Tür, als sie sich gerade Shampoo ins Haar massierte. Die Seife schäumte unter ihren Fingern auf, die Kopfhaut reagierte dankbar auf ihre Fingerspitzen. Es klingelte erneut.

Sie drehte das Wasser aus und trat aus der Dusche, wickelte sich ein Handtuch um den Körper und öffnete die Tür einen Spaltbreit.

»Vater. Va-ter?«

Keine Antwort. Vielleicht hatte er Kopfhörer auf und hörte im Wohnzimmer Mendelssohn. Sie trippelte in den Flur und hinterließ nasse Spuren auf dem Plankenboden und dem Schachbrettmuster der Diele. Vorsichtig öffnete sie die Haustür einen Spaltbreit und sah hinaus.

»Hei, haben Sie ein paar Minuten?«

Es dauerte den Bruchteil einer Sekunde, bis sie ihn erkannte. Nima, natürlich, der Mechaniker. Er hatte den Monteuranzug heute gegen eine Jeans und ein weißes T-Shirt getauscht, der weiße Stoff betonte seine grünen Augen.

»Entschuldigung, ich sehe, dass ich störe.«

Er hielt ein Exemplar von *Moby Dick* hoch und schwenkte es in der Luft. »Ich habe Jan versprochen, das hier zurückzubringen.«

»Kommen Sie herein.« Sie öffnete die Tür. »Ich muss mir nur gerade das Shampoo aus den Haaren spülen. Gehen Sie einfach zu ihm hinein, er freut sich bestimmt, Sie zu sehen.«

Als sie unter der Dusche stand, hörte sie, wie die Vitrine geöffnet wurde und Gläser klirrten. Sie trocknete sich ab zu dem Klang der fröhlichen Stimmen, die aus dem Wohnzimmer kamen, und sah sich im Spiegel über dem Waschbecken lächeln. So wenig braucht es, um Leben zu schaffen, wo keins mehr ist.

Sie kleidete sich an, nur Jeans und eine Bluse, zog jedoch schöne Unterwäsche darunter und musste über sich selbst lachen. In nur wenigen Monaten war männliche Gesellschaft so ungewohnt für sie geworden, dass sie sich selbst Mut machen musste, wenn der Nachbar zu Besuch kam.

Im Wohnzimmer fand sie ihren Vater mit glühenden Wangen auf der Kante des Sessels sitzen und Nima enthusiastisch von Daniels aramäischen Texten berichten. Nima hatte sich einen Stuhl herangezogen; er hielt ein Glas Portwein in der Hand und schien ganz in das Gespräch vertieft.

»Passagen wie diese hier zum Beispiel: *Seine Strafe wartet auf der anderen Seite, und meine Belohnung.* Das ist eine Anmerkung meines Sohnes zu dem biblischen Text, sein eigener Nachtrag, wenn Sie so wollen. Ich habe die Theorie, dass er mit diesen Textbildern etwas Bestimmtes sagen will.«

»Und was?«

»Dass er unschuldig verurteilt wurde.«

»Lass uns jetzt über etwas anderes reden.« Hannah strich ihrem Vater über den Arm, um dem Tadel die Spitze zu nehmen, und ging zu der Vitrine.

»Es hat mich sehr interessiert zu hören, was er geschrieben hat«, protestierte Nima. »Hoffen Sie, dass Daniel in diesen Texten etwas Neues zu seiner Rolle in dem Fall erzählt?«

Jan nickte. »Stellen Sie sich einmal vor, wenn die Wahrheit endlich herauskommt. Das würde mir meinen eigenen Abschied leichter machen.«

»Vater!« Hannah drehte eins der Gläser ihrer Mutter mit Goldrand um und schenkte sich Portwein ein. Setzte sich auf den Puff neben dem Sessel. »Stimmt es, dass Sie vor ein paar Tagen Besuch von der Polizei in der Werkstatt hatten? Vater hat gesagt, dass er Uniformen im Hof gesehen hat ...«

Nima ließ den Portwein im Glas kreisen und trank. »Haben Sie von der Frau gehört, die am Dienstagmorgen ermordet im Rude Skov gefunden wurde? Sie hat mir am Montagnachmittag ihr Auto gebracht. Die Polizei wollte nur hören, ob ich weiß, wohin sie anschließend gegangen ist.«

Hannah nahm eine Hand vor den Mund. »Davon habe ich gelesen.«

»Ja, es ist tragisch. Unfassbar, vor allem, wenn es einem so nahe kommt.« Nima schüttelte den Kopf und ließ den Portwein erneut kreisen. »Ich muss gestehen, dass es eine Erleichterung ist, dass ich Montagabend hier bei Ihnen war, Jan. Sie wissen schon, falls die Polizei nach einem Alibi fragen sollte, was ja durchaus sein könnte.«

»Öh.« Jan sah verwirrt aus.

»Ich gehe einmal davon aus, dass sie schon längst einen Verdächtigen zum Verhör geholt haben, ansonsten könnte jemand wie ich ja gut ein Alibi brauchen.« Nima lachte trocken.

»Haben wir nicht am Sonntagabend zusammen Kaffee getrunken?«

»Ja?«

»Montagabend sehe ich immer den Dokumentarfilm auf DR2.«

Nima schüttelte den Kopf. »Ach, okay, dann erinnere ich mich falsch.«

Jan leerte sein Glas und stand langsam auf. »Jetzt müsst ihr mich entschuldigen, ich bin müde. Gute Nacht, Nima, danke für den Besuch.« Er griff nach seinem Stock, gab Hannah einen ungeschickten Klaps auf den Kopf und verließ das Wohnzimmer. Kurz darauf hörten sie die Treppe knarren.

»Ihr Vater macht einen gesunden Eindruck, das freut mich zu sehen.«

»Das Projekt, Daniels Text zu entschlüsseln, gibt ihm Energie. Hoffnung nennt man das wohl.«

»Hoffnung?« Nima lächelte und runzelte gleichzeitig die Stirn. Was ihn wie einen Jane-Austen-Charakter aussehen ließ.

»Hoffnung«, wiederholte er und griff nach dem Glas.

Hannah war plötzlich verlegen, alleine mit Nima hier zu sitzen. Vielleicht, weil es Abend war und sie Alkohol in ihren Gläsern hatten, vielleicht spukte auch die Unterwäsche in ihrem Kopf herum.

Er schien dieses Gefühl zu teilen, denn er trank aus und schien unsicher, wo er das Glas hinstellen konnte.

»Ich sollte dann auch ...«

»Ja. Ich bringe Sie hinaus.«

Sie standen gleichzeitig auf, linkisch durch die Nähe, und sahen sich in die Augen. Etwas an seinem Blick bewirkte, dass Hannah sich nicht zu rühren vermochte. Er sah aus wie ein kleiner Junge, voller Sehnsucht, und gleichzeitig wie ein Raubtier im Sprung. Ein Panther, der sie lebend zerreißen und fressen könnte, wenn er das wollte. Ein Kribbeln im Zwerchfell sagte ihr, was sie die ganze Zeit gewusst, aber ignoriert hatte. Nima war schön. Nicht nur auf diese Weise attraktiv, wie die Leute fahrlässig jeden bezeichnen, der schlank ist und lächelt. Sondern schön wie ein Tizian-Porträt.

Sie senkte den Blick, eifrig bemüht, die Befangenheit, die zwischen ihnen entstanden war, zu brechen.

»Ja, es ist spät geworden, wir sollten besser ...«

Er hob die Hand und strich ihr eine feuchte Locke aus dem Gesicht. Die Berührung ließ einen Schauer ihren Rücken hinunterlaufen.

»Schlafen Sie gut, Hannah.«

Er lächelte und ging zur Tür. Sie blieb stehen, bis sich das kribbelnde Gefühl in der Brust verflüchtigt hatte.

*

Blaues Fernsehlicht schien durch die gewölbten Fenster im gelb verputzten Mauerwerk der Schweinefarm. Liv stellte den Motor aus und betrachtete die Fassade. Nichts bewegte sich. Sie zog das Handy hervor und rief zum dritten Mal in der Whiskydestillerie an, um Oliver Ilsøe nach seiner Rolle bei dem Feriencenter zu fragen, aber er meldete sich weiterhin nicht, und sie bekam keine Möglichkeit, eine Nachricht zu hinterlassen.

Sie stieg aus und ging an der Fassade entlang, während sie diskret in die Fenster sah. Auf dem Sofatisch vor dem laufenden Fernseher standen halb volle Schalen mit Chips, aber das Wohnzimmer war verlassen. Hier draußen gab es keine Straßenlaternen, und es war weit bis zum nächsten Nachbarn, das einzige künstliche Licht kam von Jens Lindes niedrigem Haupthaus. Der Güllegestank breitete sich über dem Weg aus, als würde die Dunkelheit ihn beschweren und verstärken.

Der Wind war stärker geworden, aber er brachte keine Frische mit. Sie atmete durch den Mund und setzte die Füße vorsichtig und lautlos einen vor den anderen.

Der Hof war leer. Liv ging zur Haustür und klopfte. Niemand öffnete, also klopfte sie noch einmal, etwas fester, und wartete, doch im Haus blieb es still. Sie sah sich um, konnte sich im Dunkeln jedoch nur schwer orientieren. Vielleicht war er im Stall, sie konnte ja nachsehen, bevor sie wieder fuhr.

Statt direkt über den Hofplatz zu gehen, bewegte sie sich im Schutz der Gebäude. Obwohl sie hier war, um Jens zu treffen, würde sie die Möglichkeit nutzen, sich erst etwas umzuschauen.

Sie rüttelte an der Tür zu der Scheune neben dem Haupthaus, aber sie war verschlossen. Keine Fenster. Vielleicht schloss er den Maschinenpark nachts ein. Sie ging weiter durch die Dunkelheit, weg von dem asphaltierten Stück, ihre Schritte wurden schwerer im Schlamm um den Stall, und kurz vermisste sie ihre Dienstpistole.

Eine Tür schlug auf und knallte lärmend gegen die Backsteinfassade des Stalls, die Scharniere quietschten, als sie erneut knallte. Liv blieb stehen und hörte den Wind im Blechdach sausen. Ihr Atem klang beschwerlich in der steifen

Brise, und sie fluchte vor sich hin. Da war nichts, wovor man Angst haben musste.

Weit hinten auf dem Grundstück, so fern des Hofes und so nahe am Nationalpark, wie man nur kommen konnte, flackerte ein Licht hinter den Bäumen. Sie blinzelte, konnte auf die Entfernung aber nicht sehen, was es war. Erst fünfzig Meter weiter durch den Schlamm erahnte sie die Konturen eines Wohnwagens. Licht brannte darin. Als sie noch zehn Meter entfernt war, ging die Wagentür auf, und Jens Linde trat heraus. Er schloss die Tür hinter sich und versicherte sich, dass sie nicht wieder aufging, bevor er ihr ruhig entgegenkam. Mit den Händen in den Taschen sah er sie an.

»Was verschafft mir die Ehre?«

Er hatte die Ärmel seines schwarzen Hemds hochgekrempelt und die obersten Knöpfe geöffnet, doch die Füße steckten in denselben schmutzigen Holzschuhen wie zwei Tage zuvor.

»Störe ich?«

»Alle, die unangemeldet nach der Essenszeit kommen, stören, das liegt in der Natur der Sache.«

»Sie haben gesagt, dass Gert mit dem Verkauf des Hofs einverstanden war. Dass ich vorbeikommen soll.«

Sein Gesichtsausdruck veränderte sich. Sie hätte nicht sagen können, ob er sich an ihr Gespräch in der Bar erinnerte oder nicht.

»Dann kommen Sie.«

Er ging Richtung Haupthaus, die Hände noch immer in den Taschen. Liv eilte ihm hinterher. Sie musste fast rennen, um ihn einzuholen. Als sie auf den Hof kamen, drehte er sich um. »Warten Sie hier.«

Er ging ins Wohngebäude, kam jedoch schnell mit einem

Stück Papier in der Hand wieder zurück. »Der Verkaufsvertrag für Hurup. Ich brauche ihn nicht mehr.«

Liv nahm das Papier. Es war zu dunkel, um den Wortlaut zu entziffern, aber sie sah den Briefkopf eines Immobilienmaklers.

»Ich bringe Sie hinaus.«

»Und wenn ich noch Fragen habe?«

»Sie haben schon reichlich Fragen gestellt. Ich mag Leute nicht, die einfach hier aufkreuzen. Die verdammten Umweltaktivisten und die Tierschutztypen! Und jetzt auch noch Sie.«

»Sind Sie überhaupt nicht daran interessiert, dass der Mord an Ihrem Bruder aufgeklärt wird?«

Er blieb stehen und drehte sich zu ihr um. Sie hatten die Straße erreicht, und das blaue Licht aus dem Haupthaus rahmte sein Profil ein.

»Und das sollen Sie sein, die den aufklärt? Tut mir leid, aber das sehe ich nicht.« Er hob einen Arm und zeigte auf eine Stelle, wo der Asphalt total kaputt war. »Ich weiß genau, was Sie denken. Aber fragen Sie sich doch mal, ob der Hof hier so aussähe, wenn ich reich von dem Erbe geworden wäre.«

»Wie meinen Sie das?«

Er steckte die Hand zurück in die Tasche. Das Ohr leuchtete blau, das Gesicht war dunkel. Liv fiel die Härte in seinem Ausdruck auf, sie wirkte wie eine Lebensentscheidung, ein Panzer, den er sich früh im Leben zugelegt hatte und der jetzt mit ihm verschmolzen war.

»Was versuchen Sie, mir zu sagen?«

Jens schüttelte den Kopf und ging weiter zum Auto. Erst als er dort angekommen war, redete er weiter. »Denken Sie einmal nach! Wer von uns hat in einer herrschaftlichen Wohnung in Østerbro gewohnt? Von einem Journalistengehalt?«

Er nahm die Hand aus der Tasche und schlug mit den Knöcheln leicht gegen den Fiat. Dann drehte er sich um und ging zurück auf den Hof.

DIE SIEBTE VISION

Denn nachdem er sich mit ihm angefreundet hat,
wird er listig handeln und heraufziehen
und mit wenigen Leuten Macht gewinnen.
Unerwartet wird er in die besten Städte des Landes
kommen und wird tun, was weder seine Väter noch
seine Vorväter getan haben, und Raub, Beute und
Güter
an seine Leute verteilen;
er wird nach den allerfestesten Städten trachten.
Die Narbe auf seiner Brust windet sich wie eine Schlange
und verrät seine wahre Natur.

SONNTAG, 25. SEPTEMBER

KAPITEL 17

Nima öffnete die Motorhaube des Cadillacs. Normalerweise war der Anblick für ihn leicht zu entschlüsseln, die Motorteile waren in einer Sprache geschrieben, die er besser beherrschte als jede andere, doch nicht im Moment. Er hatte seit Tagen an ihm gearbeitet, ohne weitergekommen zu sein. Rohre und Leitungen wucherten vor seinen Augen und wurden zu schwarzen Löchern. Er wandte dem Auto den Rücken zu und ging in die Werkstatt, umkreiste die Kaffeemaschine und sah die zwei halb vollen Tassen, die schon dort standen. Zündete sich stattdessen eine Zigarette an, die der Packung nach seine fünfte heute war, und setzte sich in den Sessel. Das war natürlich eine Stressreaktion, das Resultat der letzten Tage mit schlaflosen Nächten und einer Drohung am Horizont, deren Umfang er noch nicht einschätzen konnte.

Er rauchte, die Augen zur Decke gerichtet. Vielleicht sollte er doch versuchen freizumachen, normalerweise arbeitete er nicht an Sonntagen, aber die Aussicht auf einen ganzen Tag auf dem Boot erschien ihm unerträglich. Zweimal spürte er das Handy brummen und zog es aus der Innentasche des Monteuranzugs, doch es war nur Einbildung. Er stand auf und sah sich unentschlossen in der Werkstatt um, er musste sich etwas vornehmen, sonst würden die Gedanken in die entlegensten Winkel seines Bewusstseins kriechen und sich formieren.

Ohne den großen Überblick fing er an aufzuräumen oder eher Sachen von hier nach dort zu stellen. Wenn er sich bewegte, spürte er die Unruhe etwas weniger deutlich. Der Gedanke an die Polizei tat ihm nicht gut. Wie sie auf dem Schleppboot herumgestöbert hatten, in seinem Liebesleben, in alten Freundschaften.

Er zündete sich noch eine Zigarette an und nahm sie mit hinaus auf den Hof. Lehnte sich gegen die Mauer der Werkstatt, schloss die Augen und lauschte seinem Herzschlag. Ein kleines Heimchen, das in seiner Brust spielte, so hatte seine Mutter es genannt. Die Musik des Lebens.

Das Tor knallte. Er öffnete die Augen und sah einen Mann in den Hof kommen. Er war groß und grauhaarig, schlank und gut gekleidet, hatte beide Hände in den Manteltaschen und sah sich mit unstetem Blick um.

Es dauerte einen Moment, bis Nima ihn erkannte.

Adam. Mariannes Mann.

Nimas Körper schloss kurz. Er spürte einen Funken und merkte, wie das System herunterfuhr, konnte den Schwefel fast riechen. Selbst wenn sein Körper schrie, dass er weglaufen und sich verstecken sollte, waren die Beine wie paralysiert, und er blieb an der Wand stehen.

Adam hielt vor der Werkstatttür inne, seine Augen waren rot und geschwollen.

»Entschuldigung, gehört Ihnen die Werkstatt?«

Nima versuchte etwas zu sagen, aber er bekam kein Wort heraus. Adam nahm die Hände aus den Taschen. Jetzt kam es. Der Schlag. Der Pistolenschuss.

»Meine Frau war vor ein paar Tagen mit unserem Morris hier. Ich gehe davon aus, dass Sie gehört haben …«

Er streckte ihm die Hand hin. Nima sah sie an. Wie viel wusste er? Er drückte Adams Hand und räusperte sich.

»Natürlich. Es … es tut mir sehr leid.«

Adam nickte gefasst. »Danke. Es tut mir leid, dass ich hier so hereinplatze, aber die Polizei kann nicht helfen, und ich habe keine Ruhe, bevor ich ihn nicht gefunden habe.«

»Was suchen Sie denn?«

Nima betrachtete Mariannes Mann. Jetzt, wo der Puls wieder auf dem Weg in normale Bereiche war, konnte er seinen alten Rivalen besser in Augenschein nehmen. Er wusste nicht, wie viele Male er davon fantasiert hatte, ihm so gegenüberzustehen und ihm die Rechte direkt ins Gesicht zu schmettern. Ihn auszuradieren und ihn aus der Gleichung zu entfernen. Doch wie er jetzt hier stand, gebückt vor Trauer, hatte Nima nur Mitleid für ihn übrig.

»Der Ehering meiner Frau ist weg. Er kann überallhin verschwunden sein, vielleicht hat jemand ihn genommen, vielleicht liegt er irgendwo im Wald und wird nie gefunden werden. Aber ich muss es versuchen. Der Gedanke, sie zu begraben ohne …«

Nima schüttelte bedauernd den Kopf. »Ich habe keinen Ring gesehen. Und die Polizei hat alles durchsucht. Wenn er hier gelegen hätte, hätten sie ihn gefunden.«

Adams Gesicht verzog sich vor Schmerz, aber nur einen Moment, dann nickte er. »Ich verstehe. Aber WENN Sie ihn irgendwo sehen, nehmen Sie bitte Kontakt zu mir auf. Es würde mir viel bedeuten, ihn zurückzubekommen.« Er zog seine Geldbörse aus der Tasche, reichte ihm eine Visitenkarte.

Nima nahm sie entgegen. Glaubte der Mann ihm nicht?

»Er hat weiße und blaue Steine. Auf diesem Bild hier hat sie ihn an, wenn Sie einen Blick darauf werfen möchten.«

Das Hochzeitsbild in der Geldbörse war wie ein Schlag in die Nierengegend.

Nima sah auf und begegnete Adams Blick. Hatte jemand geplaudert, oder ging es wirklich um diesen beschissenen Ring?

*

Liv las das Dokument, das Jens Linde ihr gegeben hatte. Vereinbarung über den Verkauf des Besitzes Hurup Hovedgård, Sønderhå, abgeschlossen mit Jens Linde, Snejstrup, und Gert Linde, Kopenhagen Ø, gefolgt von einer langen Litanei technischer Details und Gebührenposten. Unterschrieben von beiden Brüdern.

Sie umkreiste das Handy, griff danach und rief die Nummer auf, warf es aber wieder aufs Bett und holte ihre Sporttasche aus dem antiken Schrank. Legte ihre Kleidung hinein, die Toilettensachen, den Polizeibericht und griff erneut nach dem Handy. Was war das Schlimmste, das passieren konnte?

Sie hörte den Klingelton endlos in ihrem Ohr und bereitete sich schon auf den AB vor, doch dann meldete sie sich.

»Hei, Liv.«

»Hei, Therese. Ist das ein schlechter Moment?«

»Ich hatte nur nicht damit gerechnet, von dir zu hören. Wie geht's?«

Liv ging zum Fenster und setzte sich auf die Fensterbank. Zumindest legte sie nicht auf. »Ganz okay, und dir?«

»Auch okay.« Sie klang nicht feindlich, nur abwartend.

»Entschuldige, dass ich nicht früher angerufen habe, es war nur so viel zu tun mit dem Umzug und der neuen Wohnung … und außerdem arbeite ich an einem Fall. Ein unaufgeklärter Mord an einem Journalisten aus Thy. Ich bin genau genommen hier oben, um in seinen Fußstapfen zu wandeln.«

»Wo oben?«

»In Thy. In einem B & B in Vestervig.«

Therese holte Luft, dass es in der Leitung rauschte. »Du bist in diesem Moment in Nordjütland?«

Liv begriff, wo das Gespräch hinführte, doch jetzt war es zu spät. »Eigentlich bin ich schon wieder auf dem Weg zurück nach Kopenhagen. Ich habe für morgen einen Auftrag von einer Versicherungsgesellschaft angenommen.«

»Wie lange warst du hier?«

Ohne anzurufen, meinte sie, sprach es aber nicht aus.

»Nur ein paar Tage. Sozusagen ein Blitzbesuch, ich hatte nicht einen ruhigen Moment seit meiner Ankunft.«

Die Wahrheit war die, dass Liv gar nicht auf den Gedanken gekommen war, Therese anzurufen. Nicht, weil sie nicht an sie gedacht, sondern weil sie gearbeitet hatte.

»Liv, ich treffe mich gleich mit jemandem.«

Okay, da war sie also. Die Feindseligkeit. Das konnte sie ihr kaum verdenken.

»Ich wollte dich fragen, ob du mir einen Gefallen tun kannst?«

Therese antwortete nicht.

»Ich brauche ein paar Informationen zu einem Landwirt, der eigentlich Kunde bei euch sein müsste. Das sind sie doch mehr oder weniger alle, nicht? Nichts Großartiges, ich will nur wissen, wie viel er auf seinem Konto hat.«

Therese hatte ihr schon einmal mit Informationen geholfen, obwohl die Sparkasse, für die sie arbeitete, so etwas nicht als Kavaliersdelikt ansehen würde. Aber damals war Liv auch bei der Polizei gewesen. Und sie und Therese hatten anders zueinander gestanden.

»Das ist großartig genug, Liv, das muss ich schon sagen.«

Das war eindeutig nicht als Kompliment gemeint. Liv schwieg.

»Wie heißt er? Der Kunde?«

»Jens Linde. Er hat eine Schweinefarm in Snejstrup.«

Therese seufzte. »Ich verspreche nichts.«

»Du, Therese?«

»Ich muss los. Mach's gut.«

Sie legte auf. Liv blieb mit dem Handy in der Hand sitzen und hatte ein ungutes Gefühl.

*

Die Zeit verflog, wenn Hannah Candy Crush spielte. Es war ein neues Hobby, das sie erst vor einem halben Jahr entdeckt hatte. Bis dahin hatte sie sich geschworen, niemals Zeit auf so einen Unsinn zu verschwenden, aber es half ihr zu entspannen. Die Unruhe verflog dabei besser als durch eine Therapiestunde. Am Sonntagmorgen blieb sie im Bett liegen und schob fast zwei Stunden farbige Ikonen hin und her, bevor sie aufstand. Ihr Handgelenk tat weh, und ihre Augen juckten, als sie sich streckte und zu ihrem Vater hineinging, um zu sehen, ob er aufgestanden war. Das Bett war leer.

Hannah ging zum Fenster, um zu lüften. Nima stand unten im Hof und schwitzte über dem Motor eines Wagens, der auf ein Palettensystem aufgebockt war. Er hatte den Reißverschluss des Monteuranzugs aufgezogen und die Ärmel um die Taille gebunden, sodass man freien Blick auf das weiße Unterhemd und seine sehnigen Oberarme hatte. Wie eine Jeansreklame aus den Achtzigern. Sie lächelte vor sich hin. Er richtete sich auf und drehte das Gesicht in ihre Richtung, blieb stehen und trocknete sich mit einem Lappen ab, erst den Nacken, dann den Hals und die Brust, auf der eine Narbe die Haut verunzierte.

Sie trat einen Schritt zurück und kam sich albern vor. Sie

hätte einfach stehen bleiben und ihm winken sollen. Jetzt war es zu spät. Sie ging nach unten in die Küche, setzte Kaffee auf und nahm eine Tasse mit zu ihrem Vater, der in seinem Sessel saß und in die Luft sah, während das Radio den Raum mit einer ernsten Männerstimme erfüllte. Die Zeit um ihn herum schien langsamer zu gehen als in der Welt draußen, doch ob das am Alter lag oder an etwas ganz anderem, konnte sie nicht sagen.

»Guten Morgen, Vater. Bist du schon lange auf?«

»Das ist gar nicht so übel.« Er griff mit beiden Händen nach der Kaffeetasse und lächelte sie flüchtig an.

»Was hörst du da?«

»Diesen Farberoff, du weißt schon. Mit dem Literaturprogramm. Er ist gut.«

Sie nickte.

»Eine Sendung über das jüdische Ghetto in Warschau. Die Nazis haben es 1940 eingerichtet und dreihundertfünfzigtausend Juden hinter Zaun und Stacheldraht gesperrt. Drei Jahre später waren nur noch siebenunddreißigtausend übrig, alle anderen waren verhungert oder an Krankheiten gestorben oder deportiert worden.«

Er stellte die Tasse auf den Tisch, streckte die Hand aus und drehte das Radio etwas leiser. »Ja, das ist keine fröhliche Sendung. Aber den Luxus zu vergessen können wir uns nicht leisten.«

*

Liv wechselte die Spur, und ihr Blick fiel auf den Prospekt von Hurup Hovedgård, den sie auf dem Armaturenbrett liegen gelassen hatte. Die Whiskyflasche auf der Vorderseite warf ein goldenes Licht auf die rustikalen alten Möbel, zwischen denen sie stand. Sie sah auf die Uhr des Navis. Bevor sie auf die Fähre fuhr, wollte sie einen letzten Versuch starten, das Notizbuch zu finden und vielleicht klüger zu werden, was Oliver Ilsøes Rolle bei dem Bauprojekt anging. Die nächste Ausfahrt führte sie auf die Landstraße zurück nach Nordwesten, von hier aus waren es nur zehn Minuten bis nach Hurup, und die Straßen waren sonntäglich leer.

Kurz darauf fuhr sie in Hurup Hovedgård vor und stellte den Motor aus. Heute standen viele Autos auf dem Gästeparkplatz, eine Whiskyverkostung am Wochenende war offenbar beliebt. Eine Gruppe weißhaariger Männer stand in Windjacken vor dem schönen alten Traktor auf dem Hof und fotografierte einander mit Flaschen in den Händen. Ihr Lachen stieg über die Dachtraufe in den blauen Septemberhimmel auf.

Liv ging an ihnen vorbei in den Hofladen, in dem es von Kunden wimmelte. Hinter der Kasse stand die junge Bauersfrau mit den Apfelwangen und lächelte. Liv wartete, bis sie mit einem Kunden fertig war, und näherte sich.

»Hei, erinnern Sie sich an mich? Ihr Mann hat mich am Donnerstag auf dem Hof herumgeführt.«

»Jaa …« Ihr Blick wurde fern, doch das Lächeln blieb.

»Ich würde ihn gerne etwas fragen – ist er da?«

Der Kunde hinter ihr drängte sich neben sie und stellte eine Flasche auf die Theke, und die Bauersfrau drehte sie um, um nach dem Preis zu sehen.

»Versuchen Sie es draußen beim Getreidesilo. Er wollte dort etwas reparieren.«

»Vielen Dank.« Liv machte dem Kunden mit einem freundlichen Nicken Platz und verließ den Laden.

Das Silo ragte über eins der Scheunendächer und war leicht zu finden.

Oliver Ilsøe stand mit einem Stück Blech in den Händen auf einer Leiter und schien Maß zu nehmen.

»Hei, Oliver.«

Er warf einen Blick über die Schulter, vorsichtig, um nicht das Gleichgewicht zu verlieren, und blinzelte in dem grellen Licht. »Suchen Sie den Laden?«

»Ich bin es, Liv Jensen, ich war am Donnerstag hier. Haben Sie zwei Minuten?«

»Einen Moment.« Oliver nahm die Blechplatte von einer Hand in die andere, während er sich mit dem Ellenbogen an der Leiter festhielt. Schließlich reichte er ihr die Platte hinunter. »Können Sie die nehmen?«

Liv hielt die Platte fest, während er die Leiter hinunterkletterte, dann gab sie sie ihm zurück. Er runzelte die Stirn. »Bei uns ist heute ziemlich viel los, also …«

»Ja, so ein großer Besitz und die Whiskydestillerie, das macht bestimmt viel Arbeit, und politisch engagiert sind Sie ja auch noch.« Sie lächelte ihn freundlich an. »Von den Bauprojekten gar nicht zu reden.«

Oliver zog die Brauen zu einer lautlosen Frage hoch. Liv steckte die Hände in die Taschen und versuchte, auf unschuldige Weise neugierig auszusehen. Die Wahrheit war, dass sie nie auf unschuldige Weise neugierig war.

»Ich meine das Feriencenter in Lyngby Strand.«

Er rieb sich die Hände, als hätte er Schmutz an den Fingern. »Und? Was interessiert Sie daran?«

»Investieren Sie eigentlich in das Feriencenter?«

»Ich fürchte, die Zeit läuft aus. Ich begleite Sie hinaus.«

»Haben Sie einen Finanzchef hier in der Destillerie? Dann könnte ich ihn ja fragen, wenn Sie keine Zeit haben …?«

»Ich bin der Finanzchef. Und der Chef für alles andere.« Er setzte sich in Bewegung.

Liv folgte ihm. Sie kamen am alten Haupthaus und an den Scheunen vorbei und näherten sich dem Hofplatz. In Kürze würde sie gen Süden zur Fähre fahren und Thy den Rücken kehren, sie konnte den Sand nahezu durch die Eieruhr laufen sehen.

Sie blickte über die Schulter zurück.

»Oh, ich habe meine Mütze verloren, ich laufe nur kurz zurück und gucke, ob ich sie finde.«

»Mir ist gar nicht aufgefallen, dass Sie eine aufhatten.«

Sie nickte. »Es ist meine Lieblingsmütze. Danke für das Gespräch.«

Liv drehte sich um und lief in kleinen Schritten dorthin zurück, woher sie gekommen waren. Sie spürte, wie Oliver ihr hinterhersah. Als sie die Scheune umrundet hatte, blieb sie stehen und zählte bis fünfzig, dann ging sie zum alten Haupthaus.

Die Tür ging mit dem gleichen lang gezogenen Knarren auf wie das letzte Mal. Sie huschte in das ehemalige Heim der Familie Linde und schloss die Tür hinter sich, schaltete die Taschenlampe ihres Handys an und ließ den Strahl über die eingelagerten Möbel wandern. Diesmal ging sie direkt zu der blauen Kommode und öffnete die oberste Schublade, durchwühlte ihren Inhalt aus Krimskrams und Nippes und tastete die Unterseite ab. Nichts. Sie wiederholte das Ganze mit der nächsten Schublade, mit dem gleichen Resultat.

Im Kies draußen waren Schritte zu hören. Dann wurde es still. Liv hielt einen Moment den Atem an, bevor sie ihre Suche fortsetzte. Wenn die Tür jetzt aufging, würde es schwer sein, daran festzuhalten, dass sie nach ihrer Mütze suchte.

In der dritten Schublade lagen das Album mit den Familienfotos, die sie sich angesehen hatte, als sie das erste Mal hier gewesen war, sowie eine größere Sammlung Muscheln und Steine mit einem Loch in der Mitte. Sie kniete sich hin, schob die Hände unter die Schublade und tastete, fand aber nichts. Die unterste Schublade war vollgestopft mit Büchern und Plastikmappen mit alten Belegen. Sie hob ein paar hoch und warf einen kurzen Blick darauf, das scharfe Licht spiegelte sich in dem Plastik und blendete sie, sodass sie die Hände zu Hilfe nahm und sich zum Boden vorarbeitete. Ihre Fingerspitzen stießen gegen etwas Weiches, ein Buch mit einem Ledereinband vielleicht. Sie griff danach und nahm es heraus. Das Buch fiel auf den Boden, und im selben Moment ging die Tür auf. Mit einer schnellen Bewegung schob sie es unter ihre Jacke und erhob sich.

In der Tür stand Oliver mit dem Werkzeugkasten. »Was machen Sie hier drinnen?«

»Die Mütze lag nicht bei dem Silo, deshalb habe ich gedacht, dass sie vielleicht hier drinnen sein könnte. Von neulich.« Liv quetschte sich an ihm vorbei, wobei sie darauf achtete, das Buch nicht zu verlieren, das sie vor ihrem Bauch versteckt hielt. »Es wäre schön, wenn Sie ein Auge darauf haben könnten, ich muss sie irgendwo hier verloren haben. Sie ist dunkelblau mit einem kleinen weißen Logo an der Seite.«

Sie spürte seine Augen im Nacken brennen und musste sich beherrschen, nicht über den Hofplatz zu rennen. Still und ruhig, wiederholte sie die ganze Zeit, bis sie bei ihrem Auto war. Still und ruhig.

Auf der Landstraße nahm sie ihre Mütze vom Beifahrersitz und setzte sie mit einem kleinen Lächeln auf.

Dann zog sie den Reißverschluss der Jacke auf und ließ das Buch in ihren Schoß fallen. Sie überholte eine Reihe Lkws und fuhr auf die rechte Spur, griff nach dem Buch und warf einen Blick auf den Umschlag. Ballte eine Hand zur Faust und schlug damit auf das Lenkrad. Yes! Sie sah noch einmal hin und spürte das Blut in den Armen rauschen. Auf dem Rücken des Notizbuchs stand die Zahl 65.

KAPITEL 18

Während sie gen Süden Richtung Aarhus und der Fähre nach Kopenhagen fuhr, lichtete sich endlich der Nebel. Nach drei Tagen Waschküche fühlten sich die Sonnenstrahlen lebenspendend an. Liv ließ sich gerne blenden und kippte nur widerwillig die Sonnenblende herunter, sodass sie die Straße und die Schilder sehen konnte, die der salzige Wind matt und weiß geschliffen hatte. Das klare Licht offenbarte die Schroffheit, die ihrem Gefühl nach die gesamte Gegend durchdrang.

Sie warf einen Blick auf das Notizbuch, das auf dem Beifahrersitz lag. Einerseits verstand sie Gerts Liebe zu seiner Heimat, andererseits wiederum nicht. Die Zeit schien Thy durchquert und in einem Vakuum zurückgelassen zu haben. Der Gegend haftete etwas immanent Paradoxes an, ein Zwiespalt zwischen der rauen Symbiose der Fischer mit dem Meer auf der einen Seite und dem glamourösen Einzug des Tourismus auf der anderen, der Natur hier und der Stadt da, das hatte Gert fasziniert, stellte sie sich vor. Den Kopenhagener, der nach Hause zurückkommt zu dem dereinst so einfachen Leben, das jetzt durch den gleichen Kapitalismus korrumpiert wurde, der den Rest der Welt zerstörte. Dem Erbhof, der verkauft und zu einem Touristenmagneten umgebaut worden war, dem Strand, der mit Ferienwohnungen verschandelt werden sollte. Und dann seine eigene kleine Korruption,

Eva. Die Frau, die Leidenschaft und Zerstreuung bot, weit genug von zu Hause entfernt, dass Gert Paralleluniversum spielen und seine geliebte Patricia vergessen konnte.

Was hatte ihn am meisten hier hoch gezogen? Was hatte ihn umgebracht?

Sie fuhr über die Oddesundbrücke und sah die Ansammlung von Bunkern, an denen sie Mittwochabend auf dem Weg nach Thy vorbeigekommen war. In dem weichen Gras erinnerten sie an gestrandete Wale. »Regelbau« stand an einer Abzweigung. Liv bog ab und parkte auf einem leeren Kiesplatz vor einem der Betonklötze. Bodil hatte sie ihr so sehr ans Herz gelegt, und sie konnte das gut noch schaffen, bevor sie zur Fähre musste.

Sie folgte den Schildern nach drinnen, die eine Kunstinstallation ankündigten, »Klang und Licht«, gefolgt von den Künstler- und Sponsorennamen. Liv überflog die Liste. Hurup Whisky war unter ihnen, sie mischten überall mit.

Der Bunker war kühl und nass, und an vielen Stellen zerbröselte der Beton. Liv trat durch eine Türöffnung, die so niedrig war, dass sich vermutlich alle bis auf sie ducken mussten, und stand vor einer beleuchteten Puppe mit einem Fuchsgesicht und in einem Raumanzug. Aha. Sie hörte Tropflaute und war sich nicht sicher, ob sie echt oder eingespielt waren. Von irgendwo weiter drinnen im Bunker kamen Musik und eine Stimme. Sie ging in die Richtung.

In einem kleinen Raum stand eine Bank vor einer Wand, und auf der gegenüberliegenden Seite lief ein Film. Liv setzte sich. Der Film war schwarz-weiß und bestand aus Fragmenten, die zu einem Ganzen zusammengesetzt waren. Sie erkannte Bilder aus dem Vietnamkrieg, dem Zweiten Weltkrieg und dem Balkankrieg, Bilder von Kampffliegern und Panzern, von Flüchtlingsströmen und weinenden Kindern.

Nach einer Weile schaltete sie den Ton an. Klassische Musik, die sie nicht wiedererkannte, untermalte die Stimme eines Mannes. Es klang nach einer Rede älteren Datums, er sprach die As altmodisch und so nordjütländisch aus, dass sie nur Bruchstücke verstand.

Worte wie *Mitmenschlichkeit* und *Nächstenliebe* drangen durch Dialekt und Streichermusik hindurch, und trotz der Herausforderung für das Verständnis wurde deutlich, dass die Rede einen Kontrast zu den Bildern schaffen sollte. Das Werk hieß *All we are saying* und war von einer Künstlergruppe konzipiert, die Liv nicht kannte. Der Soundtrack war ein Zusammenschnitt aus Mozarts *Requiem* und einer Originalpredigt aus der Kirche von Vestervig, 1942.

*

Die Kaffeedose war leer. Nima öffnete den Schrank unter der Spüle, wo er in der Regel ein paar Tüten stehen hatte, aber er hatte seine Vorräte nicht aufgefüllt. Fluchend stellte er die Kaffeemaschine aus, suchte in der Jackentasche nach Zigaretten und seiner Bankkarte und trat auf die Kaalundsgade hinaus. Seine Finger brannten noch immer von Adams Händedruck, obwohl er sich zweimal die Hände gewaschen und kräftig mit einem Lappen abgetrocknet hatte. Um die Ecke gab es ein kleines Café mit Tischen in der Sonne. Er musste aus der Werkstatt raus, unter Menschen sein und an etwas anderes denken.

Er bestellte bei einem netten Kellner mit Grübchen und setzte sich an einen wackligen Metalltisch. Vom Nachbartisch sahen ihn zwei kräftige Männer in Windjacken neugierig an. Er wandte ihnen den Rücken zu und zündete sich eine Zigarette an. Legte seine Sonnenbrille auf den Tisch, sodass er sie in den verspiegelten Gläsern im Auge behalten konnte. Hatte er gestern Abend mehr als den einen Joint geraucht? Er konnte sich nicht erinnern, doch sein Mund fühlte sich trocken an, und seine Gedanken rasten unangenehm.

Das Handy schellte, Daria, er drückte den Anruf weg. Sie rief sofort wieder an, aber er meldete sich nicht. Schaffte es nicht. Eine SMS ging ein.

Die Polizei hat gerade bei Mutter angerufen!
Was hast du getan?

Was hatte er getan? Die Schuld rührte sich, oder war es die Angst, entdeckt zu werden? Die Frage war, ob ein Mensch überhaupt Schuld empfand, wenn er keine Angst hatte, entlarvt zu werden.

Der Kellner stellte den Kaffee mit einem kleinen Keks auf der Untertasse und einem Päckchen Würfelzucker daneben vor ihm auf den Tisch. Nima betrachtete die Tasse mit einem Kloß im Hals. Warum rührte ihn das plötzlich? Das war schließlich keine Fürsorge, das war nur eine Tasse Kaffee, für die er bezahlte wie alle anderen.

Er blinzelte in die Herbstsonne und versuchte zu hören, worüber die Leute am Nebentisch redeten. Seine Gedanken einen Augenblick von ihrer Unterhaltung übertönen zu lassen. Aber sie saßen zu weit weg und sprachen zu leise, als dass er sie verstehen konnte.

Nima tunkte ein Zuckerstückchen in den bitteren Kaffee und zermalmte es zwischen den Zähnen. Er betrachtete sich als relativ reflektierten Menschen, jedenfalls war er weder dumm noch feige, und in der Regel versuchte er, sich um seinen eigenen Kram zu kümmern und vor seiner eigenen Tür zu fegen. Trotzdem steckte er immer wieder bis zum Hals in der Scheiße. Als wäre er mit einem Magneten geboren, der Unglück anzog und den er nicht loswerden konnte. Er hasste diesen Gedanken, weil er wusste, dass er Ausdruck einer Opfermentalität war, die seinen Vater beschämt hätte.

Die Gäste am Nachbartisch lärmten mit den Stühlen, standen auf und gingen, ohne ihn eines Blickes zu würdigen. Er trank einen Schluck Kaffee und zog sein Handy heraus. Rief ihren Namen auf, ohne weiter darüber nachzudenken.

Hannah Leon

Sie war auf LinkedIn und Facebook, außerdem tauchten ein paar Fachartikel über ihre Arbeit im Rigshospital auf – einer spezifisch über sie und einer über posttraumatische Belastungsstörungen bei Vergewaltigungsopfern. Nima machte Screenshots beider Artikel und öffnete Hannahs Facebook-Seite. Privat. Bei Beziehungsstatus war *liiert* mit Rune Lodahl angegeben, was wohl nicht länger stimmen konnte, da sie bei ihrem Vater wohnte.

Unter *Bilder* fand er sie in diversen Versionen. Jünger, blond, an der Amalfiküste und am Arm eines durchtrainierten Mannes, der das Bild kommentiert hatte »Schön, schöner, Hannah und Amalfi«. Nima war kein großes Licht, was soziale Medien anging, doch sein Eindruck war der, dass die Leute solche Bilder vor allem dann ins Netz stellten, wenn sie kurz davor standen, sich zu trennen.

Ein anderes Bild war auf einem Fest oder in der Stadt aufgenommen. Hannah stand in einem roten Kleid, das ihre großen braunen Augen betonte, neben einer Freundin. Sie sah direkt in die Kamera, und ihr Gesichtsausdruck war schwer zu deuten. Freude, aber auch eine gewisse Melancholie, oder war sie einfach nur schüchtern?

Nima zoomte das Bild heran und spürte ein Kribbeln im Bauch. Sie wäre durchaus etwas für ihn. Selbst in dem ganzen Chaos spürte er sie deutlich. Die Lust. Er schloss das Browserfenster, trank den Kaffee aus und öffnete eine Online-Zeitung. Scrollte herunter, bis er bei der neuesten Nachricht war.

Frau im Wald wird Montag beerdigt. Eine ganze Dorfgemeinschaft in Trauer. Marianne würde morgen beerdigt werden, und er war nicht eingeladen.

*

Über dem Deck der Fähre hing der Dunst von gekochten Würstchen, der sich nach einem ganzen Tag voller Fast-Food-Bestellungen summiert hatte. Normalerweise hatte Liv nichts gegen einen Hotdog einzuwenden, doch heute verursachte der Geruch ihr Übelkeit, sodass sie den Plan, während der Überfahrt etwas zu essen, fallen ließ und sich stattdessen einen Platz an einem Tisch weit von der Cafeteria entfernt suchte. Das letzte Stück hatte sie Gas geben müssen, um die Fähre nicht zu verpassen, und jetzt war sie müde, und ihr war ein bisschen übel. Das Notizbuch hatte sie aus dem Auto mitgenommen. Eingestaubt und mit einem schwachen Geruch nach feuchtem Beton lag es vor ihr.

Warum hatte Gert das Notizbuch in der Kommode zurückgelassen? Hatte er es vor jemandem versteckt oder einfach nur vergessen? Liv schrieb eine weitere E-Mail an Ulrik, den Verleger, und erzählte ihm, dass sie das Notizbuch in Hurup gefunden hatte. Ob er wisse, warum es dort gelegen hatte, und ob er vielleicht das Manuskript des Buches habe, sodass sie es lesen konnte? Sie zog die Bluse über die Nase, um sich vor dem schlimmsten Würstchengeruch zu schützen, und stützte sich auf die Ellenbogen.

Sie öffnete das Notizbuch und überflog die ersten Seiten. Gerts Handschrift war flüchtig und schwer zu lesen, und der Text wechselte zwischen Stichworten, Notizen und richtigen Textabschnitten, die wie Entwürfe für das Buch über Thy aussahen.

Der erste gesammelte Textabschnitt trug die Überschrift *Der Erbhof*. Sie setzte den Finger unter die Zeilen und buchstabierte sich durch die Erzählung von einem Hofbesitzer, der vor vierhundert Jahren Hurup gebaut hatte, von den Auswirkungen des Absolutismus in Nordjütland und wie die Aufhebung der Erbuntertänigkeit es mit sich gebracht hatte, dass Hurup über acht Generationen im Besitz der Familie Linde gewesen war.

Gert arbeitete sich bis in die heutige Zeit vor, und sein Blick auf das Elternhaus zeichnete Wort für Wort ein Bild der gesamten Region. Von der Kargheit, der Heide und dem Wind, die die Menschen geprägt hatten. Selbst eine wenig routinierte Leserin wie Liv konnte sehen, dass das gut geschrieben war.

Auf Seite vierzehn war ein Abschnitt rot durchgestrichen, und am Rand stand in Gerts Handschrift: *zu viel!* Liv las den durchgestrichenen Text und sah, dass er von der Dorfgemeinschaft handelte, die die überlieferten Werte verrate, indem sie die historischen Gebäude nicht wertschätzte und bewahrte. Da bezog er sich wohl vor allem auf Jens.

Liv zog die Bluse herunter und testete, ob der Würstchengeruch noch immer so schlimm war. Das war er. Sie rieb sich die Augen und deckte die Nase wieder zu. Blätterte zum nächsten längeren Textabschnitt weiter, der mit *Denkmalschutzmaßnahmen* betitelt war.

Hier begann Gert mit dem Wort *Bewilligungsprozesse* und fuhr mit einer Darlegung der technischen Details zu Baugenehmigungen versus Denkmalschutzmaßnahmen fort. Kommunalplan, Abwasserverunreinigung, Naturschutzvorgaben, Liv überflog den Text, ohne zu versuchen, ihn zu verstehen, doch ein paar Seiten weiter stolperte sie über einen Abschnitt, den Gert rot eingerahmt hatte.

Auffallend ist, wie viele Besprechungen bezüglich des geplanten Feriencenters am Lyngby Strand stattgefunden haben, ohne dass ein Protokoll vorliegt. Man kann nur mutmaßen, inwieweit der Wochenendaufenthalt des Bewilligungsausschusses im Svinkløv-Badehotel auf eigene Rechnung ging oder von den Investoren (Madsen Byg und Hurup Whisky) bezahlt wurde, die auch an dem feuchtfröhlichen Wochenende teilnahmen. Im Anschluss gelang es den Antragstellern, die Genehmigung zu erhalten, sechsundvierzig Ferienwohnungen an einer der schönsten und bewahrenswürdigsten Küstenabschnitte Dänemarks zu bauen. Innovativ auf die moderne Art?

Das war mehr als eine Unterstellung, dass die Investoren des Feriencenters die Baugenehmigung durch Bestechung erhalten hatten. Korruption also. Die Geschichte war unterhaltend genug geschrieben, dass sie vielleicht nicht ganz ernst gemeint sein könnte. Trotzdem glaubte Liv das nicht. Gert wollte mehr mit dieser Geschichte. Welchen Einfluss hatte die Rivalität mit Henrik Madsen auf Gerts Anschuldigungen? Vielleicht gar keinen, vielleicht war Gert völlig sachlich, nur waren die Leute das so unglaublich selten.

Sie streckte den Kopf über die Sitzecke hinaus und sah sich ihre Mitreisenden an, die über ihren Handys hingen und müde wirkten. Ihre Augen fühlten sich trocken an, und ihr Magen knurrte, doch der Gedanke, sich in die Schlange vor der Cafeteria zu stellen, erschien ihr noch immer als zu großes Zugeständnis an den Würstchengeruch. Sie würde etwas essen, wenn sie nach Hause kam.

Liv blätterte weiter und überflog einen Abschnitt über Thys einzigartige Flora mit Heidekraut und Dünenaugentrost, die es so auf der ganzen Welt nur in Nordjütland gab, bis sie zum nächsten längeren Textabschnitt kam.

Im Lauf des Jahres 1943 wurde die Stimmung zwischen der Besatzungsmacht und den Dänen ernsthaft giftig, was sich vor allem in Nordjütland bemerkbar machte. Dänemark war aufgrund der »Politik der Zusammenarbeit« von vielem verschont geblieben, doch die aufkeimende Widerstandsbewegung zwang die Nazis über den Sommer, die Zügel fester anzuziehen. Unter anderem wurde beschlossen, auch in Dänemark eine Judenaktion durchzuführen, um dänische Juden einzusammeln und in Konzentrationslager in Osteuropa zu exportieren. Lokale Kräfte schalteten sich ein, darunter Widerstandskämpfer wie Uffe Rasmussen, der bei einem Sabotageversuch im November 1944 ums Leben kam, und der Gemeindepfarrer der Kirche von Vestervig, der Juden auf der Flucht in der Krypta der Kirche versteckte.

Der Bogen spannte sich weit. Während sie las, grübelte Liv, ob Gert anfangs zu einem dieser Themen hatte schreiben wollen und im Prozess der Recherche über Informationen gestolpert war, die ihn in eine neue Richtung gelenkt hatten.

Sie blätterte eine Seite um und sah eine Namensliste unter der Überschrift *Operation Regelbau/Vestervig-Kirche: Farberoff, Leon, Grünbaum, Katzenelsohn, Gelvan*. Auf der gegenüberliegenden Seite stand ein anderer Name mit einem Ausrufungszeichen dahinter und einem Kreis darum:

Penelope!

KAPITEL 19

Liv musste mit dem Fiat drei Runden drehen, bevor sie in Vesterbros engen Straßen einen Parkplatz fand. Auf dem Fußweg nach Hause in die Kaalungsgade summte das neu erworbene Wissen in ihrem Kopf wie eine aufdringliche Wespe um einen Marmeladentopf. Sie hatte etwas nach Hause mitgebracht. Etwas Wichtiges, das spürte sie. Ihre Aufgabe war es jetzt, zu verstehen, was das für die Aufklärung des Mordes an Gert Linde bedeutete. Von jetzt an musste sie den Zauberwürfel nur oft genug drehen, dann würden die Seiten schließlich Farbe bekennen.

Sie ging im Zickzack an den Passanten auf dem Bürgersteig vorbei und spürte, wie die Gereiztheit über das Gedränge der Großstadt wieder in ihr erwachte. Nach der Ruhe in Thy wirkte die Energie Vesterbros hektisch wie eine koreanische Fernsehshow. Sie nahm die Sporttasche über die andere Schulter und ging um eine Frau herum, die den Bürgersteig mit ihrem Fahrrad versperrte. Das Leben in Kopenhagen war ein Gewöhnungsprozess, aber sie würde es schon noch lernen. Sie verschaffte sich Einlass durch das Tor und durchquerte den Hinterhof. Die Werkstatt war dunkel. Sonntagabend, natürlich hatte er jetzt geschlossen.

Sie ging um das hintere Haus herum zu ihrem Eingang im Garten und spürte, wie sie ruhiger wurde. Die Wohnung lag zwar mitten in der Stadt, aber der Hinterhof war relativ still und ruhig. Hier konnte sie gut leben, denken und existieren. Zumindest eine Zeit lang. Sie schaltete das Licht an und schaufelte zwei Schalen mit Müsli in sich hinein, bezog das Bett frisch und duschte kurz. Als sie warm und trocken und von Kopf bis Fuß weich eingehüllt war, nahm sie Gerts Notizbuch Nummer 65 und stieg die steile Kellertreppe hoch zu Familie Leon. In der Diele hing ein schwacher Duft nach gebratenen Zwiebeln, und aus dem Wohnzimmer klang ruhige Klaviermusik. Liv trat zu der halb offenen Flügeltür und klopfte.

»Komm herein!«

Liv steckte den Kopf hinein und sah Hannah zusammen mit Jan über einem karierten Spielbrett mit runden, flachen Steinen sitzen. Dame? Es kam ihr zutiefst exotisch vor, an einem Sonntagabend so dazusitzen und ein Brettspiel zu spielen, aber es sah gemütlich aus. Die goldene Uhr auf dem Sekretär zeigte halb zehn.

»Entschuldigung, falls ich störe, aber …«

»Ist das nicht die Privatdetektivin? Du störst überhaupt nicht.« Jan klang aufrichtig erfreut, sie zu sehen.

»Es ist ein bisschen spät, aber ich bin gerade erst aus Jütland zurückgekommen.«

»Mir ist schon aufgefallen, dass du nicht da warst. Hattest du eine gute Fahrt?« Hannah rückte auf dem Sofa zur Seite und klopfte auf den Platz neben sich. »Komm, setz dich!«

Liv nahm Platz, plötzlich machten sie ihre neugierigen Blicke verlegen.

»Möchtest du einen Tee? Ach ja, keine warmen Getränke. Ich glaube, wir haben auch Saft?«

»Danke, das ist nett von dir.«

Hannah ging in die Küche. Liv folgte ihr mit den Augen, bis Jan sich räusperte. »Hast du Urlaub gemacht?«

»Nein, ich war dienstlich in Thy. Ein Ermittlungsauftrag.«

»Spannend.« Er legte Liv die Hand auf den Arm. »Was hast du denn dort oben ermittelt?«

Sie rutschte diskret zur Seite, sodass sie außer seiner Reichweite war. Er schien es nicht zu bemerken.

»Ich arbeite an einem alten Fall, dem Mord an einem Journalisten. Und dabei bin ich auf den Namen Leon gestoßen. Ebba Leon.«

Er lächelte breit. »Das ist meine Mutter. Wo hast du von ihr gehört?«

»Ich bin in der Kirche von Vestervig auf ein Bild von ihr gestoßen und habe mich natürlich gefragt, ob ihr verwandt seid.«

»Bis zum Krieg haben meine Eltern in Randers gewohnt, daher kommt die Familie meiner Mutter. In den alten Tagen gab es eine jüdische Minderheit in der Stadt.«

»Bist du in Randers aufgewachsen?«

»Nein, meine Eltern sind während des Krieges nach Schweden geflohen und nie nach Jütland zurückgekehrt. Ich bin in Stockholm geboren, aber hier in Kopenhagen aufgewachsen.«

Hannah kam aus der Küche zurück und reichte Liv ein Glas Apfelsaft.

Jan bewegte einen der Steine auf dem Damebrett.

»Gibt es einen bestimmten Grund, dass du nach meiner Familie fragst?«

»Ich war, wie gesagt, in Thy, um in den Fußspuren eines Journalisten zu wandeln, der ermordet wurde. Gert Linde.« Liv sah Hannah und Jan an, aber der Name löste keine Reaktion bei ihnen aus. Sie öffnete das Notizbuch und las laut.

»Farberoff, Leon, Grünbaum, Katzenelsohn, Gelvan.«

Jan kniff konzentriert die Augen zusammen. »Farberoffs Enkel, Simon, das ist dieser tüchtige Journalist von *Danmarks Radio*.«

Noch ein Journalist! Liv stutzte. Wer weiß, ob Gert Linde und Simon Farberoff einander gekannt hatten? Sie musste unbedingt einen Termin mit dem Mann vereinbaren.

*

Hannah versuchte, ihre Gedanken zu ordnen, während sie die Tassen und das Glas abräumte und ausspülte. Durch das Küchenfenster sah sie Liv die Hintertreppe vom Garten in ihre Wohnung hinuntergehen.

Es klingelte. Sie drehte das Wasser ab und ging zur Haustür. Draußen auf der Steintreppe stand Mikkel Felding. Er trug eine enge, helle Hose, seine Desert Boots sowie ein teuer aussehendes Jackett und roch nach einer Mischung aus Parfüm und Alkohol.

»Guten Abend, Hannah.«

»Hei, Mikkel, was machst du hier?« Sie sah auf die Uhr an ihrem Handgelenk.

»Darf ich reinkommen? Nur fünf Minuten.« Er verschränkte die Arme vor der Brust und seufzte tief. Sie konnte nicht einschätzen, ob er betrunken oder nur trunken von Gefühlen war.

Sie öffnete die Tür und trat in die Diele, wo sie, den Blick auf die Stiefel gerichtet, stehen blieb.

»Ich habe gehört, dass du mit meinem Chef gesprochen hast?«

Natürlich! Darum ging es.

»Es geht um die letzten Monate im Leben meines Bruders, ich muss wissen, was passiert ist.«

Er hob den Kopf und sah sie an. »Ganz ehrlich, du hättest mir auch sagen können, was du brauchst, direkt.«

Sie blickte zu Boden. »Ich habe im Maßregelvollzug angerufen, um Akteneinsicht zu bekommen, nicht, um mich über dich zu beschweren.« Falls es dazu kommen sollte, würde es über die offiziellen Kanäle gehen, dachte sie, sagte es jedoch nicht. Er sah immer noch aus, als hätte er eine Ohrfeige bekommen. »Mikkel, ich will nur wissen, warum er sich umgebracht hat. Ist das so schwer zu verstehen?«

»Wenn du klüger werden willst, musst du verdammt noch mal zuhören.«

Seine Aussprache war unklar, und seine Unterlippe zitterte leicht, als versuchte er, seine Wut zu verbergen. »Für Daniel war es wichtig zu versuchen, sich an den Mord zu erinnern, und dabei hat er meine Hilfe gewollt. Wir haben in der Therapie darüber gesprochen, was eigentlich passiert ist. Er hat versucht, den Blackout zu überwinden.«

»Habt ihr etwas erreicht?« Hannah versuchte, seinen Blick einzufangen, doch als es ihr gelang, sah sie sofort wieder weg. Mikkels Ausdruck war extrem unangenehm, vielleicht aufgrund des Alkohols.

»Habt ihr etwas erreicht?«, wiederholte er ihre Worte mit verzerrter Stimme. »Hörst du dich eigentlich selbst? Da oben von deinem hohen Ross? Ja, klar haben wir das. Daniel hat sich erinnert, dass er bei Penelope die Tür aufgeschlossen und sie tot aufgefunden hat. Dass er sie nicht umgebracht hat.«

Sie trat einen Schritt zurück, sein Atem verursachte ihr Übelkeit. »Mikkel, die Polizei hat seine Fingerabdrücke auf dem blutigen Messer gefunden. An ihr.«

»Ich erzähle dir nur, was deinen Bruder beschäftigt hat.« Er fuhr sich mit den Händen durchs Gesicht und weiter durch die Haare. »Zumindest bin ich für ihn da gewesen. Wo zum Teufel warst du?«

Er hätte sie genauso gut schlagen können.

»Ich kann hören, dass du sauer auf mich bist. Und betrunken. Vielleicht sollten wir dieses Gespräch ein andermal führen.«

Seine Mundwinkel zuckten, und wie aus dem Nichts lachte er kopfschüttelnd.

»Was ist so lustig?«

Er sah sie an und schwankte. »Das weiß ich nicht. Das hier, du, ich, das Ganze.« Er lachte wieder. »Ich meine, hier stehen wir. Sie sind tot, und wir stehen hier und sezieren …«

Er geriet ins Stocken.

Hannah überlegte, ob das Gespräch etwas brachte. Andererseits konnte sie angesichts seines betrunkenen Zustands vielleicht mehr aus ihm herausbekommen. »Du hast in einer Notiz im Januar geschrieben, dass mein Bruder sich über irgendetwas Sorgen gemacht hat.«

»Er wirkte unruhig.«

»Und weswegen?« Hannah versuchte, seinen Blick festzuhalten, aber er schwamm.

»Ich weiß es nicht.« Mikkel trat nach einem Stiefel auf dem Boden, schwankte leicht und steckte die Hände in die Taschen, um das Gleichgewicht nicht zu verlieren. Ihr kam der Gedanke, dass er ihr möglicherweise etwas vorspielte. Wie betrunken war er eigentlich? Und was wollte er erreichen?

»Er hat vor einem Jahr Besuch bekommen. Von einer Frau. Hat er dir das erzählt?«

Er neigte den Kopf auf eine Art und Weise, die sowohl *nein* als auch *erzähl mir mehr* bedeuten konnte.

»Soweit ich weiß, war ich die einzige Frau, die ihn besucht hat, und zu dem Zeitpunkt bin ich nicht mehr gekommen.«

Er streckte sich und kam näher. Lächelnd. Etwas Unangenehmes lauerte in seinen hellen Augen. Wie ein Reptil, das seine Beute betrachtet.

»Mikkel, weshalb bist du hier?«

Sie sah sofort, dass es verkehrt gewesen war, ihm jetzt diese Frage zu stellen, allein mit ihm in der Diele. Sein leicht geöffneter Mund erzählte, dass er sie als Aufforderung betrachtete. Sie geriet in Panik.

»Ich muss jetzt ins Bett.«

Er beugte sich vor und legte auf beiden Seiten von ihr eine Hand gegen die Wand, sodass sie gefangen war. Seine Schultern füllten den ganzen Raum aus, seine Stimme wurde heiser. »Sollen wir nicht vereinbaren, dass du das nächste Mal, wenn du meinst, meine Arbeit kritisieren zu müssen, einfach auf die Toilette gehst und es dem Spiegel sagst, statt meinen Chef anzurufen?«

Hannah stand wie versteinert da. Das Blut pumpte durch die Adern, und sie spürte Eisen im Mund, Angst.

»Dann ist das abgemacht!«

Er stieß sich von der Wand ab und ging zur Haustür, als wäre nichts gewesen. Er wirkte nicht mehr besonders betrunken.

In der Tür drehte er sich um und blieb einen Moment stehen, dann blinzelte er und verschwand in der Dunkelheit. Erst als das Tor zur Kaalundsgade zuknallte, lief sie zur Tür und legte den Riegel vor.

*

Ein Wäschekorb. Es waren die seltsamsten Dinge, von denen Liv merkte, dass sie ihr fehlten. Sie stopfte die schmutzige Wäsche in die Waschmaschine, wählte ein Programm aus und sah zu, wie sich die Trommel mit Wasser füllte. Was hatte sie außer schmutzigen Socken nach knapp vier Tagen in Thy mit nach Hause gebracht? Einen großen Bruder, der an dem Verkauf des Elternhauses verdient hatte, eine Geliebte, deren Mann sich durch Bestechung einen Bauplatz am Strand gesichert hatte, und ein Buch. An sich kein imponierender Fortschritt, aber dennoch neue Informationen. Liv wusste allmählich, dass es bei einer geglückten Ermittlung oft darum ging, so viel in der Suppe zu rühren, bis die Fleischklößchen von selbst nach oben stiegen.

Sie warf einen Blick auf ihr Handy. Petter fragte, ob sie morgen Mittag zu einem Debriefing auf der Wache vorbeikommen könne, und Liv sagte mit Schmetterlingen im Bauch zu. Selbst nach drei Jahren im Dienst und nicht wenigem, das sie hatte einstecken müssen, war sie in ihre Arbeit verliebt wie am ersten Tag. Ihre frühere Arbeit, korrigierte sie sich. Und ihre zukünftige, hoffte sie.

Auf dem Küchentisch lag der Verkaufsvertrag, den Jens ihr gegeben hatte. Der Vertrag war am 29. November vor fast vier Jahren abgeschlossen worden, also drei Monate, bevor Gert ermordet wurde. Das passte nicht zu dem, was sie bisher über ihn erfahren hatte. Sie öffnete den Browser des Handys und gab den Namen des Maklers ein, doch das Büro existierte nicht mehr. Die Kanzlei des Anwalts, der den Vertrag aufgesetzt hatte, existierte noch. Sie schrieb ihm eine E-Mail und fragte an, ob er sich an den Handel erinnern konnte.

Als ihr Großvater gestorben war, hatte ihr Vater sich mit seinem Bruder über das Erbe zerstritten. Es war nichts Großes gewesen. Eine Wohnung, ein altes Auto, ein wenig Erspartes, und trotzdem hatten sie sich nicht einigen können, wer was haben sollte. Der Streit hatte sich über Jahre hingezogen. Das alljährliche Weihnachtsessen gab es nicht mehr, und ihr Onkel erschien nicht mehr zu den Geburtstagen. Irgendwann war es vorbei gewesen, und sie hatten den Kontakt von einem Tag auf den anderen wieder aufgenommen. Aber etwas war kaputtgegangen, es war nie mehr richtig nett geworden. Liv wusste also, was Erbstreitigkeiten mit einer Familie machen können.

Sie ging zurück ins Bad, spülte den Mund aus und zog vor dem Spiegel das Gummi aus ihrem Pferdeschwanz. Sah sich dieses eine Mal in die Augen.

Da steht ein einsamer Mensch, dachte sie. So einer, der seiner eigenen Familie den Rücken zuwendet, obwohl er niemand anderen hat. Weil er egoistisch und ängstlich ist, vielleicht sogar träge. Liv spuckte ins Waschbecken und gebot sich Einhalt. Diese verdammten Gedanken! Sie schaltete das Licht aus, zog sich aus und ging ins Bett. Wenn man den Geist nur ebenso disziplinieren könnte wie den Körper.

EBBA LEON, OKTOBER 1943

Es lässt sich nicht länger aufschieben. Beschwerlich steht Ebba auf und schließt den Koffer. Sie haben bereits den Großteil ihres Besitzes in der Wohnung in der Søndergade zurückgelassen, trotzdem sind da Dinge, die sie von der Kirche aus nicht weiter mitnehmen können. Mendels Bücher, ihr Nähzeug, den Brautschleier. Vielleicht können sie eines Tages zurückkommen und es holen, vielleicht nicht.

Mendel hat in den letzten Wochen abgenommen. Er war vorher schon eher schlank, aber jetzt ist er mager. Das macht ihr Sorgen, obwohl sie nur zu gut weiß, dass es Schlimmeres zum Bekümmern gibt. Aber es ist schließlich wichtig, etwas zum Zusetzen zu haben, falls das Schlimmste passieren sollte.

Sie hebt den Koffer vom Bett und stellt ihn neben den anderen vor die Tür zur Kellertreppe. Zwei Gepäckstücke, die zusammen jetzt ihr Eigentum ausmachen. Das wenige Geld, das sie noch haben, müssen sie bei dem Pfarrer lassen, sonst sind sie eine zu leichte Beute. Nur die Gebühr für den Menschenschmuggler nehmen sie mit. Wenn sie da sind, müssen sie sehen, wie sie zurechtkommen. Falls sie überhaupt ankommen.

Wieder trifft sie die Erkenntnis, wie schnell sie sich an die Dunkelheit in der Krypta gewöhnt haben, an die feuchte Luft und die Gefangenschaft, die ihr Versteck eben auch ist. Der Mensch ist anpassungsfähig, wir halten so gut wie alles aus, auch Ratten unter den Schlafkojen, Hunger und chronische Angst.

Sie legt sich die Hände auf den Bauch und versucht, sich vorzustellen, was auf sie wartet, aber das ist fast unmöglich. Genauso wenig, wie sie sich die Geburt des Kindes vorzustellen vermag, das sie bald haben werden.

Sie werden sich mit einem Fischer am Køge Strand treffen, so viel weiß sie, und vor ihrem inneren Auge ist er wettergegerbt und feindlich, wenn sie ihm den Umschlag reichen, aber was weiß sie schon? Vielleicht ist er eine freundliche Seele, die Angst hat wie sie selbst? Sie weiß, dass noch andere mit auf der Überfahrt sein werden, aber nicht, wie viele. Es können Nachbarn dabei sein, Familie, sie werden eng nebeneinandersitzen, und sie hat sich seit einer Woche nicht ordentlich waschen können. Die Scham über ihren eigenen Körpergeruch ist fast genauso präsent wie die Angst vor den Wellen und den bewaffneten Wachen auf den Patrouillenbooten der Deutschen. An die will sie nicht denken.

Stattdessen versucht sie, die Ankunft in Schweden zu visualisieren. Eine fremde Küste, die sie nicht kennen.

»Seid ihr bereit?«

Der Pfarrer steht in der Tür. Er trägt einen langen Mantel und einen Hut, sein Blick ist ernst. Eine Welle der Dankbarkeit spült durch sie hindurch. Seine Tat streckt sich wie eine Brücke über die Kluft zwischen Religion und Fremdheit. Sie steht auf und sieht ihn mit Tränen in den Augen an, außerstande, ihren Gefühlen Ausdruck zu verleihen. Mendel kommt ihr zuvor. Er nimmt die Hand des Pfarrers in seine beiden. »Wir schulden Ihnen alles. Gott segne Sie, sowohl meiner als auch Ihrer.«

Der Pfarrer nickt ruhig. »Jetzt müssen Sie mir nur versprechen, sicher anzukommen und auf sich aufzupassen. Der Küster fährt Sie nach Køge, alles müsste bereit sein.«

»Und unsere Freunde? Rolf und Dora Farberoff?«

»Es ist alles klar, machen Sie sich keine Sorgen.«

Sie ziehen ihre Mäntel an und greifen nach den Koffern. Der

Pfarrer hilft, sie die Treppe hinauf zu dem wartenden Auto zu tragen. Ebba sieht ihren Atem in der Dunkelheit, was sie seltsamerweise beruhigt. Ich lebe, denkt sie, bevor sie sich in den Kofferraum legt. Der Bauch ist im Weg und sie bewegt sich langsam und unbeholfen. Hoffentlich wird das kein Hindernis sein, sie erträgt den Gedanken nicht, die anderen in Gefahr zu bringen.

Der Pfarrer beugt sich zu ihr herunter. Seine Stärke ist ansteckend, sie saugt sie in sich auf. »Jetzt müssen Sie sich entspannen, Frau Leon, und Kräfte für die Reise sammeln.«

Er schließt den Kofferraum, und alles wird schwarz. Ebba kneift die Augen zusammen und versucht zu entspannen. Sie weiß nicht, was auf sie wartet, sie weiß nur, dass sie auf dem Weg zu ihrer Rettung sind und dass dies das Verdienst des Pfarrers ist.

DIE ACHTE VISION

Ich pries und ehrte den, der ewig lebt,
dessen Gewalt ewig ist und dessen Reich für und für
währt, gegen den alle, die auf Erden wohnen,
für nichts zu rechnen sind.
Er macht's, wie er will
mit dem Heer des Himmels und mit denen,
die auf Erden wohnen.
Und niemand kann seiner Hand wehren noch zu ihm
sagen:
Was machst du?
Du verurteilst einen unschuldigen Mann
und lässt einen Schuldigen gehen.

MONTAG, 26. SEPTEMBER

KAPITEL 20

Die Nacht ist ein unbarmherziger Feind, aber ein gnädiger Freund. Liv erwachte am Montagmorgen, frei von Zweifeln und Selbstvorwürfen, als hätten die dunklen Stunden eine kathartische Kraft gehabt. Schon in dem eigenen Bett zu schlafen, fühlte sich wohltuend an, und sie pfiff unter der Dusche. Es ging vorwärts in dem Fall, das spürte sie, und das färbte auf ihr Leben ab.

Doch die gute Laune verflog schnell, als sie erst auf einem Parkplatz in Amager in ihrem Fiat saß, die Kamera auf einen fremden Eingang gerichtet. Sie riskierte, den ganzen Vormittag hier zu sitzen und auf einen Mann zu warten, der vielleicht, vielleicht auch nicht in dem Tesla angefahren kam, den er vor Kurzem als gestohlen gemeldet hatte.

Die Minuten schlichen dahin, träge wie Karamell, und angesichts dieser Verschwendung von Leben spürte sie die Ungeduld unter der Oberfläche lauern. Das ist dein Job, erinnerte sie sich selbst, Gert Linde bezahlt dir nicht die Miete.

Die Straße war leer. Sie legte die Kamera auf den Beifahrersitz und den Kopf zurück. Wenn Gert dem Verkauf des Hofs zugestimmt hatte, musste seine Frau doch von dem Handel wissen und auch, wie viel er eingebracht hatte.

Liv rief Patricia an, doch sie meldete sich nicht. Sie überlegte, ihr eine SMS zu schicken, suchte stattdessen nach der Nummer ihrer Boutique und rief dort an.

Eine tiefe Frauenstimme antwortete. »Sie sprechen mit Aura, einen Moment bitte.«

Sie legte den Hörer auf die Theke und ließ Liv grübeln, ob Aura der Name des Ladens oder der Frau war. Sie hörte sie im Hintergrund mit einer Kundin reden.

»Sic sind gerade reingekommen. Ich könnte auch dafür sterben.«

Lachen im Hintergrund, dann war sie zurück.

»Aura, mein Name ist Karen.«

Des Geschäfts also.

»Hei, Karen, ich bin Liv. Ich wollte Patricia sprechen.«

»Das tut mir leid, sie hat montags immer frei.«

Liv zögerte. »Kann ich ihr eine Nachricht hinterlassen?«

»Also, sie bekommt sie ohnehin erst am Dienstag …«

»Okay, danke, dann rufe ich einfach morgen wieder an.«

Liv legte auf. Dem Polizeibericht zufolge war Patricia in ihrem Laden gewesen, als Gert ermordet wurde. Gert war am Montag, den 4. März vor dreieinhalb Jahren ermordet worden. Sieh mal einer an.

Sie warf einen Blick durch die Frontscheibe, um sich zu versichern, dass der potenzielle Betrüger nicht aufgetaucht war, während sie telefoniert hatte. Bis auf einen gelben Bus und eine ältere Dame, die sehr langsam den Radweg entlangfuhr, war nichts zu sehen. Sie lehnte den Kopf wieder zurück und schloss die Augen. Nur einen Moment.

Das Klingeln ihres Handys weckte sie. Sie tastete nach dem Telefon, das unter den Sitz gerutscht war. War sie eine oder zwanzig Minuten weg gewesen?

»Hallo.«

»Habe ich dich geweckt?«

Thereses Stimme beförderte sie mit einem kleinen Schock zurück in die Wirklichkeit. Liv rieb sich die Augen und entfernte die Überbleibsel eines schnellen Traums, an den sie sich nicht mehr erinnern konnte.

»Ich bin nur etwas erkältet. Wie geht es dir?«

»Ich bin in der Arbeit. Du hast nach diesen Zahlen gefragt?«

Liv richtete sich im Sitz auf. Therese ließ sie verstehen, dass sie an ihrem Ende der Leitung nicht alleine war. Sie öffnete das Handschuhfach und nahm eine alte Quittung und einen Kugelschreiber heraus. »Yes, ich höre.«

»Gut. Es gibt mehrere Konten auf den entsprechenden Namen beziehungsweise drei private und zwei Geschäftskonten, die zu der Schweinefarm gehören. Brauchst du den Saldo von allen fünfen?«

»Hmm, ich wollte eigentlich nur wissen, ob auf einem davon ein größerer Betrag liegt. Hat er ein Sparbuch?«

Therese lachte, nur ganz kurz, doch der Klang verursachte Liv noch immer eine Gänsehaut.

»Das private Konto, das am besten gefüllt ist, hat ein Guthaben von zweihundertfünfundsiebzig Kronen. Und die beiden Geschäftskonten weisen ein beträchtliches Minus auf.«

Liv warf den Kugelschreiber auf den Sitz. Wo zum Teufel war das Erbe geblieben?

»Gab es größere Transaktionen in den letzten Jahren?«

Therese senkte die Stimme. »Ich kann das nicht vertiefen, Liv. Das hier ist bereits weit über der Grenze, und das weißt du genau.«

»Entschuldige, ist schon klar.«

»Ich muss weitermachen.«

»Warte!« Liv suchte nach etwas, das sie sagen, das eine zarte Brücke zwischen ihnen bauen konnte. »Auch für das andere. Entschuldige, Therese, ich bin nur …«

»Liv, ich habe jetzt einen Kundentermin. Wir hören uns.«

Therese legte auf. Liv griff nach der Kamera und sah wieder aus dem Fenster. Die Straße war immer noch leer. Sie warf einen Blick auf die Uhr, es waren erst acht Minuten vergangen, seit sie das letzte Mal darauf gesehen hatte. Es konnte doch einfach nicht richtig sein, dass sie hier untätig herumsaß, während ein Täter frei herumlief. Hitzig warf sie die Kamera auf den Beifahrersitz, schaltete den Motor an und trat aufs Gaspedal.

*

Die Glocken der Kirche in Virum läuteten, und die Flagge war auf halbmast gehisst. Nima stand draußen auf dem Bürgersteig und sah die schwarz gekleideten Kirchgänger an dem wartenden Leichenwagen vorbeigehen und in der Kirche verschwinden. Das Handy brummte in seiner Tasche. Eine unterdrückte Nummer, den ganzen Tag schon. Die Polizei, natürlich. Er schaltete das Handy auf Flugmodus, wartete, bis der letzte Trauergast hineingegangen war und die Glocken verstummt waren, dann lief er mit schnellen Schritten den Weg hoch und öffnete die Tür. Ein Kirchendiener reichte ihm den Liedzettel. Er nahm ihn mit abgewandtem Gesicht entgegen und stellte sich hinter die letzte Reihe. Die Kirche war voll, und er konnte in der Menge verschwinden. Der Organist spielte ein Lied, und die Trauergäste hatten die Gesichter in den Gesangbüchern und sangen oder murmelten mit.

Ganz vorne in der Kirche stand ein weißer Sarg mit Blumen auf dem Deckel und einer an die Seite geklebten Kinderzeichnung. Nima versuchte, Mariannes Töchter in der ersten Reihe auszumachen, und entdeckte zwei dunkle Köpfe, doch es waren zu viele Menschen zwischen ihnen und ihm, als dass er sich sicher sein konnte. Er hatte sie vor fünf Jahren lediglich auf Fotos gesehen, sie mussten inzwischen groß sein. Damals hatte er davon fantasiert, selbst Vater zu werden, obwohl er gewusst hatte, dass er wohl zu großen Schaden genommen hatte, um diese Rolle zu übernehmen. Die dummen Fantasien, die trügerische Hoffnung, die einem alles kaputt macht!

Das Lied verklang, und Adam trat an den Sarg. Er blieb kurz stehen und betrachtete ihn, streckte die Hand aus und schob eine Blume zurück an ihren Platz, die an der Seite herunterzufallen drohte. Dann blickte er über die Versammlung und begann zu sprechen. Seine Stimme war überraschend ruhig und klar, doch selbst auf diesen Abstand sah Nima, dass seine Hände leicht zitterten.

»Vergebt mir«, begann er, »aber der heutige Tag ist schwer. Ich habe meine Frau geliebt, seit sie an einem kalten Winterabend vor neunzehn Jahren zum ersten Mal meine Hand genommen hat.«

Nima sah sich diskret in der Versammlung um. Die Trauergäste wischten sich die Augen und waren deutlich gerührt von Adams Worten, er hatte ihre ungeteilte Aufmerksamkeit. Aber nicht Nimas. Nima blickte zu dem Sarg und sah ihn vor sich, ihren Körper, blass und leblos auf dem Waldboden, kein Leben ließ sich mehr in ihn hineinpusten. Die glatte Haut, die jetzt verweste und langsam aus dem Sarg herauswucherte und auf den Kirchenboden tropfte.

Adam ging von dem Sarg zu seinen Kindern, die in der ersten Reihe saßen, und der Organist setzte zu einem neuen Lied an. Nima trat den Rückzug an, raus, weg, zur Tür hin. Er hätte nicht kommen sollen, natürlich nicht. Bevor er die Tür öffnete, sah er über die Schulter zurück. Ein letzter Abschied.

Doch es war Adams Blick, dem er begegnete. Er sah ihn direkt an.

*

»Verdammte Klimaanlage, warum kann man kein Fenster mehr konstruieren, das sich öffnen lässt, und keinen Heizkörper, den man selbst an- und ausstellen kann!«

Petter drückte mürrisch auf ein Tastenfeld an der Wand, und Liv konnte ihr Lachen nicht unterdrücken. »Du führst dich langsam auf wie ein verdrießlicher alter Mann.«

»Ich BIN ein verdrießlicher alter Mann. Und ich behalte mir das Recht vor, mich wie einer zu benehmen.«

Er setzte sich hinter seinen Schreibtisch. Sie sah an seinen Mundwinkeln, dass er es nicht ernst meinte.

Die Abteilung für Gewaltkriminalität in Kopenhagen war 2014 zusammen mit drei anderen Abteilungen aus dem fast hundert Jahre alten Polizeipräsidium in ein neues Superpräsidium auf Teglholmen umgezogen. Der Umzug war notwendig gewesen, weil die alten Räumlichkeiten zu eng geworden waren und der Denkmalschutz verhinderte, dass das Gebäude entsprechend umgebaut werden konnte. Doch einige der älteren Ermittler fremdelten noch mit den neuen Büros, so effektiv sie auch waren. Petter war mit Sicherheit einer von ihnen.

»Was sagst du da? Jens hat sich hinter Gerts Rücken des Erbes bemächtigt?«

»Genau.« Sie lehnte sich auf dem Bürostuhl zurück. Er roch schwach nach warmem Plastik. »Versprich mir, bis zum Ende zuzuhören, bevor du protestierst, okay?«

»Okay.«

»Es geht nämlich um das Geld, das der Verkauf von Hurup

eingebracht hat. Gert hat sich dem Verkauf widersetzt, die Brüder haben jahrelang darüber gestritten.«

»Jens Linde hatte ein Alibi.«

»Hallo, du hast versprochen zuzuhören!« Sie sah ihn streng an, und er verdrehte zur Antwort die Augen. »Jens Lindes Alibi wird von einer Gruppe betrunkener Saufkumpane bestätigt. Ich gebe keinen Penny auf dieses Alibi.«

»Hmm, vielleicht.«

»Der Mord war gewalttätig, aber auch amateurhaft, das passt also gut zu der Theorie.«

Petter stand wieder auf, steckte die Hände in die Taschen und ging hinter dem Schreibtisch auf und ab. Zwei Schritte in die eine Richtung, Pause, zwei in die andere.

»Wic ist es passiert?«

»Jens ist Sonntagabend und in der Nacht nüchtern geblieben und hat nur so getan, als wäre er betrunken. Dann ist er früh am nächsten Morgen nach Kopenhagen gefahren. Er hat geklingelt, und Gert hat ihn hereingelassen. Sie sind ins Arbeitszimmer gegangen, haben sich gestritten und Jens hat ihn erwürgt. So einfach kann es gewesen sein.«

Petter sah sie an.

»Glaubst du, dass man eine Fährüberfahrt überprüfen kann, die dreieinhalb Jahre her ist? Man kauft sich das Ticket ja übers Nummernschild, wenn Jens Linde also an dem Morgen die Fähre genommen hat, ist das wohl irgendwo registriert.«

»Ich weiß nicht, wie lange solche Daten gespeichert bleiben, aber ich versuche es gern.« Petter blieb stehen, machte sich eine Notiz auf einem Block, und sah sie an. »Was noch?«

»Das Geld von dem Hof. Wie viel hat der Verkauf eingebracht, und an wen ist das Geld gegangen?«

»Ich weiß nicht, ob wir in einem Fall, der offiziell geschlossen wurde, Zugriff auf diese Informationen bekommen. Aber ich werde das überprüfen.« Er machte sich noch eine Notiz, warf den Kugelschreiber hin und setzte sich. »Sonst noch was?«

»Jens war nicht der Einzige, der daran verdient hat.«

»Die Ehefrau?« Petter zuckte mit den Brauen und sah wieder skeptisch aus.

»Weißt du, ob ihre Wohnung eine Eigentumswohnung ist? Die muss ein Vermögen kosten.«

Er seufzte.

»Was wissen wir eigentlich über Patricia Linde?« Liv zählte an den Fingern. »Dass sie und Gert sich gestritten haben, dass es gekracht hat. Dass ihr Mann mindestens eine Geliebte hatte, mit der er sie betrogen hat – und wie du diese Spur übersehen haben kannst, ist mir ein Rätsel.«

»Willst du damit sagen, dass ich nachgelassen habe?«

Liv begegnete seinem Blick. Von seinem üblichen Humor war nichts in seiner Stimme zu hören, und seine Augen blickten ernst.

»Hör auf, Petter, das war ein Versehen, das kann passieren, und das weißt du. Wir konnten doch immer unsere Witze über so etwas machen.«

Er zuckte mit den Schultern. Holte eine Packung Zigaretten heraus und schien zu zählen, wie viele noch da waren. Dann legte er sie zur Seite und nickte ihr zu. »Gute Arbeit, Liv!«

Sie merkte, wie sie rot wurde, und sah auf den Tisch hinunter. Aber nur einen Moment. Dann richtete sie sich auf und hob das Kinn. »Wie weit seid ihr mit der Frau im Wald?«

»Alles weist auf den Mechaniker von deinem Hof hin – Zeit, Gelegenheit, Verhalten nach der Tat –, wir verstehen nur nicht, warum er es getan hat. Sie hatten vor fünf Jahren eine Affäre, vielleicht ist sie wieder aufgeflammt und aus dem Ruder gelaufen.« Er stützte sich auf die Ellenbogen und sah sie ernst an. »Die technischen Beweise sind solide, aber nicht solide genug, deshalb werden wir ihn wohl zu einem Geständnis drängen müssen.«

Sie zog die Schultern hoch und ließ sie mit einem gespielten Seufzer wieder herunterfallen.

»Du sagst einfach, wenn ich versuchen soll, etwas aus ihm herauszubekommen. Aber wenn mir das gelingt, Petter, möchte ich auch bald eine feste Stelle mit Dienstausweis und Pensionsanspruch.«

KAPITEL 21

Liv fuhr zurück in die Kaalundsgade, parkte das Auto und steuerte den Vesterbro Torv an. Es erschien ihr utopisch, den Rest ihres Arbeitstags zu Hause zu verbringen. Die Aussicht, in ihrer Kellerwohnung zu hocken, während die Leute draußen in der Welt Besprechungen abhielten und sich über ihre Schreibtische hinweg unterhielten, war absolut deprimierend. Am Markt lagen mehrere Cafés, und der Name *Barbar Bar* zauberte ihr ein Lächeln aufs Gesicht. Ein Fensterplatz auf der gepolsterten Bank und eine kalte Cola, und sie war fast genauso zufrieden, als säße sie in Teglholmen. Sie schaltete den Laptop an und verschloss die Ohren vor den Gesprächen der anderen Cafégäste.

Eine weitere Google-Suche nach Patricia Linde führte zu einigen Artikeln und Beiträgen, die meisten bezogen sich auf modische Themen und waren Interviews. Sie öffnete einige und las von Schönheitsritualen und Lieblingsteilen vom Flohmarkt, bis sie auf ein zwei Jahre altes Porträt in einer größeren Frauenzeitschrift stieß. Das Interview nahm acht Seiten ein und war mit mehreren schicken Fotos von Patricia in verschiedenen Outfits aufgepeppt. Die Überschrift lautete: *Selbst in den dunkelsten Augenblicken gibt es ein Licht am Ende des Tunnels*. In der Zusammenfassung war zu lesen, *dass die Kopenhagener Modeinstitution, die neunundfünfzigjährige Patricia Linde, innerhalb von zwei Jahren eine ernste*

Krebserkrankung und den Verlust ihres Mannes durchstehen musste.

Liv setzte sich bequem hin und las.

Patricia erzählte von einem Knoten in der Brust, den sie eines Morgens im Bad entdeckt hatte, von den darauffolgenden angstgeprägten Untersuchungen und den Diagnosen, die ein Todesurteil mit nur einer winzigen Überlebenschance gewesen waren. Sie erzählte ehrlich von der Kraftanstrengung der Chemotherapie, dem Ausfall der Haare und dem Mondgesicht, der fehlenden Lust auf Sex und von dem Schock in der dunkelsten, hoffnungslosesten Zeit – dem bestialischen Mord an ihrem Ehemann, mit dem sie viele Jahre verheiratet gewesen war, Gert Linde.

Wie haben Sie sich davon erholt?, fragte die Journalistin, und Patricia gab zu, dass es fast unmöglich gewesen sei, sie aber trotz allem die ganze Zeit eine Hoffnung am Horizont gespürt habe. Kurz nach Gerts Tod hatte sie sich in Kalifornien einer alternativen Behandlung mit einer Kombination aus bispezifischen Antikörpern und hohen Dosen Vitamin C unterzogen. Nach zwei Monaten in Los Angeles war sie nach Hause zurückgekehrt und für krebsfrei erklärt worden.

Danach war das Licht langsam in Patricias Leben zurückgekehrt. Und jetzt schulde sie es Gert, für sie beide aus vollen Zügen zu leben, erklärte sie.

Liv hielt einen Gedanken auf ihrem Notizblock fest:

Sie spricht nicht von seiner Unterstützung!

In allen Interviews, die Liv über ernste Krankheitsverläufe gelesen hatte, nannten die Betroffenen die Unterstützung durch ihre Angehörigen als wesentlichen Faktor. Patricia erwähnte seine Rolle in der langen Periode, in der sie Krebs gehabt hatte, mit keinem Wort. Hatte er sie unterstützt, war er mit zur Chemotherapie gegangen, oder hatte er seine Zeit in Thy verbracht?

Liv kaute auf dem Kugelschreiber herum und notierte sich einen Gedanken.

Sie ist in der Wohnung wohnen geblieben!!

Ungeachtet, wie sehr man sein Zuhause liebt und wie lange man dort gewohnt hat, will man nach dem Mord am eigenen Mann nicht ausziehen? Wischt man wirklich nur die Leichenflecke weg, lüftet und lebt weiter?

Liv schloss den Artikel. Direkt darunter in der Liste der Links erregte eine Notiz in einem Revolverblatt über Gerts Beerdigung ihre Aufmerksamkeit. Ein Bild zeigte die Beisetzung des Sargs und die Gäste. Sie zoomte das Foto heran.

Patricia ging hinter dem Sarg, ganz in Schwarz und sehr elegant, mit einem Tuch um den Kopf. Zwei Personen waren an ihrer Seite, die sie an den Ellenbogen stützten. Die eine eine Frau mit Sonnenbrille, der andere Jens Linde.

Patricia zufolge hatten sie und Gert in den letzten zehn Jahren seines Lebens keinen Kontakt zu seinem Bruder gehabt, doch nach Gerts Tod waren sie offenbar wieder sehr eng. Oder hatte die Trauer sie nur für eine Weile vereint – so etwas gab es ja.

Liv lehnte sich auf der Bank zurück und sah auf den Bürgersteig hinaus. Was hatte Gerts Kollege Mick Hvilsom noch über Patricia gesagt, als er von Gerts Eskapaden berichtet hatte?

Sie hat ihr eigenes Ding gemacht. Sie sollte ihn wohl fragen, was genau er damit gemeint hatte.

*

In der Pusher Street brummte wie üblich der Handel mit Cannabis in jeglicher Form. Nima fand seine Bude und kaufte fünf Gramm und eine Tüte Pot, bevor er an den bunten Holzhäusern von Christiania vorbei zu seinem festen Platz am Wall hinunterging. Es war nur eine kleine Lichtung im Gebüsch, und er war bei Weitem nicht der Einzige, der diesen Ort frequentierte, doch wenn er rauchen wollte, saß er gerne hier. Die hohen Buchen bildeten ein Dach über seinem Kopf, und das Wasser des Kanals floss ruhig an ihm vorbei, hier konnte er sich verstecken und gleichzeitig wegträumen.

Er zog das Zigarettenpapier heraus und drehte sich einen Joint. Seine Finger kannten die Routine, der Körper beugte sich vor in der Erwartung des Rausches. Er zündete ihn an und inhalierte tief, hielt die Luft an und blies den Rauch zum Wasserspiegel hin, in dem sich der Himmel spiegelte. Hinter ihm raschelte es in den Blättern, aber es war nur ein Entenpaar auf dem Weg zum Wasser. Er lächelte den Vögeln zu, die unverfroren direkt an ihm vorbeiwatschelten. Eindeutig war er derjenige, der ihrem Platz einen Besuch abstattete, und nicht umgekehrt.

Nima zog noch einmal und spürte, wie die Ruhe sich in ihm ausbreitete. Solange er zurückdenken konnte, hatte er sich künstlich betäuben müssen, um diese Ruhe zu finden. Mit Alkohol, mit Drogen, mit Liebe. Alles verschwand in dieser bodenlosen Tiefe, die seine geschädigte Seele war. Der Rausch hielt das Dasein auf Abstand.

Die Frage war, ob er jetzt wirklich flüchten musste. Vor der Polizei.

Eine Spinne lief über Nimas Rücken, und er bekam eine Gänsehaut.

Obwohl er ganz still saß und der Joint zu wirken begann,

kribbelte der Körper auf eine Weise, die er nur zu gut kannte. Auf der Flucht aus dem Iran hatte er sich in einem permanenten Ausnahmezustand befunden, der ihn gefühllos gemacht hatte und gleichzeitig von Grauen erfüllt.

Einer der freundlichen Sachbearbeiter im Auffanglager Sandholm hatte von einer posttraumatischen Belastungsstörung gesprochen, aber weiter war es nicht gekommen.

Man hatte ihm Hilfe angeboten, du liebe Zeit, und er hatte sie auch ein einziges Mal in Anspruch genommen, vor allem seiner Mutter zuliebe. Sie hatte sich viel zu viele Sorgen um ihn und zu wenige um sich selbst gemacht. Das Gespräch hatte in einem Gebäude der Gemeinde stattgefunden, dem quadratischsten Gebäude, das er je gesehen hatte. Auf dem Tisch hatte eine Schale mit Schokoladentäfelchen gestanden, die in buntes Cellophan eingewickelt waren. Die Krisenpsychologin hatte sich als Pernille vorgestellt und langsam und deutlich gesprochen, sodass er ihr in seinem noch gebrochenen Dänisch folgen konnte. Er erinnerte sich an kaum etwas anderes von dem Gespräch, als dass er sein Ende herbeigewünscht hatte. Sie hatte ihn nach der Flucht gefragt, daran erinnerte er sich, und er hatte zu der Schokolade hingesehen und sich gefragt, ob die Psychologin jemals Hunger gelitten hatte. Ob sie sich vorstellen konnte, wie es war, sich unter einem Klippenvorsprung schlafen zu legen, klappernd vor Kälte und mit leerem Magen.

Nima drückte den Joint aus. Ob Hannah eine gute Psychologin war? Für ihn war es nicht wirklich nachvollziehbar, dass es möglich sein sollte, sich dazu ausbilden zu lassen, andere Menschen zu verstehen. Traf man im Gesicht des Patienten nicht auf seine eigenen Gedanken, und versuchte man nicht, seine Gefühle von den eigenen ausgehend zu verstehen? Die Therapiestunde hatte ihm zumindest nicht geholfen. Er war jetzt genauso kaputt wie damals. Vielleicht sogar mehr.

Er blickte über den See und spürte den Körper kribbeln. Tausende von Ameisen unter der Haut, die Eingeweide tanzten einen unfreiwilligen Breakdance. Ja, er war jetzt definitiv kaputter als damals.

*

Am Montagnachmittag war die *Byens Kro* zu Livs Überraschung voll mit Bier trinkenden Gästen, die nichts dagegen hatten, in einer Qualmwolke auf den Abend zu warten. Liv schien die Einzige zu sein, die nicht an einer Zigarette zog.

Sie fand Mick Hvilsom auf demselben Platz, wo sie ihn letzte Woche verlassen hatte. Er hatte den Blick auf seinen Laptop gerichtet und sah sich eine internationale Nachrichtensendung an. Vor ihm stand ein Set aus einem Fassbier und einem Shotglas mit einer dunklen Flüssigkeit neben einem vollen Aschenbecher. Die Barhocker um ihn herum waren besetzt, doch Liv schob sich mit einem entschuldigenden Lächeln zwischen ihn und seinen Nebenmann.

Ein paar Vorteile musste es doch haben, so klein zu sein.

»Hei, Mick.«

Er sah sie mit leerem Blick an.

»Liv Jensen, wir haben uns am Mittwoch über Gert Linde unterhalten.«

»Ja. Wollen Sie sich nicht setzen?« Er stieß seinen Nebenmann an der Schulter an. »Flemming, willst du der Dame nicht Platz machen?«

Flemming stand von dem Barhocker auf und verbeugte sich galant vor Liv. Sie setzte sich und bestellte bei dem Barkeeper eine Cola.

»Puh, Russland, was?« Er schloss den Laptop und trank sein Shotglas aus. »Was verschafft mir die Ehre? Schon wieder?«

»Ich brauche Ihre Hilfe.«

»Aha!« Er sah gespielt überrascht aus.

»Sie haben Patricia erwähnt. Sie haben gesagt, dass sie ihr eigenes Ding gemacht hat. Was haben Sie damit gemeint?«

»Hab ich das?« Er lachte ohne ersichtlichen Grund. »Ich habe wohl nur gemeint, dass sie mit ihrer eigenen Karriere beschäftigt war und so, nicht?«

»Sie wollten nicht andeuten, dass sie vielleicht eine Affäre hatte?«

»Nee. So gut habe ich sie nicht gekannt. Ich war mit Gert befreundet, wir haben keine Pärchenabende veranstaltet und so was.« Sein Shotglas wurde von dem Barkeeper aufgefüllt, und Mick zog es näher zu sich heran.

»Wussten Sie, dass sie schwerkrank war?«

»Sie meinen den Brustkrebs?«

Liv zog die Brauen hoch. »Warum haben Sie nichts davon gesagt, als wir uns letztes Mal unterhalten haben?«

»Das hat in meinen Gesprächen mit Gert wohl keinen so großen Raum eingenommen.«

»Sie wäre beinahe daran gestorben?!« Liv konnte den Ärger nicht aus ihrer Stimme heraushalten.

»Nur weil man nicht die ganze Zeit über etwas spricht, heißt das nicht, dass es einem egal ist, junge Dame. Gert hatte nur keinen Bedarf, sich über Chemo und Glatze auszulassen, wenn er endlich einmal ein bisschen frei davon hatte. Das habe ich respektiert.«

Liv spielte mit einem Pappbierdeckel herum und trank einen Schluck Cola, nutzte es als Vorwand wegzugucken. Mick zündete sich eine Zigarette an und ließ das Feuerzeug mit einem kleinen Knall auf den Tisch fallen.

»Hören Sie, Gert hat sich Scheißsorgen gemacht, das weiß ich. Das war eine furchtbare Zeit, für beide.«

Am meisten wohl für Patricia, dachte sie.

»Er hat sich nur nicht darin gesuhlt, okay?« Mick hob das Bierglas und trank die Hälfte in einem Schluck aus.

»Sie ist irgendwo in den USA geheilt worden?«

»Davon weiß ich nichts. Ich hatte keinen Kontakt mehr zu ihr, nachdem Gert tot war.«

Liv lächelte ihn an. »Sie sind Investigativjournalist. Ist es nicht genau so etwas, was Sie herausfinden können?«

Er strich mit den Fingern behutsam über den zugeklappten Laptop, als streichelte er ein Haustier.

»Geht es hier immer noch darum, Gerts Mörder zu finden?«

Sie nickte.

Micks Hand ruhte weiter auf dem Laptop, sein Blick war verschleiert von Alkohol und Zweifeln. Liv sah ihm an, dass er ahnte, welchen Verdacht sie hegte.

»Gert hat sich Scheißsorgen gemacht, ob sie in der Wohnung bleiben konnten, als Patricia krank geworden ist. Aber über so etwas spricht niemand. Wie teuer es in diesem Land ist, krank zu sein.«

»Die Kosten übernimmt doch der Staat.«

Er richtete den Finger auf sie. »Ja, schon, doch wenn die Behandlung fehlschlägt, ist man geliefert. Patricia musste für die Damenboutique eine Ganztageskraft einstellen, das kostet. Und als sie auf die alternative Behandlung abgefahren ist, wurde es richtig heftig.«

»Konnten sie keinen Kredit auf die Wohnung aufnehmen?«

»Nein, das ist eine Mietwohnung, und die ist unverschämt teuer. Man bekommt nicht so viele Quadratmeter in Indre Østerbro, ohne zu bluten.«

Liv bekam einen Schubs und eine genäselte Entschuldigung von einem Gast und kletterte wieder auf den Barhocker.

»Was war das für eine alternative Behandlung?«

»Das weiß ich nicht so genau. Doch wenn man erst anfängt, an den Angeboten der Schulmedizin zu zweifeln, ist man schlecht beraten, wenn Sie mich fragen. Da draußen gibt es eine ganze Welt von Parasiten, die von der Verzweiflung der Kranken profitieren. Gert hat alles getan, dass sie die Bodenhaftung nicht verlieren.«

»Weil es zu teuer wurde?«

Mick verdrehte die Augen. »Das grenzt ja schon an Rufmord! Gert war ein feiner Kerl, der das Beste für seine Frau gewollt hat. Er hatte nur eine gesunde Skepsis gegenüber den alternativen Schmarotzern und Scharlatanen, und darüber sollte Patricia heute froh sein. Wenn ich mich recht entsinne, hat sie überlebt, und er ist gestorben.« Er trank sein Glas leer und rülpste in seine Hand. »Ich werde mich ein bisschen umsehen und gucken, was ich finde. Schreiben Sie mir Ihre Mailadresse und Ihre Nummer hier drauf.«

Liv nahm den Bierdeckel und zog einen Kugelschreiber aus ihrer Tasche. Mick hatte recht. Letztendlich hatte die Kranke überlebt, und der Gesunde war gestorben.

KAPITEL 22

Die nach Rauch stinkenden Klamotten wanderten direkt in die Waschmaschine und wurden durch Laufhose und Kapuzenshirt ersetzt. Liv steckte sich Kopfhörer in die Ohren und ging durch den Hinterhof zum Tor. Die Werkstatt war leer, der Mechaniker offenbar für heute gegangen. Sie schlenderte langsam zum Gammel Kongevej hinunter und wärmte sich auf der Treppe vor dem Planetarium zu alten Guns N'Roses-Songs auf. Die Sonne versank hinter den Dächern von Vesterbro, während sie entlang des Sankt-Jørgens-Sees ihren Rhythmus fand. Als sie zum Seepavillon kam, rief Petter an.

»Kannst du reden?«

»Wenn du damit leben kannst, dass ich ein bisschen schnaufe, ja.«

»Bist du joggen? Ha, ich zünde mir gerade meine Feierabendzigarette an. Dann kann ich mit schlechtem Gewissen rauchen, während wir reden.« Er machte sich an einem Feuerzeug zu schaffen und fluchte mit zusammengebissenen Zähnen. »Ich habe die Fährüberfahrten vom Morgen des 4. März vor dreieinhalb Jahren von einem Azubi checken lassen. War gar nicht so einfach, einen dazu zu überreden, aber es hat geklappt. Er hat Jens Lindes Auto nicht gefunden.«

»Okay.« Liv lief um zwei Männer mit Kinderwagen herum. »Er kann ja trotzdem nach Kopenhagen gefahren sein. Er kann die Brücke genommen haben.«

»Ja, oder einen Mietwagen. Ärgerlich, das wäre ein netter kleiner Beweis gewesen.«

»Was ist mit dem Erbe? Wie viel hat der Verkauf von Hurup gebracht?«

Sie hörte ihn an der Zigarette saugen und den Rauch ausstoßen. »Diese Informationen einzuholen, hat sich als relativ einfach erwiesen. Auf ois.dk sind Immobiliendaten frei zugänglich. Der Hof wurde vor drei Jahren für acht Millionen Kronen verkauft. Und unmittelbar hast du wohl recht, dass das Geld zu gleichen Teilen zwischen Jens Linde und Gerts Witwe aufgeteilt wurde.«

»Hast du gewusst, dass sie krank war? Sie muss krank gewesen sein, als ihr sie verhört habt.«

Petter machte die Art von Pause, die man macht, wenn jemand eine Grenze überschritten hat.

»Sie hatte ein Kopftuch an, ja. Aber darüber haben wir nicht gesprochen, warum hätten wir das tun sollen? Sie war auch so entkräftet, dass sie als Verdächtige nicht infrage kam.«

Liv blieb bei einer Bank stehen und stemmte die Hände in die Seiten, um den Seitenstichen vorzubeugen, die sich gerade anschlichen.

»Okay, das verstehe ich natürlich.« Sie beugte sich vornüber und stützte sich auf die Knie. »Ich muss nur gerade wieder zu Atem kommen, einen Moment.«

Petter inhalierte wieder. »Willst du mir gerade sagen, dass die Ehefrau mit dem Bruder gemeinsame Sache gemacht hat? Was sollte sie für ein Motiv gehabt haben?«

»Machst du Witze? Seit wann sind vier Millionen nicht Motiv genug?« Liv begann wieder zu laufen. »Jens Linde muss auch Geldprobleme gehabt haben, und wenn man sich seine Schweinefarm ansieht, scheint er die, wie gesagt, immer noch zu haben. Ich treffe mich morgen früh mit dem Anwalt der Lindes – ich hoffe, dass er Licht in den Verkauf des Hofs bringen kann.«

»Spannend. Sehen wir uns danach zum Mittagessen?«

»Du zahlst!« Sie wich mit knapper Not einer Gruppe Läufer aus, die ihr schnell entgegenkamen. »Jens hat übrigens einen Wohnwagen auf seinem Grundstück stehen, weißt du, ob die Polizei den durchsucht hat, als er verhört wurde?«

»Hmm, das geht aus dem Bericht nicht hervor. Warum?«

»Er verbringt die Abende darin. Das ist ein riesiger Hof, und trotzdem sitzt er abends in einem Wohnwagen.«

»Klingt seltsam.«

»Ja, nicht? Ich würde zu gerne wissen, was er darin treibt.«

*

Hannah spürte die Musik bereits im Körper, als sie in der milden Abendluft mit offenem Mantel die Oehlenschlægersgade entlangging. Ihre schwarzen Tanzschuhe klapperten auf dem Pflaster und fanden unbewusst den Rhythmus einer Piazzolla-Nummer, die sie sehr mochte. Es war fast ein Jahr her, dass sie das letzte Mal auf einer Milonga gewesen war, und sie kam sich furchtbar ungelenk vor, als würde ihre Unsicherheit sämtliche Blicke auf sich ziehen. Vielleicht sollte sie es gar nicht erst versuchen, jetzt, da sie krankgeschrieben war; andererseits musste sie Teile ihres früheren Lebens wieder aufnehmen, um zu sehen, ob sie es schaffte, daran anzuknüpfen.

Rune hatte ihr seinerzeit das Tanzen nahegebracht. Er hatte es von einer Ex-Freundin gelernt, einer Porteña, hatte er mit rollendem Akzent gesagt, anstatt einfach zu erklären, dass sie aus Buenos Aires kam. Hannah hatte es geliebt, einen Mann zu haben, der tanzte, und sich fast geschämt, wie sehr sie es genoss, sich führen zu lassen – dass er sie am Nacken packte und die Richtung bestimmte. Jetzt kam sie allein.

Das Gefühl von Gitarre, Violine und Harmonika wuchs im Körper, je näher sie der Tangobar am Halmtorvet kam. Der Montagstanz, *Noche de Lunes*, war ihre Lieblingsmilonga. Es gab Livemusik, und die Leute kamen, um zu tanzen, nicht, um jemanden aufzureißen. Es war wohl wie mit dem Fahrradfahren, der Körper konnte nicht alles vergessen haben, selbst wenn er eingerostet war.

Am Ende der Matthæusgade durchquerte sie den Park Skydebanehaven, in dem sie und Daniel als Kinder oft gespielt hatten. Ihre Mutter hatte auf einer Bank in der Sonne gesessen, den Zeigefinger zwischen zwei Buchseiten, während sie geschaukelt und Verstecken gespielt hatten. An dem Tor zur Istedgade hinaus warf Hannah einen Blick über die Schulter zu dem fernen zugewachsenen Ende des Parks hin. Daniel hatte sich einmal im Gebüsch versteckt und war einen ganzen Abend verschwunden gewesen.

Hannah erinnerte sich deutlich an das Gesicht ihrer Mutter, als sie mit dem schweren Hörer dagesessen und die Klassenkameraden und Nachbarn abtelefoniert hatte. Die blasse, gefasste Fassade hatte ihren Panikanfall verdeckt. Ihr Vater war ruhelos durch die Straßen gelaufen und hatte fremde Leute gefragt, ob sie Daniel gesehen hatten. Die Stunden waren langsam vergangen. Sie hatte auf der Küchenbank gesessen, die Füße unter sich gezogen und gewartet. Niemand hatte Licht gemacht, und sie hatte nicht zu sagen gewagt, dass sie hungrig war.

Als sie ihn endlich fanden, war sie eingeschlafen.

Die Istedgade begrüßte sie mit dem vertrauten Bild aus bunten Geschäftsfassaden, in Kisten herausgestelltem Gemüse und Radfahrern. Sie versuchte, den Rhythmus in ihren Schritten wiederzufinden, hörte die Melodie aber nicht mehr. Die Schuhe klackerten nur über das Pflaster. Mikkel Feldings unangemeldeter Besuch saß ihr noch immer in den Knochen. Sie hatte heute nichts von ihm gehört, obwohl sie eine Entschuldigung erwartet hätte. Je mehr sie darüber nachdachte, desto merkwürdiger kam es ihr vor.

Als sie zum Halmtorvet kam und fünfzig Meter weiter die Tangobar sah, hörte sie das Orchester eine Nummer von Gardel spielen und versuchte, den Rhythmus zu finden. Doch sie war zu schnell, und die Absätze dröhnten unschön auf dem Pflaster.

Sie blieb mitten auf dem Bürgersteig stehen und spürte ihren Atem ganz oben im Hals. Passanten gingen an ihr vorbei, redeten, lachten, auf dem Weg hinaus ins Leben. Hannah kehrte um. Vielleicht nächsten Montag.

Zu Hause in der Diele kickte sie die Tanzschuhe weg und ging auf Strümpfen in die alte Werkstatt, wo sie ihren Laptop auf dem Arbeitstisch hatte stehen lassen. Sie öffnete ihn, rief die Website der Verwaltung von Patientenbeschwerden auf. Hier waren Beschlüsse zu psychiatrischen Beschwerdefällen öffentlich einsehbar, unter anderem der Entzug von Approbationen, die Anordnung einer verschärften Überwachung und fachliche Verfügungen. Hannah klickte sich langsam und methodisch von oben bis unten durch die Beschlüsse zu Zwangsbehandlungen, körperlicher Gewalt und dem Abschließen von Patiententüren. Namen und Behandlungsorte waren zwar ausgestrichen, doch die Fallnummern waren einsehbar.

Nach einer halben Stunde taten ihr die Beine weh und sie setzte sich im Schneidersitz mit dem Laptop auf dem Schoß auf den Boden und las weiter. Sie konnte ihren Vater oben ins Bett gehen und Liv unten Musik spielen hören, draußen im Hof ging in den Fenstern ein Licht nach dem anderen aus. Die Augen fielen ihr zu, und der Rücken schmerzte; sie legte sich auf den Bauch und scrollte weiter, gähnte und studierte die Beschlüsse, in denen es um die Medikation bei schwierigen Patienten und bei Schlafmangel ging. Das hier brachte nichts.

Mühsam kam sie auf die Beine und holte ihr Handy aus der Manteltasche in der Diele. Öffnete das Adressbuch und fand die Nummer von Helle, die sie vom Medizinstudium her kannte und die heute als Abteilungsschwester im Psychiatrischen Center in Nordseeland arbeitete.

»Hei, Hannah, was für eine Überraschung.« Helles warme Stimme vermittelte Hannah ein Zugehörigkeitsgefühl.

»Hei, Helle, ich hoffe, ich störe nicht?«

»Überhaupt nicht. Das mit deinem Bruder tut mir leid.«

»Danke.« Was sollten die Leute sonst sagen? Hannah zählte bis drei, bevor sie fortfuhr. »Ich rufe an, weil ich dich um einen Gefallen bitten möchte. Das ist ziemlich daneben, nachdem ich mich so lange nicht gemeldet habe, aber …«

»Ich kann mir denken, dass es wichtig ist. Also, leg los!«

»Ich muss wissen, ob gegen einen bestimmten Psychiater eine Beschwerde vorliegt oder ein Beschwerdeverfahren läuft.« Hannah ging zurück in die Werkstatt und nahm den Laptop vom Tisch, während sie weitersprach. »Ich weiß, dass diese Art von Informationen zugänglich ist, wenn man in der Psychiatrie arbeitet. Es geht um Mikkel Felding, ich weiß nicht, ob du dich an ihn erinnerst?«

»Ganz vage, ja. Hast du seine Arztnummer?«

»Nein, leider nicht.«

»Sehen wir mal, ob wir trotzdem etwas über ihn finden.« Sie hörte Helle im Hintergrund tippen.

»Hier. Im Oktober letzten Jahres ist eine Beschwerde über

ihn eingegangen. Ich kann nicht sehen, ob sie von einem Kollegen oder einem Patienten kommt, doch sie hat zu einer verschärften Überwachung seiner Arbeit geführt. Hmm ... zwei Sekunden, ich muss das gerade lesen.« Helle brummte, während sie las. »Ich kann nicht sehen, worum es geht. Aber ich kann dir sagen, wo es passiert ist.«

»Wo?«

»Im Psychiatrischen Center Amager. Der größte Teil liegt in Ørestaden. Ich kenne die Abteilungsschwester da draußen, soll ich dir einen Kontakt herstellen?«

»Ja, danke. Darf er noch praktizieren?«

»Äh ja, es sieht unmittelbar nicht nach einer ernsten Beschwerde aus.«

Nein, dachte Hannah und bedankte sich bei ihrer ehemaligen Kommilitonin. Zumindest nicht auf den ersten Blick. Doch wenn sie an Mikkels späten Besuch und an seinen Blick dachte, lief es ihr kalt den Rücken hinunter.

*

Der Spiegel war beschlagen, und Liv musste mit einem Handtuch darüberwischen, um sich sehen zu können. Sie vermied wie gewöhnlich, ihr Gesicht anzusehen, und konzentrierte sich auf den wehen Punkt unter der Achselhöhle. Ein kleines Knötchen, vielleicht ein eingewachsenes Haar am Rand des Bereichs, den sie rasiert hatte. Sie wickelte sich ein Handtuch um den Körper. Das Telefon lag neben dem Waschbecken und spielte Aerosmith, während sie sich die Zähne putzte.

Mitten in »Crazy« schellte das Handy, eine unterdrückte Nummer. Sie sah auf die Uhr, bevor sie sich meldete. Es war halb elf am Abend.

»Ja?«

»Liv Jensen?« Eine Männerstimme, die sie nicht kannte.

»Mit wem spreche ich?«

Ein statisches Rauschen und ein Zögern. »Entschuldigen Sie, dass ich frage, aber sind Sie allein?«

Sie schaute durch die dunklen Fenster in den Garten hinaus, ging schnell zur Hintertür und sah nach, ob sie abgeschlossen war.

»Mit wem spreche ich?«

»Mein Name ist Ulrik Høeg, Sie haben versucht, mich zu erreichen.«

Der Verleger! Liv lehnte sich an den Küchentisch und entspannte die Schultern.

»Hei, Ulrik, schön, von Ihnen zu hören. Stimmt es, dass Sie in Urlaub sind? Ich hoffe nicht …«

»Sind Sie alleine?«, unterbrach er sie. »Ansonsten rufe ich lieber ein andermal an.«

»Ich bin allein.«

»Sie haben geschrieben, dass Sie Gerts Notizbuch gefunden haben. Stimmt das?« Er nahm das Telefon an das andere Ohr.

»In seinem Elternhaus in Thy.«

»Haben Sie es jemandem gezeigt? Jemandem davon erzählt?«

Liv dachte nach. Petter, niemand anderem.

»Nur Leuten, denen ich vertraue.«

»Okay. Bitte sprechen Sie mit niemandem sonst darüber.« Er klapperte mit etwas. »Ich würde es gerne sehen. Können Sie mich morgen treffen und es mitbringen? Ich kann nachmittags in die Stadt kommen. In den Garten der Königlichen Bibliothek. Um sechzehn Uhr?«

»Das ist okay.«

»Schön. Und, Liv?«

»Ja.«

»Können wir über das Treffen Stillschweigen bewahren?«

DIE NEUNTE VISION

Er tötete, wen er wollte;
er ließ leben, wen er wollte;
er erhöhte, wen er wollte;
er demütigte, wen er wollte.
Aber sie konnten keinen Fehler finden,
für den sie ihn hätten anklagen können.
Er ging ohne Makel durchs Leben,
während ich Blut auf meine Kleidung bekam.

DIENSTAG, 27. SEPTEMBER

KAPITEL 23

Am Dienstagmorgen lagen graue Wolken über Vesterbro und sprenkelten die Dächer mit Regen. Liv packte das Notizbuch und den Kaufvertrag in ihren Rucksack. Bevor sie ging, warf sie einen Blick in den Hof hinaus. Trotz des Nieselregens stand der Mechaniker draußen, über eine orange Motorhaube gebeugt, und hörte Musik. Sie nahm zwei Dosen Cola aus dem Kühlschrank und ging zu ihm, stellte sich neben das Auto und bot ihm eine an.

Er nahm sie mit einem schiefen Lächeln entgegen.

»Kann ich mir die für später aufheben? Ich habe noch ein paar Liter Kaffee, die zuerst getrunken werden müssen.«

»Machen Sie das so, wie Sie wollen.« Sie öffnete ihre Dose und trank einen Schluck.

Die kalten Blasen kribbelten in der Nase und hinter der Stirn.

»Liv. Ich bin gerade bei Jan und Hannah eingezogen.«

Er erwiderte das Nicken und lächelte freundlich. Grüne Augen, dunkle Brauen, schöne, regelmäßige Züge, doch da lag auch eine gewisse Wachsamkeit in seinem Blick, oder legte sie die nur hinein?

»Nima.«

»Ist das Ihre Werkstatt?«

Er nickte und beugte sich wieder über das Auto.

Liv wartete, aber er sagte nichts. »Ich bin Privatdetektivin.

Aber nur vorübergehend.« Sie sah zu dem Lautsprecher hinüber. »Was hören Sie da?«

»Chopin.«

Liv gab ein Brummen von sich und trank von ihrer Cola. In ihren Ohren klang die meiste klassische Musik ziemlich gleich. »Arbeiten Sie nur mit Sportwagen?«

»Mein Hobby und meine Passion.«

»Ich habe einen schicken Mustang da draußen parken sehen, gehört der Ihnen?«

Er richtete sich auf und lächelte erneut, vorsichtig.

»Interessieren Sie sich für Autos?«

»Mein Großvater hat amerikanische Autos geliebt. Er hatte eine Autozeitschrift abonniert, die wir uns zusammen angesehen haben, als ich klein war.«

Nima nickte. »*Wheels* vielleicht?«

Sie zuckte mit den Schultern und nickte zu der Motorhaube hin. »Was fehlt ihm?«

»Wenn Sie einen Mechaniker fragen, was einem Auto fehlt, sagt er irgendwas mit der Kardanwelle, das wissen Sie?« Er beugte sich wieder über die Motorhaube.

»Sodass er eine fette Rechnung schreiben kann, selbst wenn nur ein Luftfilter gewechselt werden muss?«

»Genau!« Nima lachte trocken. Er hatte dunkle Ränder unter den Augen wie jemand, der nicht ganz gesund ist. »Man muss schließlich über die Runden kommen. Aber diesem Chevy Camaro fehlt nicht viel. Ich habe ihn gerade hereinbekommen, und zunächst einmal reinige ich nur die Ventile und tausche ein paar Schläuche aus.«

Liv beugte sich vor. »Das ist ein SS 350, nicht?«

»Sie verstehen wirklich was von Autos!« Er nickte anerkennend.

»Jahrgang … Ende der Sechziger … 1969?«

»1968, ich bin beeindruckt. Ihr Großvater hat gute Arbeit geleistet.«

Liv sah zu, wie er ein Teil losschraubte und mit einem Tuch abwischte, das an seinem Gürtel hing. Es war schon schwarz von Öl. Seine Hände waren überraschend elegant und die Finger schlank. Sie sahen weder wie die Hände eines Arbeiters noch wie die eines Mörders aus.

»Woher kommt Ihr Interesse an alten Autos?«

»Von meinem Vater.« Er suchte nach einem Platz, wo er das abgeschraubte Teil hinlegen konnte. Liv hielt die Hand auf und nahm es.

»Und das hat abgefärbt, wie ich sehe?«

Er legte eine weitere Schraubenmutter in ihre Handfläche. »Das, was man als Kind nicht mochte, ist einem als Erwachsener schließlich das Liebste.«

Sie studierte sein Gesicht, sah jedoch keine Hintergedanken in dem grünen Blick.

»Dann muss Ihr Vater heute sehr stolz auf Sie sein. Kommt er manchmal vorbei und schraubt mit Ihnen an den Autos herum?«

»Mein Vater ist tot.«

»Das tut mir leid.« Livs Blick wanderte zu den Schraubenmuttern in ihrer Hand. »Mein Großvater ist auch tot, er war für mich so etwas wie ein Vater.« Sie spürte, wie die Worte im selben Moment, in dem sie sie aussprach, das Gefühl wirklich machten. Dass das, was sie immer gespürt hatte, kraft eines Nebensatzes zu einem Fremden wahr wurde.

Nima holte eine Palette von der Werkstattmauer und legte sie neben den Camaro, sodass er darauf stehen konnte.

»So ist das Leben nun mal. Voller Tod.« Er schenkte ihr ein trauriges Lächeln, das Liv erwiderte. Würde ein Mörder so etwas sagen?

»Ist Ihr Vater schon lange tot?«

»Ja.«

In einer der Taschen des Monteuranzugs fand er einen Steckschlüssel und beugte sich über den Camaro. Machte sich an etwas zu schaffen, das dem Klang nach sehr festzusitzen schien, und tauchte kurz darauf mit einem schwarzen Strich auf der Stirn wieder auf. Er putzte ihn und ein paar Regentropfen an seinem Ärmel ab.

»Mein Vater ist vor dreiundzwanzig Jahren in einem iranischen Gefängnis gestorben.«

Liv spürte eine leichte Scham, wie man sie empfindet, wenn man jemandem versehentlich gegen das Schienbein tritt. Doch sie wusste, dass die einzig gute Reaktion auf Trauer Neugier war. Das Letzte, was man tun sollte, wenn sich jemand einem offenbarte, war, sich respektvoll zurückzuziehen.

»Was ist mit dem Rest Ihrer Familie?«

»Wir sind während der iranischen Revolution nach Dänemark geflüchtet.« Er schraubte ein weiteres kleines Metallteil los und rieb es mit dem Lappen ab. »Sie sind zu jung, um von dem Schah und Khomeini gehört zu haben, das muss Ihnen nicht leidtun. Mein Vater war Systemkritiker und sowohl gegen die Regierung, die fiel, als auch gegen die, die die Macht übernahm. Deshalb mussten wir fliehen. Wir konnten es uns nicht leisten, alle vier zu gehen, also ist mein Vater geblieben, um Geld für seine eigene Reise zusammenzubekommen. Aber er wurde verhaftet und ist im Gefängnis gestorben.«

Er machte eine ausladende Handbewegung zu der Werkstatt hin. »Und hier stehe ich jetzt und führe sein Erbe fort.«

Nima zog ein Handy heraus und warf einen Blick darauf. Liv konnte nicht einordnen, ob er sarkastisch war. Etwas sagte ihr, dass die Aussage eher von Scham als von Stolz zeugte. Sie hätte gerne gesagt, dass der Vater bestimmt dankbar sei, dass sein Sohn in Frieden und Sicherheit leben konnte, doch es kam ihr taktlos vor.

»Es war nett, Sie kennenzulernen.« Er streckte die Hand aus und nahm die Schraubenmuttern, die sie für ihn gehalten hatte. Dann ging er in seine Werkstatt.

Sie blieb einen Augenblick stehen und sah ihm nach, bevor sie sich den Rucksack auf den Rücken warf und den Hinterhof verließ.

*

Nima griff nach der Zigarettenpackung neben der Kaffeemaschine, entfernte die Folie und zündete sich eine an. Er hatte den Motor des Camaro ein paarmal zum Leben erweckt, doch jedes Mal war er wieder ausgegangen. Im Moment hatte er einfach zwei linke Hände. Es war auch keine Hilfe, Zuschauer zu haben, obwohl Leons neue Mieterin einen netten Eindruck machte.

Er rauchte und las das Gedicht an der Wand über der Spüle.

Ich bereue nicht,
wenn ich an diese Resignation denke,
diese schmerzliche Kapitulation.

Die Frage war, ob die beste Strategie die war, sich herauszuhalten und so normal wie möglich zu leben in der Hoffnung, dass der Sturm bald vorüberzog und ihn leidlich unversehrt zurückließ. Oder ob er proaktiv sein sollte. Ungeachtet, wie viele Zigaretten er rauchte, fand er nicht die Ruhe, ordentlich nachzuspüren.

Was würde ein unschuldiger Mann tun?

Er warf die Kippe in die Spüle und holte das Handy wieder heraus. Diesmal warf er nicht einmal einen Blick in den Posteingang, sondern wählte Darias Nummer. Es klingelte und klingelte. Schließlich legte er auf und ging wieder in den Hof, doch er spürte, dass er jetzt nicht an dem Camaro arbeiten konnte. Die Kaffeebar war auch keine Option, und er war nicht der Typ, der planlos einen Gang um die Seen machte.

Nima blickte zu den Fenstern des Hinterhauses hoch. Das, was ihm jetzt guttäte, wäre eine Stunde in Hannahs Gesellschaft. Ihre ruhige Energie zu spüren und sich einen Moment sicher zu fühlen. Verdammt, dass er sie unter diesen Umständen kennenlernen musste. Wie standen wohl die Chancen, dass sie ihn im Gefängnis besuchte?

Er rief Daria erneut an. Hörte es klingeln und klingeln. Gerade, als er auflegen wollte, meldete sie sich.

»Ich kann nicht mit dir reden.«

»Was? Warum?«, hörte Nima sich rufen.

»Die Polizei … ich weiß nicht mehr, was ich glauben soll.« Sie klang distanziert oder vielleicht eher verschreckt.

»Wie meinst du das?«

Pause.

»Ich kann wegen meiner Kinder nichts riskieren.«

Nimas Gehirn raste. »Dar, du musst mir vertrauen. Ich weiß, dass ich nicht gerade ein Pfadfinder bin, aber ich habe niemanden umgebracht.«

»Nima, ich lege jetzt auf.«

»Was sagt Mutter? Mutter kennt mich besser.«

»Mutter ist total verzweifelt.« Eine weitere lange Pause. Als Daria endlich weitersprach, war ihre Stimme kühl und klar. »Du kannst nicht erwarten, dass wir uns wieder in deine Scheiße hineinziehen lassen.«

»Dar, du musst mir helfen. Ich habe nichts mit dem Mord zu tun …«

Die Leitung war tot.

Angst stieg in Nimas Körper auf, langsam genug, dass er sie Zentimeter für Zentimeter spüren konnte. Sie begann wie ein Kribbeln unter den Fersen und strömte mit dem Blut hoch in die Beine, an den Waden und Oberschenkeln entlang, vorbei an Leiste und Schließmuskel. Der Magen zog sich krampfartig zusammen. Nima stützte sich an dem Camaro ab, beugte sich vor und übergab sich auf den Asphalt.

*

Der Anwalt Søren Lykke Andersen hatte sein Büro am Højbro Plads und öffnete ihr selbst, als Liv klingelte. Das Treppenhaus war herrschaftlich, aber abgenutzt, und irgendwie sah er selbst auch so aus. Schwarz gekleidet, schlank und weißhaarig, bestimmt einmal von aufrechter Gestalt, aber so geschrumpft, dass er nicht viel größer war als sie.

»Ja, ja, jetzt hat es ja doch noch geklappt!«, rief er fast als Begrüßung und scheuchte sie freundlich, aber ungeduldig hinein. »Das ist gut. Mein Büro ist das erste rechts. Bitte! Kommen Sie herein, kommen Sie herein, und setzen Sie sich dort auf den weichen Stuhl, ich nehme den Stapel gleich weg.«

Søren nahm einen Stapel Akten von einem Lehnstuhl mit einem karierten Wollbezug und legte ihn auf die Fensterbank neben acht andere Stapel, die sich gefährlich aneinanderlehnten. Liv setzte sich und öffnete ihren Rucksack. »Danke, dass Sie sich die Zeit nehmen …«

Er tat es mit einer Handbewegung ab und ließ sich auf seinen Bürostuhl fallen, der laut knarrte. »So oft passiert es auch nicht, dass ich von einer Privatdetektivin angerufen werde.

Das ist schon spannend. Spannend!« Er verschränkte die Finger auf dem Schreibtisch und sah sie über seine rahmenlose Lesebrille hinweg erwartungsvoll an.

Liv holte den Verkaufsvertrag heraus und stand auf, um ihm die Papiere über den Schreibtisch zu reichen. Er schob die Brille zurecht und studierte sie mit konzentriert aufeinandergepressten Lippen.

»Erinnern Sie sich an den Fall? Ein alter Erbhof in Thy, der schließlich verkauft und zu einer Whiskydestillerie umfunktioniert wurde.«

Søren legte die Unterlagen zur Seite. »Natürlich erinnere ich mich an den Fall, ich bin ein alter Freund der Familie.«

»Ach so, ich hatte mich darüber gewundert, dass sie sich für den Verkauf einen Anwalt in Kopenhagen gesucht haben.«

»Ich komme selbst aus Thisted und war mit Ernst Linde befreundet, als wir jung waren. Die Familie ist immer zu mir gekommen, wenn sie juristischen Beistand brauchte, und das haben Ernsts Söhne beibehalten, auch nach seinem Tod.« Er lächelte stolz. »Ich hätte längst in den Ruhestand gehen können, aber mir gefällt mein Job. Dafür arbeite ich nur noch für Leute, die ich mag, das ist mein Altersprivileg.«

»Dann haben Sie also nicht gezögert, als sie Sie um Hilfe gebeten haben? Obwohl das ein Riesenprojekt gewesen sein muss mit dem großen Anwesen und dem Denkmalschutz und so weiter.«

Das Lächeln wurde noch breiter. »Darin bin ich am besten.«

Liv erwiderte das Lächeln. »Und sie wollten beide verkaufen?«

»Ja, also die Brüder haben den Hof damals zu gleichen Teilen geerbt und wollten ihn beide verkaufen. Aber Jens hat sich um den Verkauf gekümmert.«

»Das wundert mich nur, weil Gert überhaupt nicht an einem Verkauf interessiert war, soweit ich das verstanden habe.«

Er sah auf den Vertrag und sofort wieder auf. »Davon weiß ich nichts.«

»Ich habe gehört, dass Gert und Jens sich jahrelang darüber gestritten haben. Dass Gert ein Museum aus dem Hof machen wollte und dass sie deshalb nur über ihre Anwälte miteinander kommuniziert haben.«

Søren runzelte die Stirn und krempelte seine Hemdsärmel bis zu den Ellenbogen hoch. Der Redestrom versiegte für einen Moment. »Dann haben sie jedenfalls nicht mich konsultiert. Es ist das erste Mal, dass ich von den Unstimmigkeiten über den Verkauf höre. Das Ganze ist glatt über die Bühne gegangen, soweit ich orientiert bin. Auch die Festsetzung des Preises.«

Liv holte Luft und zögerte. Jemand verdrehte die Wahrheit, die Geschichten stimmten nicht überein.

»Ist Gert hier ins Büro gekommen, wenn etwas unterschrieben werden musste, oder wie ist das abgelaufen?«

Søren lächelte nachsichtig. »Mein Büro hat zwei Exemplare der Verkaufsdokumente herausgeschickt, eins an Jens und eins an Gert, inklusive frankierter Rücksendeumschläge. Sie haben unterschrieben und alles zurückgeschickt, so macht man das.«

Sie zögerte. »Wurden die Unterschriften von Zeugen bestätigt?«

»Ja, auf den wichtigen Dokumenten wie dem Verkaufsvertrag natürlich.«

»Darf ich ihn sehen?«

Er setzte die Lesebrille auf die Nase und ging zu einem vollgepackten Regal, das die gesamte hintere Wand einnahm, zog Archivkartons heraus und suchte, bis er die richtige Mappe fand. Er schlug sie auf, blätterte, leckte an seinem Zeigefinger und brummte vor sich hin. »Hier ist alles.«

Er legte eine dicke moosgrüne Aktenmappe auf den Tisch und schlug sie auf. Griff nach dem obersten Dokument und überflog es. »Ah ja, das ist auch richtig. Gert ist ja leider verstorben, bevor der Hof verkauft wurde, sodass faktisch seine Witwe, die die Alleinerbin war, die endgültigen Verkaufsdokumente zusammen mit Jens unterschrieben hat.«

Ein Gedanke keimte in Liv auf. »Haben Sie noch andere Angelegenheiten für Gert erledigt? Ich meine früher, als Familienanwalt?«

Er sah sie verwundert an, warf jedoch einen Blick in den Archivkarton und zog eine dünnere rote Aktenmappe heraus.

»Er und seine Frau hatten einmal Streitigkeiten mit ihrem Vermieter, bei denen ich ihnen geholfen habe. Ich erinnere mich nicht mehr an die Details, aber es hat in einem schönen Vergleich geendet.« Er lächelte zufrieden. »Das ist mindestens zwanzig Jahre her.«

»Darf ich mal sehen?«

Søren dachte kurz nach, gab ihr jedoch die Mappe. Liv öffnete sie und sah die Fallakten durch. Etwas mit einer Küchentreppe, die wegen der Brandgefahr nicht durch ein Vorratsregal zugestellt werden durfte. Der Vergleich war von dem Vermieter und dem Ehepaar Linde mit zwei Anwaltsgehilfen als Zeugen unterschrieben worden.

»Haben sie hier im Büro unterschrieben?«

»Ja, das könnte passen. Hat Lone zur Beglaubigung unterschrieben? Und Britt? Dann ist das hier gewesen.«

Sie sah sich die Unterschriften an. Gerts war groß und geschwungen, das G selbstsicher.

»Entschuldigung, darf ich?« Liv zeigte auf den Verkaufsvertrag von Hurup Hovedgård, und der Anwalt reichte ihn ihr über den Tisch. Sie legte die beiden Dokumente nebeneinander.

Die Unterschrift unter dem Verkaufsvertrag ähnelte der unter dem alten Vergleich, sie war groß und geschwungen. Aber sie war nicht identisch, in den wesentlichen Details unterschieden sich die Unterschriften. Womöglich waren sie nicht von ein und derselben Person?

KAPITEL 24

Liv verließ das Büro des Anwalts mit pochenden Schläfen. Jemand hatte Gerts Unterschrift auf dem Verkaufsvertrag gefälscht, und der Einzige, der daraus einen Vorteil gezogen haben konnte, war Jens.

Sie ging zum Kai hinunter. Ein Straßenschild informierte darüber, dass sie an dem Teil des Slotsholmenkanals war, der Ved Stranden heißt, obwohl man bis ins Mittelalter zurückgehen musste, wollte man hier einen Strand finden. Regennasse Pflastersteine reflektierten das Licht zu den unter Denkmalschutz stehenden Gebäuden hoch, die seit dem siebzehnten Jahrhundert reichen Kopenhagenern die Aussicht auf das Wasser sicherten. Ein verliebtes Paar hatte Schutz bei dem Ticketkontor der Kanalrundfahrten gesucht und küsste sich unter dem Reklameschild. Selbst im Nieselregen war es hier hübsch wie auf einem Gemälde aus dem neunzehnten Jahrhundert.

Unter einem Baum fand sie eine geschützte Bank und rief Johan an, ihren ehemaligen Kollegen bei der Polizei von Nordjütland.

»Hei, Kleine, vermisst du mich?«

»Wäre etwas anderes vorstellbar?« An Johans Ende des Gesprächs waren Pieplaute zu hören, als stände er in einer Spielhalle. »Du, ich hab eine kurze Frage, hast du Zeit?«

»Schieß los.«

»Der Gert-Linde-Fall. Wo haben du und Malle Johnsson den Bruder des Opfers verhört?«

»Auf der Schweinefarm in Snejstrup. Er war kooperativ, soweit ich mich erinnere, und hat uns Zutritt auf das Grundstück gewährt, obwohl wir keinen Durchsuchungsbeschluss hatten.«

»Und das habt ihr dann gemacht, geguckt?«

»Joooh.« Er zog das Wort in die Länge. »Aber wir haben nichts Verdächtiges gefunden.«

»Hmm, okay. Das mag jetzt seltsam klingen, aber hatte er einen Wohnwagen auf dem Grundstück stehen, als ihr da wart?«

»Daran kann ich mich nicht erinnern.«

Liv stand auf und trat unter dem Baum hervor. Der Regen hatte aufgehört. »Johan, erinnerst du dich daran, wie ich einmal am Weihnachtsabend und an Silvester deine Schicht übernommen habe?« Ihr Atem dampfte in der feuchten Septemberluft. »Jetzt brauche ich deine Hilfe. Ich will wissen, was in dem Wohnwagen ist, der bei Gert Linde steht. Kannst du nach Snejstrup fahren und dir Zugang verschaffen?«

»Eilt das?« Sie hörte Schritte und eine Tür, die knallte.

»Das dauert nicht lange. Wenn du jetzt fährst, schaffst du das, bevor es dunkel wird.«

»Sind wir dann quitt?«

Liv musste lachen. »Dann sind wir quitt.«

Weitere Schritte, jetzt war er draußen. Der nordjütische Wind sauste in der Leitung.

»Soll ich nur Bilder machen, oder was brauchst du?«

»Ruf mich auf Facetime an, wenn du da bist, dann sehen wir weiter. Und danke, Johan!«

»Ach, Quatsch.« Er unterbrach die Verbindung.

Liv legte auf und eilte zu dem Kanalcafé. Sie konnte es kaum erwarten, Petter die letzten Neuigkeiten zu berichten.

*

Hannah trat aus der Haustür und ging zum Fahrradschuppen. Es regnete leicht, aber sie war lange nicht Fahrrad gefahren und brauchte frische Luft, also schloss sie ihr altes Raleigh-Rad auf und schob es aus dem Tor. Draußen auf der Kaalundsgade setzte sie sich auf den Sattel, zog die Kapuze ihrer Jacke über den Kopf und fuhr Richtung Dybbølsbro. Die ersten Minuten war die Fahrt schlingernd und unsicher, doch dann fand sie ihren Rhythmus. Als sie sich der Bryggebro näherte und sah, wie Kopenhagen sich einladend bis zum Hafen hin erstreckte, spürte sie so etwas wie Optimismus. Fahrradglück hatte Daniel das genannt, als sie jung waren und es noch Hoffnung gab.

Im Digevej, oben an der Bahnlinie mit Aussicht auf das Naturschutzgebiet Amager Fælled, lag ein modernes zweigeschossiges Gebäude mit einer Glasfassade, das so beliebig aussah, dass es auch gut eine Bibliothek oder eine Kommunalverwaltung hätte sein können. Doch ein Wegweiser neben dem Eingang bestätigte, dass Hannah vor dem Krankenhaus stand, und die Uhr an ihrem Handgelenk sagte ihr, dass sie zehn Minuten zu spät war. Die Kapuzenjacke war klamm vom Regen, und die Fahrradkette hatte Spuren auf ihrer Jeans hinterlassen, trotzdem verließ sie das gute Gefühl nicht, als sie nach drinnen eilte und sich an der Rezeption meldete.

Die Angestellte hinter der Schranke schickte Hannah nach oben in Abschnitt B1 mit der Vorwarnung, dass Mette Rasmussen bestimmt noch in der täglichen Boardbesprechung stecke, es jedoch einen Wartebereich gebe, wo sie sich so lange hinsetzen könne.

Hannah stieg eine kurze Treppe hoch und sah zwei Sofas unter einem Oberlichtfenster. An der Wand hingen Ölmalereien in rotbraunen Nuancen, eindeutig alle von demselben Künstler, und zwischen den Sofas standen grüne Topfpflanzen. Jemand hatte sich Mühe gegeben, den Bereich gemütlich zu gestalten.

Sie setzte sich und sah im selben Moment eine breitschultrige jüngere Frau mit schnellen Schritten näher kommen.

»Sind Sie Helles Freundin?« Sie trat zu Hannah und zog sie mit einem energischen Händedruck fast von dem Sofa hoch. »Entschuldigen Sie die Verspätung. Die Besprechung dauert in der Regel nie länger, aber ausgerechnet heute gab es natürlich etwas Größeres zu besprechen.«

»Ich bin gerade erst gekommen. Danke, dass Sie sich Zeit für mich nehmen.«

»Ich bin Helle noch etwas schuldig, also ... Zu meinem Büro geht es hier entlang.« Mette trottete davon, und Hannah folgte ihr. Sie gingen einen hellen Gang entlang, von dem auf der einen Seite Türen abgingen, während sich die andere zu einem offenen Atrium hin öffnete. Die dritte Tür stand auf, Mette bat sie herein und zeigte auf einen Myren-Stuhl an der Wand.

»Erzählen Sie mir, worum es geht. Irgendetwas mit Ihrem Bruder, ist das richtig?«

Hannah nahm Platz und zog die nassen Ärmel der Kapuzenjacke leicht hoch. Jetzt, wo sie hier war, bereute sie, dass sie sich nicht professioneller angezogen hatte. »Das ist richtig. Sie sollten vielleicht wissen, dass ich selber vom Fach bin. Ich arbeite als Psychologin am Center für sexuelle Übergriffe des Rigshospitals.« Sie nickte Mette zu, die aufmerksam zurücklächelte. »Mein Bruder war bis zu seinem Tod vor einem halben Jahr als psychiatrischer Patient im Maßregelvollzug in Nykøbing Sjælland, und Mikkel Felding war ihm als Psychiater zugeteilt.«

Das Lächeln auf Mettes Gesicht verblasste leicht. Hannah sprach schnell weiter.

»Ich weiß sehr wohl, dass es begrenzt ist, was Sie mir sagen dürfen, wenn es um einen Kollegen geht, aber ich weiß, dass eine Beschwerde gegen ihn vorliegt, und ich ...«

Mette erhob sich von ihrem Bürostuhl und schloss die Tür.

»Ich kenne Mikkel gut, er arbeitet hier im Krankenhaus.«

»Mein Bruder hatte eine affektive bipolare Störung mit depressiven und manischen Phasen. Vor drei Jahren ist er wegen Mordes verurteilt worden. Mikkel hat das Litarex bei ihm abgesetzt, und zwei Monate später hat er Selbstmord begangen. Ich versuche herauszufinden, ob Grund für eine Beschwerde besteht.«

Mette atmete aus und sah zu Boden, als träfen die Worte sie persönlich. Dann schüttelte sie den Kopf. »Die eingereichte Beschwerde kam von mir.«

»Und weshalb?«

»Also, mir war aufgefallen, dass es in seinem Bereich mehr Konflikte gab als in anderen hier im Krankenhaus mit dem gleichen Typ Patienten. Und hier spreche ich von Patientenhandlungen, die eine Gefahr für die Sicherheit darstellen – Gewalt, Selbstverletzungen und so weiter –, und nicht von bloßen Zankereien. Das hat natürlich zu vermehrtem Einsperren und Zwang geführt.«

»Das klingt besorgniserregend.«

»Das war es auch. Es gab Gerüchte, dass Mikkel die kognitive Verhaltenstherapie auf eine neue Ebene gehoben hat:

Stationär aufgenommene Patienten durften in Amager Fælled herumspazieren oder drüben bei Fields shoppen. Es ist ja durchaus sympathisch, den Leuten lieber Aufgaben und Verantwortung zu geben als starke Medikamente, aber seine etwas unkonventionellen Methoden in Kombination mit der Tuschelei – das ging einfach nicht.«

»Die Leute haben angefangen zu reden?«

»Es gibt einige, die sagen, dass bei ihm nach seiner Scheidung vor ein paar Jahren eine Sicherung durchgebrannt ist. Vielleicht hat seine Urteilskraft dadurch etwas gelitten.« Mette sah verärgert aus. »Aber Sie wissen ja, wie so etwas läuft. Wenn gegen jemanden aus dem Gesundheitswesen ein Beschwerdeverfahren eingeleitet werden soll, muss man sich seiner Sache hundertprozentig sicher sein. Ich bin mit meiner Beschwerde schon sehr weit gegangen, und ich bin mir sehr sicher, dass er weiß, dass sie von mir gekommen ist. Jetzt liegt es bei seinen unmittelbaren Kollegen, ob drastischere Schritte eingeleitet werden sollen.«

Hannahs Magen zog sich zusammen. Sie konnte Mette nur schwer vorwerfen, dass sie nicht mehr getan hatte, als sie bereits unternommen hatte. Aber allein der Gedanke, dass es durch Mikkels Kontrollverlust zu weiteren sich verschlechternden Krankheitsverläufen kam. Zu weiteren Selbstmorden. Das würde ihr Gewissen nicht verkraften.

*

Liv kam am Kopenhagener Amtsgericht am Kongens Nytorv vorbei. Sechs fleischfarbene Säulen flankierten den Eingangsbereich. Eine Steintreppe führte hinter die Säulen, in die Tiefe unter dem Dach des Justizgebäudes mit weiteren Treppen und Portalen, als läge die Wahrheit hier drinnen versteckt, geheimnisvoll und lockend. Sie betrachtete die gewaltige Fleischblume und fragte sich, ob das eine architektonische Entscheidung war oder ob ihre Sehnsüchte ihr lediglich einen Streich spielten. Beeindruckend war es in jedem Fall, wenn auch etwas verwirrend.

Alle Tische im *Kanalcafé* waren besetzt, und obwohl sie reserviert hatten, musste sie zehn Minuten warten, bis sie sich an einen der Tische mit den rot karierten Tischdecken setzen durfte. Die kräftigen Deckenbalken und die maritimen Teller an den Wänden erinnerten an eine Zeit, als Dänemark noch eine überlegene Seefahrernation gewesen war. Heute war der Schmuck nur Staffage für die vielen Touristen und Politiker, die gerne ihre Garnelenbrote und ihre Schweinerippchen in diesem historischen Rahmen zu sich nahmen.

Um Viertel nach eins tauchte Petter auf der Treppe auf, vornübergebeugt und geschäftig, die Schultertasche an einem Riemen über dem dicken Bauch. Unten angekommen, hob er den Blick und sah sich um, doch ohne richtig zu gucken, und erst als Liv winkte, entdeckte er sie.

»Entschuldige die Verspätung, wir haben viel zu tun.« Er nahm die Tasche ab und setzte sich lautstark. »Sollen wir uns nach einem Ober umsehen?«

Sie bestellten Smørrebrød und Mineralwasser bei einem dickbäuchigen Ober mit Weste und Fliege, und Petter wischte sich die Stirn mit der Serviette ab. »Verdammt, ist das warm hier. Und, was hat der Anwalt gesagt?«

»Petter, ihr hättet Gerts nächste Angehörige nicht so leicht ausschließen dürfen.«

Er verdrehte die Augen. »Erspar es mir! Wenn du wüsstest, wie überlastet wir sind. Ich sollte eine Medaille bekommen, dass ich nicht längst unter dem ganzen Stress zusammengebrochen bin.«

Liv sah ihn an, sie war platt. Es war nicht üblich für Petter, so offen zu reden.

Er tupfte sich die Oberlippe mit der anderen Seite der Serviette ab. »Vergiss es. Was ist mit diesem Verkaufsvertrag?«

»Jemand hat Gerts Unterschrift gefälscht, um den Hof verkaufen zu können.«

Petter goss Mineralwasser in ein Glas und betrachtete gereizt den Inhalt. »Du meinst der Bruder? Kannst du das beweisen?«

»Noch nicht, aber gib mir noch ein paar Tage, dann kann ich das. Meine Vermutung ist, dass er versucht hat, den Verkauf hinter Gerts Rücken abzuwickeln, dass der das jedoch entdeckt und ihm massiv gedroht hat.«

»Und dann …« Petter legte sich die Hände um den Hals und drückte zu.

Der Ober brachte ihre Fischfilets mit Remoulade. Tomatenschiffchen und Apfelsinenscheiben kämpften um den Platz zuoberst auf den Türmen von paniertem Fisch in gelber Soße. Petter machte sich sofort über das Essen her. Liv hatte eigentlich mit einer etwas stärkeren Reaktion auf die Nachricht von der gefälschten Unterschrift gerechnet. Aber er war natürlich mit dem neuen Fall beschäftigt. Sie nahm das Besteck und rückte ihrem Essen zu Leibe.

»Ich habe heute Morgen mit dem Automechaniker gesprochen.«

Petter hielt mitten im Kauen inne. »Du hast was?«

»Entspann dich, ich habe ihn nur im Hof getroffen und mich ein wenig mit ihm unterhalten. Ihm auf den Zahn gefühlt.« Liv legte das Besteck zur Seite. »War es nicht das, was du wolltest? Dass ich ihn kennenlerne?«

Wieder hielt er inne. »Es fiele mir nicht im Traum ein, dich darum zu bitten! Die Umstände weisen darauf hin, dass er

Marianne Dybdahl umgebracht hat, es ist Wahnsinn, so einen Mann alleine aufzusuchen.«

Sie schwiegen eine Weile.

»Hast du wenigstens etwas aus ihm herausbekommen?«

»Ich habe nur oberflächlich mit ihm geplaudert, während er gearbeitet hat. Über Autos und seinen Vater und die iranische Revolution.«

»Hmm, okay. Was hältst du von ihm? Nur dein Bauchgefühl.«

»Mein unmittelbarer Eindruck ist der, dass er intelligent und nett ist, einige Schläge im Leben einstecken musste und sich bedeckt hält, um nicht noch mehr abzubekommen. Wenn du mich fragst, ob ich glaube, dass er eine Frau erwürgt hat, um sich zu rächen oder sie auszurauben, wäre meine spontane Antwort nein.«

Petter trank einen Schluck Wasser und verschränkte die Arme über dem Bauch. »Die Geldbörse wurde gestern gefunden. Im Wald, nicht weit von Marianne Dybdahls Leiche entfernt. Sowohl Karten als auch Bargeld waren weg.« Er sperrte die Augen auf, nur ganz leicht. »Nimas Fingerabdrücke waren darauf. Er ist unser Mann.«

Liv spürte, wie ihr das Herz bis auf den Boden sank. Das hätte er ihr auch gleich sagen können, aber nein, zuerst hatte er sehen wollen, ob sie den Test bestand. Und sie war mit Bravour durchgefallen.

»Tut mir leid, Liv.«

Sie sah zur Reitbahn hinüber, wo ein Mann in dunklen Sachen eins der weißen königlichen Pferde longierte. Der Anblick war abenteuerlich, aber unwirklich, wie ein flüchtiger Blick in eine Welt, die ihr immer verschlossen bleiben würde. Wut verdrängte die Enttäuschung. Wann war sie endlich groß genug, um nicht mehr um Anerkennung zu betteln?

KAPITEL 25

Liv ließ den Großteil ihres Fischfilets übrig, während Petter seins in weniger als zwanzig Minuten vertilgte, bevor er bezahlte und mit einer Bemerkung zu dem Fall aus der Tür stürmte. Immer der Fall. Sie verließ das *Kanalcafé*, und da sie noch viel Zeit hatte, schlenderte sie am Hafen entlang und kam zehn Minuten zu früh zu ihrer Verabredung mit Gerts Verleger. Ulrik Høeg hatte sie in den Garten der Königlichen Bibliothek bestellt, den sie nicht kannte, aber schneller fand als erwartet. Im Schatten von Christiansborg und mit freier Sicht auf den alten Lesesaal der Bibliothek und dessen gewölbte Fenster war um einen Springbrunnen ein Garten angelegt. Im Kies standen bunte Metallstühle, die man je nach dem Stand der Sonne umstellen und sich in mildere Gegenden versetzt fühlen konnte.

Sie drehte eine Runde durch den Garten. An der Mauer zum Zeughausmuseum hingen große Eisenringe aus der Zeit, als der Bibliotheksgarten ein Teil des Hafens gewesen war und die Fregatten des Königs hier festgemacht hatten. Auf der anderen Seite des Springbrunnens blieb sie vor einer mit Grünspan überzogenen Kupferstatue von Søren Kierkegaard stehen. Er hatte ein Buch auf dem Schoß und einen Federkiel in der Hand. Sie erinnerte sich, dass er seine Bücher Wort für Wort auf Spaziergängen ersonnen und später einem Assistenten diktiert hatte. Oder war er das, der seine Werke an einem Stehpult geschrieben hatte? Ungeachtet, was zutraf, war die Statue irreführend, dachte sie und brüstete sich mit der kleinlichen Freude des Besserwissenden.

»Liv?«

Sie drehte sich um und stand einem Mann gegenüber, der nicht viel größer war als sie selbst. Sein schmächtiger Körper versteckte sich in einem etwas zu großen Dufflecoat, und das Gesicht verschwand unter einer Mütze und dunklem Haar, das ihm zottelig bis in den Nacken reichte. Gerts Verleger war jünger, als sie erwartet hatte, und machte einen etwas ungepflegten Eindruck. Aber literarische Autorität konnte wohl viele Gesichter haben.

Sie gab ihm die Hand. »Hei, Ulrik.«

»Lassen Sie uns ein Stück gehen.« Er hatte die Hände in den Taschen und trottete an ihr vorbei Richtung Christiansborg. Sie folgte ihm. Ulrik strahlte eine düstere Energie aus, und Liv hatte das Gefühl, dass sie ihn das Gespräch eröffnen lassen sollte. Sie gingen eine Minute schweigend hintereinander her, dann blickte er sich über die Schulter.

»Haben Sie in dem Notizbuch gelesen?«

»Ich habe Teile davon überflogen.«

»Und? Sind Sie jetzt klüger?«

»Nein«, räumte sie ein. »Deshalb wollte ich Sie auch gerne treffen. Aber es war schwer, Sie zu erreichen …«

»Wir sind im Sommerhaus.« Er schielte zu ihr hin. »Woher weiß ich, dass Sie die sind, für die Sie sich ausgeben?«

Liv zog ihren laminierten Polizeiausweis aus der Tasche und zeigte ihn ihm. Sie hätte ihn eigentlich auf der Wache in Aalborg abgeben müssen, hatte es aber »vergessen«. Manchmal war es äußerst angenehm, ihn zu haben.

»Wie ich Ihnen geschrieben habe, arbeite ich zurzeit als Privatdetektivin, aber in enger Zusammenarbeit mit der Polizei. Der Ermittlungsleiter findet es nicht richtig, den Fall zu schließen, und hat mich gebeten …«

»Okay, gut.« Er würgte den Rest der Antwort mit einer Handbewegung ab. »Vor zehn Tagen sind wir von der Arbeit nach Hause gekommen und haben ein aufgebrochenes Haustürschloss und eine durchwühlte Wohnung vorgefunden.«

»Okay, haben Sie die Polizei angerufen?«

»Ja, natürlich!« Er sah sie gekränkt an. »Aber die haben sich den Schaden nicht einmal angesehen. Der Einbrecher hat mein Arbeitszimmer auf den Kopf gestellt, aber nichts von Wert mitgehen lassen. Also war die Polizei nicht bereit, mehr zu unternehmen.«

»Für so etwas sind leider keine Ressourcen vorhanden.«

Er sah sie nur an. »Aber beim Aufräumen habe ich festgestellt, dass doch etwas fehlte. Der Dieb hat ein einziges Teil mitgenommen, und zwar weder einen der Computer noch eins der teuren Schmuckstücke meiner Frau …«

Liv sah ihn an. »Gerts Manuskript?«

Er nickte langsam. In seinem Blick war etwas, das Liv nicht deuten konnte.

»Dann haben Sie doch wohl wieder die Polizei angerufen?«

Ulrik schob die Oberlippe zu einem höhnischen Knurren hoch.

»Nee, wir haben die Koffer gepackt und sind in unser Sommerhaus gefahren.«

Er setzte sich auf eine Bank, schloss die Augen und seufzte. »Doch dann haben Sie geschrieben, dass Sie das Notizbuch auf Hurup gefunden haben. Ich habe gedacht, dass Gert es vielleicht dort versteckt hat, weil auch da etwas Wichtiges drinsteht.«

Liv setzte sich auf die Bank, aber mit etwas Abstand. Den Verleger umgab ein scharfer Schweißgeruch. Der Geruch von Schuld?

»Das denke ich auch. Sie kannten Gert. Welchen Eindruck hatten Sie, wie er und Jens zueinander standen?«

»Das weiß ich nicht, distanziert vielleicht? Gert und ich haben uns nicht über Privates unterhalten.« Er hob die Hand und zeigte zur Bibliothek hin. »Hier habe ich ihn übrigens das letzte Mal gesehen. Er wollte sich eine Ausstellung im Jüdischen Museum ansehen, das im alten Teil der Königlichen Bibliothek untergebracht ist, und wir haben uns anschließend hier getroffen und zusammen im *Tårnet* zu Mittag gegessen.«

»Was kann Gert Kompromittierendes geschrieben haben? Sie waren sein Verleger. Darüber müssen Sie doch gesprochen haben?«

Er lachte düster. »Es tut mir leid, das zu sagen, aber ich erinnere mich nicht an viel aus dem Manuskript. Ich habe es nur stückweise gelesen, und Gerts Buch war kein Spitzentitel. Wir bringen in meinem Verlag ungefähr fünfhundert Bücher im Jahr heraus, und die Aufmerksamkeit, die ich jedem Autor zukommen lassen kann, ist begrenzt. Vor allem, wenn es um Bücher geht, die kein offensichtliches Bestsellerpotenzial haben.« Er beugte sich vor und stützte die Unterarme auf die Oberschenkel. »Haben Sie das Notizbuch dabei?«

»Nein«, log sie. Etwas sagte ihr, dass es besser war, es zu behalten.

»Ich dachte, das hätten wir ausgemacht?« Er hob ruckartig den Kopf. »Was glauben Sie denn, warum ich mir die Mühe gemacht habe, in die Stadt zu kommen?«

Liv blieb ihm die Antwort schuldig. Seine Reaktion bestätigte ihr, dass ihre Entscheidung richtig war. Das Notizbuch hatte etwas mit dem Mord zu tun.

*

Nima gab es auf, heute noch etwas zu arbeiten. Selbst nachdem er in der Werkstatt auf dem Boden gelegen hatte, bis die Übelkeit verschwunden war, fühlte er sich krank vor Unruhe. Er erhob sich, ging erst in die Hocke und kam dann langsam auf die Füße, schloss den Camaro in der Garage ein und fuhr nach Hause. Als er zurück in die sicheren Stahlwände des Schleppboots kam, drehte er sich als Erstes einen Joint. Er ging nach draußen und rauchte, den Rücken an den Schiffsrumpf gelehnt, den Blick auf den Horizont gerichtet.

Die Wolken hatten sich am Himmel zusammengezogen und dimmten das Abendlicht über dem Wasser, jedoch behutsam, wie nur der September das vermag. Zart. Nima sah zu, wie der Himmel dunkler wurde und mit dem Meer verschmolz. Nach einigen Minuten stellte sich die wohlbekannte Leichtigkeit hinter den Schläfen ein, und er konnte ein wenig freier atmen.

Er ging hinein, wusch sich gründlich die Hände und dachte darüber nach abzuhauen. Es war eine reelle Möglichkeit, eine Tasche zu packen und zu verschwinden, er hatte das schon einmal getan. Aber wohin? Wenn sie vorhatten, ihn zu verhaften, würde er sich nirgendwo in Europa verstecken können, und der Gedanke, sich nach Südamerika oder Fernost abzusetzen, war absurd. Das war nicht wie die Flucht aus dem Iran. Das hier war nicht politisch, und kein Land der Welt würde ihm Asyl gewähren, wenn er vor einer Mordanklage floh.

Nima öffnete den Kühlschrank und nahm ein Bier heraus,

doch als er es an der Kante des Küchentisches öffnen wollte, rutschte ihm die Flasche aus der Hand, und der Inhalt ergoss sich auf den Boden. Er putzte das Gröbste mit Küchenrolle auf, schaffte es aber nicht, mehr zu tun, und stellte nur mit zitternden Fingern die Flasche in die Spüle. Es spielte keine Rolle, wenn es hier wie in einer Kneipe stank, da er die nächste Zeit ohnehin nicht hier sein würde.

Er holte eine Tasche und legte Unterwäsche, Jeans, Sportschuhe und eine dunkle Mütze hinein. Dann setzte er sich an den Tisch und nahm sich seine Brieftasche vor. Er hatte sechstausend Kronen in bar, damit würde er nicht weit kommen. Die Kreditkarten konnte er nicht benutzen, ohne dass man ihn aufspüren würde, und sein Konventionspass würde für keinen Grenzübertritt ausreichend sein. In der Geldbörse lag auch ein altes Familienfoto aus dem Garten in Qaem-Schahr, das letzte, auf dem sie alle zusammen waren.

Sie trugen gute Sachen und waren sicher auf dem Weg zu irgendeinem Fest, doch Nima erinnerte sich nicht mehr, zu welchem. Seine Mutter hatte ein blaues Kleid an und trug die Haare offen, und sein Vater sah auf dem Foto aus wie ein junger Mann. Das war er wohl auch gewesen, nicht sehr viel älter als Nima jetzt. In seinen Augen spiegelten sich der Himmel, die Bergkette hinter der Stadt und die Obstbäume des Gartens. Das Hemd war offen und der Körper noch stark, er wusste noch nichts von all den Schmerzen, die auf ihn warteten. Von den Henkern des Evin-Gefängnisses, von Tortur und Hinrichtung. Er war damals oft besorgt gewesen, erinnerte sich Nima, und wütend. Aber auf diesem Foto sah er glücklich aus. Und frei.

Nima saß in der niedrigen Kombüse am Tisch, während das Hasch seinen Atem aus der Koje schickte und auf die

Oberfläche des Meeres legte. Eine zarte Haut, die bald schon von einem Wellenschlag oder einer landenden Möwe zerrissen würde.

Es klopfte an der Tür. Er hatte die Autos nicht einmal gehört. Ob sie mit Blaulicht hierher gefahren waren? Eher nicht. Er stand auf, der Stuhl schrammte über die abgenutzten Spanplatten.

Auf dem Weg zur Tür blieb die Zeit stehen. Ein einziger Gedanke dröhnte in seinem Schädel: Sie konnten unmöglich etwas beweisen. Er musste nur den Mund halten, ungeachtet, was sie versuchten.

*

Johan rief auf Facetime an, als Liv auf dem Weg über die Tietgensgadebrücke beim Hauptbahnhof war. Es wurde langsam dunkel, und die elektrischen Lichter der Stadt vibrierten vor Farben und Energie. Straßenlaternen, Neonschilder und bunte Birnen entlang der Markisen lockten wie Goldtöpfe am Ende eines nicht existierenden Regenbogens, der sich im nassen Asphalt spiegelte. Sie nahm das Gespräch an und sah sein breites Lächeln auf dem Display auftauchen.

»Hei, Johan, bist du da?«

»Ja, ich stehe auf dem Hof.« Der Westwind sauste im Mikrofon, und der Hintergrund verschwamm in Blaunuancen. »Jens ist nicht zu Hause. Aber wenn er kommt, musst du mir helfen, die Kastanien aus dem Ofen zu holen.«

»Dem Feuer.«

»Wie bitte?«

»Nichts. Ist der Wohnwagen offen?«

»Ich werde es herausfinden.« Er hielt das Handy am ausgestreckten Arm, sie konnte sein Ohr und ein paar Bäume sehen, die sich im Wind bogen. Der Wohnwagen tauchte im Bild auf, er zog an der Tür und verschwand im Dunkeln.

»Kannst du das Licht anmachen, ich sehe nichts.«

»Ja, ja, ich bin dabei.« Ein Klappern und ein lautes Au waren zu hören, gefolgt von ein paar ausgesuchten Flüchen, dann ging das Licht an. »Vielleicht ist es nicht so clever, hier bei voller Beleuchtung zu agieren, falls Jens nach Hause kommt.«

»Immer mit der Ruhe, du siehst seine Scheinwerfer, bevor er dich sieht. Und jetzt führ mich herum.«

Johan drehte das Handy, sodass sie das Innere des Wohnwagens sehen konnte. Es war geprägt von Laminatoberflächen und einer platzsparenden Einrichtung, was nicht weiter überraschend war. Abgenutzt, funktional und nicht ganz sauber, wenn man in die Ecken sah. Eine Teeküche, ein Esstisch mit einer Eckbank und ein Sofa, das sich bestimmt ausziehen ließ, sodass man darauf schlafen konnte. Ein gelbes Laken guckte hinter dem Sofarücken hervor und verriet, dass von dieser Funktion auch Gebrauch gemacht wurde. Die Möbel waren insgesamt alt genug, um als retro durchzugehen, verdienten aber eher die Bezeichnung Sperrmüll. Geblümte Gardinen an den Fenstern, Zierkissen und ein Bild in einem Goldrahmen zeugten davon, dass jemand diesen Platz trotz allem liebte.

»Sieh mal im Kühlschrank nach!«

Johan ging zu dem kleinen Kühlschrank unter dem Küchentisch und machte ihn auf, hockte sich davor und hielt das Handy hinein. Schnittbrot, diverse Butterbrotsalate, Butter, Milch, Bier und ein Karton mit Trauben. Er war besser sortiert als Livs eigener Kühlschrank. Jens verbrachte offensichtlich viel Zeit in dem Wagen.

»Was ist mit den Küchenschubladen?«

Johan öffnete die Schubladen, wühlte darin herum und schob sie wieder zu. »Wonach suche ich? Gras und Koks? Glaubst du, der alte Schweinezüchter dealt von seinem Wohnwagen aus?«

»Ha, ha. Kannst du mir die Schubladen mit der Kamera zeigen? Langsam, sodass ich etwas erkennen kann.«

Liv ging über die Straße zu dem Sportkomplex DGI-Byen. Vor der Sporthalle stand eine Gruppe Teenager mit feuchten Haaren und unterhielt sich über ihre Fahrräder hinweg. Sie guckten, als sie vorbeiging, und sie lächelte ihnen flüchtig zu, bevor sie wieder auf das Display sah. In den Schubladen des Wohnwagens gab es Fleischkonserven, Dosentomaten, Mehl und Knäckebrot, aber keine Drogen und auch keine Bündel mit Geldscheinen.

»Gibt es eine Toilette?«

Johan erhob sich und öffnete eine Tür zu einem Kabuff mit einem kleinen Waschbecken und einer chemischen Toilette. Er schaltete das Licht an, sodass sie sehen konnte, wie er im Spiegel an der Wand die Nase rümpfte.

»Pfui, stinkt das hier!«

»Wie viele Zahnbürsten sind da?«

Er richtete das Handy auf das Waschbecken, wo in einem roten Plastikbecher eine Zahnbürste mit einem Mittelscheitel lehnte. Neben dem Becher standen ein Deo und eine Schachtel mit Zahnstochern.

»Siehst du noch andere Toilettenutensilien?«

»Nein.«

»Was ist mit Handtüchern?«

Er drehte das Handy und zeigte ihr ein verwaschenes hellrotes Stück Frottee, das an einem Haken an der Innenseite der Tür hing. »Nur das eine.«

Liv blickte über den Halmtorvet nach Kødbyen hinüber

und kam an einem Café mit Livemusik vorbei. Die Gäste standen draußen auf der Straße und rauchten und lachten, und sie musste sich im Zickzack bewegen, um durch sie hindurch zu kommen. Wenn sie gehofft hatte, eine Kameraausrüstung und Sexspielzeug in dem Wohnwagen zu finden, hatte sie sich getäuscht, wie es schien. Vielleicht saß Jens Linde wirklich gerne allein darin? »Gibt es einen Schrank oder eine Kommode?«

Johan schwang das Handy in dem kleinen Raum herum.

»Das sind hier zwölf Quadratmeter oder so. Wo willst du da eine Kommode verstecken?«

»Da! Hinter der Tür, was hängt da?«

Er ging näher heran. An einem Haken an der Wand hing ein Bügel mit einem geblümten Kleid. Es sah leicht aus, romantisch und ultrafeminin mit Spitze am Ausschnitt und einem Gürtel in der Taille. Irgendetwas an dem Schnitt ließ es altmodisch wirken, vielleicht die Puffärmel oder die Borte, Liv konnte nicht den Finger darauf legen. Aber es war klein, als könnte es auch ihr passen, wenn sie denn geblümte Kleider tragen würde. Und es war bestimmt nicht Jens Linde, der im Schutz seines Wohnwagens in geblümten Kleidern herumlief.

Johan richtete die Kamera auf sein Gesicht. »Hast du genug gesehen?«

»Hmm, zeig mir noch einmal das Bild am Fenster.«

Johan drehte die Kamera und ging zu dem Bild in dem Goldrahmen. Es zeigte eine blonde junge Frau, die mit den Armen um die Knie geschlungen im Gras saß und direkt in die Kamera blickte.

Liv machte einen Screenshot.

»Okay, Johan, das muss reichen. Danke für deine Hilfe.«

Er drehte die Kamera, sodass sie den Zwischenraum zwischen seinen Vorderzähnen sehen konnte.

»Das nächste Mal, wenn du in den Norden kommst, lädst du mich zu einem schicken Mittagessen ein.«

»Abgemacht!«

Liv unterbrach das Gespräch, steckte das Telefon in die Tasche und setzte ihren Weg nach Hause fort, während sie sich den nächsten Schritt überlegte. Im Klettersport verwendet man den Begriff Crux, er beschreibt den Punkt auf der Route, an dem man nicht weiterkommt und keinen möglichen Weg weiter den Berg hinauf findet. Oft muss man ein Stück zurückklettern, bevor sich die Lösung zeigt. Daher lautet auch die Anweisung, wenn eine Ermittlung ihre Crux erreicht hat, dass man zurück zum Tatort geht. Das bedeutete, dass sie der Wohnung in der Dag Hammerskjölds Allee, in der Gert von seiner Frau tot aufgefunden worden war, noch einen Besuch abstatten musste.

Als sie nach Hause kam, schickte sie Patricia eine SMS, dass sie ihr gerne etwas zeigen würde, und fragte, ob sie vorbeikommen könne.

Patricia antwortete prompt mit einer Einladung am nächsten Morgen, bevor die Boutique aufmachte. Im Posteingang war eine Mail von Mick Hvilsom, Gerts Kollegen.

Pat. hat sich kurz nach Gerts Tod acht Wochen in der Napa Valley Clinic of Oncology aufgehalten und ist von einer Dr. Miranda O. Logan behandelt worden. Der Tagespreis dieser Einrichtung bewegt sich im Bereich von fünfunddreißigtausend Kronen. You do the math!

Liv dankte ihm und nahm die Rechenaufgabe mit unter die Dusche. Patricia hatte ungefähr zwei Millionen Kronen für die Kur ausgegeben, die sie geheilt hatte. Ein geringer Preis für ein Leben, dachte sie und seifte sich gründlich ein. Aber ein hoher Preis für die meisten Menschen.

Sie putzte sich die Zähne, während sie das Foto aus dem Wohnwagen öffnete und das Bild der jungen Frau heranzoomte.

Ihr Ausdruck war ernst, doch um ihre Lippen spielte ein kleines, schalkhaftes Lächeln, und die Augen strahlten den Fotografen an. Obwohl das Bild fast vierzig Jahre alt sein musste, erkannte Liv sie an dem Lächeln. Das war Patricia.

EBBA LEON, OKTOBER 1943

Die Wellen schlagen auf den Strand, dunkelgrau und beängstigend. Ebba sitzt auf ihrem Koffer und sieht Menschen Taschen über den Strand schleppen. Der Wind hat aufgefrischt, und die Segeltour, die vor ihnen liegt, erscheint unüberwindbar wie eine biblische Plage. Sie wird so leicht seekrank. Die Nazis patrouillieren nachts den Sund, sie riskieren, auf dem offenen Meer aufgegriffen zu werden. Und das Boot. Ebba schluckt und versucht, nicht an das Boot zu denken. Sie kann nicht schwimmen, und falls sie kentern, hat sie keine Chance in dem kalten Wasser.

Dänen oder Juden?, klingt es im Dunklen, gedämpft, aber hart. Mendel antwortet für sie. Juden. Es nützt nichts zu sagen »beides«, das würde bloß als Provokation aufgefasst. Er versucht, im Dunkeln ihr Boot zwischen den anderen zu finden. Hans Hansen heißt ihr Fischer, und sie kann hören, wie Mendel nach ihm ruft.

Hans Hansen verlangt fünfzehnhundert Kronen für jeden von ihnen, was der Miete von mehreren Jahren entspricht. Mendel hat sich Geld geliehen und alles aus der Werkstatt verkauft, was etwas wert war. Sie haben von Juden gehört, die sehr viel mehr für die Überfahrt bezahlt haben, manche bis zu schwindelerregenden fünfzigtausend Kronen. Die Widerstandsbewegung hat glücklicherweise begonnen, die Preise zu regulieren, sonst hätten sie keine Chance gehabt. Jetzt müssen sie sehen, wie sie sich noch einmal ein ganz neues Leben aufbauen, wenn sie in Schweden sind. Falls sie dort ankommen.

»Ebba, bist du das?«

Sie spürt eine Hand auf der Schulter und dreht sich um. Dora! Mit Wollmantel und Hut, als wäre sie auf dem Weg ins Theater. Als Ebba die Freundin sieht, bricht sie in Tränen aus. Sie fallen sich um den Hals und stehen dicht beieinander. Dora streichelt ihr den Rücken. »Es wird schon werden, Ebba, hörst du? Es ist nicht so gefährlich, die Deutschen haben kein Interesse daran, sich mit Dänemark anzulegen. Die sehen weg.«

»Glaubst du das?« Ebba wischt sich die Tränen ab.

»Ja! Wenn wir uns auf der anderen Seite wiedersehen, feiern wir das zusammen.«

»Mit was? Mit leeren Mägen und Herzeleid?«

Dora lacht über ihren Pessimismus. »Das hier ist nur eine kleine Parenthese in unserem Leben. Bald ist der Krieg vorbei, und dann kommen wir wieder nach Hause.« Sie legt eine Hand auf Ebbas Bauch. »Mit eurem kleinen ketzeleh.*«*

»Dora! Es ist so weit!«

Rolf steht mit zwei Koffern da und ruft. Dora gibt ihr einen Kuss und läuft davon. Kurz darauf waten sie und Rolf durch das Wasser zu einem schaukelnden Fischerboot.

Ebba späht ihnen hinterher, bis sie in der Dunkelheit verschwunden sind. Bald sind sie an der Reihe. Sie weiß, dass sie sich rüsten muss und Angst und Kälte und Vorwehen nicht zu viel Platz einräumen darf, sondern das Gleiche wie Dora tun sollte. Der Vorsehung vertrauen und sich auf all das freuen, was auf der anderen Seite auf sie wartet.

DIE ZEHNTE VISION

Begreife, Menschenkind!
Dies Gesicht gilt der Zeit des Endes.
Und als er mit mir redete, sank ich in Ohnmacht
zur Erde auf mein Angesicht.
Er aber rührte mich an und richtete mich auf,
sodass ich wieder stand. Und er sprach:
Siehe, ich will dir kundtun, wie es sein wird
zur letzten Zeit des Zorns;
denn das Gesicht gilt der Zeit des Endes.
Und ich wusste, dass es Zeit war.
Zeit, Abschied zu nehmen.

MITTWOCH, 28. SEPTEMBER

KAPITEL 26

Diesmal trug Patricia einen limettengrünen Tracksuit aus einem glänzenden Stoff und ein Paar Turnschuhe mit dicken weißen Sohlen. Sie hatte kein Make-up aufgelegt, nur eine Brille mit einem dicken Gestell auf, was sie jünger und älter zugleich machte. Liv hatte den Eindruck, dass sie sie wachsam ansah, doch vielleicht lag das auch an der Brille. Oder es spiegelte das Misstrauen wider, mit dem sie selbst gekommen war.

Heute war nicht zum Kaffee im Erker gedeckt. Patricia zeigte vage zu den Stühlen hin, und Liv setzte sich auf denselben Platz wie beim letzten Mal. Sie erinnerte sich an das Gefühl, in ein Zuhause zu kommen, das zu schick für sie war, und wunderte sich, wie anders es heute wirkte. Auf dem Sofa lagen diverse Kleidungsstücke, und auf dem Tisch im Erker standen noch Weingläser. Selbst der Besitzerin war etwas von dem Charisma abhandengekommen, das sie noch vor einer Woche umgeben hatte.

Liv öffnete den Rucksack, holte Gerts Notizbuch Nummer 66 heraus und gab es Patricia. Es bestand kein Grund, ihr von der fehlenden Nummer 65 zu erzählen, bevor sie nicht sicher war, dass sie damit fertig war.

»Danke, dass Sie es mir geliehen haben.«

Patricia stand auf und stellte das Notizbuch zurück an seinen Platz.

»Das ist wirklich eine schöne Wohnung. Allein dieser Lichteinfall.«

»Danke. Ich bin auch sehr dankbar dafür, hier in Købkes Kopenhagen zu wohnen.« Patricia blieb mit den Händen in den weichen Hosentaschen stehen.

Liv drehte sich auf ihrem Platz um und warf einen Blick in Gerts ehemaliges Arbeitszimmer.

»Aber es muss doch eine schwere Entscheidung gewesen sein, hier wohnen zu bleiben, nachdem Sie Ihren Mann hier so ...«

Patricias Gesicht verzog sich zu einer Grimasse, als hätte Liv ihr eine Ohrfeige verpasst. »Sie wollten mir etwas zeigen?«

»Darf ich Sie zuerst etwas fragen?«

Patricia zuckte mit den Schultern, wirkte jedoch alles andere als begeistert.

»Ich habe das ansprechende Interview gelesen, das Sie zu Ihrer Erkrankung gegeben haben. Sie waren in einer Privatklinik in den USA ...« Liv hob die Stimme, sodass der Satz wie eine Frage klang, doch Patricia sprang nicht darauf an.

»Ja. Das hat mir das Leben gerettet.«

»Ist so etwas bezahlbar?«

Patricia atmete auf eine Weise aus, die deutlich machte, wie unpassend die Frage war. »Ich habe einen gewissen Betrag geerbt, als Gert gestorben ist.«

»Aus dem Verkauf von Hurup?« Liv sah sie weiter an und beobachtete, wie diese sich innerlich wand. »Ich dachte, das sollte ein Museum werden?«

Patricias Augen versprühten Blitze. »Ich war todkrank. Das Museum war Gerts Traum.«

Liv hielt den Augenkontakt, bis Gerts Witwe den Blick senkte.

»Bedaure. Das war keine leichte Entscheidung, den Hof zu verkaufen, aber wir hatten keine Wahl. Darin waren Gert und ich uns einig.« Patricia zog einen Stuhl vor und setzte sich, nahm die Brille ab und rieb sich die Augen. Sie sah müde aus.

Liv beugte sich vor und legte die Ellenbogen auf den Tisch. »Wie gut kennen Sie Gerts Bruder?«

»Wir haben Jens viele Jahre nicht gesehen, die beiden waren ja wegen des Hofs zerstritten.«

»Ja, solche Erbangelegenheiten können die Pest sein.« Liv lächelte, aber nur mit dem Mund.

Patricia setzte die Brille wieder auf und fuhr sich mit den Fingern durch die Haare. Seufzte. »Ich habe Jens in einem Sommerurlaub kennengelernt, aber da war nichts. Dann sind Gert und ich ein Paar geworden, und später haben wir geheiratet. Das war natürlich nicht optimal, aber so ist das Leben.«

Liv nickte.

Es war gut vorstellbar, dass Jens es nicht so leicht genommen hatte, dass sein kleiner Bruder Patricia bekommen hatte. Wie es wohl sein mochte, die große Liebe nicht vergessen zu können, während man aus der Ferne zusehen musste, wie der eigene Bruder mit ihr lebte? Und nebenher noch eine Geliebte hatte.

»Im Polizeibericht steht, dass Sie an dem Montag, an dem Gert ermordet wurde, in Ihrer Boutique waren …«

Patricia gebot ihr mit der Hand Einhalt. »Ich habe gearbeitet. Nicht in der Boutique, aber ich habe gearbeitet. An dem Tag war Inventur, ich war im Außenlager in Glostrup. Mit zwei Mitarbeitern übrigens.«

Lenin, der graue Kater, kam anstolziert und sprang gewandt auf den Tisch. Patricia kraulte ihn und sah auf ihre Uhr.

»Heute muss ich die Boutique aufmachen; wenn Sie mir also etwas zeigen wollen, sollten Sie sich beeilen.«

Liv öffnete den Rucksack und fischte den Verkaufsvertrag heraus. Sie nahm den Beweis langsam aus der Plastikmappe und beobachtete, ob Patricias Gesichtsfarbe sich veränderte. Legte ihn vor sie hin und zeigte auf das, was Gerts Unterschrift sein sollte.

»Wer hat das Dokument unterschrieben?«

Patricia schlug unvermittelt auf den Tisch, und der Kater sprang erschrocken herunter.

Sie stand auf und ging zum Fenster, holte mit herunterhängenden Armen tief Luft, sodass ihr Rücken sich sichtbar hob und senkte. Nach einer Minute kam sie zurück und setzte sich, legte die Handflächen flach auf den Tisch und atmete tief ein. »Ich war todkrank, und mein Mann besaß einen großen Hof in Thy, für den es Käufer gab. Gert hielt weiterhin daran fest, dass aus dem Hof ein Heimatmuseum werden sollte, deshalb habe ich seine Unterschrift gefälscht.« Sie schielte zu Liv hin. »Das war Jens' Idee. Dass wir den Verkaufsprozess so weit vorantreiben, dass Gert ihn nicht mehr aufhalten kann.«

Liv betrachtete Patricia und erinnerte sich, wie beeindruckt sie vor ein paar Tagen von ihr gewesen war. Wie eine Königin.

»Aber ich habe nichts mit seinem Tod zu tun!« Patricias Stimme klang schrill. »Das war Jens! Das war alles Jens.«

*

Eine Nacht in der Ausnüchterungszelle dauert länger als andere Nächte. Selbst als solche, die man mit einem Kolikbaby auf dem Schoß oder neben einem sterbenden Menschen verbringt. Nima saß von neun Uhr abends bis neun Uhr morgens aufrecht auf der mit Gummi überzogenen Matratze auf dem Boden, dem einzigen Möbel im Raum. Etwas sagte ihm, dass er verloren hatte, wenn er sich hinlegte, also blieb er sitzen. Er war in Dänemark, nicht in Teheran, hierzulande funktionierte das Rechtssystem, und er musste nicht um sein Leben bangen. Die Situation war ernst und angsteinflößend, aber sie war nicht gefährlich. Er war nicht sein Vater. Hin und wieder fiel er in einen oberflächlichen Schlaf, erwachte jedoch, sobald ihm das Kinn auf die Brust sank, riss die Augen auf und sah sich um.

Ein grauer Linoleumboden, nackte Wände und ein hoch sitzendes Fenster mit mattiertem Glas ließen den Raum einer Gummizelle ähneln, und er erinnerte sich daran, dass er genau das war. Ein Ort zum Einsperren und Ruhigstellen festgenommener Personen. Er sollte weder sicher erscheinen noch Hoffnung machen, er sollte ihn nur daran hindern, während der Nacht abzuhauen oder Selbstmord zu begehen. Die Sachen, die er bei sich gehabt hatte, hatte er abgeben müssen, auch die Schuhe waren ihm abgenommen worden, er war nichts als sein Körper und die Kleidung, die er trug. Zweimal stand er auf und klopfte an die Tür, um auf die Toilette zu gehen, und beide Male war er von einem bewaffneten Bediensteten begleitet worden.

Fünf Minuten nach neun wurde er abgeholt und bekam seine Habseligkeiten zurück. Ein Polizeiwagen fuhr ihn von Teglholmen zu einem der Vernehmungsräume des Präsidiums.

Hier bekam er eine Tasse Kaffee und ein dreieckiges Sandwich, das er unberührt stehen ließ, obwohl er Hunger hatte. Es fühlte sich unwürdig an, ihre Almosen anzunehmen.

Sie ließen ihn fünfundvierzig Minuten warten, bevor die

Tür aufging und Petter Bohm zusammen mit derselben Ermittlerin eintrat, die mit in der Werkstatt gewesen war. Sie wünschten ihm einen guten Morgen und stellten sich vor, schalteten die Videokamera in der Ecke an und wiederholten die Vorstellungsrunde für die Aufnahme.

Er wurde gebeten, seinen Namen und sein Geburtsdatum zu nennen, und darüber informiert, dass es ihm freistand, sich während des Verhörs zu äußern und dass er ein Recht auf einen Verteidiger hatte. Petter führte das Wort. Nima tat sein Bestes, seiner Stimme zu folgen, doch die Worte verschwammen und wurden zu Matsch in seinem Gehirn. Eine wenig vertrauenswürdige Grundlage, die darauf abzielte, ihn zu Fall zu bringen.

»Gemäß § 237 Strafgesetzbuch beschuldigt man Sie des Mordes an Marianne Dybdahl, die am Abend des 19. September zu Tode kam. Ist das klar, oder haben Sie Fragen zu der Anschuldigung?«

»Ich habe nichts anderes als Fragen.«

Petter schüttelte gereizt den Kopf. »Verstehen Sie die Anschuldigung?«

»Ja.«

»Gut. Später am Tag werden Sie dem Haftrichter vorgeführt, der über eine Untersuchungshaft entscheiden wird, doch zunächst einmal würden wir Ihnen gerne ein paar Fragen stellen. Ist das in Ordnung für Sie?«

Nima hatte die ganze Nacht über diese Frage nachgedacht. Er wusste, dass man mit der Polizei zusammenarbeitete, wenn man unschuldig war, auch bevor der bestellte Verteidiger auftauchte. In Wirklichkeit war das keine Frage und keine Entscheidung.

»Ja, natürlich. Ich bin höchst interessiert, dass der Fall aufgeklärt wird und ich nach Hause kann.«

Petter öffnete eine Mappe und legte ein Foto vor Nima auf den Tisch. Es zeigte eine grüne Geldbörse mit einer Artikelnummer.

»Erkennen Sie die?«

Nima schüttelte den Kopf.

»Das ist Mariannes Geldbörse, ein Jogger hat sie vorgestern im Rude Skov in der Nähe des Tatorts gefunden. Sind Sie ganz sicher, dass Sie sie noch nie gesehen haben?«

»Hundertprozentig.«

»Wie kann es dann sein, dass wir Ihre Fingerabdrücke darauf gefunden haben?«

»Ich habe diese Geldbörse noch nie gesehen.« Nima schluckte mühsam. »Darf ich Sie um ein Glas Wasser bitten?«

»Nichtsdestotrotz ist es so. Aber dafür haben Sie keine Erklärung?«

»Nein.«

Petter lehnte sich im Stuhl zurück und verschränkte die Arme über dem dicken Bauch. Sein Blick sagte deutlich, dass er enttäuscht war. »Nima, Sie müssen uns hier etwas helfen. Es ist ja nicht nur die Geldbörse, nicht? Es ist auch das Auto auf der Straße, in dem Marianne nie weggefahren ist, und die Tatsache, dass Sie vergessen haben, uns zu erzählen, dass Sie einmal ein Paar gewesen sind.«

Nima nickte. »Das war dumm. Ich habe einfach nicht nachgedacht. Vielleicht war ich auch nervös.«

»Weshalb hätten Sie nervös sein sollen?«

»Deswegen hier, verdammt!« Er hielt inne und wartete einen Augenblick. Bis er sich sicher war, dass seine Stimme wieder ruhig klang. »Ein Unschuldiger kann offenbar auch ins Gefängnis geworfen werden.«

Petter und seine Kollegin wechselten einen Blick.

»Bleiben Sie dabei, dass Sie und Marianne mehrere Jahre keinen Kontakt hatten, bevor sie am Montagnachmittag zu Ihnen in die Werkstatt gekommen ist?«

Nima zögerte und sah, dass dem Polizisten das auffiel. Aber er wagte nicht, etwas anderes zu sagen. »Es gab nur die SMS, in denen wir die Reparatur besprochen haben.«

Petter warf einen Blick in seine Notizen. »Wie gut kennen Sie Lisa Harboe-Hvidkjær?«

Nima fuhr sich in dem Versuch, etwas Flüssigkeit zurück in den Mund zu bekommen, mit der Zunge über die Zähne.

»Sie ist Mariannes Kollegin. Und meine ehemalige Nachbarin. Wir haben uns damals auf einem Fest bei Lisa kennengelernt.«

Petter kaute auf seiner Unterlippe. »Jetzt sage ich Ihnen einmal, was ich glaube.« Er hob den Kopf und sah Nima direkt in die Augen. Der Blick fühlte sich an wie ein Laserstrahl mitten ins Hirn. »Ich glaube, dass Sie und Marianne Dybdahl Ihre Beziehung wiederaufgenommen haben und dass Sie am Montag gekommen ist, um mit Ihnen Schluss zu machen. Sie sind wütend geworden, und es ist eskaliert. Deshalb sind Sie mit ihr in den Wald gefahren und haben sie umgebracht, die Geldbörse geleert und versucht, es wie einen Raubmord aussehen zu lassen. Dann haben Sie so getan, als hätten Sie mit dem Auto eine Testfahrt unternommen, um es anschließend zurückzugeben wie bei einem normalen Kunden.«

Nimas Gesichtsfeld verengte sich, die Wände des Vernehmungszimmers zogen sich um ihn zusammen.

»Warum hätte ich sie umbringen sollen, wenn ich sie mochte?«

»Versteht sich das nicht von selbst?« Petter hielt den Augenkontakt und wartete eine Antwort nicht ab. »Warum haben Sie ihr Gesicht zugedeckt?«

*

Im Wohnzimmer lief das Radio. Jan saß in seinem Ruhesessel mit einem Block und einem Wörterbuch auf dem Schoß. Auf dem Sofatisch neben ihm standen eine Tasse mit kaltem Kaffee und ein großes Tablettenglas mit Schmerztabletten, die der Arzt ihm verschrieben hatte. Es deutete auf einen weiteren schlechten Tag hin.

»Hallo, Vater, was machst du da?«, sagte Hannah, um ihn nicht zu erschrecken.

Er hob langsam den Blick und lächelte, offenbar war er in Gedanken weit weg.

»Hei, Schatz, ich habe dich gar nicht kommen hören.«

»Hast du etwas gegessen? Ich hatte dir in der Küche Frühstück hingestellt.«

Er verscheuchte die Frage mit der Hand, als wäre sie eine Fruchtfliege. »Ich bin bald fertig mit Daniels Texten.«

»Das klingt gut, Vater.« Hannah setzte sich auf den Puff und schielte zu seinem Bein hin. Es war so dünn geworden, dass sie unwillkürlich fröstelte. »Aber du musst trotzdem etwas essen.«

Er schien sie nicht zu hören.

»In der Vision, mit der ich mich gerade beschäftige, spricht Gott mit dem Menschen über die Endzeit. Er ist es, der diktiert, wann Schluss ist, nicht der Mensch. Und es ist eine Grundbedingung, dass wir nicht selbst entscheiden, wann wir sterben. Würde ein Mann, der vorhat, sich umzubringen, das schreiben? Das sind die Sachen, die ich mich frage.«

Hannah schloss die Augen. Die Stimme ihres Vaters war

milde wie damals, als sie klein waren und er ihnen Gute-Nacht-Geschichten vorgelesen hatte. *Die Mumins, Pu der Bär, Alice im Wunderland.*

»Daniel führt ein Gespräch mit Gott über Leben und Tod, und schon das ist auffallend. Wie du weißt, war dein Bruder eher ein gnostischer Atheist.«

Sie lachte. »Vielleicht hat er Gott im Gefängnis gefunden, passiert so etwas nicht?«

Jan sah sie resigniert an. »Meinst du wirklich, dass man darüber Witze machen sollte?«

»Hast du mich nicht gelehrt, über all das Schwere zu lachen, weil es so leichter zu ertragen ist?«

Er beugte sich über den Block und notierte sich eine Zeile, antwortete aber nicht.

»Wann haben Mutter und du begriffen, dass er krank war?« Sie hob das Pillenglas hoch und sah auf das hintere Etikett.

Jan legte den Stift zur Seite. »Das war nach dem Herbst, in dem ihr zehn geworden seid. Da ist er in Behandlung gekommen. Wir hatten zu dem Zeitpunkt bereits viele Arztgespräche hinter uns, sodass es fast eine Erleichterung war, als er eine Diagnose bekam.«

»Kognitive Therapie? Keine Psychopharmaka?«

Er legte das Wörterbuch beiseite, nahm die Beine von dem Puff und steckte sie in die Pantoffeln. »Das war die Empfehlung, ja.«

Hannah sah ihn an. Er tat ihren Blick mit einer gereizten Handbewegung ab.

»Heute würde man es vielleicht anders machen, aber uns blieb ja nichts anderes übrig, als den Ärzten zu vertrauen.« Er griff nach dem Stock, stand auf und ging durch das Wohnzimmer zum Bad.

Hannah blieb mit dem Pillenglas in der Hand sitzen. Ihr

Bruder hatte gut und gerne dreißig Jahre Medikamente genommen. Er hatte sich auf die Medizin verlassen und in einer Koexistenz mit Pillen und Depotspritzen gelebt. Was um alles in der Welt hatte ihn dazu bewogen, die Medikamente auszuschleichen?

Sie hörte das Telefon in der Küche klingeln und lief hin.

»Hallo?«

»Was treibst du?« Mikkel klang wütend. Und nicht ganz nüchtern. »Du hörst sofort auf damit! Sonst wirst du am meisten darunter zu leiden haben.«

KAPITEL 27

»Ich soll Sie von meinem Vermieter grüßen, Jan Leon. Er ist ein Fan von Ihnen.«

Simon Farberoff lächelte warm und erwiderte Livs Händedruck. Er stand auf der anderen Seite der Schwingtür an der Rezeption von *Danmarks Radio* und wartete auf sie. Glatzköpfig und attraktiv wie auf dem Bildschirm und sehr viel kleiner, als sie erwartet hatte. Der Hemdkragen stand auf einer Seite schräg nach oben, und sie musste sich zusammenreißen, ihn nicht zu richten.

»Grüßen Sie ihn ganz herzlich zurück. Kommen Sie, wir müssen hoch in die zweite Etage. Hier draußen sitzen wir in der offenen Bürolandschaft – und die hat wirklich der Teufel erschaffen –, aber vielleicht finden wir ja ein leeres Besprechungszimmer, wo wir in Ruhe reden können.«

Sie fuhren unter der hohen Glasdecke mit zwei Rolltreppen nach oben und kamen durch eine rote Tür in einen gewöhnlicheren Büroflur. Er öffnete eine Tür, entschuldigte sich bei ein paar Leuten und ging weiter zur nächsten.

»Hier ist frei. Kaffee? Er schmeckt schrecklich, ist aber besser als nichts.«

»Für mich nicht.« Liv setzte sich an den grauen Besprechungstisch. »Danke, dass Sie sich Zeit für mich nehmen.«

Simon zog einen Stuhl vor, hob die Hosenbeine leicht an und setzte sich. »Um ganz ehrlich zu sein, bin ich neugierig geworden. Sie haben gesagt, dass Sie Fragen zu meiner Familie haben?«

»Ich ermittle im Mordfall des Journalisten Gert Linde. Der Name Farberoff ist auf einer Liste von Juden aufgetaucht, die sich in der Gegend um Thy aufgehalten haben und zusammen via Køge nach Schweden geflüchtet sind.«

Er nickte. »Der Bruder und die Schwägerin meiner Großmutter mütterlicherseits, sie haben in Hjørring gewohnt. Rolf und Dora Farberoff.« Er trank von dem Kaffee und schnitt eine Grimasse. »Sagt Ihnen die Judenaktion etwas?«

»Bedaure.« Liv lächelte entschuldigend.

»Am 1. Oktober 1943 startete die Gestapo eine Aktion in Dänemark. Sie begann um acht Uhr abends, und das Datum war nicht zufällig gewählt. Es war Jom Kippur, und sie wussten, dass die meisten jüdischen Familien zu Hause sein würden, um ihn zu feiern.« Er sah sie an, als wollte er sicherstellen, dass sie sich nicht langweilte. »Ja, entschuldigen Sie, das soll keine Geschichtsstunde werden, ich erzähle das nur, um die Geschichte in den richtigen Kontext zu rücken. Ich mache es kurz …«

»Ich höre gerne zu.«

Simon lächelte und stützte sich auf die Ellenbogen. »Die Nazis gingen von Tür zu Tür und klingelten oder brachen ein. Die Bewohner bekamen nur ein paar Minuten, um zu packen, bevor sie rausmussten. Das Schiff *Wartheland* lag am Langelinie Kai, es sollte alle gefangen genommenen Juden in das Konzentrationslager Theresienstadt bringen. Am folgenden Tag führten sie die gleiche Aktion in Jütland durch. Die Leute mussten mit einer Vorwarnung von nur wenigen Stunden untertauchen.«

»Inklusive des Bruders und der Schwägerin Ihrer Großmutter?«

»Ja.« Seine Stirn runzelte sich. »Vor drei, vier Jahren hat schon einmal jemand nach dieser Geschichte gefragt. Eine Frau. Sie hatte einen ungewöhnlichen Namen, deshalb erinnere ich mich noch an sie. Penelope.«

Livs Mund wurde trocken. »Haben Sie sich mit ihr getroffen?«

»Ja. Sie hat Kontakt zu mir aufgenommen, weil sie ihrem Vater – nein, ihr Schwiegervater war es wohl – geholfen hat, die Geschichte seiner Eltern nachzuverfolgen. Sie hatten mein Buch über die dänischen Juden während des Kriegs gelesen.«

Er fuhr sich mit der Hand über den Schädel und ließ sie im Nacken liegen. »Sie war ebenfalls über die Liste der Juden, die sich in Vestervig versteckt hatten und anschließend nach Schweden geflohen sind, auf den Namen meiner Familie gestoßen.« Er faltete die Hände und stützte das Kinn darauf ab. »Ich musste sie leider enttäuschen.«

»Wie meinen Sie das?« Liv rückte einen Millimeter auf dem Sitz vor.

»Sie haben es nicht geschafft.«

Liv sah Gerts und Penelopes Liste mit den Namen vor sich. Leon und Farberoff, direkt nebeneinander.

»Ich verstehe nicht …«

»Rolf und Dora wurden leider von deutschen Soldaten gefasst und in das Konzentrationslager Theresienstadt deportiert. Sie sind nie wieder nach Hause gekommen.«

Liv blickte zu Boden. »Das tut mir leid zu hören.«

»Es ist jetzt viele Jahre her.« Er lächelte warm.

»Ich sollte besser …«

»Haben Sie die Antworten bekommen, die Sie brauchen?« Er stand auf. »Ich bringe Sie hinaus.«

»Das brauchen Sie nicht.« Sie reichte ihm die Hand. »Danke, das war sehr informativ.«

»Und denken Sie daran, Jan Leon von einem Artgenossen zu grüßen.«

»Das werde ich.«

Liv fuhr mit dem Gefühl, in einem Willy-Wonka-Szenarium gelandet zu sein, die Rolltreppen hinunter. Irgendetwas stimmte nicht.

*

Nima hörte Schritte draußen auf dem Gang und stand von der Pritsche auf, lauschte und wartete. Er hatte darum gebeten, telefonieren zu dürfen. Doch die Schritte gingen vorbei, und es wurde wieder still. Es war schwer zu erklären, wie langsam die Zeit verging, wenn man in Untersuchungshaft saß und außer zu seiner bestellten Verteidigerin zu niemandem Kontakt haben durfte. Wie eine Ewigkeit aus Nichts, eine Perlenkette verlorener Sekunden, die in eine hoffnungslose Zukunft mit weiteren solcher Sekunden führten.

Er setzte sich wieder und hörte, wie der Holzrahmen unter seinem Gewicht nachgab. Schloss die Augen und stellte sich vor, wie der Wind in den hohen Baumspitzen rauschte, den beruhigenden Klang des Lebens, das weiterging. Von Freiheit. Ungeachtet der Umstände, er musste an seine Freisprechung glauben. Die Zelle hier im Untersuchungsgefängnis Vestre Fængsel war nur eine Parenthese in seinem Leben, bald würde er wieder fischen gehen, Auto fahren und rauchen. Sich um seine eigenen Sachen kümmern.

Die Verteidigerin war eine ältere Frau, die ihre Birnenform mit großer Autorität trug und darüber hinaus kompetent und erfahren wirkte. Sie hatte betont, dass die Anklage der Polizei sich hauptsächlich auf Indizien stütze und dass Nima endlich damit aufhören sollte, ihnen mehr zu sagen. Ihr wesentliches Problem waren die Fingerabdrücke auf der Geldbörse des Opfers, wenn ihm also eine Erklärung dafür einfiel?

Aber das tat es nicht. Die Verteidigerin nannte das ungünstig, mehr aber nicht. Sie hatte versprochen, vor dem Wochenende mit Informationen zum weiteren Verlauf und einer Strategie zurückzukommen.

Das Treffen war kurz und nicht weiter erhebend gewesen, doch wenige Minuten, nachdem sie gegangen war, vermisste er sie bereits. Oder richtiger, er vermisste einen anderen Menschen. Der, der glaubt, sich am wohlsten in seiner eigenen Gesellschaft zu fühlen, sollte es mal mit einer Freiheitsberaubung versuchen, dachte Nima. Das setzte unweigerlich die Einsamkeit in Perspektive.

Draußen waren wieder Schritte zu hören, und diesmal blieben sie vor der Tür stehen. Der Wachmann klimperte mit Schlüsseln und Schloss, und die Zellentür ging auf.

»Jetzt ist alles für Ihr Telefonat bereit.«

Nima folgte ihm den Zellengang entlang in einen Raum mit einem Tisch, zwei Stühlen und einem altmodischen Tastentelefon und sonst nichts. Als er in der Untersuchungshaft angekommen war, hatte er sein Handy unter Aufsicht öffnen und die Nummer auf einen kleinen Zettel schreiben dürfen. Nicht die seiner Mutter und auch nicht die von Daria. Hoffentlich war er so schnell wieder draußen, dass er ihnen gar nichts erzählen musste.

Jetzt drückte er die Nummer auf den runden Tasten und lauschte dem Klingelton mit angehaltenem Atem. Sie meldete sich zögernd.

»Hannah?«

»Hei, Hannah, hier spricht Nima … Störe ich?«

»Nein, alles gut.«

Er hatte den Satz mehrere Stunden geprobt, trotzdem stolperte er jetzt über die Worte.

»Ich sitze in der Klemme. Es geht um die Frau im Wald, und es ist natürlich ein Missverständnis, aber … im Moment sitze ich in Untersuchungshaft.«

»Oh, nein!«

Er ließ ihr kurz Zeit, sich zu erholen, bevor er weitersprach. »Bitte entschuldigen Sie, dass ich anrufe, aber ich möchte Sie um einen Gefallen bitten.«

»Was kann ich tun?« Sie klang schockiert, aber aufrichtig besorgt.

»Könnten Sie bitte ein Geschlossen-Schild an die Werkstatttür hängen? Ich kann nicht all meine Kunden anrufen.«

»Das kann ich gut. Soll nur *Geschlossen* darauf stehen?«

Er seufzte. »Vielleicht *Wegen Krankheit geschlossen*.«

Es folgte eine lange Pause.

»Okay.« Etwas scharrte im Hörer, es klang, als würde sie das Telefon in die andere Hand nehmen. »Wie geht es Ihnen?«

»Es ging mir schon besser.«

»Konnten Sie schlafen?«

Nima schlief schon lange katastrophal. Katastrophengedanken jagten einander, sobald er die Augen schloss.

»Ein bisschen. Schlecht.«

»Haben Sie Angstsymptome? Unruhe um den Solarplexus, Gedankenchaos, Herzklopfen?«

»Vielleicht.«

Er begriff, was sie da trieb. Die Psychologin hatte den weißen Kittel angezogen. Er hatte so viele von ihnen getroffen, dass er sie sofort erkannte, die wohlmeinenden Professionellen. Normalerweise wies er diese unaufgeforderte Hilfe zurück, ohne mit der Wimper zu zucken, doch im Moment waren seine Möglichkeiten so beschnitten, dass er es sich nicht leisten konnte, sie abzuweisen. Sie sorgte sich um ihn, und wenn er etwas jetzt brauchte, war das Fürsorge. Jemanden, der ihn nicht ausquetschte und Antworten von ihm forderte, sondern sich lediglich um ihn kümmerte.

»Nima, ich sage gleich ein paar Dinge, die Sie bestimmt selber wissen, doch vielleicht ist es wichtig, daran erinnert zu werden. Okay?«

Er brummte sein Einverständnis.

»Es ist essenziell, dass Sie essen und schlafen. Bitten Sie Ihren Verteidiger um etwas zum Schlafen, Halcion zum Beispiel. Und essen Sie, wenn Sie können. Bekommen Sie Unterstützung von Ihren Angehörigen? Unterstützung ist auch wichtig.«

Nima versuchte, sich zu erinnern, wann er das letzte Mal Unterstützung von seiner Mutter erfahren hatte und nicht umgekehrt. Aber er konnte sich nicht erinnern.

»Ich will sie nicht beunruhigen. Sie haben bereits genug durchgemacht.«

»Okay.« Ihre Stimme war weich. Wie ein tiefer Sessel, in den man hineinsinken konnte. »Wenn Ihnen zu viele Gedanken durch den Kopf gehen, kann es helfen, sie aufzuschreiben.«

»Ich kann mich nicht aus der Untersuchungshaft herausdenken.« Er biss sich auf die Zunge.

»Das ist klar. Ihre Angst ist rational, Sie reagieren natürlich.«

Die Stimme war immer noch warm. Ein Kloß bildete sich in seinem Hals. Wie in der Kindheit, wenn er aus einem Albtraum erwacht war und seine Mutter ihn auf den Schoß genommen hatte.

»Wollen Sie mich nicht fragen, ob ich unschuldig bin?«

Sie holte tief Luft und hielt sie an. »Ich werde das Schild aufhängen. Melden Sie sich, wenn noch etwas ist.«

Er lächelte in die Sprechmuschel. Das altmodische Telefon fühlte sich an seinem Ohr warm an.

»Danke, Hannah.«

*

Billy Crystal stand in einem Kaufhaus und sang »Surrey with the Fringe on Top«, als Livs Handy klingelte. Sie war mit einem ihrer Lieblingsfilme auf dem Laptop und einem schweren Kopf von all den widersprüchlichen Informationen früh ins Bett gegangen. Sie merkte, wie der Schlaf sich anschlich, der Nacken ruhte schwer an dem Kopfteil, griff aber trotzdem nach dem Handy und sah auf die Uhr. Es war kurz nach neun.

»Hallo?«

Die Stimme gehörte einer Frau, sie klang reif und leicht verängstigt. »Hier spricht Eva. Eva Madsen.«

Liv setzte sich auf. »Eva, das ist eine Überraschung.«

»Ich wusste nicht, wen ich sonst anrufen sollte ...« Im Hintergrund war Musik zu hören. »Entschuldigen Sie den Krach, ich sitze in einem Restaurant im Tivoli.«

»Sind Sie in Kopenhagen?«

»Ja, Henrik und ich machen uns ein paar nette Tage.«

Liv hörte das Geräusch einer Toilette, die abgezogen wurde. »Sagen Sie, wo sind Sie, Eva?«

Sie senkte die Stimme. »Ich habe mich kurz abgesetzt, ich habe nur einen Moment.«

»Was kann ich für Sie tun?«

»Ich habe gestern meinen Schwager in der Fußgängerzone getroffen. Ich war in der Stadt, um Wolle zu kaufen, er wollte etwas für die Hunde besorgen.« Sie zögerte. Räusperte sich und fuhr fort, vorsichtig wie eine Seiltänzerin. »Wir sehen ihn und seine Frau nicht so oft, sie wohnen drüben in Brovst, deshalb sind wir kurz stehen geblieben und haben geredet. Ich habe gesagt, dass Henrik gerne wieder einmal mit auf die Jagd gehen würde. Und da hat mein Schwager gemeint, dass er das doch noch nie getan hat.«

Liv brummte der Kopf vor Müdigkeit. Wenn sie doch endlich zur Sache kommen würde!

»Aber Henrik hat mir erzählt, dass er an dem Tag vor dreieinhalb Jahren auf der Jagd war. Ich habe mir das gemerkt, weil ich mich gefragt habe ... ob er vielleicht etwas herausgefunden hatte und wütend geworden war.«

»Entschuldigung, von welchem Tag reden Sie?«

»Vom 4. März.« Eva klang ungeduldig und unsicher zugleich. »Dem Tag, an dem Gert in Kopenhagen ermordet wurde. Henrik hatte mir gesagt, dass er auf der Jagd gewesen sei, aber das war offenbar eine Lüge.«

Liv setzte sich im Bett auf. »Okay, haben Sie ihn gefragt?«

»Nein. Henrik kann mit so etwas ziemlich empfindlich sein.«

»Mit so etwas?«

»Mit Kritik und so. Es ist besser, ihn nicht zu reizen.«

Der Satz hing in der Luft und flatterte zwischen ihnen.

»Und jetzt sind Sie zusammen in Kopenhagen?«

»Ja. Wir feiern unseren Hochzeitstag.« Eva gab einen Laut von sich, der Liv an einen Hund denken ließ, dem man auf die Pfote trat. »Ich muss jetzt Schluss machen. Geben Sie gut auf sich acht, Liv.«

DIE ELFTE VISION

Aber zu jener Zeit wird dein Volk errettet werden,
alle, die im Buch geschrieben stehen.
Und viele, die im Staub der Erde schlafen,
werden aufwachen, die einen zum ewigen Leben,
die andern zu ewiger Schmach und Schande.
Und die Verständigen werden leuchten
wie des Himmels Glanz,
und die viele zur Gerechtigkeit weisen,
wie die Sterne immer und ewiglich.
Vergebt mir!

DONNERSTAG, 29. SEPTEMBER

KAPITEL 28

Der grauende Tag kroch in gedämpften Blautönen zum Kellerfenster herein, obwohl es noch lange nicht hell war. Liv lag einen Moment desorientiert da und blinzelte, während sie zu verstehen versuchte, was sie geweckt hatte. Ein Laut vielleicht oder ein Traum. Sie beschloss, die Augen wieder zu schließen und zu versuchen weiterzuschlafen, doch etwas veranlasste sie, sie einen Spaltbreit weiter zu öffnen. Eine Kontur am Ende des Betts, ein Schatten in der Dunkelheit, den sie nicht einordnen konnte. Er hatte Ähnlichkeit mit einem Menschen, der dort stand und sie ansah. Die neue Wohnung spielte ihr einen Streich. Ihre Augen fielen wieder zu.

Mit einem Keuchen, das die Stille durchbrach, setzte sie sich auf. Träumte sie?

»Bleiben Sie, wo Sie sind.«

Er stand im Dunkeln, schwarz gekleidet, das Gesicht von einer Mütze oder einem Tuch verdeckt, und wirkte sehr real.

Liv versuchte, ihre Gedanken unter Kontrolle zu bringen. Der Körper wollte panisch reagieren, sie musste einen klaren Kopf behalten.

»Was wollen Sie?«

Er blieb ganz ruhig stehen, eine Säule aus Dunkelheit in der Dunkelheit.

»Ihre Hände.«

Sie hob die Hände von der Bettdecke hoch und zeigte sie

ihm. Die Finger zitterten, und sie spreizte sie, damit er es nicht sah. Er trat an das Bett und beugte sich über ihre Hände, seine Augen leuchteten in den Löchern der Mütze. Ihr stockte das Blut in den Adern.

»Meine Nachbarn oben hören mich, wenn ich schreie.«

Er griff nach der Decke und zog sie auf den Boden, blieb am Fußende stehen und sah sie an. Liv hatte nur ein T-Shirt und einen Slip an und bekam eine Gänsehaut an den Oberschenkeln. Der Hals schloss sich um die Luftröhre.

»Was wollen Sie?«

Er legte einen Finger auf die Lippen und gab ihr zu verstehen, still zu sein. Dann ging er ruhig zum Nachttisch neben dem Bett, zog die Schublade auf, drehte sie um und entleerte den Inhalt auf den Boden. Sah ihn kurz durch und ging zum Bücherregal. Dort ließ er den Zeigefinger an den Buchrücken entlangfahren. Hielt inne, beugte sich vor, um einen Titel besser sehen zu können, und fuhr in seinem Tun fort. Er stand mit dem Rücken zu ihr, zog hin und wieder ein Buch heraus und sah es sich genauer an.

Er trug Latexhandschuhe. War er hier, um sie umzubringen?

Nach einigen Minuten war er mit dem Bücherregal fertig und wandte sich der Küche zu. Er stand in der Tür, doch obwohl der Tag langsam graute, war es noch immer zu dunkel, als dass sie ihn deutlich sehen konnte. Dann verschwand er, aber nur für drei Sekunden, bevor er mit Gerts Notizbuch in der Hand neben ihrem Bett auftauchte. Liv erinnerte sich, dass sie es auf dem Küchentisch liegen gelassen hatte.

Sie hielt ihre Knie umfasst. Sie standen spitz zu ihrem Kinn hoch. Sie hatte keine Waffe in der Wohnung, keine Möglichkeit, sich zu verteidigen. Trotzdem versuchte sie, seinem Blick ruhig zu begegnen.

Ein schwarz verhülltes Gesicht mit knauserig bemessenen Löchern für die Augen, so klein, dass er hinausblicken, aber selbst nicht gesehen werden konnte. Sein Körper zeigte nicht eine Bewegung, kein Zittern oder Wackeln, er stand nur da und sah sie an.

Dann ging er zur Tür hinaus und schloss sie hinter sich.

Liv blieb im Bett sitzen, bis es ganz hell war und sie sich sicher war, dass er nicht zurückkam.

*

Die Klebebandrolle war alt und leistete Widerstand. Hannah musste die Zähne zu Hilfe nehmen, um vier Stücke abzureißen. Sie hatte sich Mühe mit dem Schild gegeben, auch wenn es nicht wichtig schien, hatte ein gutes Stück Karton herausgesucht und in deutlichen Blockbuchstaben geschrieben. Die Kunden der Werkstatt würden keinen Zweifel haben, dass Nima geschlossen hatte, obwohl sie ziemlich verärgert sein dürften, dass sie den ganzen Weg hierheraus hatten machen müssen, um das festzustellen. Das war natürlich nicht ihr Problem, sondern das des armen Nima.

Sie ging ins Arbeitszimmer und legte die Klebebandrolle wieder an ihren Platz, während sie sich wunderte, dass es sie nicht mehr beschäftigte, ob er schuldig war. Weniger, weil sie ihm instinktiv glaubte, als dass sie einen Widerstand spürte, dazu Stellung zu beziehen. Eine Mauer oder eher ein Niemandsland. Einen großen grauen Bereich in ihr, der sich unter dem Deckmantel der Professionalität neutral verhielt. Er war mit Daniels Verurteilung entstanden.

Hannah fühlte einen wohlbekannten Druck auf der Brust und hockte sich vor den Arbeitstisch. Sie hielt sich am Tischbein fest und schloss die Augen, während sie ruhig durch die

Nase ein- und durch den Mund ausatmete. Es half nicht. Sie legte sich auf den Boden. Flach auf den Rücken, die Hände auf dem Solarplexus, und atmete tief in den Bauch.

Die Angst kribbelte unter dem Brustkorb, und sie wunderte sich zum Gott weiß wievielten Mal, dass ein Gefühl sich konkret im Körper manifestieren konnte. Sie wusste, dass es durch Ohnmacht ausgelöst wurde. Dass die Anzahl der Widrigkeiten, die außerhalb ihrer Kontrolle lagen, einfach zu groß war.

Mikkels Besuch und Anruf arbeiteten in ihr. Er musste in einer Krise stecken – Scheidung, Alkohol –, aber sie kannte ihn als tüchtigen Psychiater, und diese Kompetenz verschwand ja nicht von Zauberhand, nur weil es ihm schlecht ging. Sie kannte das schließlich selbst, zeitweilig außer Gefecht gesetzt zu sein. Aber obwohl sie zurzeit nicht praktizierte, war sie doch noch immer eine tüchtige Psychologin.

Hannah rollte sich auf die Seite und setzte sich vorsichtig auf. Streckte sich und kramte auf dem Arbeitstisch herum, bis ihre Finger kaltes Metall spürten und sich darum schlossen. Sie öffnete das Handy, suchte nach der Nummer des Maßregelvollzugs und rief an.

»Gefangenenfürsorge, Nykøbing Fængsel, was kann ich für Sie tun?«

»Guten Tag, hier spricht Hannah Leon, ich bin eine Angehörige eines verstorbenen Insassen und hätte gerne Einsicht in seine Besucherliste, falls das möglich ist.«

»Einen Moment.«

Sie wartete zu den Klängen von Bryan Ferry, bis eine Männerstimme sie mitten in »Slave to Love« unterbrach.

»Sekretariat, es geht um eine Besucherliste? Um wen geht es?«

Hannah nannte Daniels vollen Namen und seine Personennummer.

»Das war im Dezember letzten Jahres. Eine Frau.«

»Das ist ganz einfach, er hat in dem Monat nur einen Besuch bekommen.«

Hannah wurde das Herz schwer. Ein einziger Besucher.

»Okay, danke, und von wem?«

»Von einer Marianne Dybdahl.«

*

Falls Liv gezweifelt haben sollte, ob sie in Gerts nicht veröffentlichtem Buch die Antwort finden würde, wer ihn ermordet hatte, war dieser Zweifel jetzt endgültig ausgeräumt.

Der Gedanke war nicht auszuhalten. Genau wie der Gedanke, dass sie in ihrem eigenen Zuhause überfallen worden war. Sie erkannte das Gesicht fast nicht wieder, das sie aus dem Badezimmerspiegel anschaute. Trotzdem zwang sie sich hinzuschauen.

So weit bist du also gekommen! Glaub bloß nicht, dass du stärker und mutiger geworden bist. Die Wahrheit ist die, dass du nur mutig bist, wenn die Gefahr weit weg ist.

Sie stellte sich unter die Dusche und drehte das warme Wasser auf, bis die Haut im Nacken brannte. Wusch sich dreimal die Haare und schrubbte die Finger mit der Nagelbürste, rubbelte sich trocken und zog sich an. Auf der Polizeischule gab es einen Nachtkurs, bei dem die Schüler mit Drohungen und Schreien geweckt wurden. Das Ziel der Übung war nicht so sehr zu sehen, wie die Schüler in dem Augenblick selbst reagierten, sondern, was sie danach taten. Was auf die Panik folgte. Es ist sehr individuell, was eine solche Situation in einem Menschen auslöst. Angst, Tatkraft oder, wie in ihrem Fall, Rachegelüste.

Sie erinnerte sich deutlich, wie das Gefühl tagelang angehalten hatte, lange, nachdem die anderen schon darüber lachten. Der verantwortliche Psychologe hatte ihr erwartungsgemäß geraten, die Wut konstruktiv einzusetzen, indem sie sich erst physisch verausgabte und dann eine Strategie entwarf oder mit jemandem darüber redete. Und Liv hatte es wirklich versucht. Aber die Lauftouren und die Hindernisläufe hatten nichts an der Wut gemindert, die in ihr glomm. Das Unrecht hielt sie nachts wach.

Sie leerte eine Dose Fanta vor dem offenen Kühlschrank und versuchte, Klarheit in ihre Gedanken zu bringen, während die Kohlensäure hinter der Stirn prickelte. Das Handy lag noch immer zum Aufladen auf dem Küchentisch. Sie drückte Thereses Nummer, aber ohne anzurufen. Was sollte sie ihr auch sagen? Wie sollte Therese ihr aus einer Entfernung von mehreren Hundert Kilometern helfen?

Der Trick war, sich auf die Aufgabe zu konzentrieren, die Aufgabe zu verstehen und zu lösen. Zu agieren, statt sich von den Gefühlen mitreißen zu lassen und nur zu reagieren. Sie legte das Telefon zurück. Die Aufgabe, Liv, die Aufgabe!

Jens und Patricia hatten sich Gerts Erbe erschwindelt und Henrik Madsen sich sein Alibi erlogen. Wer von ihnen konnte ein Interesse daran haben, das Notizbuch zu stehlen? War es Zufall, dass Henrik in der Stadt war? *Passen Sie gut auf sich auf, Liv*, hatte Eva gesagt, bevor sie aufgelegt hatte. Was hatte sie damit gemeint? Und was war mit Ulrik Høeg?

Liv warf die leere Dose in den gelben Müll, traf jedoch nicht, sodass sie unter dem Nachttisch landete und sie fünf demütigende Schritte gehen musste, um sie aufzuheben. Allein, sich dem Bett zu nähern, schickte einen Strom des Unbehagens durch ihren Körper.

Sie öffnete die Hintertür, um durch die frische Luft etwas freier zu atmen, bevor sie nach ihrem Laptop griff und sich auf die Treppe hoch in den Garten setzte. Die Augen schloss und sich konzentrierte. Der Liste mit den Namen der Juden, die sich in der Vestervig-Kirche versteckt hatten, hatte Gert einen Begriff vorangestellt, der ihr nichts sagte und den sie schon im Bunkermuseum in Oddesund gesehen hatte.

Regelbau. Operation Regelbau! Sie googelte den Begriff. Regelbau war offenbar ein standardisierter Bunkertyp. Aber Operation Regelbau? Was konnte das bedeuten?

KAPITEL 29

»Ihre Verteidigerin weiß, was sie tut, das muss man ihr lassen.« Petter Bohm nahm die Brille ab und rieb sich mit beiden Händen übers Gesicht, gründlich und lange. Er wirkte kleiner als gestern, nicht viel, aber ein paar Zentimeter. Vielleicht war es seine Reichweite, die geschrumpft war, wie bei einem Vogel, der die Flügel einzog.

Nima nahm die Plastiktüte mit seiner Geldbörse, den Schlüsseln und dem Handy mit einem Gefühl entgegen, als sollte er zur Zulassungsprüfung. Er war ohne Erklärung aus der Zelle geholt worden.

»Was hat sie gemacht?«

»Sie hat gestern Nachmittag einen Mitarbeiter mit hinaus in den Freihafen genommen und bei den Anwohnern angeklopft, so, wie wir das auch schon getan haben. Dabei hat sich herausgestellt, dass gegenüber von Ihrem Schleppboot ein größeres Segelschiff liegt, das hin und wieder auf Fahrt ist. Als unsere Leute dort ihre Runde gedreht haben, war es unterwegs. Aber gestern lag es da. Und auf dem Schiff haben sie ihre eigene kleine Überwachungskamera. Das Video gibt Ihnen ein Alibi für Montagabend.«

Er verschränkte die Arme vor der Brust. Es hatte etwas von dem Versuch, die eigene Position zu stärken, aber es funktionierte eindeutig nicht. »Wir lassen die Anschuldigung fallen.«

Die Verteidigerin tauchte in der Tür auf, sicher und Autorität ausstrahlend. Sie trat in den Raum und gab Nima die Hand. »Wie geht es Ihnen? Sind Sie ordentlich behandelt worden?«

»Ja.«

»Und Sie haben Ihre Sachen zurückbekommen? Gut, ich sehe nach einem Streifenwagen, der Sie nach Hause bringen kann.«

»Nein, danke.« Nima umklammerte den Griff der Plastiktüte. Er hatte bereits genug Aufmerksamkeit auf sich gezogen. »Ich regele das selbst.«

Die Verteidigerin steckte ein Dokument in die Aktentasche und sah auf ihre Armbanduhr. »Ich habe in zwanzig Minuten eine Besprechung, und meine Bahn geht in sechs, wenn hier alles in Ordnung ist, würde ich mich gerne verabschieden.« Sie gab Nima und Petter noch einmal die Hand, ließ die Wachmänner jedoch aus, nickte ein letztes Mal und ging resolut zum Ausgang.

»Vergessen Sie den Streifenwagen, ich fahre Sie nach Hause.« Petter nahm ihm die Tüte aus der Hand. »Das dauert nur zehn Minuten.«

Nima folgte widerwillig dem Polizisten. Er war groggy und durcheinander und hatte keine Lust, das Zusammensein mit der Ordnungsmacht auch nur um zwei Minuten zu verlängern, doch es wirkte wie ein Angebot, das er nicht ablehnen konnte.

Auf dem Parkplatz gingen sie zu einem älteren Sedan asiatischer Herkunft, in den sich hineinzusetzen Nima fast körperliche Schmerzen bereitete. Erst der Streifenwagen am Kai und jetzt ein metallicgrauer Hyundai, was würden die Nachbarn denken?

Petter wendete und fuhr den Enghavevej hinunter, schweigend passierten sie die Feuerwehr und den Bäcker an der

Ecke. Nima saß mit der Plastiktüte auf dem Schoß neben Petter und versuchte zu begreifen, dass er wieder ein freier Mann war. Obwohl er nur sechsunddreißig Stunden in Untersuchungshaft gesessen hatte, hatte der Verdacht so schwer auf ihm gelastet, dass sein Körper Schwierigkeiten hatte, ihn loszulassen.

»Was passiert jetzt?«

Der Polizist wandte den Blick von der Fahrbahn ab und sah ihn an. »Jetzt benachrichtige ich die Angehörigen, dass wir doch keinen Hauptverdächtigen haben, und dann beginnen wir von vorne …« Er seufzte schwer. »Allein der Gedanke!«

»Ich meine mit mir? Was passiert mit mir?«

»Sie fahren nach Hause und leben glücklich bis an Ihr Lebensende. Das Überwachungsvideo von dem Segelschiff gegenüber zeigt deutlich, dass der Mustang den ganzen Abend und die ganze Nacht am Kai gestanden hat. Sie haben auch eine Aufnahme von Ihnen kurz nach Mitternacht, wie Sie draußen sind und einen Eimer oder irgendetwas entleeren. Sie sind, wie man so schön sagt, off the hook.«

Off the hook. Er ließ die Redewendung auf der Zunge zergehen und kam zu dem Schluss, dass sie ihm gefiel. Der Fisch war vom Haken gesprungen, ihn würden sie nie wiedersehen.

»Bekomme ich jetzt eine Entschuldigung?«

Petter schnaubte. »Für zwei Nächte in einer Zelle? Glauben Sie mir, es gibt Menschen, die zu Unrecht inhaftiert sind und bei ihrer Entlassung nichts als einen Tritt in den Hintern bekommen. Sie werden bis vor die Haustür gebracht, betrachten Sie das als Entschuldigung.«

Sie fuhren in den Fischereihafen hinunter und hielten vor dem Schleppboot.

»Dann machen Sie es gut und hoffentlich auf Nimmerwiedersehen«, sagte Petter mit einem Lächeln und knallte die Tür zu. Er fuhr mit ziemlich viel Tempo rückwärts, wendete und war die Bådehavnsgade hoch verschwunden, bevor Nima über die Gangway gegangen war. Nima schloss auf und setzte sich in der Jacke auf die Klappbank. Lehnte den Kopf gegen die Wand und schloss die Augen.

Die Gefahr war vorbei, aber nur für den Moment. Für Menschen wie ihn gab es keine Schonzeit, für ihn lauerte die Bedrohung immer um die Ecke. Das lag in seiner DNA, vererbt über Generationen von Verfolgung und Flucht. Wenn er sich in das Gefühl der Sicherheit zurücklehnte, verschwand sie. Wenn er begann, sich zu Hause zu fühlen, wurde die Tür zugeknallt. Das Beste, was er tun konnte, war, im Schatten zu leben und auf der Hut zu sein.

Er spürte einen Druck auf der Kehle und musste mehrmals schlucken, um ihn loszuwerden. Erleichterung war das wohl. Oder Trauer.

*

Eine großzügige Septembersonne schaute zwischen den Wolken hervor und tauchte den Garten in Licht und Schatten. Das Gras war kniehoch, und die Äste der Bäume neigten sich schwer zur Erde hin. Der Anblick erinnerte Liv an das Buch, aus dem ihr Großvater ihr früher vorgelesen hatte, wenn er auf sie aufpasste. *Wo die wilden Kerle wohnen*, eine Geschichte von einem unartigen Jungen, der vor den Schimpfereien seiner Eltern abhaut und König über die wilden Tiere in einem magischen Urwald wird. Sie stieg ein paar Stufen die Hintertreppe hoch und atmete tief in den Bauch, während sie ihren nächsten Schritt überlegte. Konnte sie Eva und Henrik Madsen in ihrem Hotel in Kopenhagen einen Besuch abstatten und versuchen herauszufinden, ob Henrik heute Morgen einen kleinen Soloausflug nach Vesterbro unternommen hatte?

Sie entdeckte Jan Leon, der auf einem gestreiften Gartenstuhl mit geschlossenen Augen im Gras saß. Er sah so friedlich aus, aber auch sehr gebrechlich, und ihr wurde bewusst, welch großen Teil seiner Autorität Blick und Bewegungen ausmachten. Wenn er still saß wie jetzt, sah man deutlich, wie schwach er war.

Liv räusperte sich vorsichtig, um ihn nicht zu erschrecken. Er öffnete die Augen und blinzelte ins grelle Licht.

»Bist du das, Schatz?«

»Ich bin es, Liv. Ich hoffe, ich habe dich nicht geweckt.«

»Überhaupt nicht. Stühle stehen am Zaun, wenn du dich setzen möchtest.«

Liv holte sich einen Stuhl, klappte ihn auf und setzte sich neben ihn. Sie registrierte, dass ihr Herz immer noch schneller schlug und dass ihre Handflächen verschwitzt waren. Vielleicht hatten die Ereignisse der Nacht sie doch etwas erschüttert.

»Du warst nicht zufällig heute Morgen früh auf?« Und hast einen schwarz gekleideten Mann rund um das Haus schleichen sehen, dachte Liv, sprach es aber nicht laut aus. Es brachte nichts, ihren Vermieter so zu erschrecken, dass er sie nicht mehr hier wohnen ließ.

»Ich war die ganzen letzten Jahre nicht mehr früh auf. So ist das, wenn der Nachtschlaf sich davonmacht.« Er lachte resigniert.

Liv drehte sich halb um und nahm Anlauf. »Du hast mir erzählt, dass deine Eltern nach Schweden geflüchtet sind.«

»Ja.«

»Hast du schon einmal davon gehört, dass jemand mit dem Namen Farberoff zusammen mit ihnen geflüchtet sein soll?«

Jan schirmte die Augen mit der Hand ab, sodass er sie besser sehen konnte. »Nee.« Er musste husten. Liv wartete, bis er so weit war und sich die Augen getrocknet hatte.

»Sagt dir die *Operation Regelbau* etwas?«

»Nein.« Ein Tropfen Speichel blieb in seinem Mundwinkel hängen. »Ich verstehe nicht, warum das für die Geschichte meiner Eltern relevant ist?«

Liv zögerte. Das Thema musste eindeutig mit der größtmöglichen Behutsamkeit angegangen werden.

Er seufzte, nickte dann aber versöhnlich. »Die Geschichte wird so oft verfälscht. Wir Juden müssen die Verleugnung des Holocausts erdulden, und ich weiß nicht was alles.« Er hustete erneut und räusperte sich. »Vielleicht kann diese Frau aus dem Museum dir helfen. Meine Schwiegertochter hat mit ihr gesprochen, ich meine, sie heißt Marianne. Wenn mir der Nachname noch einfällt, sage ich es dir. Es kann ja sein, dass sie das weiß.«

»Danke, das wäre schön.« Liv stand auf und klappte den Stuhl zusammen. »Jetzt lasse ich dich mit meinen dummen Fragen in Ruhe.«

Er sah sie an, als wollte er noch etwas sagen, nickte aber nur und schloss wieder die Augen vor der Sonne.

Liv ging durch das hohe Gras zurück zur Treppe und hinunter in ihre Wohnung, ließ die Tür offen stehen, sodass die Sonne hereinscheinen und die Bodenfliesen wärmen konnte. Sie kannte dieses Gefühl, nicht sehen zu können, was vor ihrer Nase lag. Wie wenn man in ein Zimmer ging, um etwas zu holen, und wenn man da war, hatte man vergessen, was es war. Die Unruhe ließ einen nicht los, bis einem endlich eingefallen war, was man vergessen hatte.

Sie setzte sich wieder auf die Treppe und öffnete den Laptop.

Ich meine, sie hieß Marianne und arbeitete in einem Museum.

Die Frau, die vor zehn Tagen ermordet in einem Wald gefunden worden war, hieß Marianne und arbeitete in einem Museum. Konnte das noch Zufall sein? Sie öffnete den Browser einer Online-Zeitung und fand schnell einen Artikel über die ermordete Frau.

Marianne Dybdahl.

Liv gab den Namen ein, und mehrere Artikel über den Mord tauchten auf. Sie scrollte herunter, öffnete und überflog einige, ohne wirklich zu wissen, wonach sie suchte.

Bei dem siebten Artikel hatte sie Glück. Der Fokus richtete sich auf den Fund der Leiche, doch das war von untergeordneter Bedeutung, es war das Foto, das Livs Blick einfing. Ein Empfang anlässlich der Verleihung des jährlichen Motivationspreises des Dybdahl-Fonds mit Galagästen und königlichem Besuch. Marianne stand neben ihrem Mann, der einen Smoking trug, und lächelte in die Kamera.

Adam Dybdahl, stand in dem begleitenden Text, *der Präsident des Fonds, der von dem Pfarrer Poul Dybdahl eingerichtet wurde. Hier in Begleitung seiner Ehefrau Marianne, die die Gäste mit Mozarts Klavierkonzert Nr. 21 in C-Dur unterhielt. »Meine Frau ist eine wahre Künstlerin«, sagt der Promipfarrer stolz, »ich selbst bin leider total unmusikalisch.«*

Liv beugte sich näher zu dem Bild hin. Sie bekam eine Gänsehaut. Im Hintergrund sah sie ein Gesicht, das sie wiedererkannte. Den Automechaniker. Nima.

Sie begriff. Endlich begriff sie, wie alles zusammenhing. Die Spielsteine ergaben eins nach dem anderen ein Muster, von dem ihr schwindelig wurde.

KAPITEL 30

Liv fuhr in dem dichten Feierabendverkehr langsam durch Vesterbro. Die Ungeduld hämmerte in ihr wie ein Bass, der sich nicht ignorieren ließ. Sie blinkte nach rechts zur Nørre Søgade hin, wurde vor der Ampel langsamer und sah auf die Lichter der Stadt hinaus, die in der Dämmerung angingen.

Das Handy klingelte, Petter wieder. Sie ließ es klingeln.

Die Angewohnheit, sich zurückzuziehen, wenn sie sich abgewiesen oder zurechtgewiesen fühlte, war genauso verinnerlicht, wie sie destruktiv war. Sie konnte sich nicht erinnern, jemals etwas anderes getan zu haben, als sich um ihren Schmerz zusammenzurollen und die Leute wegzustoßen, obwohl sie das einsam machte. Es lag ein großes Stück Arbeit vor ihr, wenn sie eines Tages die Liebesbeziehung haben wollte, von der sie träumte, darüber war sie sich im Klaren. Wenn es so eine Beziehung denn überhaupt gab.

Liv griff fester um das Lenkrad, als sie über die Fredens Bro fuhr. Die Vergangenheit stellte der Zukunft ein Bein, wenn sie nicht verarbeitet wurde. Das zeigte der Fall Gert Linde mit aller Deutlichkeit, und sie wusste, dass die gleiche Prämisse auch für sie galt. Solange sie ihr beschissenes Geheimnis nicht lüftete, würde es sie ausbremsen.

Sie wechselte den Gang, ohne ordentlich zu kuppeln, und die Gangschaltung schrie auf, als sie über die Kreuzung Vibenshus Runddel fuhr und das Handy zum dritten Mal klingelte.

Sie schielte zum Display hin und sah, dass es Mick Hvilsom war.

»Hei, Mick.«

»Na, dann gibt es also doch noch Menschen, die an ihr Telefon gehen, das ist wunderbar. Sitzen Sie im Auto oder was?«

»Etwas in der Art.« Sie hörte im Hintergrund vereinzelt Reden und Lachen, als säße er wieder in der *Byens Kro*. Oder immer noch. »Wer oder was verschafft mir die Ehre?«

»Die Ehre ist ganz meinerseits, junge Dame. Wenn man so etwas überhaupt noch sagen darf. Darf man? Nun gut, als ich heute nach ein paar Bildern gesucht habe, die ich an meine Jungs geschickt habe – sie sind von einem Treffen unseres Bukowski-Clubs –, bin ich über eine Mail von Gert gestolpert, die Sie vielleicht spannend finden. Sie hat nichts mit Patricia zu tun, aber es war das letzte Mal, dass ich von ihm gehört habe. Sie ist vom 12. Februar.«

Liv rechnete im Kopf nach. Vier Tage nach dem Treffen mit Penelope Leon und zwanzig Tage vor seinem Tod.

»Soll ich sie einfach laut vorlesen?«

»Ja, bitte.« Liv hielt sich auf der linken Fahrspur, nahm vor der Kreuzung den Fuß kurz vom Gaspedal und fuhr auf die Autobahn Richtung Norden.

»Gut, also er schreibt: Mein Freund, ich bin wirklich etwas Großem auf der Spur! Einer Dynastie voller Verdorbenheit in der Gottesfurcht, was sagst du dazu? Ich habe ein wenig mit einer liebenswürdigen jungen Dame geplaudert – die nach Odysseus' Frau benannt ist, nicht weniger –, und zusammen haben wir etwas herausgefunden, das sich für das nationale Selbstverständnis als Bombe erweisen könnte. Jetzt müssen wir sehen, ob ich auch auf einen Cavling zusteuere! Ja, und liebe Grüße und alles.«

»War es das?«

»Na ja. Vielleicht ist es ja nichts?« Mick klang enttäuscht.

»Keine Namen?«

»Nein. Aber wie viele Dynastien mag es wohl geben?«

»Stimmt. Danke, Mick.«

»Pfff.« Er legte auf.

Liv wechselte die Fahrspur und stand wieder am Rand des tiefen Beckens im Schwimmbad Badesøen. Die Knie fest zusammengepresst und die Schultern vor dem großen Sprung bis zu den Ohren hochgezogen. Sie hörte die beruhigende Stimme ihres Großvaters und nahm ihren ganzen Mut zusammen. Verdammt. Sie würde Petter auf keinen Fall um Hilfe bitten!

Sie blinkte nach rechts und versuchte, sich in der Dämmerung zu orientieren. Neben der Straße war Wald aufgetaucht und dahinter das Pfarrhaus, in dem Marianne bis vor ihrem Tod vor anderthalb Wochen mit ihrem Mann und den beiden Töchtern gewohnt hatte.

Liv fuhr an der Kirche vorbei zu der Dienstwohnung dahinter. Das Haus lag gelb verputzt und groß im Schatten einer Kastanie und wirkte wie der idyllische Rahmen um ein Familienleben. Ein Hofplatz mit Perlkies und ein Garten mit einer Schaukel und hohen Bäumen. Die Einfahrt war leer, doch in den Fenstern brannte Licht. Jetzt musste sie nur noch zur Tür gehen und klingeln.

*

Ein lautes Klopfen an der Tür ließ Nimas Herz einen Paniksprint hinlegen. Er war im Sitzen auf der Klappbank in der

Kombüse eingeschlafen. Die Tüte mit seiner Uhr, dem Handy und seiner Geldbörse lag noch immer in seinem Schoß. Er legte sie auf den Boden, kam mühsam auf die Beine und öffnete die Tür.

Draußen auf der Gangway stand Adam Dybdahl. Seine Augen glichen zwei Stücken glühender Kohle.

»Was wollen Sie?« Nima versuchte nicht einmal freundlich zu klingen. Er war so fertig mit der Familie Dybdahl, wie man das nur sein konnte.

»Ich habe Sie auf der Beerdigung gesehen. Wie konnten Sie es wagen, dort aufzukreuzen?« Adam trat einen Schritt vor, sodass sie unangenehm nah beieinanderstanden. »Finden Sie nicht, dass ich ein Recht darauf habe, die Wahrheit über Sie und meine Frau zu erfahren? Können Sie zumindest das für mich tun?«

Nima blickte zu Boden. Würden seine Qualen denn nie ein Ende haben?

»Kommen Sie herein.«

Adam wischte sich schnell mit der Hand übers Gesicht und trat in die Kombüse. Er trug eine Jeans und eine schöne dunkelblaue Wolljacke, und er sah fast aus, als hätte er alles im Griff, abgesehen von den tiefen Falten in der Stirn und der Wut, die um seine Mundwinkel spielte.

»Ich kann Ihnen nichts anbieten, aber setzen Sie sich.« Nima schälte sich aus der Jacke, während er sich zu erinnern versuchte, ob ein fertig gedrehter Joint im Schrank lag. »Ich will nicht ungastlich sein, doch ich komme gerade aus dem Gefängnis.«

»Das weiß ich, die Polizei hat mich angerufen.« Adam setzte sich auf die äußerste Kante der Bank, ohne seine Jacke aufzuknöpfen. Er sah auch nicht so aus, als habe er Lust, die Unterhaltung unnötig zu verlängern. »War sie in Sie verliebt?«

Nima sah Mariannes Mann an. Er saß mit niedergeschlagenem Blick und dünner Stimme da. Verschwunden war das Alphamännchen, jetzt war Adam nur ein unsicherer Mann, der seine Frau verloren hatte. Und das war Nimas Schuld. Er wandte sich mit brennenden Wangen ab.

»Sind Sie sicher, dass das eine gute Idee ist, darüber zu reden? Ihre Frau ist nicht mehr da und kann ihre Version der Geschichte nicht erzählen.«

Adam stieß ein kurzes, unglückliches Lachen aus. »Nein, das ist wohl keine gute Idee. Aber der Verdacht hat mich jahrelang geplagt.«

Nima drehte sich wieder zu ihm um und zwang sich, ihm in die Augen zu sehen. Die Wahrheit zu sagen. »Ich war sehr in Ihre Frau verliebt, und eine kurze Zeit lang waren wir ein Paar. Aber sie hat Sie geliebt, nicht mich.«

Adam blinzelte. Ein dunkler Gedanke glitt über sein Gesicht und ließ es hart werden, aber nur einen Moment, dann nickte er. »Danke. Das musste ich hören.«

»Es tut mir leid …«

Adam holte tief Luft wie jemand, der das Ende des Wegs erreicht hat und jetzt seine Möglichkeiten durchgeht. »Hat die Polizei etwas darüber gesagt, ob sie andere Verdächtige haben? Ich habe nicht ein Wort aus dem Ermittlungsleiter herausbekommen.«

»Nein, ich habe nicht gefragt.«

Adam nickte vor sich hin und sah das Familienbild, das Nima auf dem Tisch liegen gelassen hatte.

»Sind das Ihre Eltern?«

»Und meine Schwester, ja. Mein Vater hat es nicht geschafft.«

»Möge er in Frieden ruhen.«

Nima wollte etwas antworten. Doch noch bevor die Worte

seine Lippen verlassen hatten, tauchte ein Bild vor seinem inneren Auge auf.

Im Hof vor der Werkstatt, er stand rauchend an die Mauer gelehnt, Adam kam mit rot umrandeten Augen auf ihn zu und bat ihn um Hilfe, Mariannes Ehering zu finden.

Nima erinnerte sich an das Hochzeitsbild, das hinter schützendem Plastik in Adams Brieftasche gesteckt hatte. Und er begriff. Das war Mariannes Brieftasche gewesen, die er in der Hand gehalten hatte, nicht Adams.

Er räusperte sich und begegnete Adams forschendem Blick.

»Wenn Sie mich jetzt bitte entschuldigen würden, ich muss schlafen.«

Adam blieb auf der Bank sitzen und sah ihn an. Sein Gesicht war so ruhig wie vorher, doch der Blick war anders. Dann lächelte er.

*

Liv legte einen Finger auf die Klingel des Pfarrhauses und zögerte. Sie wusste immer noch nicht, wie sie das bevorstehende Gespräch angehen sollte. Aber sie war nicht so weit gekommen, um dann auf der Türschwelle umzukehren; sie drückte auf die Klingel und trat einen respektvollen Schritt zurück, bevor die Tür aufging.

Das Mädchen in der Tür war langgliedrig und ähnelte verblüffend den Bildern von Marianne, die in den letzten beiden Wochen in den Zeitungen abgedruckt worden waren. Sie war fast einen Kopf größer als Liv, aber nicht älter als dreizehn, vierzehn, und sie hielt ein Handy in der Hand. Ihre Augen waren blau.

»Mein Vater ist nicht zu Hause.«

Liv erinnerte sich, dass sie vor einem Pfarrhaus stand. Die Familie war es natürlich gewohnt, dass die Gemeindemitglieder unangemeldet vorbeikamen.

»Weißt du, wann er zurückkommt?«

»Bald, glaube ich.« Sie musterte Liv von oben bis unten und lächelte kurz. »Sie können im Wohnzimmer warten.«

Das Mädchen machte einen Schritt ins Haus und ließ Liv herein. Mit der Nase im Handy ging sie in ein großes Wohnzimmer mit französischen Türen voraus, die in einen dunklen Garten führten, sah Liv flüchtig an und verschwand den Flur hinunter in einem der Zimmer.

Im Wohnzimmer war es still. Ein schwarzer Flügel stand auf einem etwa fünf Meter breiten und sieben Meter langen echten Teppich und zeugte von Geld und gutem Geschmack auf einem Niveau, das Liv verblüffte. Sie erinnerte sich, dass Marianne gerne Klavier gespielt hatte, aber trotzdem. Wer hatte heutzutage einen solchen Flügel in einem Privathaushalt stehen? Die Einrichtung musste mit Fondsmitteln finanziert sein, nicht von dem Gehalt eines Pfarrers. Die Möbel hatten nicht viel von denen eines öffentlich Angestellten.

Liv ging vorsichtig durch das Wohnzimmer in die Wohnküche und weiter in den Flur. Aus zwei Zimmern waren unterschiedliche Popsongs zu hören. An den Wänden hingen neben Kunstwerken gerahmte Familienfotos und Kinderzeichnungen. Es sah aus, als wäre die Dekoration mit Herz ausgewählt und nicht, um zu imponieren. Es sah nach einem glücklichen Heim aus.

Sie kam zu einem Arbeitszimmer, wie es schien, und trat ein. Der Schreibtisch war schwer und aus dunklem Holz, die Vitrinenschränke voller Bücher. Ein maskuliner Raum, Adams wohl. An den Wänden dominierte ein geschnitztes

Holzkreuz, darunter erkannte sie eine der Schwarz-Weiß-Fotografien wieder, die sie in der Vestervig-Kirche gesehen hatte. Die, auf der Poul Dybdahl das Ritterkreuz entgegennahm – in einem Goldrahmen. Adam war eindeutig stolz auf seinen Vater.

Liv drehte eine Runde um den Schreibtisch, der beeindruckend aufgeräumt war, und trat wieder in den Flur. Sie musste sehen, dass sie zurück an ihren Platz kam, bevor die Familie sie auf ihrem Rundgang erwischte. Das sähe nicht gut aus. Sie fand das Wohnzimmer und ging zum Flügel. Die Klavierbank war mit einem feinen Brokat bezogen, der ziemlich abgenutzt aussah. Hier hatte Marianne bestimmt gesessen, wenn sie entspannen und in ihrer Musik schwelgen wollte, das war ihr Refugium gewesen. Liv setzte sich und hörte die Bank knacken.

Auf dem Notenständer stand eine Partitur, aufgeschlagen bei einem Stück, von dem Liv weder den Namen kannte noch die Noten lesen konnte. Es musste einer Art Superkraft bedürfen, sich vor die Tasten zu setzen und die kleinen Symbole in Musik verwandeln zu können.

»Nocturne Es-Dur«, las sie. Chopin. Sie griff nach dem Notenheft und blätterte darin. Es war eingestaubt, und die Seiten waren dick vom jahrelangen Blättern. Ganz hinten im Heft lag ein Blatt Papier, das in der Mitte gefaltet war. Diskret versteckt an einem Ort, wo kein anderer gucken würde. Sie faltete es auseinander und sah einen handgeschriebenen Brief, der auf den 20. Januar datiert war.

Liebe Marianne,

seit Ihrem Besuch sind jetzt anderthalb Monate vergangen, und ich habe nichts von Ihnen gehört. Ich verstehe gut, dass Sie Angst haben, aber Sie haben versprochen, etwas zu tun! Sie können nicht weiter die Hand über den halten, den Sie lieben.

Daniel

Liv blickte auf ihre Hände hinunter, die kleinen, blassen Kinderfinger mit der weichen Haut und den kurzen Nägeln. Marianne hatte Penelopes wahren Mörder geschützt, weil sie ihn liebte und fürchtete. Eine Liebe, die Liv nicht verstand; die Frage war, ob man sie überhaupt als Liebe bezeichnen konnte?

Sie steckte den Brief in die Tasche und schlich sich aus dem Haus, ohne sich zu verabschieden. Auf dem Weg zum Auto sah sie über die Schulter, doch niemand blickte aus den Fenstern, ihr Gehen war nicht bemerkt worden.

Bevor sie losfuhr, rief sie Petter an. Diesmal war er es, der sich nicht meldete. Sie hinterließ ihm eine Nachricht.

»Petter, ich bin's. Ich habe den Beweis in der Hand. Ich kann dir das auf dem AB nicht erklären, aber das Ganze hängt zusammen. Ich fahre jetzt zum Südhafen. Ruf mich an, wenn du das abhörst.«

KAPITEL 31

»Wie kommen wir in den Motorraum hinunter?«

Adam öffnete den Kühlschrank und nahm eine Dose Bier heraus, ohne Nima aus den Augen zu lassen. Zwischen ihnen schwebte ein Messer, das Adam in der Hand hielt. Nima sah es nicht, bevor es auf ihn gerichtet war.

»Das muss wohl die Metalltür da drüben sein, schätze ich. Kommen Sie, Sie gehen vor!«

Nima ging zu der Tür und der engen Metalltreppe, die nach unten führte. Sechs dröhnende Stufen, dann stand er im Stahlherzen des Schleppboots, wo die Decke so niedrig war, dass er sich ducken musste. Der Puls reagierte sofort und schlug heftig im Hals, der Randbereich seines Gesichtsfelds wurde pixelig. Es roch nach Öl und warmem Metall, und er hörte Adam direkt hinter sich.

»Perfekt, hier dürfte es ausreichend schalldicht sein. Setzen Sie sich auf den Boden vor den Rohren da unten.«

Nima zögerte den Bruchteil einer Sekunde. Er und Adam waren gleich groß, aber er war sehr viel jünger als Adam, vielleicht könnte er ihn überwältigen. Vielleicht nicht. Er würde Adam ohne zu zögern umbringen, sollte es dazu kommen, das wusste er. Doch die Ruhe des älteren Mannes jagte ihm Angst ein. Mehr als das Messer. Er setzte sich.

Adam stellte das Bier auf den Boden und reichte ihm eine Rolle Klebeband aus seiner Jackentasche.

»Reißen Sie zwei Stücke von jeweils einem Meter ab und kleben Sie sie an den Behälter neben sich. Wenn Sie das getan haben, kreuzen Sie die Hände auf dem Rücken.«

Nima riss langsam ein Stück Klebeband ab, seine Hände zitterten. Jetzt oder nie, das wusste er. Wenn er erst an die Rohre gefesselt war, war er so gut wie tot. Er biss ein Stück Klebeband ab und klebte es an den Kessel hinter sich, hoffte, dass Adam näher kommen würde, aber nein. Er biss ein weiteres Stück ab und klebte es an den Kessel.

»Die Hände hinter den Rücken.«

Nima gehorchte und spürte im nächsten Moment, wie die Messerspitze sich gegen die weiche Haut unter dem Kinn drückte. Sie zwang seinen Kopf nach oben, und er musste sich strecken, damit sie seinen Hals nicht aufschnitt.

Mit einer perforierten Halsschlagader überlebte man nur wenige Minuten. Er spürte, wie seine Handgelenke hinter seinem Rücken zusammengebunden wurden, dann bekam er einen Schubs, und seine Arme wurden an die Rohre gebunden, die am Boden entlangliefen. Sie verbrannten die Handgelenke, und das Klebeband riss an der Haut.

Adam sah sich um.

»Kann das Boot segeln?«

Nima ließ den Kopf zwischen den Knien hängen und ging seine Möglichkeiten durch. Hatte er überhaupt noch welche? Sein Gehirn arbeitete mit halber Kraft und im Turbogang zugleich und produzierte nur unbrauchbares Zeug. Adam, wie er den Passfotostreifen von ihm und Marianne in den Mülleimer im Hinterhof warf, zum Beispiel. Das Leichentuch über ihrem Gesicht, das den Verdacht auf einen muslimischen Täter lenken sollte. Auf ihn.

»Es ist nicht so leicht, eine Leiche loszuwerden. Aber eine Tour in der Fahrrinne dürfte wohl eine Möglichkeit sein.«

Adam bückte sich, nahm die Bierdose und öffnete sie.

»Machen Sie den Mund auf, dann kippe ich.«

Nima biss die Zähne zusammen. Er musste Widerstand leisten, eine Möglichkeit schaffen, dass das Spiel sich wendete, sonst war es mit ihm vorbei. Es konnte nicht richtig sein, dass er hier starb. Nicht nach allem, was er durchgemacht hatte.

»Warum?«

»Eine unglückliche Segeltour mit tödlichem Ausgang ist plausibler, wenn der Kapitän unter Alkoholeinfluss steht. Machen Sie den Mund auf!«

»Warum haben Sie Marianne umgebracht?«

Adam betrachtete ihn nüchtern und hielt die Bierdose so dicht an seine Lippen, dass er die Kohlensäure spürte.

»Es ist nicht leicht, die eigene Frau zu ermorden. Wenn ich es irgendwie hätte verhindern können, würde sie noch leben.«

Er goss Bier in Nimas Mund, diesmal trank er einen Schluck.

»Aber warum? Was hat sie getan, um das zu verdienen?«

»Sie meinen einmal abgesehen davon, dass sie mit Ihnen herumgehurt hat?«

Nima zwang sich, den Augenkontakt zu halten, obwohl Adams Blick eine fast paralysierende Wirkung auf ihn hatte, so normal, fast freundlich war er.

»Ja?«

»Sie hat den Ernst nicht begriffen. Wie lasse ich das Boot an?«

»Der Motor ist kaputt«, log Nima. »Es kann nicht mehr segeln.«

Adam trat zu einem der kleinen Bullaugen auf der Seeseite und sah hinaus. »Es liegt gut und schwer im Wasser, das sehe ich. Es ist nicht weit bis zur Wasserlinie hinunter. Und der Hafen ist tief.«

Er ging nach achtern, den Blick auf den Boden gerichtet.

»Wo ist die Lenzpumpe?« Adam drehte sich um. »Jeder Mensch muss im Lauf seines Lebens etwas opfern. In meinem Fall hat Gott konkrete Opfer gefordert, um das Heilige und Unantastbare zu schützen. Ich musste meine eigene Familie opfern, um die Geschichte zu wahren. Machen Sie den Mund auf!«

Er goss einen größeren Schluck Bier in Nimas Mund, sodass es ihm über das Kinn lief und ihn zum Husten brachte.

»Glauben Sie nicht, dass man sich über das Klebeband wundern wird, wenn man mich findet?«

»Halten Sie mich für einen Amateur? Das entferne ich natürlich.« Adam lächelte. »Ich habe aus dem ersten Mal gelernt. So ein Messer ist eine schlechte Idee, das verursacht eine entsetzliche Schweinerei. Wenn man die Lenzpumpe abstellt, sinkt das Boot innerhalb weniger Stunden, nicht? Vor allem, wenn ich die Bullaugen öffne. Sie bekommen einen kleinen Schlag auf den Kopf, damit Sie in der Zwischenzeit nicht die Nachbarn alarmieren.«

Adam ging wieder nach achtern. Nima hörte ihn suchen, ruhig und methodisch. Er beugte sich vor, weg von den heißen Rohren, und begriff, was passieren sollte. Seine Gedanken kamen zur Ruhe, und der Körper akzeptierte sein Schicksal. Er würde sterben.

»Da ist sie ja!«

Adam kam zurück, rieb sich die Hände aneinander trocken, hob die Bierdose vom Boden auf und setzte sie erneut an Nimas Lippen. Drehte sie um. »Trinken Sie aus! Es geht ins Wasser!«

*

Liv lehnte sich zur Windschutzscheibe vor, um das ramponierte Schleppboot besser sehen zu können. Es hatte sich auf die Seite gelegt, vielleicht war es undicht? In der Kombüse brannte Licht, und der Mustang stand auf dem Kai.

Sie öffnete die Autotür und blieb einen Moment sitzen, ließ die kühle Meeresluft ihr Gesicht gefühllos werden. Dann stieg sie aus und ging zur Gangway. Als sie noch zwei Meter von der Tür entfernt war, ging sie von innen auf.

In der Tür stand Adam Dybdahl. Liv merkte, wie die Luft aus ihrer Lunge entwich.

»Ist Nima da?«

Adam kniff die Augen zusammen. »Entschuldigung, kennen wir uns?« Er reichte ihr die Hand. Sie zögerte einen Moment, bevor sie sie ergriff.

»Liv Jensen.« Die Härchen in ihrem Nacken stellten sich auf. Er dagegen sah völlig entspannt aus, ruhig, wie nur ein Pfarrer das sein konnte.

»Adam Dybdahl.« Er ließ ihre Hand los und steckte die Hände in die Taschen. »Nima ist leider nicht zu Hause. Ich wollte ihm gerade eine Nachricht schreiben, als ich Sie kommen gehört habe.«

»Stand die Tür offen?«

Er zuckte mit den Schultern, als hätte er daran keinen Gedanken verschwendet.

»Sein Auto steht auf dem Kai, dann ist er bestimmt nicht weit.« Liv trat einen Schritt vor.

Adam blieb stehen. »Aber er ist nicht hier.«

Sie ging auf ihn zu, doch sein Körper füllte den gesamten Türrahmen aus.

»Entschuldigung.« Adam trat mit einer kleinen Handbewegung zur Seite, die höflich oder ironisch gemeint sein konnte. Als Liv an ihm vorbeiging, lächelte er wieder.

Die Kombüse war tatsächlich leer. Liv suchte nach einem Lebenszeichen. Nach einem Moment bemerkte sie, dass Adam sie beobachtete. Sie zeigte an ihm vorbei auf eine niedrige Metalltür.

»Wo führt die hin?«

Er drehte sich um und guckte, als sähe er die Tür zum ersten Mal. Dann griff er nach der Klinke.

»Keine Ahnung. Aber sie ist abgeschlossen.«

»Genau genommen würde ich auch gerne mit Ihnen reden, wenn Sie Zeit haben. Über Ihren Vater.« Liv versuchte, ihre Lippen zu benetzen, aber ihr Mund war trocken.

»Jetzt?« Er sah auf seine Armbanduhr. »Es ist ein bisschen spät. Meine Mutter ist mit den Mädchen im Kino, sie kommen bald nach Hause.«

Sie nickte. Ihr Herz raste, sie musste ihn überreden zu bleiben. »Es dauert nur fünf Minuten. Und es wäre wirklich eine große Hilfe.«

Er zuckte mit den Schultern und sah wieder auf die Uhr.

»Fünf Minuten, okay. Sollen wir uns setzen?«

Das Boot legte sich leicht auf die Seite, und Liv verlor auf dem Weg zu der Klappbank beinahe das Gleichgewicht. Sie steckte die Hand in die Tasche und spürte das Handy wie ein Viereck, das Sicherheit gab.

»Haben Sie schon einmal von einem Journalisten namens Gert Linde gehört?«

Adam schüttelte den Kopf.

Liv räusperte sich. Sie hatte die ganze Fahrt geprobt, was sie sagen wollte. Es war wichtig, alles mitzubekommen.

»Gert wurde vor dreieinhalb Jahren in seiner Wohnung in Østerbro ermordet, er hat an einem Buch gearbeitet. In diesem Zusammenhang ist er über die Geschichte Ihres Vaters, Poul Dybdahl, gestolpert.«

Adam lächelte stolz. »Über ihn ist viel geschrieben worden.«

»Das kann ich verstehen. Aber Gert hat etwas Neues herausgefunden.« Liv senkte die Schultern und kniff die Augen leicht zusammen. Jetzt kam er, der Kopfsprung. Und sie war bereit. »Zusammen mit einer Frau, die Penelope Leon hieß, hat er entdeckt, dass Ihr Vater die jüdischen Flüchtlinge, die er in der Krypta versteckt hatte, an die Besatzungsmacht verraten hat. Die meisten endeten in Konzentrationslagern.«

Das Lächeln verblasste. »Das ist eine absolut wilde und lächerliche Behauptung. Mein Vater war ein Held.«

»War er das?« Liv legte sich die Hände auf die Oberschenkel und drückte zu, um nicht zu zittern. Die Zunge klebte am Gaumen, aber sie musste fortfahren. »Ich verstehe gut, dass es wichtig für Sie ist, diese Geschichte zu wahren. Das Renommee Ihrer Familie und Ihre seelsorgerliche Tätigkeit stehen auf dem Spiel, gar nicht zu reden von der Arbeit des Fonds. Die mosaische Glaubensgemeinschaft wird wohl die Bande kappen, wenn herauskommt, dass Ihr Vater mit den Nazis zusammengearbeitet hat. War er selbst ein Nazi, war das der Grund?«

Das Boot bewegte sich erneut und gab ein lautes Knarren von sich.

Adam sah sie resigniert an und schüttelte den Kopf. »Das war eine andere Zeit, so etwas können Menschen wie Sie nicht verstehen.«

»Wie ich?«

»Wie Sie!« Er stand auf, aber Liv blieb sitzen. Jetzt, da sie Bescheid wusste, war es ein Leichtes, die Stimme wiederzuerkennen, die ihr vor ein paar Tagen am frühen Morgen befohlen hatte, im Bett zu bleiben, während er ihre Wohnung nach dem Notizbuch durchsucht hatte.

Adam zog ein Messer heraus, das er unter der Jacke versteckt gehabt hatte. Die Bewegung war ruhig und gut überlegt, was sie noch bedrohlicher wirken ließ. »Es gibt zwei Sorten von Menschen: die, die für das Gute arbeiten, und die, die im Weg stehen. Wir alle wählen, auf welcher Seite wir stehen wollen.«

Liv hatte wieder eine Gänsehaut im Nacken. Er kam auf sie zu, und sie betrachtete seine Gestalt, die geschmeidigen Bewegungen, den selbstsicher erhobenen Kopf, das Messer in seiner Hand.

Sie zog das Handy aus der Tasche und zeigte ihm das leuchtende Display.

»Petter, habt ihr alles mitbekommen?«

Seine Stimme füllte die Kombüse, während gleichzeitig Blaulicht auf dem Kai aufleuchtete und zu den Bullaugen hereinschien. Auf der Gangway waren schwere Schritte zu hören.

»Jepp. Wir haben alles auf Band.«

MENDEL LEON, OKTOBER 1943

Das Fischerboot liegt wieder still. Mendel zählt die Holzplanken von der Reling bis zum Kiel und kommt erneut auf eine andere Zahl. Neben ihm kauern Ebba und zwölf weitere Passagiere sich unten im Boot zusammen. Die meisten sitzen auf ihren Koffern, um nicht nass zu werden. Ein Kind wimmert, und die Mutter bedeutet ihm, still zu sein. Der Platz wird von einer großen Wanne begrenzt, in der noch der Fang des Tages liegt. Lebendige Aale winden sich umeinander. Mendel schließt die Augen.

Er sollte sich ausruhen und mit seinen Kräften haushalten. Die Wellen glucksen um den Schiffsrumpf, er schluckt die lauernde Seekrankheit hinunter und gibt sich dem beruhigenden Klang hin.

Soweit er das einschätzen kann, sind sie bereits vier, fünf Stunden unterwegs, aber er hat keine Ahnung, ob das bedeutet, dass sie ihrem Ziel nahe sind. Das Boot hat die Bucht von Køge bei Einbruch der Dämmerung verlassen und segelt im Schutz der Nacht. Wie all die anderen Boote, die in diesen Nächten mit Flüchtlingen an Bord über den Sund segeln.

Ebba stöhnt und lehnt sich gegen ihn, sodass sein Körper ihren ein wenig entlastet. Er wünschte, ihr wäre das hier erspart geblieben, aber es gab keine Möglichkeit, unterzutauchen und in Vestervig zu bleiben. Schweden gewährt den dänischen Flüchtlingen Asyl, wer weiß, wann der Krieg zu Ende ist.

Mendel versucht, sich vorzustellen, wer sie in Empfang nehmen und wie es werden wird, aber er kommt nicht weiter als bis zu einem diffusen Bild von Polizisten am Wasserrand, dann trüben sich seine Gedanken.

Der Skipper ist nervös und sagt, dass er noch nie in der Nacht gesegelt ist. Er hat einen Kompass gekauft, weiß aber bestimmt nicht, wie man ihn benutzt. Ab und zu wird eine Decke über ihre Köpfe gebreitet, aber im Moment ist sie nicht da, sodass man hoch in den Nachthimmel schauen kann. Mendel richtet sich vorsichtig auf und erhascht einen Blick über das Wasser. Nahe von ihnen liegt das Fischerboot, auf dem Rolf und Dora sich verstecken.

Er setzt sich wieder hin und zieht den Kopf ein. Man hat ihnen nicht gesagt, warum das Boot im Moment nicht fährt, niemand sagt ihnen etwas, und sie reden nicht miteinander. Das ist zu gefährlich. Mendel beginnt erneut zu zählen, doch er kommt nur bis zur Hälfte, bis ein kräftiges Licht durch die Ritzen dringt. Schnell wird die Decke wieder über ihnen ausgebreitet, und der Himmel verschwindet. Das muss ein Patrouillenboot sein. Sein Herz hämmert in der Brust, sodass es im Boot widerhallt, so klingt es zumindest für ihn. Einige murmeln erschrocken vor sich hin, das Weinen des Kindes wird stärker.

Mendel starrt auf die schmalen Lichtstreifen. Normalerweise ist Licht ein Zeichen für Hoffnung, doch heute Nacht ist es umgekehrt. Es soll einfach verschwinden. Die Dunkelheit soll Ebba beschützen wie eine warme Decke, bis Schweden und das Tageslicht sie begrüßen. Das Kind weint jetzt laut, obwohl die Mutter ihm bedeutet, still zu sein. Der Gedanke, was passiert, wenn die Soldaten näher kommen und sich das Fischerboot ansehen, ist unerträglich. Ein Zug an der Decke, und sie sind entlarvt. Ein Beschluss im Lager des Feindes, und alles ist vorbei.

»Sehen Sie doch zu, dass sie still ist!«, zischt er.

Er wollte nicht wütend klingen. Die Mutter bedeutet dem Kind erneut, still zu sein, aber ohne Erfolg. Mendel versucht, ruhig zu atmen, es nützt nichts, panisch zu werden. Doch das Weinen ist durchdringend. Schnell streckt er die Hand aus und legt sie dem Kind auf den Mund. Die Stille ist ein Segen. Über seinem Handrücken funkeln ihn zwei wütende braune Augen an, doch er lockert seinen Griff nicht.

Plötzlich verschwindet das Licht. Die Decke bleibt liegen, aber er merkt, dass das Boot wieder Fahrt aufnimmt. Bedeutet das, dass die Gefahr vorüber ist, oder das Gegenteil? Er lässt vorsichtig den Mund des Kindes los und versichert sich, dass es nicht wieder zu weinen beginnt, bevor er sich zurück auf seinen Platz setzt. Aus der Nähe sind Rufe zu hören, aber er wagt nicht, zu schauen, was gerade geschieht.

Ein Mann neben Mendel lehnt sich zu ihm hin und flüstert aufgeregt: »Sie haben sich das andere Boot vorgenommen. Meine Eltern sitzen in dem Boot.«

DIE ZWÖLFTE VISION

Du aber, Daniel,
geh dem Ende entgegen,
und ruhe, bis du aufstehst zu deinem Erbteil
am Ende der Tage!
Ich, Daniel, werde fortgehen, bis das Ende kommt.
Ich, Daniel, liebe euch.

FREITAG, 30. SEPTEMBER

KAPITEL 32

Die Plastikflaschen standen in den Regalen des Supermarkts dicht an dicht. Nima studierte die bunten Etiketten, bis er die zuckerfreie Limonade gefunden hatte, die seine Mutter bevorzugte. Er legte sechs Flaschen in den Korb und ging weiter zu der Abteilung mit Keksen und Kleingebäck. Honigschnitten und Bastogne-Kekse, das sollte reichen, sie aß ohnehin nie mehr als einen oder zwei auf einmal. Er streckte die Hand nach einer weiteren Packung aus.

Unter den Verbänden war die Haut um die Handgelenke hellrot wie eine rohe Hühnerbrust. Der Arzt im Traumazentrum heute Nacht hatte gesagt, dass es sich um eine Verbrennung zweiten Grades handele und dass man nicht viel anderes tun könne, als sie mit Vaseline-Gaze abzudecken und zu warten. Es würden wahrscheinlich keine Narben zurückbleiben, hatte er ihn beruhigt, und Nima hatte sich in die Wange beißen müssen, um nicht zu lachen. Allein die Vorstellung, in einer Welt zu leben, in der eine kleine Narbe am Handgelenk ein Problem darstellen konnte …

Ihm war angeboten worden, mit einem Krisenpsychologen zu sprechen, ein Angebot, das er freundlich abgelehnt hatte. Es kam mehr als zwanzig Jahre zu spät. Er brauchte keine psychologische Hilfe, um zu verarbeiten, was gestern geschehen war. Das Zusammentreffen mit einem Psychopathen, der ihn zusammen mit seinem Schleppboot hatte versenken wollen, war spektakulär und unangenehm gewesen, aber nicht eigentlich komplex. Nicht für ihn. Er war vor allem erleichtert.

Der Gedanke, der ihm in den letzten Tagen zu schaffen gemacht hatte, war der, wie er seiner Mutter erzählen sollte, dass man ihn des Mordes beschuldigt hatte. Sie hätte die Enttäuschung und die Scham nicht überlebt, es hätte sie umgebracht. Jetzt musste sie es nie erfahren. Wenn Daria etwas über den Verdacht der Polizei ausgeplaudert hatte, konnte er das weglachen, die Mutter auf ihre weichen Wangen küssen und ihre Aufmerksamkeit mit einer Geschichte aus den alten Tagen ablenken.

Er kam an die Kasse und legte die Waren auf das Band. Vielleicht hätte er auch ein wenig für seinen eigenen Kühlschrank einkaufen sollen, sodass er nicht nur Bier und Joints zum Abendessen hatte. Andererseits funktionierte das am besten. Es war wohl auch eine Art Plan für den Abend.

»Hei, Shabab, ich hab nur das. Okay, wenn ich vorgehe?«

Ein Mann mit einer Packung Toastbrot in der Hand drängte sich an Nima vorbei. Er war klein und glatzköpfig und trug Basketballsachen aus grünem Synthetik. Ein kräftiger Haschgeruch ging von ihm aus, und ihm fehlte ein Vorderzahn.

Nima trat einen Schritt zur Seite, und der Mann legte das Brot auf das Band und zählte Münzen in die Hand.

»Fuck, ist das teuer, nicht? Alles ist so teuer geworden, Mann.« Der Mann zog sein Basketballsweatshirt ein wenig hoch, sodass Nima die Spitze der Packung Geflügelaufschnitt sah, die er sich in den Hosenbund gesteckt hatte. Er blinzelte ihm zu. »Wir müssen schließlich zusammenhalten, Bruder, nicht?«

Der Mann schwänzelte mit seinem Brot und seinem Diebesgut aus dem Laden. Nima sah ihm nach, bis der Kassierer ihn um einhundertdreiundfünfzig Kronen bat.

Die Einkäufe passten genau in eine Plastiktüte. Nima trat mit der Tüte auf die viel befahrene Straße hinaus, nahe der seine Mutter wohnte. Die Sonne lugte hinter den Dächern hervor und schien auf das kleine Stück Bürgersteig vor dem Supermarkt. Er stellte die Tüte ab und holte seine Sonnenbrille aus der Tasche. Der Bürgersteig war voll mit Kisten mit Sonderangeboten und abgestellten Fahrrädern, und die Leute liefen mit gereizten Blicken um die Einkaufstüten und Kinderwagen der anderen herum. Eine ältere Frau sah ihn an, als wollte sie ihn ermorden, bevor sie demonstrativ um ihn herumging, obwohl er sie anlächelte.

Die Schäden an dem Schleppboot waren erheblich. Nima hatte die Nacht im Hotel verbringen müssen, und der Gedanke, jetzt in den Fischereihafen zurückzukehren, widerstrebte ihm. Es war im Voraus schon so viel an dem Boot zu reparieren gewesen, dass die zusätzlichen Schäden unüberschaubar waren. Vielleicht war es an der Zeit, den Scheiß zu verkaufen und weiterzuziehen. Er liebte das Leben im Hafen, aber es bremste ihn auch aus. Wenn er das mit dem Freiheitsgefühl ernst meinte, betraf es wohl auch die Freiheit, umzuziehen und das Dasein neu zu entwerfen.

Im Hafen von Qaem-Schahr gab es Sumpfrohrsänger, kleine, schüchterne braune Vögel, die wunderbar sangen. Aber sie imitierten den Gesang der anderen Vögel, hatte sein Vater ihm erklärt, es war nicht ihr eigener. Und Nima hatte ihn so verstanden, dass es wichtig war, seinen eigenen Gesang zu finden. So erinnerte er sich jedenfalls heute daran, aber er hatte so viele Erinnerungen, an denen er zweifelte, und niemanden mehr, den er fragen konnte.

Er nahm die Plastiktüte, doch bevor er die letzten zweihundert Meter bis zu der Wohnung seiner Mutter ging, holte er sein Handy heraus, öffnete die Kontakte und scrollte herunter, bis ihr Name auftauchte.

Hei, Hannah, haben Sie Lust,
heute mit mir zu Abend zu essen?

*

»Bitte schön, drei Kugeln mit Sahne und Marmelade. Aufessen, das ist ein Befehl!«

Liv nahm die altmodische Eiswaffel, die so groß wie ihr halber Kopf war, und biss die Spitze ab. Ein Mund voller Sahne und Erdbeermarmelade, das schmeckte nach Gartenfest und Sommerferien. Sie ließ die Beine über den Rand des Kais baumeln, sah auf ihre Füße, das Bollwerk und das dunkle Wasser von Nyhavn. Petter setzte sich vorsichtig neben sie, ein wenig beschwerlich durch seinen dicken Bauch und das Eis in seiner Hand.

»Wenn man noch so spät auf war und sich mit Mördern herumgeschlagen hat, braucht man eine Ladung Zucker.«

Als Liv gestern Abend endlich aus dem Hafen nach Hause gekommen war, hatte sie bei ihren Vermietern geklopft. Hannah hatte im Nachthemd die Tür geöffnet. Es gab keine einfache Art, ihr die Nachricht zu überbringen, deshalb hatte sie es geradeheraus gesagt. Dass Penelope aller Wahrscheinlichkeit nach von einem Mann namens Adam Dybdahl ermordet worden war, zu dem sie im Zuge der Recherche von Jans Familiengeschichte Kontakt aufgenommen hatte. Dass Daniel seine Ex-Frau unglücklicherweise am selben Tag besucht, sie tot aufgefunden und das Messer angefasst hatte.

Diese Botschaft barg mehr Erleichterung und Trauer, als

sie sich vorstellen konnte, deshalb teilte sie sie Hannah auch nur nüchtern mit und wartete ihre Reaktion ab.

Danke hatte sie gesagt und Liv umarmt, ein wenig ungeschickt. Liv hatte es ein paar Sekunden zugelassen, dann war sie hinunter zu sich gegangen, um in einen tiefen, traumlosen Schlaf zu fallen.

»Welche Sorten hast du?«

»Drei Kugeln Rum und Rosinen.« Petter nahm einen ordentlichen Bissen und musste sich mit den dünnen Servietten von dem Eisladen das Eis aus dem Bart wischen.

»Rum und Rosinen, das hat mein Großvater immer gegessen. Ich habe nie jemand anderen gekannt, der das mochte.«

Er brummte und aß weiter. Liv leckte geschmolzenes Schokoladeneis von ihrer Waffel und spürte, wie ein schwaches Wohlbehagen die Unruhe aus ihrem Körper vertrieb.

»Wie geht es meinem Mechanikerfreund? Konntet ihr sein Boot retten?«

»Die Lenzpumpe arbeitet jedenfalls, jetzt müssen wir sehen, ob man es wieder flott bekommt. Das ist ein altes Teil. Aber Nima geht es den Umständen entsprechend gut. Brandverletzungen an den Handgelenken und ein Schock.«

»Gibt es noch immer kein Geständnis von Adam?«

Petter schüttelte den Kopf und wischte sich den Mund mit der dünnen Serviette ab. »Nein, er versucht das, was gestern auf dem Boot passiert ist, als Selbstverteidigung wegzuerklären, und behauptet, dass er dir in keiner Weise gedroht hat. Dass er ganz im Gegenteil das Boot gerade verlassen und nach Hause fahren wollte, als wir aufgetaucht sind. Er leugnet auch, Gert Linde oder dessen Verleger zu kennen, und behauptet, dass er nie einen Fuß in deine Wohnung in Vesterbro gesetzt hätte. Von wegen! Von den Morden will er auch nichts wissen. Er redet von Gott und Gottes Plan, und wir sollen uns von allen, die er kennt, seinen guten Charakter bestätigen lassen. Er bittet uns sogar, die Kinder zu fragen, ob sie der Meinung sind, dass ihr Vater jemanden umbringen könnte.«

»Er gibt nicht auf?«

»Nicht im Geringsten. Ganz im Gegenteil, er ist wütend, was das für seinen Ruf und den des Fonds bedeutet, dessen Präsident er ist. Betont, wie wichtig die Arbeit ist, die sie tun, und wie entscheidend seine Position für all die guten Projekte, die sie unterstützen.«

Liv schnitt eine Grimasse. »Ist es nicht eher umgekehrt? Die Fondsarbeit ist entscheidend für seine Position und seine Finanzen, er kann es sich nicht leisten, das zu verlieren.«

»Da hast du sicher recht.« Petter biss in die Waffel, dass es knackte. »Und das hat drei Menschen das Leben gekostet.«

»Krank!« Sie sah einen Tropfen Eis herunterfallen und im Wasser landen. »Kriegt ihr ihn dran?«

»Nicht, was Penelope Leon und Gert Linde betrifft, das liegt zu lange zurück und wird schwer zu beweisen sein. Aber was Marianne angeht, auf jeden Fall. Diesmal tracken wir seine Autofahrten am Mordabend, dann sehen wir, ob er nach Kopenhagen gefahren ist. Wir verhören auch noch einmal die Teilnehmer des Kurses, die ihm zunächst ein Alibi gegeben haben, und sehen, ob da Lücken sind. Er muss sein Handy im Hotelzimmer in Nyborg liegen gelassen haben, während er in Kopenhagen war.« Petter biss wieder in die Waffel und kämpfte mit dem Eis, das ihm zwischen die Finger lief. »Ich würde sagen, er hat Marianne in seinem eigenen Wagen von der Werkstatt abgeholt, um sicherzugehen, dass ihr Citroën in der Nähe von Nimas Werkstatt gefunden wurde und es so aussah, als hätte sie die Werkstatt nie verlassen.«

Liv seufzte. »Die armen Kinder, sie werden elternlos.«

»Ja, das ist das Verflixte an solchen Fällen. Wir können nur hoffen, dass sie gute Großeltern haben. Mütterlicherseits.«

Sie aßen schweigend weiter, lauschten dem Glucksen des Wassers und den Autos, die über den Kongens Nytorv flitzten. Hinter ihnen erstrahlten die alten Seemannskneipen von Nyhavn gelb, rot und blau in der Septembersonne.

»Liv, du weißt ganz genau, was ich jetzt sagen werde, aber ich sage es trotzdem. Es ist dein Verdienst, dass Adam Dybdahl entlarvt und außer Gefecht gesetzt werden konnte. Es hat die Stadt zu einem sichereren Ort gemacht und den Hinterbliebenen Frieden geschenkt. Danke.«

Sie sah verlegen ins Wasser hinunter. Es fühlte sich gut an und gleichzeitig so, als würde die eigene Familie ein Geburtstagslied für einen singen. Hört auf, macht weiter, hört auf!

»Ich habe dem Polizeidirektor von deinem Einsatz erzählt, und er fließt auch in den Bericht ein, also ganz offiziell.«

»Danke, Petter.« Liv blickte auf und sah ihn an und dachte an die Worte, die sie auswendig konnte. *Es war beim Osterfrühstück. Er ist mir auf die Toilette gefolgt …*

Wie oft hatte sie Anlauf genommen, von Malles Übergriff zu erzählen? Würde er darauf bestehen, dass sie den Vorfall meldete? Sie konnte seine Einwände nahezu hören. *Es geht nicht nur um dich, Liv. Wenn ein Gewalttäter frei herumläuft, wird er wieder gewalttätig werden, das weißt du genau.*

»Worüber denkst du nach?« Petter lächelte sie mit Eis auf der Nasenspitze an.

Ihr Magen krampfte und ließ das Schokoladeneis bis in den Hals hochkommen, die Worte blieben hinter ihren Zähnen stecken. Wer sagte auch, dass man seine Traumata auf jeden Fall offenlegen musste? Sie konnte gut noch etwas warten, es musste nicht heute sein.

Liv lächelte zurück. »Ich habe mich nur gefragt, ob du den Rest von meinem Eis willst?«

*

Hannah wandte den Blick vom Vestre Fængsel ab und hielt ihren Vater fester. Sie gingen langsam die rissigen Kieswege entlang, sie mit seinem Arm in ihrem, er mit einem festen Griff um den Stock. Über ihnen wölbte sich hoch und blau der Himmel, nur durchbrochen von einzeln stehenden Bäumen und der Silhouette der Carlsberg-Stadt am Horizont.

»Ist es nicht hier?«

»Im nächsten Gang.«

Sie spürte, wie Jan sich gegen sie lehnte, um die schmerzenden Hüften zu entlasten. Er war so leicht geworden. Der Körper löschte sich langsam selbst aus, und das ließ sich nicht verhindern, ungeachtet, wie fest sie ihn hielt. Die letzte Zeit, sagte sie sich, die letzte Zeit will ich genießen, einfach nur da sein und zuhören und fragen. Die Zeit nicht mit dummen Streitereien vertun, dachte sie und wusste im selben Moment, dass sie die Beschwerde über Mikkel Felding fallen lassen würde. Er brauchte Hilfe, keinen zusätzlichen Druck.

»Sollen wir uns einen Moment hinsetzen, Vater?«

Jan schüttelte den Kopf und zeigte mit dem Stock nach rechts. »Wir müssen hier entlang. Siehst du sie? Unter dem großen Nadelbaum.«

Sie gingen langsam und schleppend weiter. Heb die Füße, hatte ihr Vater gesagt, als sie ein Teenager war, aber sie hatte es nicht gekonnt. Jetzt konnte er es nicht. Niemand von ihnen hatte sonderlich gut geschlafen, vielleicht lag es einfach daran.

»Dann war es doch eine Art Abschiedsbrief.« Jan blieb stehen und holte hörbar Luft, die Anstrengung, gleichzeitig zu gehen und zu sprechen, war eindeutig zu groß für ihn.

»Ja, Vater.« Sie drückte seinen Arm. »Du hattest die ganze Zeit recht.«

Er sah sie an. »Ein Vater kennt den Charakter seines Kindes. Jetzt kann er zumindest posthum freigesprochen werden.«

Hannah sah auf ihre staubigen Schuhe hinunter und merkte, wie sich eine Dosis Erleichterung unter die Schuld und die Trauer mischte, so wirksam wie eine Injektion in die Blutbahn. Ihr Bruder war kein Mörder, ihre Familie war zwar unglücklich, aber nicht degeneriert, sie konnte sich mit erhobenem Kopf an ihn erinnern.

»Aber was glaubst du, warum er seinen Abschiedsbrief auf diese Weise hinterlassen hat? Als Bibelvers und versteckt?«

»Das weiß ich nicht. Lass uns weitergehen, Schatz.«

Jan lockerte den Griff um ihren Arm ein wenig und ging auf unsicheren Beinen weiter den Weg entlang, bis sie unter dem Nadelbaum standen und auf zwei aufrecht stehende Grabsteine blickten.

»Glaubst du, er vergibt uns, dass wir ihn auf dem jüdischen Friedhof beerdigt haben? Mein Gott leugnender Sohn?«

»Er liegt neben seiner Mutter. Es ist egal, wo das ist.«

Er lächelte. »Du hast recht.«

»Ich werde mich jetzt gesundmelden, Vater. Es ist an der Zeit. Aber ich habe mir überlegt, in der Personalabteilung nachzufragen, ob ich mit weniger Stunden anfangen kann, sodass ich so viel wie möglich mit dir zusammen sein kann.«

»Das klingt gut, das freut mich zu hören. Dann habe ich endlich Ruhe zum Lesen.«

Sie stützte ihn, sodass er sich bücken und zwei Steine aufsammeln konnte. Er legte einen auf jedes Grab, die jüdische Art, den Toten Respekt zu erweisen.

»Kannst du dich an sein Lieblingsgedicht erinnern, Vater? Das von Søren Ulrik Thomsen.«

Hannah rief sich die Worte in Erinnerung, sie waren nie weit weg. Daniels Gedicht.

Sich zu seiner Stimme hinsprechen und sich selbst vergessen,
die Schiffsplanke zu Ende gehen
und begnadigt werden
die Wahrheit fallen lassen
und die Seele auf einem brennenden Blatt zur Ruhe legen.